Das Buch

Ein Nonnenkloster in der Normandie, Mitte des 9. Jahrhunderts: Hier hat die Grafentochter Mechthild Zuflucht gesucht, denn seit dem Tod ihres Vaters trachtet dessen ehemaliger Verbündeter, der verräterische Arnulf, nach ihren Ländereien. Doch Gefahr droht auch von anderer Seite: Horden von Wikingern greifen regelmäßig das Frankenland an und hinterlassen eine Spur der Verwüstung. Als auch Mechthilds Kloster überfallen wird, haben die Frauen Glück und werden verschont: Der Anführer, Wikingerfürst Ragnar, verdankt ihnen nämlich sein Leben, seit Mechthild ihn vor Wochen leblos am Strand fand und gesund pflegte. Seitdem begehrt Ragnar die schöne Fränkin und nimmt sie kurzerhand als Geisel. Mechthild ist auf das Schlimmste gefasst, doch obwohl er sich über ihre Widerborstigkeit zu ärgern scheint, tut Ragnar ihr keine Gewalt an. Sie muss sich eingestehen, dass der ungebildete, raubeinige Kämpfer offenbar einen weichen Kern hat – und eine unwiderstehliche Anziehungskraft auf sie ausübt.

Die Autorin

Hilke Sellnick hat unter verschiedenen Pseudonymen bereits mehrere Bücher veröffentlicht. Zurzeit arbeitet sie als Drehbuchautorin fürs Fernsehen und schreibt an ihrem nächsten Roman. Geboren in Hannover, lebt sie heute mit ihrer Familie in Idstein im Taunus.

Hilke Sellnick

Die Sklavin des Wikingers

Roman

Ullstein

Besuchen Sie uns im Internet:
www.ullstein-taschenbuch.de

Umwelthinweis:
Dieses Buch wurde auf chlor- und säurefreiem Papier gedruckt.

Originalausgabe im Ullstein Taschenbuch
1. Auflage Januar 2008
© Ullstein Buchverlage GmbH, Berlin 2008
Umschlaggestaltung: HildenDesign, München
Titelabbildung: Paar: © John Ennis via Agentur Schlück GmbH;
Hintergrund: © Ted Spiegel / CORBIS
Satz: Pinkuin Satz und Datentechnik, Berlin
Gesetzt aus der Goudy Old Style
Druck und Bindearbeiten: Ebner & Spiegel, Ulm
Printed in Germany
ISBN 978-3-548-26782-1

*W*arten, immer nur warten!
Mechthild zog das grobe Nonnengewand eng um den Körper und drängte sich in die Fensternische des Refektoriums, um aufs Meer zu sehen. Eine frische Brise hatte die grauen Wogen aufgewühlt, man hörte das Donnern und Zischen der Brandung, die gegen die Felsen der Bucht geschleudert wurde. Der Wind trieb die aufspritzende Gischt bis zu den Mauern des kleinen Klosters hinüber und überzog sie mit dunkler Feuchtigkeit. Die junge Frau fröstelte und rieb sich ungeduldig die klammen Finger.

»Er wird kommen«, sagte Mutter Arianas beruhigende Stimme hinter ihr.

Mechthild drehte sich nicht um. Ihr Blick wanderte nach links hinüber, wo der Fluss ins Meer mündete. Auch dort nichts als Wasserwirbel und schäumende Wellen. Wo – zum Teufel – blieb Brian?

»Er ist schon sieben Tage fort, Mutter Ariana!«

Die Äbtissin tat einen unhörbaren Seufzer. Sicher war es Gottes Wille, dass sie ihre junge Herrin hier in St. André verbarg, aber leicht machte sie es ihr nicht gerade. Ungeduldig war die Grafentochter, aufbrausend, fügte sich nicht in den geregelten Tagesablauf der Nonnen ein – nahm nicht einmal an den vorgeschriebenen Stundengebeten teil und redete laut und unbefangen während der Mahlzeiten. Vor allem aber weigerte sie sich, das weiße Stirnband anzulegen, so dass ihr der schwarze Nonnenschleier immer wieder vom Kopf rutschte und ihr langes Haar im Wind flatterte.

»Er wird nur in der Nacht vorankommen, Herrin«, sagte sie. »Die Wege sind unsicher und sein Auftrag ist gefährlich.«

Mechthild hatte den missbilligenden Blick der Klosterfrau gespürt. Sie fasste ihr dunkles, seidiges Haar mit den Händen, drehte es am Hinterkopf zusammen und zog den Schleier darüber. Als sie sich jetzt umwandte, waren ihre Brauen gesenkt und der Blick ihrer wunderschönen grünen Augen mit den fiedrigen Einsprengseln trotzig, wie bei einem getadelten Kind. Graf Konrad hatte seine schöne Tochter sehr geliebt, vielleicht ein wenig zu sehr, dachte die Äbtissin bei sich. Eine Tugend ohne das rechte Maß wurde leicht zum Laster. Zu viel Liebe machte einen jungen Menschen stolz und hochmütig und nahm ihm die Gabe der Demut.

»Was habt Ihr am Horizont erblickt?«, fragte die Äbtissin sanft.

»Nichts«, gab Mechthild ärgerlich zurück. »Nichts außer Wasser und Himmel.«

»So dankt Gott dafür. Er bewahrt uns vor den weiß-roten Segeln der Drachenboote.«

Mechthild zog die Luft tief ein und ihr Gesicht wurde verschlossen. Sie war den Nonnen wirklich dankbar dafür, dass sie ihr Zuflucht gewährten. Aber mit der Denkweise einer Klosterfrau, die alles in diesem Leben dem Willen Gottes unterordnete, würde sie sich niemals anfreunden können. Man musste sein Leben selbst in die Hand nehmen, sich wehren, um sein Recht kämpfen – das war immer die Überzeugung ihres Vaters gewesen. Graf Konrad hatte sein Leben gelassen, um sein Land vor den Wikingern zu schützen, und seine Tochter war entschlossen, das Gleiche zu wagen. Soweit das für eine Frau möglich war.

»Wir müssen Brian einen Boten nachschicken«, forderte sie. »Es kann ihm etwas geschehen sein. Vielleicht braucht er unsere Hilfe.«

Die Miene der Äbtissin war ungemindert milde und demütig. Aber sie war keinesfalls gewillt, sich von der jungen Herrin etwas befehlen zu lassen. Ganz im Gegenteil.

»Wir sind alle in Gottes Hand, Herrin«, bemerkte sie und blickte zu Boden. »Wir versammeln uns jetzt zur Terz, der dritten Gebetsstunde des Tages. Es wäre schön, wenn auch Ihr daran teilnehmen würdet.«

»Ich danke dir, Mutter«, sagte Mechthild, die ihren Ärger zurückdrängte. »Ich komme später ...«

Die Äbtissin verließ das Refektorium mit trippelnden Schritten, trotz der Holzschuhe hinterließ sie auf dem Steinboden kaum ein Geräusch. Gleich darauf war die dünne, helle Glocke zu hören, die die Nonnen zum Stundengebet rief. Mechthild zuckte bei dem Geräusch unwillkürlich zusammen. Von Kind an war ihr der Glockenklang vertraut gewesen, der sieben Mal am Tag vom Seewind zur Feste ihres Vaters hinübergetragen wurde. Immer hatte die kleine Klosterglocke verkündet, dass das Leben sich in seinen gewohnten, sicheren Bahnen abspielte. Bis zu jenem frühen Morgen, da das Glöckchen zur Unzeit geläutet wurde und sein greller, nicht enden wollender Ton den ahnungslosen Schläfern die Ankunft der Drachenmänner verkündete. Von diesem Morgen an war Mechthilds Leben aus den Fugen geraten.

Ärgerlich riss sie an einem Zipfel ihrer Nonnentracht, der sich in einer Mauernische verfangen hatte. Wie sie dieses kratzige, unbequeme Gewand hasste! Dieses feuchte, enge Kloster, das seit dem Überfall immer noch nach modrigem Brand roch. Es war ihr längst klar geworden, dass Mutter Ariana nicht daran dachte, ihre Forderungen zu erfüllen. Beten und arbeiten und den Kopf in den Sand stecken – das war Klosterfrauenart. Sie würde sich selbst um alles kümmern müssen.

Aus der Kirche waren jetzt die Gesänge der Nonnen zu hören. Mechthild überlegte kurz. Was sie vorhatte, war gefährlich. Es war auch undankbar den Schwestern gegenüber, die sie aufgenommen hatten und ihre kargen Vorräte mit ihr teilten. Aber es gab nur diesen Weg. Sie würde zum nahen Dorf laufen und einen der Bauern beauftragen, nach Brian zu forschen. Entschlossen stieg sie die Treppe hinab und durchquerte den Kreuzgang des Klosters mit hastigen Schritten. Die niedrigen Pfeiler waren noch schwarz vom Feuer, doch die fleißigen Nonnen hatten bereits begonnen, den kleinen Kräutergarten wieder neu anzulegen. Viel schlimmer waren die Schäden in der Bibliothek und Schreibstube, dort waren unersetzliche Bücher und Folianten in Flammen aufgegangen, und nur Gott allein wusste, ob die Nonnen jemals in der Lage sein würden, die kostbaren Schriften zu ersetzen. Nur die silbernen Abendmahlsgeräte und einige Reliquien hatte man vor dem Überfall noch rasch vergraben können.

Mechthild öffnete den hölzernen Riegel der streng verbotenen Nebenpforte und zog an der schweren Tür. Sie war durch den Überfall beschädigt und vom Wasser, mit dem man den Brand gelöscht hatte, aufgequollen. Nur mit viel Mühe gelang es ihr, die Tür einen Spalt zu öffnen und sich hindurchzuschieben.

Sogleich erfasste der Wind ihr Gewand, riss ihr den Schleier vom Kopf und zerzauste ihr Haar. Sie sog die gischtige Seeluft tief in ihre Lungen ein und genoss die rauen Hände der Natur, die ihren Körper massierten. Wind und Wellen waren seit ihrer Kindheit vertraute Freunde und Bundesgenossen, vor ihnen hatte sie keine Furcht.

Es war verlockend, nach den Tagen der strengen Klausur im Kloster, wieder einmal ans Meer zu laufen, den feuchten Sand zwischen den nackten Zehen zu spüren, die schaumigen Ausläufer der Brandung über die Finger lecken zu lassen. Doch es war auch höchst gefährlich. Niemand durfte wissen, dass sie sich hier in St. André versteckte …

Es ist ja keiner da, dachte sie und strich sich das flatternde Haar aus der Stirn. Wer sollte bei solchem Wetter in der Bucht herumlaufen? Und Fischer waren sowieso nicht mehr unterwegs, die Wikinger hatten alle Boote zerschlagen und verbrannt.

Sie raffte das lange Habit und rannte, so schnell sie konnte, zu den braunen Felsen hinüber, erreichte sie atemlos und keuchend vor Glück und begann zu klettern. Jeder Tritt war sicher, nur das dumme Nonnenkleid störte beim Hinaufsteigen, doch sie kannte jeden Absatz und jeden Vorsprung. Da war die kleine Nische im Granitgestein, die die Wellen in jahrtausendelangem Ansturm ausgespült hatten. Als kleines Mädchen hatte sie sich dort hineinkauern können und sich vor den Frauen, die sie beaufsichtigen sollten, verborgen. Ach, hier war alles so vertraut, und doch hatte sich für Mechthild so viel verändert.

Das Tosen und Schlagen der Brecher war an dieser Stelle fast ohrenbetäubend. Möwen strichen in kühnem Flug über die hereneilenden, dunkelgrünen Wellen. In der Mitte der

Bucht lagen unzählige große und kleinere Granitbrocken, die das Wasser jetzt langsam freigeben musste, denn die Meereswogen zogen sich zurück, weil der Mond es ihnen so befahl. Mechthild schien es plötzlich, als habe einer der dunklen Steine sich bewegt. Sie schärfte den Blick. Hatte das Meer ein Seetier oder einen großen Fisch an Land gespült? Das wäre ein Segen für den kargen Mittagstisch des Klosters, wo es bisher nur Getreidebrei und verbrannte Zwiebeln gegeben hatte.

Doch als sie sich nun der Stelle mit vorsichtigen Schritten näherte, erkannte sie, dass dort kein Fisch lag, sondern ein Mensch.

Ein Ertrunkener, durchfuhr es sie voller Abscheu. Die Toten des Meeres waren hässlich, aufgequollen und hatten glasige Augen wie Fische. Hatte er sich wirklich gerührt, oder hatte das zurückflutende Wasser nur eines seiner Glieder bewegt? Zögernd ging sie weiter. Wenn jetzt jemand über die Felsen stieg, blieb ihr hier unten in der Bucht kaum eine Möglichkeit, sich zu verbergen. Und den Nonnenschleier hatte der Wind davongetragen. Aber sie wollte Gewissheit. Wenn es Brian war, der dort drüben leblos im Sand ausgestreckt lag, hatten sich ihre schlimmsten Befürchtungen bestätigt. O Gott, lass es nicht Brian sein, flehte sie innerlich.

Er war es nicht. Schon aus der Entfernung erkannte sie, dass der Mann viel größer und kräftiger war als der schmale Brian. Auch trug er keine Mönchskutte, sondern ein zerrissenes Wams und eng anliegende Beinkleider. Dann erschrak sie, denn sie sah, dass das abgebrochene Ende eines Speers aus seinem Rücken ragte.

Er atmete schwer und mühsam, sein Gesicht war bärtig, das nasse Haar klebte an seiner Stirn. Mechthild stutzte, als sie sich über ihn beugte: Der Mann hatte helles Haar. Seine Augenlider zitterten leicht, war er bei Besinnung?

Ein Amulett, das er an einer langen Kette um den Hals trug, blinkte neben ihm im Sand. Deutlich war die Form zu erkennen: ein Kreuz, dem der untere Längsbalken fehlte. Mechthild erstarrte. Es gab keinen Zweifel: Dieser Mann war einer jener Drachenkrieger, die ihr Land verwüstet hatten. Ein Wikinger!

Ihr erster Impuls war, das Speerende zu fassen, um es dem Feind tief in den Körper zu stoßen. So tief, dass er auf der Stelle daran sterben würde. Bilder, die sie seit vielen Tagen und Nächten von sich wegschob, stiegen wieder vor ihr auf: sterbende Frankenkrieger, geschändete Frauen, hilflos in die Sklaverei geführt, brennende Dörfer und Klöster.

Doch als sie die Hand hob, drehte der Mann den Kopf und der Blick seiner hellen blauen Augen ließ sie in der Bewegung innehalten. Ich liege hier zu deinen Füßen, sagte dieser Blick, halb ertrunken, tödlich verwundet. Hast du wirklich die Stirn, einen Wehrlosen zu töten?

Sie biss sich auf die Lippen vor Zorn, doch sie war nicht imstande, ihr Vorhaben auszuführen. Er hatte recht: Es war ehrlos, einem hilflosen Mann den Todesstoß zu geben. Niemals hätte ihr Vater so gehandelt. Wütend erhob sie sich und hatte nicht übel Lust, dem vor ihr Liegenden wenigstens einen kräftigen Fußtritt in die Seite zu versetzen. Gar zu aufreizend war dieser große Männerkörper, über dessen Rücken und Arme sich dicke Muskelstränge zogen. Aber er sollte seiner Bestrafung nicht entgehen. Dafür würde sie sorgen.

Sie raffte die lange Ordenstracht bis über die Knie und eilte davon. In größter Hast überstieg sie die Felsen, rannte zum Kloster hinüber und stieß die widerspenstige Pforte mit aller Kraft auf. Die Nonnen standen im Kreuzgang, ängstlich zusammengedrängt wie ein Häuflein schwarzer Hennen, denn man hatte soeben erst die Eigenmächtigkeit der jungen Grafentochter bemerkt.

»Schnell«, keuchte Mechthild. »Ein Wikinger. Drüben in der Bucht.«

»Gott steh uns bei«, stieß die Äbtissin erbleichend hervor. »Schließt die Pforten und sucht Zuflucht in der Kirche. Der Herr wird diese Prüfung an uns vorübergehen lassen.«

Einige der Frauen schlugen die Hände vor die Gesichter, andere fielen auf die Knie, dumpfe Verzweiflung in den Augen.

»Aber nein! Es ist nur ein einzelner Mann«, erklärte Mechthild ärgerlich. »Halb ertrunken und schwer verwundet. Wir müssen ihn zum Kloster tragen und gesund pflegen.«

»Gesund pflegen?«

Die Mutter Äbtissin traute ihren Ohren kaum. Doch als sie die Ernsthaftigkeit der jungen Herrin erkannte, straffte sie sich und hob den Kopf.

»Wenn er unsere Hilfe benötigt, so werden wir helfen. Vor Gott dem Herrn sind alle Menschen gleich.«

Zitternd vor Angst zogen die Nonnen in einer kleinen Prozession hinüber zur Bucht, überstiegen mühsam die Felsen und fanden den großen, hellhaarigen Mann bäuchlings im Sand. Er atmete nur noch schwach – Mutter Ariana mahnte zur Eile. Man hob ihn auf ein mitgebrachtes Tuch und trug den schweren Körper mit viel Jammern und Ächzen zum Kloster hinüber.

※

»Es ist nicht recht, einen Mann Gottes so zu behandeln«, knurrte die alte Fada leise und blieb am Treppenaufgang des Wohnturms stehen. Aus den oberen Gemächern der Grafenburg drangen laute Männerstimmen und das klatschende Geräusch von Schlägen.

»Halt dein Maul. Der Herr weiß schon, was er tut«, wies ihr Mann Harnid sie zurecht, der ihr mit einem großen Krug Wein in den Händen gefolgt war. »Geh lieber voran und sieh zu, dass du die gläsernen Becher nicht fallen lässt.«

Er schob seine Frau ungeduldig die enge Stiege hinauf, denn es hatte zu regnen begonnen und der kühle Wind trieb die Nässe über den Burghof. Es würde einen frühen Herbst geben in diesem Jahr – ein Unglück kam eben selten allein.

Oben im Gemach des Grafen war jetzt brüllendes Gelächter zu hören, wenigstens schien der Herr guter Dinge zu sein. Fada öffnete die hölzerne Tür zum Saal und trat mit ihren Bechern in den Händen ein.

Graf Arnulf saß in der Mitte des Raumes auf einem Hocker, ein Bein lang ausgestreckt, das andere angewinkelt. Sein breites Gesicht, das ein schwarzer Bart umrahmte, war gerötet und vom Gelächter verzerrt. Doch wussten seine Diener, dass die Stimmung des Grafen blitzartig umschlagen konnte und aus Lachen im Handumdrehen Jähzorn und blinde Wut wurde. Er achtete jedoch wenig auf die beiden Alten, die Becher und Wein schweigend auf einem Tisch abstellten. Stattdessen wandte er sich zu seinen drei Kumpanen um, die hinter ihm standen und ebenfalls grobes Gelächter hören ließen.

»Ist er nicht ein mutiger Held, unser kleiner Mönch?«, rief Arnulf und erntete erneute Lachsalven.

»Schweigt wie ein Grab«, grölte es.

»Worin er sich vermutlich auch bald wiederfinden wird!«

»Auf dem Friedhof von St. André. Falls ihn der Fluss dorthin spült.«

»Nicht bevor er den Mund aufgetan und die Wahrheit ausgespuckt hat!«

Die Drohungen galten einem schmalen jungen Mann mit

geschorenem Haupt, der in ein halb zerfetztes Mönchshabit gekleidet war. Er stand dicht gegen die Wand gedrängt vor der Übermacht seiner Peiniger und schwieg. Sein Gesicht war rasiert, seine Züge ebenmäßig – jetzt allerdings waren auf Wangen, Nase und Stirn die Spuren harter Fäuste zu erkennen. Ein Schlag hatte seine Lippe aufgerissen und das Blut lief das Kinn hinab. Dennoch zeigte sein Antlitz den Ausdruck ruhiger Gelassenheit.

Auch Graf Arnulf hatte diesen Gleichmut bemerkt, seine kleinen, dunklen Augen lagen lauernd auf dem Mönch, und was jetzt um seinen Mund aufzuckte, war kein Gelächter mehr. Es war Heimtücke.

»Einen Becher Wein für unseren Gast«, befahl er und winkte Harnid, der sich mit gesenktem Nacken hastig beeilte, den Befehl auszuführen. Arnulf griff den Becher, erhob sich und schritt damit auf den Mönch zu.

»Stärke dich am Wein, lieber Bruder Brian«, sagte er voll Hohn und streckte dem jungen Mönch den Becher hin. »In vino veritas, heißt es. Und die Wahrheit ist es, die wir von dir hören wollen.«

Der junge Mann machte keine Anstalten, den Becher aus der Hand des Grafen zu nehmen. Im Nu war die scheinbare Freundlichkeit seines Peinigers in Wut umgeschlagen. Arnulf packte den Hilflosen beim Genick und zwang ihm den Becher an den Mund. Brian war kaum in der Lage, sich gegen den viel stärkeren Mann zu wehren, und notgedrungen schluckte er etwas Wein. Dann begann er zu husten und der Rest des Bechers rann über sein Kinn in sein Gewand. Die Kumpane des Grafen bogen sich vor Vergnügen und sprachen nun selbst eifrig dem Wein zu.

»Nun siehst du, dass ich auf meinem Recht als Gastgeber bestehe«, stellte Arnulf befriedigt fest und entließ sein Opfer aus seinem Griff. »Jetzt erwarte ich, dass auch du das Gastrecht ehrst und endlich redest.«

Der Mönch wischte sich das Kinn mit dem Handrücken trocken. Seine Hand zitterte.

»Ich habe nichts zu sagen«, entgegnete er.

»Nichts als die Wahrheit«, erwiderte Arnulf. »Gebietet nicht auch die Ordensregel des heiligen Benedikt, die Wahrheit zu sprechen?«

»Ich habe gelobt zu schweigen und werde lieber sterben, als mein Gelübde zu brechen.«

Hohngelächter erhob sich, doch Arnulf brachte seine Gesellen mit einer Handbewegung zur Ruhe.

»Es lohnt nicht, zu sterben, Mönchlein«, sagte er, zu seinem Opfer gewandt. »Zumal ich das meiste sowieso schon weiß. Sie verbirgt sich im Kloster St. André, nicht wahr?«

Brian zeigte keine Bewegung in seinem blassen, von Schlägen verquollenen Gesicht.

Arnulf griff nach einem Becher und trank in langen Zügen. Den Mönch ließ er dabei nicht aus den Augen. Der Starrsinn dieses schmächtigen Kerls ärgerte ihn nicht wenig. Fast nötigte er ihm Achtung ab, dieser aufrechte Gottesmann, der sich lieber schlagen und beleidigen ließ, als seine schöne Herrin zu verraten. Vermutlich würde er für sie auch sterben, dieser Dummkopf.

»Hör zu, Mönch«, sagte er und stellte den geleerten Becher zurück auf den Tisch. »Ich habe nach Sitte und Gesetz um Mechthild angehalten, nachdem ihr Vater im Kampf gefallen war. Wir waren Waffenbrüder, Graf Konrad und ich, und deshalb steht seine Tochter mir zu.«

Immer noch stand der Mönch schweigend, es schien fast, als befände sein Geist sich längst nicht mehr in diesem Raum.

»Was mir zusteht, das nehme ich mir«, fuhr der Graf fort. »Ich werde sie finden und ihr die Launen des verwöhnten Töchterleins rasch austreiben. Ich weiß genau, dass sie dich nach Rouen geschickt hat, um dort Beistand gegen mich zu finden. Also, wo ist sie?«

»Ihr fragt vergeblich«, sagte Brian gefasst. »Ich werde schweigen, auch wenn Ihr mich tötet.«

Der Graf lachte dröhnend und wandte sich zu seinen Kumpanen, die in sein Grölen einfielen.

»Habt ihr das gehört? Dieser fromme Bruder möchte gern den Märtyrertod für seine schöne Herrin erleiden. Nun – die Kleine wäre es durchaus wert. Aber wir werden ihm diesen Gefallen nicht tun, oder?«

Leise Enttäuschung war auf den Gesichtern der Männer abzulesen. Seitdem man vor wenigen Wochen die Wikinger abgewehrt hatte, war bei den Kriegern bereits Langeweile eingekehrt. Es wäre eine nette Abwechslung gewesen, diesen kleinen Mönch ein wenig zu foltern und zu Tode zu bringen. Doch sie kannten ihren Herrn, er hatte ohne Zweifel eine kurzweilige Idee in seinem Schädel.

»Du bist ihr doch treu ergeben, deiner bezaubernd schönen Herrin, nicht wahr?«, fragte Arnulf den Mönch. »Du siehst zwar nicht gerade aus wie ein wackerer Krieger, aber du hast doch trotz all deiner Keuschheitsgelübde gewiss auch einen Blick für die Frauen, Mönchlein.«

Brian hatte seine Gesichtszüge vollkommen in der Gewalt, doch er konnte nicht verhindern, dass er errötete.

»Schaut euch das an!«, rief Arnulf triumphierend. »Er wird rot wie ein Mädchen. Ich glaube, wir müssen dir ein wenig auf die Sprünge helfen, mein Kleiner. Wie wolltest du gegen die Sünde der Wollust predigen, wenn du sie nie am eigenen Leibe verspürt hast?«

Die Brust des Mönches hob und senkte sich nun heftiger. Brian war sich sicher gewesen, weder Tod noch Schmerzen zu fürchten. Doch das, was dieser Teufel im Sinn hatte, war schlimmer als der Tod.

Arnulf sah seinem Opfer an, dass er das Richtige getroffen hatte. Er flüsterte Liutprand etwas ins Ohr, der Diener neigte den Kopf und ging davon, um den Befehl auszuführen. Arnulf nutzte die Zeit, um sein Spiel weiterzutreiben.

»Du hast deine Herrin doch ohne Zweifel mit Wohlgefallen betrachtet, nicht wahr?«, fragte er, während seine Kumpane genüsslich grinsten und mit der Zunge schnalzten.

»Die schöne Mechthild«, fuhr Arnulf fort, »nicht nur ihr Angesicht ist verführerisch, sie hat auch einen ausgesprochen wohlgeformten Körper, die kleine verwöhnte Grafentochter. Rund und voll sind ihre Brüste, die Hüften weich geschwungen, und wenn sie sich umwendet, dann würde ihre doppelt gewölbte Kehrseite genau in meine beiden Hände passen.«

»Schweigt!«, flammte Brian auf, während Arnulfs Kumpane vor Vergnügen zu wiehern begannen. »Wer gibt Euch das Recht, so über sie zu sprechen? Mit dem Leben würdet Ihr diese Worte bezahlen, wenn Mechthilds Vater noch unter uns weilte!«

Arnulf zeigte sich über diesen Ausbruch erfreut, ja geradezu begeistert. Hatte er doch das passende Mittel gefunden, um den starrsinnigen Mönch zum Reden zu bringen.

»Du gibst also zu, dass du in ihrem Auftrag nach Rouen unterwegs warst, um den Erzbischof um Beistand zu bitten?«

Der Mönch schwieg erneut, aber Arnulf störte sich nicht daran.

»Wir werden die Wahrheit gleich aus dir herausgeholt haben, frommes Brüderlein.«

Die Tür wurde geöffnet, und hinter Liutprand erschien eine junge Frau, die den Grafen mit fragendem Lächeln ansah. Sie war in ein bodenlanges dunkelrotes Gewand gekleidet, der weiße Überwurf wurde über der Brust von goldenen Spangen gehalten. Hals und Arme waren mit blinkendem

Silberschmuck bedeckt, das offene, dunkle Haar hing ihr bis an die Hüften herab.

»Was wünscht mein Gebieter?«, fragte sie mit schelmischem Blick, denn sie schien recht genau zu wissen, weshalb der Graf nach ihr verlangte.

»Deine Schönheit zu sehen«, erwiderte Arnulf und streckte besitzergreifend die Hand nach ihr aus. »Komm näher, Fastrada, meine Geliebte, und lass dich bewundern.«

Sie gehorchte bereitwillig, war jedoch erstaunt, als sie sah, dass sich ein Mönch unter den Anwesenden befand. Derartiges war bisher nicht üblich gewesen.

»Sollte dieser Klosterbruder nicht besser die Augen schließen?«

Arnulf lachte und zog sie dicht zu sich heran. Er umfasste ihre Taille mit dem Arm, während die freie Hand wohlgefällig über die beiden Rundungen strich, die unter der Tunika hervortraten.

»Extra für ihn habe ich dich hergebeten, meine süße Fastrada. Du sollst ihn lehren, was er seinem Gelübde nach meiden muss.«

Sie kannte Arnulf gut genug, um zu wissen, dass Widerspruch sinnlos, ja tödlich sein würde. So fügte sie sich bereitwillig seiner Order und wandte sich mit verführerischem Lächeln zu dem jungen Mann, der sie mit großen, entsetzten Augen ansah.

»Tanze für ihn!«

Sie summte leise vor sich hin und drehte sich mit wiegenden Hüften im Takt hin und her. Das weite Gewand begann zu schwingen, gab ihre nackten Füße und die Knöchel frei, dann auch ein Stück der Waden. Sie hob die Arme über den Kopf, dass die silbernen Armringe aneinanderklirrten, und bewegte herausfordernd den Oberkörper. Dann begann sie, die goldenen Spangen an ihrer Brust zu lösen, und der weiße Überwurf glitt von ihren Schultern.

Längst starrten die Kumpane des Grafen mit gierigen Blicken auf die schöne junge Frau, unter den knielangen Gewändern und ledernen Beinkleidern begann es sich zu regen, und nur die Angst vor ihrem Herrn hielt sie davon ab, über Fastrada herzufallen.

»Weiter, meine Schöne«, feuerte Arnulf sie an. »Lass uns mehr sehen.«

Sie drehte sich jetzt auf der Stelle und öffnete dabei die Schnüre, die das Kleid im Nacken zusammenhielten. Das flatternde rote Gewand und das wehende Haar schienen sie in ein wirbelndes, tanzendes Elfenwesen zu verwandeln, ihre Beine blitzten bis zu den Oberschenkeln auf, und langsam glitt der rote Stoff über ihre Schultern hinab.

Brian hatte tatsächlich versucht, die Augen zu schließen, doch es war ihm nicht gelungen, sie geschlossen zu halten. Der Tanz der jungen Frau hatte etwas Unwirkliches, Zauberhaftes, das ihm das Gefühl gab, in eine andere Welt versetzt worden zu sein. Hatte diese Bewegung nicht etwas von einem großen flatternden Vogel, einem mächtigen Dämon der Lüfte oder gar von einem der Engel, die durch den Kosmos fliegen? Starr vor Faszination und mit wild klopfendem Herzen hatte er das Schauspiel verfolgt bis zu dem Moment, als die schöne Tänzerin völlig nackt vor ihm stand, der rosige, erhitzte Körper nur noch von ihrem langen Haar verhüllt.

»Hat es dir gefallen?«, hörte er ihre Stimme, während schon der Boden unter ihm schwankte.

»Du bist schön«, flüsterte er.

Sie lachte hell auf, trat dicht zu ihm heran, und er atmete den warmen, feuchten Duft ihrer Weiblichkeit. Ihr Finger berührte zart sein Gewand an der Brust, glitt hinab über seinen Bauch und kreiste leicht und fast zärtlich über seinem gewölbten Geschlecht.

Er hörte immer noch ihr leises Lachen, als der Abgrund sich unter ihm auftat und bodenlose Schwärze ihn verschlang.

◆

Mechthild kauerte an einem der kleinen Fenster des Dormitoriums und sah neugierig auf das Treiben im Klosterhof hinab. Sie hatte den Nonnenschleier tief ins Gesicht gezogen, um nicht durch einen zufälligen Blick erkannt zu werden, doch die Bauern, die gekommen waren, um den Klosterfrauen die Ernteabgaben zu bringen, waren viel zu beschäftigt, um nach oben zu sehen. Viele Frauen waren darunter, die bunten, bodenlangen Leinenkittel geschürzt, sie schleppten Körbe und Bündel, Kinder sprangen umher, Männer trieben die Zugtiere mit den beladenen Karren in den Hof. Die Nonnen waren dankbar für Getreide, Gemüse und einige Schweine – wussten sie doch nur zu gut, dass die Leute in den Dörfern selbst nicht viel zu beißen hatten. Die Drachenmänner hatten Felder verwüstet und Vieh abgeschlachtet, sie hatten die Hütten niedergebrannt, und es gab keine Familie, die nicht mindestens einen Toten bestattet hatte. Dennoch war auf den Gesichtern der Bauern kein Grimm abzulesen, als sie jetzt ihren Zehnten brachten. Die Angst vor der Gefahr aus dem hohen Norden hatte den Menschen ein Gefühl der Zusammengehörigkeit gegeben, hier in den Klöstern und Burgen, den Hütten und Feldern des christlichen Frankenlandes.

Mechthild war gerührt, während sie beobachtete, wie Säcke und Bündel mit Erntegaben sich im Klosterhof stapelten. Es würde kaum für den Winter reichen, so viel war klar. Aber es war alles, was die Menschen geben konnten. Hatte sie nicht oft genug verächtlich von den dummen

Bauern geredet? Jetzt sah sie die Menschen in einem anderen Licht.

Auch in der Äbtissin hatte sie sich getäuscht. Mutter Ariana mochte simplen Geistes sein – doch sie hatte Mut bewiesen. Furchtlos hatte sie den verwundeten Wikinger in ihr Kloster aufgenommen und ihm all ihre Kenntnisse der Heilkunst angedeihen lassen. Das leise Murren ihrer Nonnen, man solle doch einem Feind nicht so viel Pflege zuteilwerden lassen, während in den umliegenden Dörfern genügend Kranke und Sieche ihrer bedurften, hatte sie nicht gelten lassen. Gott hatte ihnen diesen Mann anvertraut – die Wege des Herrn waren unergründlich.

Die Achtung, die Mechthild seitdem für die Äbtissin hegte, hatte die Grafentochter allerdings nicht daran gehindert, einen jungen Bauern mit einem geheimen Auftrag nach Rouen zu schicken und ihn anzuweisen, dabei gleichzeitig nach Brian zu forschen. Jeder an seinem Platz – die Nonne im Kloster und am Krankenbett, die Grafentochter mitten im politischen Ränkespiel.

Niemals würde Mechthild einwilligen, Graf Arnulfs Gemahlin zu werden. Schon immer war dieser Mensch ihr widerwärtig gewesen. Doch jetzt war bewiesen, dass er auch ein hinterhältiger Feigling und Verräter war. Um die eigenen Krieger zu schonen, hatte Arnulf sich im Kampf feige zurückgezogen und seinen Waffenbruder Konrad dem Feind preisgegeben. Graf Konrad hatte mit seinen Kriegern verbissen dem Ansturm der Wikinger standgehalten, er selbst hatte den Wikingerfürsten Harald im Zweikampf erschlagen, nur ihm war es zu verdanken, dass die Normandie in der Hand der Franken geblieben war. Doch zu Mechthilds übergroßem Kummer starb ihr Vater wenige Tage nach der Schlacht an seinen schweren Wunden. Sie hatte kaum Zeit gehabt, den Vater zu bestatten, da trafen schon Arnulfs Brautwerber in der Festung ein. Die Ehe mit der Grafentochter war für den Verräter eine unerwartet günstige Gelegenheit, Konrads Grafschaft der seinen einzuverleiben. Mechthild hatte die Gesandten, die die Brautwerbung vortrugen, ohne viel Federlesens aus der Festung weisen lassen. Doch sie wusste, dass ihre Chancen schlecht standen. Die wenigen Krieger, die aus dem Kampf zurückgekehrt waren, würden sie nicht gegen Graf Arnulfs Werbung verteidigen können. Er würde erneut versuchen, ihrer habhaft zu werden, um sie zu dieser Ehe zu zwingen. Sie brauchte mächtige Hilfe, und die gedachte sie in Rouen zu finden.

Fünf Tage war der junge Bauer nun unterwegs. Noch immer keine Nachricht – sie würde selbst reiten müssen. Als Junge verkleidet auf einem Ochsenkarren vielleicht, das Haar nach Art der Bauern kurz geschnitten. Doch würde man sie in diesem Aufzug in Rouen überhaupt als Konrads Tochter ansehen? Sie ernst nehmen und mit ihr verhandeln?

Aus dem Treppenhaus war jetzt das Schwatzen der Nonnen zu hören, die sich zur Abendmahlzeit im Refektorium versammelten. Die strengen Klosterregeln erlaubten das Sprechen nur wenige Stunden täglich, und die Nonnen nutzten die Möglichkeit, indem sie ausgiebig klatschten und tratschten. Gleich, wenn sie zu Tisch saßen, würde wieder absolute Schweigsamkeit geboten sein, nur von der monotonen Stimme der Vorleserin unterbrochen.

»Er frisst sich an unseren Vorräten voll, und wenn er wieder stark genug ist, wird er uns alle erschlagen.«

»Ein Riese mit Muskeln und Sehnen aus Eisen. Kein normaler Mensch ist so groß. Man könnte glauben, der Antichrist sei gekommen in seiner Gestalt ...«

»Splitternackt hat er auf dem Lager gelegen, als die Äbtissin ihm den Speer herausgeschnitten hat.«

»Nicht nur die Äbtissin. Auch die Grafentochter war dabei. Was für eine Schande für eine Jungfrau!«

»Weiß man, ob sie überhaupt noch Jungfrau ist?«

»In diesen Zeiten wirst du sowieso kaum noch eine finden ...«

Mechthild biss sich auf die Lippen. Sie wäre gern zwischen die Klatschweiber gefahren, um sie zur Rede zu stellen. Aber sie war hier nicht die Herrin auf ihres Vaters Festung, sondern nur geduldeter Gast. Und sie wusste, dass viele der Nonnen es sehr gern sähen, wenn die Tochter des Grafen Konrad das Kloster so bald wie möglich wieder verließe.

Sie beschloss, nicht am gemeinsamen Mahl teilzunehmen. Die schweigend vor sich hin kauenden Nonnen und die eintönige Stimme der Vorleserin waren sowieso kein Vergnügen. Stattdessen würde sie dem Kranken eine Mahlzeit bringen. Der Wikinger hatte zwei Tage lang zwischen Leben und Tod geschwebt, denn die Wunde im Rücken war brandig und musste geschnitten werden. Keine der Nonnen war bereit gewesen, die Äbtissin bei dieser Operation zu unterstützen, nur Mechthild hatte eingewilligt, dabei Hilfe zu leisten. Schließlich war der Fremde ihr Gefangener, und sie wollte, dass er überlebte, um später seine Strafe zu erleiden. Wozu hätte man sich sonst die Mühe gemacht, ihn ins Kloster zu schleppen?

Die Operation stellte sich als eine ziemlich scheußliche Prozedur heraus, die Mechthilds Kaltblütigkeit auf eine harte Probe stellte. Mutter Ariana hatte dem Mann ein Stück Holz zwischen die Zähne schieben wollen, doch er weigerte sich. Zu Mechthilds Erstaunen ertrug er die Schmerzen ohne einen einzigen Laut, nicht einmal ein leises Ächzen drang aus seiner Kehle, während die Äbtissin mit einem scharfen Messer in seinem Rücken herumschnitt. Doch Mechthild konnte sehen, wie seine Kieferknochen zuckten und die Arm- und Rückenmuskeln sich anspannten.

Ein mannhafter Krieger, dachte sie mit einer gewissen

Anerkennung. Eigentlich schade, dass er ein Wikinger ist.

Nach der Prozedur hatte sie das Blut von seinem Rücken gewischt und die Wunde nach Anweisung von Mutter Ariana mit einer Salbe aus Beifuß und Arnika bestrichen und verbunden. Es war ein merkwürdiges Gefühl, diesen breiten Rücken zu berühren, der mit geheimnisvollen eintätowierten Zauberzeichen bedeckt war. Über den Nacken des Mannes zog sich ein rötlicher Flaum, sein Haupthaar war jedoch hellblond, weich und ein wenig gelockt.

Während Mechthild sich in der Küche über den dampfenden Gerstenkessel beugte und eine hölzerne Schale mit dem Brei füllte, ärgerte sie sich wieder über das lose Geschwätz der Nonnen. Welche Frechheit, zu behaupten, er habe völlig nackt vor ihnen gelegen! Natürlich hatten sie ihm die ledernen Beinkleider angelassen, nur das zerrissene Wams und das kurze Hemd hatte man ihm ausgezogen. Wie hätten sie sonst die Wunde versorgen können?

Allerdings hatten sich seine geraden, kräftigen Beine unter dem dünnen Leder nur zu deutlich abgezeichnet. Und auch anderes, über das eine Jungfrau besser nicht redete.

Oben war das Stühlerücken der Nonnen zu hören, die sich zu Tisch setzten und nun – was für ein Glück! – wieder das Gebot des Schweigens einhalten mussten.

Mechthild öffnete die Tür zu der kleinen Kammer, in der man den Kranken auf einem niedrigen Strohlager untergebracht hatte, und trat ein. Seitdem er wieder etwas zu Kräften gekommen war, lag der Wikinger auf der Seite, das große Tuch, auf dem man ihn hergetragen hatte, diente ihm als Zudecke. Jetzt hatte er es zurückgeschlagen, so dass sie seine breite, rötlich behaarte Brust sehen konnte. Immer noch hing das Amulett um seinen Hals, das er meist mit der Hand umfasste.

Er fieberte immer noch, doch der Wundschmerz hatte

wohl inzwischen etwas nachgelassen. Als sie näher trat, öffnete er die Augen und sah zu ihr hinauf. Seine bärtigen Züge zeigten keine Bewegung, nur die von hellen Wimpern umgebenen blauen Augen waren lebendig und verfolgten alles, was im Raum geschah, mit großer Aufmerksamkeit. Er hatte bisher noch kein einziges Wort gesprochen, doch sie war sicher, dass er ihre Sprache zumindest teilweise verstand.

»Essen«, sagte sie kurz angebunden und hockte sich unweit von ihm auf den Boden, um den Gerstenbrei noch einmal mit dem Holzlöffel umzurühren, bevor sie ihm die Schale hinüberschob. Bisher hatte man ihm den Brei löffelweise gefüttert, da er wegen der Rückenwunde den Arm kaum bewegen konnte. Mechthild war der Meinung, dass damit jetzt Schluss sein müsse. Wenn er essen wollte, dann sollte er sich auch anstrengen. Er war ein Krieger und kein Kleinkind.

»Da!«, meinte sie und stellte den Napf vor ihm ins Stroh. Der Wikinger sah auf den Gerstenbrei, dann hob er den Blick zu Mechthild. Verblüfft stellte sie fest, dass seine Miene belustigt war. Scheinbar amüsierte es ihn, dass sie ihm den Napf so unter die Nase schob.

Dem scheint es ja schon wieder mächtig gut zu gehen, dachte sie aufgebracht. Dann verfolgte sie gespannt, wie er den Holzlöffel langsam in den Brei tauchte und zum Mund führte. Der Löffel zitterte heftig – die Bewegung musste noch sehr schmerzhaft sein und sie hatte fast ein schlechtes Gewissen. Als er beinahe aufgegessen hatte, nahm sie den Holzteller und fütterte ihn mit dem Rest. Es war schon seltsam, wie bereitwillig dieser wilde Drachenkrieger ihr den Mund hinhielt, damit sie ihm den Brei einlöffelte. Als der Napf leer war, hielt sie ihm einen Becher mit Wasser an die Lippen und beobachtete, wie sein Adamsapfel beim Schlucken auf- und niederstieg.

»Bist du satt?«, fragte sie.

Er gab, wie gewöhnlich, keine Antwort. Vermutlich wollte er nicht sprechen, denn er hatte die Frage ganz sicher verstanden. Sie ärgerte sich über sein hartnäckiges Schweigen. Sie stellten alles Mögliche an, um ihn zu heilen und zu pflegen, und dieser Kerl hielt es nicht einmal für nötig, das Maul aufzumachen.

Sie kroch ein Stück näher zu ihm heran und griff neugierig nach dem Amulett, das jetzt neben ihm im Stroh lag. Das silberne Schmuckstück glitzerte in ihrer Hand, während sie es hin- und herbewegte, um es zu betrachten.

»Was ist das?«, wollte sie wissen. »Es sieht aus wie ein Kreuz, dem man den unteren Teil abgeschnitten hat.«

Da umfasste der Mann urplötzlich und blitzschnell mit hartem Griff ihr Handgelenk und drückte es so fest zusammen, dass sie vor Schreck und Schmerz aufschrie. Das Amulett glitt ins Stroh und Mechthild fühlte sich im gleichen Moment wieder freigelassen. Hastig rutschte sie in die äußerste Ecke der Kammer, umfasste das schmerzende Handgelenk und blitzte den blonden Mann wütend an.

»Wie kannst du es wagen?«, fauchte sie. »Weißt du nicht, dass du unser Gefangener bist? Du wärst längst tot, wenn wir dir nicht geholfen hätten!«

Wieder zuckte es belustigt um seine Augen – hatte er wirklich die Stirn, sie auszulachen? Ein ungutes Gefühl durchfuhr sie. Wie, wenn er gar nicht so schwach war, wie er tat? Auch wenn er nicht bei vollen Kräften war, wäre es diesem muskulösen Kerl ein Leichtes, in der Nacht alle Frauen im Kloster zu töten und zu fliehen. War er dazu fähig?

Misstrauisch sah sie zu ihm hinüber. Der Blick seiner hellen Augen war klar und ruhig, Befriedigung schien darin zu liegen, doch keine Bosheit.

Dann hörte sie auf einmal seine tiefe Stimme.

»Thors Hammer ist schnell wie ein Pfeil. Trifft immer sein Ziel und kehrt in die Hand des Kriegers zurück.«

Er sprach mit einem seltsamen, harten Akzent, doch man verstand jedes einzelne Wort. Noch starrte sie ihn an, dachte über den Sinn der Worte nach und staunte zugleich, wie gut er die fränkische Sprache beherrschte, da erklang von oben aus dem Refektorium ein lauter Ruf.

»Reiter! Zwanzig, dreißig – eine ganze Schar! Sie halten auf das Kloster zu!«

Mechthild raffte sich erschrocken auf und eilte aus der Kammer.

※

Die Ruhe und das Schweigen der Mahlzeit waren dahin. Die Nonnen drängten sich an den wenigen Fensterchen des Refektoriums, schoben sich gegenseitig beiseite und flüsterten miteinander. Eine so große Zahl von Kriegern konnte nur eines bedeuten: Graf Arnulf war mit seinen Männern in das Land eingedrungen, um seine Brautwerbung mit Gewalt durchzusetzen.

»Wir sind des Todes«, flüsterten die Frauen voller Entsetzen. »Er wird uns alle strafen, wenn er sie hier findet.«

»Wir stehen in des Herrn Hand.«

Eine der Nonnen lachte hysterisch auf.

»In der Hand des Grafen Arnulf stehen wir.«

»Schweig und lästere nicht!«

Als Mechthild im Refektorium erschien, wichen die Nonnen zurück und gaben ihr den Blick aus dem Fenster frei. Sie war bleich geworden, spürte die vorwurfsvollen, feindseligen Blicke und wusste nur zu gut, dass alles, was nun geschehen würde, in ihrer Verantwortung lag. Sie hatte das Spiel verloren – Graf Arnulf war rascher gewesen als ihre Boten.

»Es sind bewaffnete Krieger – wenn wir ihnen das Kloster nicht öffnen, werden sie sich gewaltsam Zutritt verschaffen.«

Mutter Ariana war neben sie getreten und sprach mit ruhiger Stimme. Mechthild wusste, dass sie recht hatte. Die hölzerne Klosterpforte war beim Angriff der Wikinger schwer beschädigt worden und noch nicht instand gesetzt. Einige kräftige Männer konnten sie ohne Mühe nach innen drücken.

»Ich verlasse das Kloster über die Nebenpforte«, sagte Mechthild hastig. »In den Felsen am Meer werde ich mich verbergen.«

Mutter Ariana sah unbeirrt hinaus auf die sich rasch nähernde Schar. Ihre Augen waren in der Nähe schwach geworden – in der Entfernung erkannte sie jedoch jede Einzelheit klar und deutlich. Die Männer trugen Schwerter und Dolche, einige hatten Lanzen, die in der untergehenden Sonne rötlich aufblinkten.

»Sie werden Euch dort rasch finden, Herrin.«

»Ich will nicht, dass Ihr meinetwegen Strafe erleidet, Mutter«, sagte Mechthild verzweifelt. »Betet für mich!«

Sie wollte davonlaufen, doch die Äbtissin hielt sie zurück.

»Seid nicht töricht, Herrin. Es hilft niemandem, wenn Ihr Euch draußen wie ein wildes Tier von den Kriegern hetzen lasst.«

»Was soll ich denn sonst tun?«

Mechthild starrte auf die Reiterschar. Dunkel und bedrohlich zeichneten sich die Silhouetten der Krieger gegen den Abendhimmel ab, schienen beim Näherkommen in die Höhe zu wachsen, Staubwolken wirbelten unter den Bäuchen der Pferde.

»Es gibt zwei Möglichkeiten«, sagte die Äbtissin. »Entweder Ihr könnt Euch entschließen, die Werbung des Grafen doch noch anzunehmen ...«

»Eher stürze ich mich vom Turm der Kirche herab.«

Die Antwort war leise gesprochen, doch die Äbtissin hörte die feste Absicht der jungen Frau heraus. Konrads Tochter war ungestüm und aufbrausend – aber sie besaß den Mut und die Entschlossenheit ihres Vaters.

»Dann gibt es nur noch einen Weg. Folgt mir, rasch!«

Die Äbtissin griff eine der Holzschalen, in der noch ein Rest Gerstenbrei war, und drückte sie Mechthild in die Hand.

»Hol eine Schale mit Asche aus der Küche!«, wies sie eine der Nonnen an. »Und ihr anderen lauft in den Hof hinunter. Öffnet das Tor auf keinen Fall. Und denkt an das Gebot des Schweigens!«

Die Nonnen waren unbedingten Gehorsam gewohnt und eilten davon. Was auch immer geschehen würde, keine von ihnen würde es ändern können.

Mechthild stand mit ihrer Holzschüssel in den Händen und begriff nichts. Was hatte Ariana vor? Es gab in diesem Kloster keinen einzigen Ort, an dem sie sich hätte verstecken können. Nicht im Vorratskeller, nicht in einem der kleinen Nebengebäude, in denen die Schweine gehalten wurden und einige Geräte für den Gartenbau standen. Auch nicht in der Kirche. Oder doch? Wollte die Äbtissin sie etwa unter eine der Grabplatten stecken? Aber wer sollte die schweren Platten heben?

Man hörte jetzt schon das Getrampel der Pferdehufe, Waffen klirrten, raue Männerstimmen schallten vor der Klosterpforte. Mechthild wusste, dass sie in wenigen Minuten Graf Arnulf gegenüberstehen würde. Niemand würde das verhindern können, auch die Äbtissin nicht.

Sie folgte Mutter Ariana die Stufen hinab, dort wartete

eine Nonne mit einem kleinen Holzeimer voller Asche, den die Äbtissin hastig ergriff.

»Rasch!«

Sie öffnete die Tür der Krankenkammer und zog Mechthild hinein. Der Wikinger hatte sich auf seinem Lager halb aufgerichtet, er hatte offensichtlich verstanden, dass Gefahr drohte. Mechthild sah auf den blinkenden Thorhammer an seinem Hals und wunderte sich zugleich, dass sie in diesem Augenblick auf solch eine Kleinigkeit achten konnte.

»Dieser Mann ist ein Feind«, sagte die Äbtissin leise. »Doch er wurde dir von Gott gesandt, um dich zu erretten. Wir reiben ihn mit Asche und Gerstenbrei ein und werden dem Grafen sagen, dass er den Aussatz hat.«

Mechthild begriff nichts. Nur dass die Äbtissin die Absicht hatte, den Wikinger vor Graf Arnulf zu retten.

»Und was ist mit mir?«

Mutter Ariana kniete schon neben dem Kranken und rieb sein Haar mit Asche ein. Der Wikinger schien ihre Absicht verstanden zu haben, denn er ließ sich bereitwillig das helle Haar schwärzen.

Harte Schläge donnerten gegen die hölzerne Pforte.

»Im Namen des Grafen Arnulf – öffnet das Tor!«

Mechthild schmierte Arme und Brust des Wikingers mit Gerstenbrei ein, während die Äbtissin sein Gesicht und seinen Bart bearbeitete.

»Und was ist mit mir?«, wiederholte sie. »Soll ich mich vielleicht auch mit dem Zeug beschmieren?«

Mutter Ariana schwärzte den Hals des Wikingers mit großer Sorgfalt. Die Asche war jetzt fast verbraucht.

»Du schlüpfst zu ihm unter die Decke.«

Mechthild fiel vor Schreck fast die Holzschüssel aus der Hand.

»Was?«

Man vernahm dumpfe Schläge von draußen, Graf Arnulf

schien keine Lust auf weitere Ankündigungen zu haben, die nur durch Schweigen beantwortet wurden. Das Holz der Pforte splitterte, die Angeln knirschten. Leise Schreckensrufe der Frauen waren zu vernehmen, dann Pferdehufe auf dem steinernen Boden des Klosterhofs.

»Zieh das Kleid aus – es ist zu weit und wird die Decke aufbauschen.«

Es blieb keine Zeit, zu widersprechen. Im Klosterhof drängten sich Reiter und Pferde, Metall klang auf Leder, Männerstimmen lachten und fluchten. Graf Arnulf verlangte nach der Äbtissin. Eine der Nonnen schrie auf, weil sie unter ein Pferd geraten war.

Mechthild zog sich hastig das weite Nonnengewand über den Kopf und stand in dem dünnen Leinenhemd da, das nur knapp über die Waden reichte. Sie blickte zu dem Wikinger, der durch das Einreiben mit der Asche furchterregend entstellt aussah. Doch seine blauen Augen ruhten erstaunt auf ihr, und seine Ruhe flößte ihr Zuversicht ein. Er schien den Plan sehr wohl begriffen zu haben. Mechthild überlegte nicht mehr lange, schon waren Fußtritte und Schwerterklirren aus unmittelbarer Nähe zu vernehmen. Sie kauerte sich zusammen und glitt zu ihm unter die Decke.

Sein Körper war heiß und hart, sie atmete den Geruch der ledernen Beinkleider ein, umfasste seine Taille und presste ihren Kopf an seinen nackten Bauch. Dicht an ihn gedrängt versuchte sie, ihren Körper dem seinen anzupassen, während ihr Herz vor Aufregung raste. Was für eine irrwitzige Idee!

»Durchsucht das Kloster! Schaut in alle Ecken. Wer sie mir bringt, den erwartet reicher Lohn!«

Sie erzitterte, denn sie hatte Arnulfs Stimme erkannt. Lautes Poltern erhob sich, klagende Schreie der Frauen, Stühle und Tische im Refektorium wurden umgestoßen, hölzerne Schalen und Löffel fielen auf den Steinboden. Plötzlich spürte sie in ihrer Hand einen kühlen, kantigen

Gegenstand. Der Thorhammer! Um Himmels willen – wenn jemand dieses Amulett sah, war alles verraten. Sie fasste das Metall und zerrte mit aller Kraft. Die Kette sprang, sie hörte einen leisen, ärgerlichen Laut aus seiner Kehle, dann wurde die Kammertür aufgerissen.

»Verflucht! Die Alte hat die Wahrheit gesagt. Nur raus hier!«

»Lass sehen. Teufel noch mal! Nimm den Mantel vors Gesicht, dass dich die Krankheit nicht anfliegt.«

»Was ist los?«

»Ein Leprakranker. Schon fast verfault, das arme Schwein.«

»Sonst nichts in der Kammer?«

»Siehst du etwa was?«

Mechthild lag wie erstarrt. Sie spürte, dass die Blicke der Männer den Raum durchforschten. Die Holzschale, den Eimer, den Mann auf dem Lager ... O Gott – wenn sie das Kleid sahen, das auf dem Boden liegen musste! Oder hatte Mutter Ariana es geistesgegenwärtig mitgenommen?

»Nichts. Suchen wir in der Kirche. Zwei Männer bleiben im Hof, einer hier unten an der Treppe. Habt ihr den Stall und die Hütten durchsucht?«

»Dort ist niemand. Vielleicht ist das Vögelchen ausgeflogen?«

»Wir kämmen die Umgebung ab. Sie kommt nicht weit.«

Die Tür wurde zugeschlagen, und Mechthild hatte für einige Sekunden das Gefühl, ohnmächtig zu werden, so groß war die Anspannung gewesen. Es schien ihr glühend heiß unter dieser Decke. Immer noch lag sie an den sehnigen Männerkörper gepresst, ihre Wange spürte die Schweißperlen an seinem Bauch, die kleine Vertiefung seines Nabels. Je weiter die Geräusche der Eindringlinge sich entfernten, desto bewusster wurde ihr das Unschickliche ihrer Lage. Ihre

Brüste lagen an seinen Lenden, und was sie zwischen ihren Brüsten noch weiter spürte, darüber wollte sie auf keinen Fall nachdenken. Was mochte er von alldem halten? Hatte er begriffen, dass sie sich vor dem Grafen verbarg? Oder verstand er dies alles ganz anders? Glaubte er am Ende, sie wolle sich ihm anbieten? Er bewegte sich nicht, sein Atem hob ihren Kopf sanft auf und ab. Mechthild lauschte auf die raschen Pulsschläge, die an ihr Ohr drangen, und sie hätte nicht sagen können, ob es ihre eigenen oder die des Wikingers waren.

Minuten dehnten sich zu Ewigkeiten. Man hatte die halb verkohlten Kirchenstühle zertrümmert, den Altar umgestoßen, die Vorräte im Klosterhof ausgeleert. Endlich gab Graf Arnulf den Befehl, das Kloster zu verlassen und die Umgebung abzusuchen. In seiner Stimme lag Wut und Enttäuschung.

Als die Reiter aufgestiegen waren und das Geräusch der Pferdehufe sich entfernte, hob Mechthild vorsichtig den Kopf und schob die Decke zurück. Es war dämmrig geworden, und das verschmierte Gesicht des Wikingers sah im Halbdunkel grotesk aus. Aber es schien ihr, dass er lächelte.

»Thor hat Freude an deiner List«, hörte sie ihn mit tiefer Stimme sagen. »Er hat geholfen.«

»Was?«

Jetzt erst wurde ihr bewusst, dass sie die ganze Zeit über den kleinen Thorhammer mit den Fingern umkrallt gehalten hatte.

Breit und massig ragten die Mauern der steinernen Feste aus der Ebene hervor. Graf Konrad hatte in jungen Jahren die Kaiserpfalz des großen Karl gesehen und begriffen, dass die Zeit der hölzernen Palisaden und Wohntürme vorüber war. Nur wer steinerne Bauten errichtete, würde dem Ansturm der Feinde standhalten und die Zeiten überdauern. So wie das Kloster St. André, das sein Vater noch gegründet und ganz aus Stein hatte erbauen lassen.

Konrad war mit der Ausführung seines Vorhabens nicht zu Ende gekommen, denn der Granit der Normandie war schwer zu bearbeiten und noch schwerer von der Stelle zu bewegen. Die stattliche, mit vier Türmen bewehrte Mauer seiner Festung war in jahrelanger, mühseliger Arbeit vollendet worden – für den großen Wohnturm und die Nebengebäude war es vorerst bei steinernen Sockeln geblieben, auf die man hölzerne Aufbauten gesetzt hatte.

Nach dem Tod des Grafen war es still geworden in der mächtigen Feste. Viele seiner Getreuen waren im Kampf gefallen oder weitergezogen, um an anderen Orten ihr Kriegsglück zu versuchen, ein Teil des Gesindes war in die Dörfer zurückgekehrt. Als auch die junge Grafentochter vor einigen Wochen die Burg verließ, begriffen auch die Letzten, dass die besten Zeiten von Graf Konrads gewaltiger Anlage vorüber waren.

In dieser Nacht leuchteten flackernde Lichter in den Fensternischen des Gesindehauses. Auch in der Feste hatten die Bauern den Zehnten abgeliefert, und die trübe Stimmung der Burgbewohner war beim Anblick der Lebensmittel erheblich gestiegen. Ein Ferkel war geschlachtet und am Spieß gebraten worden, frisches Brot und gebackene Erbsen wurden gereicht, dazu hatte der Burgmann Neidhardt gestattet, das letzte Weinfass anzuzapfen. Man trank auf sein Wohl, wünschte ihm ein langes Leben, und als Neidhardt, der kein geselliger Mann war, den Raum verlassen hatte, amüsierte man sich mit Anekdoten und Witzen, bei denen die wenigen Knaben erröteten und die Mägde laut aufkreischten.

Neidhardt hatte sich mit einem gut gefüllten Becher Wein in den Rittersaal im obersten Stock des Wohnturms zurückgezogen und dort am Tisch niedergelassen. Das wohlige Gefühl der Sattheit hatte ihn schläfrig gemacht, dazu kam die Wirkung des Weines, dem er an diesem Abend nicht übel zugesprochen hatte. Der kräftige, blonde Mann hatte die Arme auf den Tisch gestützt und starrte auf den Becher aus grünlichem Glas, in dem der Wein im Licht der Kerze blinkte.

Neidhardt war unzufrieden mit seinem Los. Er stammte aus adeligem Geschlecht und war nach dem frühen Tod seiner Eltern von Graf Konrad aufgenommen worden. Wie einen eigenen Sohn hatte der Graf ihn erzogen, hatte ihn im Waffengang unterrichtet, war mit ihm zur Jagd geritten, hatte ihm den Platz an seiner Seite bei Tisch zugewiesen. Und doch war es Neidhardt niemals gelungen, die Anerkennung seines Ziehvaters zu erlangen. Er taugte nun einmal nicht für das Schwert und hielt sich nur mittelmäßig gut auf dem Pferd. Auch war er nicht rasch in seinen Entscheidungen und feurig im Kampf, sondern er sann eher darauf, Auseinandersetzungen durch vorsichtige Überlegungen zu meiden.

Neidhardt seufzte tief auf und trank einen Schluck aus dem Becher. Der Wein rann ihm warm durch die Kehle. Er lauschte eine Weile auf das laute Tun im unteren Stockwerk und furchte die Stirn. Die fröhliche Stimmung dort unten zog ihn an und machte ihm zugleich noch deutlicher, wie einsam er hier oben war. Aber er mochte keine zotigen Witze, würde nur ein mühsames Grinsen zustande bringen und die anderen damit gegen sich aufbringen. Da war es noch besser, allein hier oben beim Wein zu hocken. Er tat einen weiteren, tiefen Zug und stierte auf einen der bunt gestickten wollenen Teppiche, die ringsum an den hölzernen Wänden aufgehängt waren. Junge Bäuerinnen in farbigen, langen Kitteln waren darauf dargestellt, von Ähren und Gräsern umrankt gingen sie der Erntearbeit nach. Ein schönes Wunschbild von Frieden und Wohlstand, das die verstorbene Gräfin, Mechthilds Mutter, mit eigener Hand angefertigt hatte.

Sie war gegangen, die schöne Mechthild. Nun, es war eine Dummheit von ihr gewesen und außerdem sehr schade. Er vermisste sie, obgleich er keineswegs in sie verliebt war, wie so viele Männer, denen sie den Kopf verdreht hatte. Als Junge war er regelrecht eifersüchtig auf sie gewesen. Dieses Mädchen, das noch dazu vier Jahre jünger war als er, konnte reiten wie der Teufel und war sogar eine recht passable Bogenschützin. Vor allem aber besaß sie die uneingeschränkte Liebe ihres Vaters, dem sie in ihrer ganzen Art so ähnlich war. Aufbrausend war sie, wagemutig bis zum Leichtsinn, unüberlegt zuweilen und starrsinnig. Wäre sie ein Knabe gewesen, hätte man diese Eigenschaften als feurig, tapfer, rasch entschlossen und von festem Charakter beschrieben.

Neidhardt grinste vor sich hin und leerte den Becher bis auf den Grund. Da hatte Graf Konrad zwei Kinder großgezogen und doch keinen Erben hinterlassen. Wenn diese sture Person wenigstens so vernünftig gewesen wäre, die Werbung des Grafen Arnulf anzunehmen. Es war möglich, dass die Wikinger zurückkehrten, da musste man sich zusammenschließen und dem Feind eine Streitmacht entgegenstellen. Aber nein, sie konnte den Grafen nicht leiden. Als ob das wichtig wäre – sie sollte ihn ja heiraten und nicht lieben. Immer wieder hatte er auf sie eingeredet – natürlich ohne sie umstimmen zu können. Hilfe aus Rouen wollte sie sich holen. Was für eine wahnwitzige Idee! Glaubte sie wirklich, der Erzbischof würde sie von ihrem ungeliebten Bewerber befreien?

Außerdem hatte es Neidhardt verletzt, dass sie bei den

Nonnen von St. André Zuflucht gesucht hatte, statt hier in der Feste zu bleiben. Es war der eindeutige Beweis dafür, dass sie ihm nicht zutraute, die Burg zu verteidigen.

Er schüttelte die unguten Gedanken ab und beschloss, sich zur Ruhe zu legen. Gerade wollte er die Kerze ausblasen, da schlugen unten im Burghof die Hunde an. Erst jetzt fiel ihm ein, dass man wegen des Festschmauses keine Turmwachen aufgestellt hatte.

Flackernder, rötlicher Lichtschein war draußen zu sehen, der von jenseits der Mauer herüberschimmerte. Es mussten mehrere Fackeln dort brennen, das bedeutete nichts Gutes.

Er wurde unruhig und wünschte sich Mechthild herbei, die in solchen Situationen immer einen kühlen Kopf behielt und rasche Entscheidungen fällte. So wie ihr Vater es getan hatte.

Er stolperte die Treppe hinunter, musste sich dabei rechts und links an den Wänden abstützen, um das Gleichgewicht zu halten, denn immer noch wirkte der allzu reichlich genossene Wein. Nur die Schläfrigkeit war ganz plötzlich verflogen.

Das Gesinde und die Krieger waren ebenfalls von dem Kläffen der Hunde aufgeschreckt worden, man war auf den Burghof hinausgelaufen und starrte auf den Fackelschein, der von jenseits des dicken, eichenen Burgtores leuchtete.

»Zwei Männer auf den Turm«, rief Neidhardt, doch längst waren mehrere der Leute die engen Treppen hinaufgestürzt. Als er selbst im oberen Turmzimmer anlangte, erwarteten ihn bedenkliche Gesichter und leise Flüche.

Deutlich war von hier oben eine Schar berittener Krieger vor dem Tor zu sehen, Schwertergriffe und Helme blitzten im flackernden Schein, hell schimmerten die schmalen Spitzen der Lanzen über den dunklen Gestalten der Männer.

»Arnulf«, murmelte einer. »Verfluchter Kerl. Will sich seine Braut mit Gewalt holen.«

Neidhardt trat dicht an die Fensterluke und starrte auf die Kriegerschar hinunter. Es waren lauter kampferprobte Männer, bis an die Zähne bewaffnet. Ungeduldig stampften die Pferde, stiegen empor und wurden von ihren Reitern mit Mühe zur Ruhe gebracht. Durch das Hundegebell hindurch waren jetzt dumpfe Schläge hörbar – man donnerte mit Fäusten und Fußtritten gegen das hölzerne Tor.

»Heda, Schlafmützen!«, brüllte eine laute Stimme. »Aufgewacht! Graf Arnulf entbietet seinen Gruß und bittet um Einlass!«

Neidhardt beugte sich aus der schmalen Fensterluke. Es war an ihm, die Verhandlungen zu führen, und er spürte die Blicke seiner Männer erwartungsvoll auf sich gerichtet.

»Wir grüßen unseren Waffenbruder Arnulf«, rief er laut in die Nacht hinein. »Was ist der Grund für diesen nächtlichen Besuch?«

Das Kläffen der Hunde übertönte die Antwort. Aber Neidhardt glaubte, in einigen Gesichtern ein grobes Lachen erkannt zu haben. Oder hatte das Flackern der Fackeln nur die Gestalten und Mienen verzerrt?

»Wir haben uns verspätet und benötigen Unterkunft für die Nacht. Öffnet die Tore, Neidhardt. Wir sind Freunde und kommen in friedlicher Absicht, um unseren Pakt zu erneuern.«

»Der lügt doch, wenn er nur das Maul aufmacht«, knurrte ein alter Krieger neben Neidhardt. »Glaubt ihm kein Wort, Herr. Er will die Feste einnehmen. Wozu würde er sonst mit dieser Schar heranrücken?«

Neidhardt wusste das ebenfalls. Und auch, dass Arnulf seinen Ziehvater Konrad im Ansturm der Wikinger feige im Stich gelassen hatte. Dennoch hatte er wenig Lust auf Streit und stieß einen leisen Fluch aus. Das alles hatte er

Mechthild zu verdanken. Anstatt sich gegenseitig zu bekriegen, hätte man ein Bündnis schließen und Hochzeit feiern können. Stattdessen durfte er sich jetzt mit dieser waffenstarrenden Schar herumärgern.

»Wir öffnen unseren Freunden gern die Tore, Arnulf«, rief er hinunter. »Aber nicht einer Schar Krieger, die mit Schwertern und Lanzen gerüstet sind. Legt zuerst die Waffen ab, dann werden wir die Tore aufriegeln.«

Unten entstand aufgeregte Bewegung. Pferde stiegen empor, Lanzen wurden emporgereckt, Schwerter aus der Scheide gezogen. Dennoch klang Arnulfs Stimme fast freundlich, als er seine Antwort zum Turm hinaufrief: »Wir werden die Waffen im Burghof ablegen, Neidhardt. Schwerter und Lanzen werden dort in den Schutz unserer Waffenbrüder gegeben, wie es unter Freunden üblich ist.«

»Das ist eine List«, hörte Neidhardt es flüstern. »Arnulf ist der größte Lügner unter der Sonne. Trau ihm nicht. Wenn sie erst einmal das Tor passieren, haben sie gewonnen.«

»Wir fordern eine Sicherheit«, rief Neidhardt hinab. »Was könnt ihr uns bieten?«

Arnulfs Gesicht war nach oben gerichtet und man sah seine Augen im Licht der Fackeln aufblitzen.

»Ich selbst werde meinen Kriegern vorausgehen, Neidhardt«, sagte Graf Arnulf gelassen. »Allein und ohne Waffen werde ich mich in deine Hände begeben. Bist du nun zufrieden?«

Neidhardt atmete tief ein und aus. Er wäre jetzt wirklich froh gewesen, Mechthild an seiner Seite zu haben. Er seufzte und rieb sich zweifelnd den blonden Schnurrbart.

»Das ist eine Falle«, knurrte der Alte neben ihm leise.

»Was ist jetzt?«, brüllte Arnulf unten zornig. »Wollt ihr uns die ganze Nacht hier stehen lassen? Fürchtet ihr uns sogar dann, wenn ich waffenlos in euren Händen bin?«

Das Gebell der Hunde war endlich verstummt, dafür war das Schnauben der Rösser und Waffengeklirr hörbar geworden. Die Krieger unten vor der Festungsmauer ließen ihrem Unmut freien Lauf. Beleidigungen wurden ausgestoßen, Verhöhnungen ausgesprochen, drohende Fäuste erhoben sich zum Turm hinauf.

Neidhardt kniff die Lippen zusammen und fühlte die Blicke seiner Männer auf sich gerichtet. Sie warteten auf seine Entscheidung.

»Wir glauben deinem Wort, Arnulf. Leg deine Waffen ab und gehe deinen Leuten zehn Schritt voran.«

»Wie es dir beliebt, Neidhardt!«

Während Neidhardt die Turmtreppe hinunterstieg, lag ihm noch der Klang von Arnulfs Stimme im Ohr. Hatte er nicht Spott darin gehört? War seine Entscheidung falsch gewesen? Doch sie ließ sich nicht rückgängig machen, seine Krieger hatten schon ihre Waffen angelegt, die Mägde waren in die Kellerräume geflüchtet, und man stand bereit, Arnulf das Tor zu öffnen.

Als man den schweren Riegel gehoben hatte und der Torflügel sich mit leisem Knarren nach außen bewegte, stand die breite Gestalt des Grafen in der Toröffnung. Er trug keine Waffen, ein seltsames, höhnisches Lächeln lag auf seinem Gesicht.

»Umringt ihn«, befahl Neidhardt. »Führt ihn in den ...«

Seine Worte gingen im Lärm des Kampfgeschreis und der Pferdehufe unter. Die berittenen Krieger stürmten rechts und links an ihrem Anführer vorbei in den Burghof hinein, trampelten alles nieder, was sich ihnen in den Weg stellte, hieben den hölzernen Ziehbrunnen in Stücke. Der Kampf dauerte nur wenige Minuten, wer sich wehrte, der fiel, wer floh, der wurde in die Enge gedrängt und getötet.

Neidhardt war gegen die Burgmauer gedrückt worden und

hatte zunächst versucht, sich seiner Haut zu wehren. Doch bald war er von Arnulfs Männern umringt, sein Schwert wurde ihm mit einem harten Hieb aus der Hand geschlagen, die Spitze einer Lanze setzte sich auf seine Brust. Er schloss die Augen und erwartete das Ende.

»Halt!«, hörte er die Stimme des Grafen. »Ich brauche ihn lebend.«

Am frühen Morgen stand Graf Konrads Feste in Flammen. Man hatte die Vorräte auf Wagen geladen, ebenso einige Kisten mit Silber und Schmuck, dazu Gerätschaften, die den Eroberern gefallen hatten. Die mächtigen eisenbeschlagenen Burgtore waren ausgehebelt worden, dann hatte Arnulf befohlen, Feuer zu legen.

Neidhardt saß mit gefesselten Händen zu Pferd, in seinem Kopf war es leer, als habe man ihm das Hirn herausgesogen. Als hinter ihm der brennende Turm der Feste krachend in sich zusammenstürzte, drehte er sich nicht um.

※

Mechthild hatte noch nie zuvor solche groben und schmutzigen Arbeiten verrichtet. Es waren Gesindearbeiten, einer Grafentochter unwürdig. Ihr Rücken schmerzte, die Arme taten weh, und doch gönnte sie sich kein Ausruhen. Zu tief spürte sie ihre Verantwortung für das, was dem Kloster und seinen Nonnen an diesem Nachmittag widerfahren war.

Mutter Ariana hatte die Nonnen schon bald nach dem Überfall angewiesen, mit den Aufräumarbeiten zu beginnen. Mechthild hatte zuerst den Kopf geschüttelt, denn die Frauen waren halb ohnmächtig von dem ausgestandenen Schrecken, hockten wie teilnahmslos in kleinen Gruppen auf dem nackten Fußboden, einige weinten leise, andere stierten nur vor sich hin. Wie sollten diese armen Wesen arbeiten? Doch dann hatte sich wieder einmal gezeigt, dass Mutter Ariana eine kluge und erfahrene Menschenführerin war. Kaum hatten die Frauen begonnen, die wenigen noch brauchbaren Gerätschaften zusammenzusuchen, die ausgestreuten Bohnen und Erbsen im Hof zu sammeln, die zerstochenen Säcke zu flicken, da löste sich die starre Verzweiflung und ihre Gesichter belebten sich. Mechthild beteiligte sich ohne Murren an allen Arbeiten. Sie tat sogar noch einiges mehr, denn sie hatte rasch begriffen, dass sie die Nonnen durch ihre jugendliche Zuversicht mitreißen konnte.

Der Altar war umgestürzt und zerschlagen. Das Kirchengestühl lag in Trümmern. Aber die hölzernen Teile des Altars ließen sich mit einigem Geschick wieder zusammenfügen, so dass die Messe wieder gefeiert werden konnte.

»Das Gestühl kann als Brennholz dienen, wir schaffen es hinüber in die Küche«, ordnete sie an und griff selbst zu, um den Nonnen ein Beispiel zu geben.

Sie schien überall zu sein, gab praktischen Rat, teilte die Aufgaben zu und war sich nicht zu schade, im Hof die getrockneten Erbsen aus dem Staub zu lesen. Hin und wieder beriet sie sich mit Mutter Ariana, die ihr schließlich die Leitung der Arbeiten überließ und sich im Refektorium auf einen Schemel setzte. Die alte Frau war erschöpft, nach dem ausgestandenen Schrecken machte das Herz ihr zu schaffen. Und doch erhob sie sich immer wieder, um durch die Fensternische in den Hof hinunterzusehen, wo Mechthilds helle, energische Stimme den Ton angab.

Graf Konrad hatte diese Tochter nicht umsonst geliebt. Sie würde eine gute Herrin werden, auch wenn sie vorerst noch zu rasch und viel zu unüberlegt handelte. Das Leben würde sie Geduld und Weisheit lehren – klug genug war sie, um solche Lehren anzunehmen. Mutter Ariana hatte hin und wieder Visionen, über die sie aber niemals sprach.

Doch die Bilder, die sie sah, hatten sich nur allzu oft bewahrheitet. Mutter Ariana glaubte an ihre Visionen.

Es war schon spät in der Nacht, als Mechthild den Nonnen erklärte, das Wichtigste sei nun getan und man könne sich zum Schlafen niederlegen. Es war ihr nicht entgangen, dass die Frauen von der ungewohnten Arbeit erschöpft waren, einige hielten sich nur noch mit Mühe auf den Beinen. Doch die Blicke, mit denen sie die junge Grafentochter ansahen, hatten sich verändert. Kein Vorwurf lag mehr darin, keine verborgene Feindseligkeit. Die Nonnen lächelten ihr zu, einige küssten sogar ihre Hand. Mechthild war gerührt und spürte zugleich, dass die Verantwortung nun umso schwerer auf ihr lastete. Sie musste sich dieses Vertrauens würdig erweisen. In ihrer Lage würde das jedoch nicht ganz einfach werden.

Sie stieg hinauf ins Refektorium zu Mutter Ariana. Die alte Frau hatte den Rücken an die Mauer gelehnt und war eingeschlummert. Der weiße Nonnenschleier, der ihr Gesicht umrahmte, ließ ihre Haut noch blasser und faltiger erscheinen, und Mechthild dachte, dass etwas Brot und einige Schlucke vom heißen, gewürzten Wein ihr sicherlich guttun würden. Doch die Klosterregel ließ nur zwei Mahlzeiten am Tag zu, auch die übrigen Nonnen, die sich inzwischen im Dormitorium zur Ruhe legten, hatten seit dem Nachmittag keinen Bissen mehr zu sich genommen.

Mutter Ariana öffnete die Augen, als Mechthild vor ihr stand, und sie schien ihre Gedanken erraten zu haben.

»Geht in die Küche hinunter und esst, Herrin«, sagte sie und zupfte ihren Schleier zurecht, der im Schlaf verrutscht war.

»Aber ...«

»Geht nur«, ordnete die Äbtissin fast energisch an. »Ihr seid nicht an die Klosterregeln gebunden und werdet Eure Kräfte noch brauchen.«

»Ich werde dir einen Becher Wein bringen, Mutter. Auch du benötigst deine Kräfte.«

Die alte Frau machte eine verneinende Geste.

»Einen Schluck Wasser, wenn Ihr unbedingt wollt. Ich habe einen trockenen Mund von all dem Staub, der vom Hof zu mir hinaufstieg, als Ihr dort Erbsen und Bohnen verlesen habt.«

Mechthild sah den heiteren Zug um den Mund der Äbtissin und begriff, dass es Mutter Arianas Art war, ein Lob auszusprechen. Sie lächelte – auch sie selbst war mit sich zufrieden.

»Nun geht endlich. Damit auch Ihr heute Nacht noch etwas Schlaf bekommt. Wer weiß, was der morgige Tag bringen wird.«

Mechthild eilte die Treppe hinab, füllte eine hölzerne Trinkschale mit Wasser und brachte sie der Äbtissin. Mutter Ariana saß immer noch auf dem Schemel, den Kopf an die Mauer gelehnt. Sie schlief. Vorsichtig stellte Mechthild die Schale auf die Brüstung der Fensternische, dann lief sie wieder hinunter in die Küche. Sie hatte jetzt nach all der Anstrengung einen Bärenhunger.

Etwas ratlos stand sie dann in der kleinen Klosterküche vor dem Herd, denn die Kunst des Kochens war ihr völlig fremd. Sie hatte sich zwar als kleines Mädchen gelegentlich in der Küche der väterlichen Burg herumgetrieben, hatte Obst und Teig stibitzt, manchmal auch ein Hühnerbein oder ein Stück vom Braten ergattert. Aber über die Zubereitung all dieser Köstlichkeiten hatte sie sich niemals Gedanken gemacht. Das war Gesindearbeit.

Ärgerlich stellte sie fest, dass das Feuer erloschen war und sich nicht die kleinste Glut mehr zeigen wollte, sosehr sie auch mit dem Schürhaken darin herumstocherte. Feuermachen war ebenfalls eine Kunst, die sie nicht beherrschte. Sie seufzte. Vermutlich würde sie sich mit einigen der kleinen, leckeren Äpfelchen und Birnen zufriedengeben müssen, die die Bauern gebracht hatten. Nun ja – besser, als hungrig schlafen zu gehen. Satt wurde man davon nicht gerade, aber angesichts des ewigen Getreidebreis hier im Kloster war es eine nette Abwechslung. Wenn sie wenigstens einen Becher heißen Wein zubereiten könnte. Früher hatte sie gemeinsam mit ihrem Vater und Neidhardt immer noch einen Schlaftrunk genommen. Allein der Duft der fremdländischen Gewürze, die der Vater den Händlern abkaufte, hatte ihre Fantasie angeregt und ihr aufregende Träume in den Nächten beschert. Ach – diese schönen Zeiten waren nur noch Erinnerung.

Immerhin könnte sie ja das Feuer wieder anmachen. Kalt war es hier auf dem Steinboden, selbst wenn man das weite Nonnenkleid eng um den Körper wickelte. Feuermachen war eine Kleinigkeit – wenn man es konnte. Man benötigte dazu nichts weiter als einen Feuerstahl und einen Stein. Und ein wenig Zunder, um den Funken aufzufangen.

Suchend leuchtete sie mit der Kerze in alle Winkel der Küche. Aha – und in einer Nische lag alles, was sie brauchte. Wie kostbar solche Kleinigkeiten doch sein konnten.

Der gebogene schwarze Feuerstahl ließ einen hellen Klang ertönen, als sie mit dem Feuerstein daraufschlug. Sie erschrak etwas, denn sie wollte die Nonnen keinesfalls aus dem Schlaf wecken. Aber nichts regte sich, und so fuhr sie in ihren Bemühungen fort. Warum wollte denn dieser dumme Funken im Zunder nicht brennen? Aha, man musste darauf blasen und dann vorsichtig etwas Stroh bereithalten, um ihn zu nähren. Richtig gehätschelt wollte er werden, dieser kostbare, kleine Feuerfunke, der solch eine große Wirkung haben konnte. Wachsen sollte er, zu einem lodernden Herdfeuer werden, ihren Wein im Topf erhitzen und dann langsam verglühen, während er wohlige Wärme in der Küche verbreitete.

Nach etlichen Fehlversuchen hatte sie endlich Erfolg. Erleichtert schob sie die Holzstücke zurecht, stellte das Dreibein auf und goss Wein in den Topf. Gewürze wie in der Burgküche waren hier im Kloster leider nicht zu finden – aber ein heißer Trunk wäre für heute schon ein Segen. Sie rieb sich die klammen Finger über den Flammen, gähnte und gönnte sich noch ein Äpfelchen.

Während der Wein im Topf zu brodeln begann, dachte sie über ihre schwierige Lage nach. Arnulf war ohne Zweifel zur Burg ihres Vaters gezogen, um sie dort zu suchen. Neidhardt war nicht der Mann, eine Festung zu verteidigen – er würde Arnulf hineinlassen und vermutlich sogar versuchen, mit ihm zu verhandeln. Natürlich würde nichts dabei herauskommen, mit einem Betrüger wie Arnulf konnte man keinen Bund schließen. Aber Arnulf würde feststellen, dass sie, Mechthild, nicht in der Feste war. Das würde seinen Zorn nicht gerade mindern.

Was würde er dann tun? Sicher mit seiner Suche nach ihr fortfahren. Es war höchste Zeit, dass sie etwas unternahm. Brian war nicht zurückgekehrt und sie machte sich große Sorgen um ihn. Er war ein ganz rührender Mensch, dieser kleine Priestermönch, der ihr von Anfang an von ganzem Herzen zugetan gewesen war. Klug war er, konnte Latein lesen und schreiben, kannte unzählige Bücher und Schriften, und es war spannend, seinen Vorträgen zuzuhören. Er wusste auf so viele wichtige Fragen eine Antwort und doch war er im alltäglichen Leben schrecklich ungeschickt. Bestimmt war ihm etwas zugestoßen, und das nur, weil sie ihm leichtfertig diesen gefährlichen Auftrag erteilt hatte. Sie seufzte noch einmal und stand auf, um den heißen Wein in einen Tonbecher zu gießen. Es würde ihr nichts anderes übrig bleiben, als selbst nach Rouen zu reisen. Unterwegs würde sie versuchen, etwas über Brian zu erfahren. Ach, hätte sie ihn doch niemals in die Stadt geschickt!

Sie nippte an dem heißen Getränk und verzog das Gesicht. Wie sauer! Sie stand auf und suchte herum, bis sie in einem Topf einen Rest Honig entdeckte, davon rührte sie etwas in ihren Becher. Schon viel besser. Genießerisch trank sie in kleinen Schlucken und spürte, wie die prickelnde Wärme ihren Körper durchströmte. Sie lehnte sich an die Mauer und schloss die Augen. Auf einmal war sie wieder in dem Rittersaal ihres Vaters, sah die Wandbehänge vor sich, den hohen, runden Herd in der Mitte des Raumes, die Truhen aus Eiche mit den glänzenden Beschlägen. Das Gesicht ihres Vaters, seine buschigen Augenbrauen, die schon ein wenig grau waren. Wenn er sprach, bekamen seine blauen Augen einen ganz besonderen Glanz und niemand konnte sich der Kraft seiner Rede entziehen. Neidhardt, der große, kräftige Bursche, der doch so sanft und friedfertig war und immer ein wenig bedrückt wirkte. Sie selbst, die übermütige Scherze machte und die beiden Männer zum Schmunzeln brachte. Ach, es war hart, zu wissen, dass sie den Vater niemals wiedersehen würde und jetzt ganz allein und ohne seinen Schutz ihr Schicksal in die Hand nehmen musste.

Ganz plötzlich fiel ihr aus irgendeinem Grund der Wikinger wieder ein. Richtig, sie musste sich überlegen, was aus ihm werden sollte. Sie war nach den Geschehnissen des Nachmittags ohne ein Wort aus seiner Kammer geflüchtet und hatte seitdem versucht, nicht mehr an ihn zu denken. Mutter Arianas List war zwar erfolgreich gewesen, aber Mechthild stieg immer noch die Schamröte ins Gesicht, wenn sie sich daran erinnerte, wie eng sie sich an den großen Körper dieses fremden Mannes angeschmiegt hatte, um nicht entdeckt zu werden. Was mochte er dabei empfunden haben? Sie wollte es sich besser nicht vorstellen. Wenigstens hatte er die Lage nicht ausgenutzt. Wenn sie es sich richtig bewusst machte, dann war er sogar amüsiert gewesen. Thor hat geholfen – was für eine Frechheit!

Er soll hier im Kloster bleiben, dachte sie und kippte den Rest des Weins hinunter. Es ist immer gut, eine Geisel zu haben. Falls die Wikinger wieder auftauchen, kann man sie damit vielleicht zum Abzug zwingen oder wenigstens einen der Unsrigen gegen ihn austauschen.

Sie war jetzt sehr schläfrig geworden und kuschelte sich eng an die glimmende Feuerstelle. Morgen würde sie sich Männerkleidung besorgen und zur Feste ihres Vaters hinübergehen. Dann würde sie nach Rouen reiten. Morgen …

Tiefer, lösender Schlaf nahm sie in die Arme. Sie hörte nicht einmal die Klosterglocken, die die Nonnen noch vor Tagesanbruch zum ersten Stundengebet riefen. Und schon gar nicht die trippelnden Schritte der Frauen, die schlaftrunken aus dem Dormitorium in die Kirche strebten, um die Morgenandacht zu halten. Erst ein gellender Schrei im Klosterhof schreckte sie aus ihren Träumen.

»Feuer! Gott im Himmel! Die Feste brennt!«

Sie fuhr empor. Die Küche lag im schwachen morgendlichen Dämmerlicht, das Herdfeuer glomm noch ein wenig, es roch nach Rauch und Brand. Hatte sie einen bösen Traum gehabt?

»Herrin! Wo ist die Herrin?«

Im Hof standen die Nonnen eng zusammengedrängt, einige gestikulierten aufgeregt, andere liefen verzweifelt hin und her. Feuerschein leuchtete zum Kloster hinüber, der Morgenwind wehte von Westen her und brachte einen stechenden Brandgeruch mit sich.

Als Mechthild in den Hof trat, musste sie sich an die Mauer anlehnen. Starr vor Entsetzen blickte sie auf den flackernden Schein, bis sie glaubte, der gleißende Lichtfleck habe sich in ihre Augen eingebrannt. Was dort hinten am Horizont in Flammen aufging, war die Feste ihres Vaters, darüber gab es keinen Zweifel.

»O Gott«, flüsterte sie, und sie spürte, dass ihr schwarz

vor Augen werden wollte. »Nicht das. Tu mir das nicht an.«

Mit einem Schlag wurde ihr klar, wie sehr sie Graf Arnulf unterschätzt hatte. Er brauchte nicht weiter nach ihr zu suchen, um sein Ziel zu erreichen. Er brauchte sie, Mechthild, überhaupt nicht. Er nahm sich ihr Land mit Gewalt, brannte die Festung ihres Vaters nieder und war damit Herr beider Grafschaften.

Hilflose Wut stieg in ihr hoch über diesen gemeinen Verbrecher, der vor nichts Ehrfurcht hatte. Den Altar in der Kirche hatte er umgestürzt, ihren Vater feige im Kampf verlassen. Und jetzt zerstörte er Konrads Burg und trat ihre Rechte mit Füßen.

»Herrin – setzt Euch nieder. Ihr seid ganz bleich. Trinkt einen Schluck Wasser«, flüsterten die Nonnen neben ihr.

Man hielt ihr einen Becher an die Lippen, aber sie schob ihn fort. An allen Gliedern zitternd, schleppte sie sich zum Eingang und musste sich an der Tür festhalten, um nicht zu stürzen.

»Es ist nicht zu ändern, Herrin. Gottes Wege sind unergründlich, er wird den Missetäter strafen und den Gerechten in sein Reich einlassen …«

»Lasst mich«, stammelte sie. »Ich will allein sein.«

Sie spürte eine seltsame Starre in allen Gliedern und stieg steif und mühsam die Stufen zum Keller hinunter. Sie riss die Tür der Vorratskammer auf und zog sie hinter sich zu. Irgendetwas musste sie tun, sonst würden Wut und Verzweiflung sie zerreißen. Impulsiv ließ sie sich auf einen der Getreidesäcke fallen und begann zu schreien. Sie trommelte mit den Fäusten auf dem prall gefüllten Hanfsack herum, stieß mit den Füßen, zappelte, kreischte. Ihre Stimme klang ihr selbst fremd und unheimlich. Mehr, mehr. Das Toben in ihrem Inneren war noch längst nicht gebändigt. Sie fuhr empor, fasste ein tönernes Gefäß und schleuderte es gegen die Wand, dass es zerschellte. Sie langte nach einem hölzernen Krug und schwang ihn in der Hand ...

Da umschlossen sie plötzlich von hinten zwei feste Arme und pressten ihr die Hände an den Körper. Sie stand keuchend und hilflos, versuchte sich wütend aus der Umklammerung zu befreien und begriff nicht, was geschah.

»Ruhig, Frankentochter«, hörte sie eine tiefe Stimme dicht an ihrem Ohr. »Du tobst wie ein Berserker.«

Der Wikinger. Wie war er aus seiner Kammer entkommen? O Gott – war denn heute alles aus den Fugen?

»Lass mich los!«, keuchte sie, immer noch außer Atem. »Wage es nicht, mich anzufassen.«

»Zapple nicht«, sagte er, und sie spürte seinen warmen Atem in ihrem Haar. »Es nutzt dir nichts, du Wilde.«

Sie fühlte eine leise Erschütterung an ihrem Rücken. Lachte er sie aus? Neue Wut erfasste sie und sie bäumte sich gegen die harten Arme auf. Doch vergeblich, sie umschlossen ihren Körper nur umso fester. Erneut befiel sie ein Zittern. Es war nicht schwer, zu begreifen, was er vorhatte.

»Ich werde dir nicht zu Willen sein, Wikinger«, sagte sie schwer atmend. »Lieber töte ich mich.«

Jetzt lachte er tatsächlich. Deutlich spürte sie, wie sein Körper dabei bebte und zuckte. Das Lachen kam seltsam tief aus seiner Kehle, kein Mann, den sie kannte, lachte auf diese Weise.

»Ruhig, Fränkin«, sagte er. »Ich will dir danken. Dein Gerstenbrei war klebrig, aber deine List war klug. Es war süß mit dir unter der Decke, Fränkin. Thor ist mit dir. Wir sehen uns wieder.«

Urplötzlich gab er sie frei, und bevor sie begriffen hatte, was geschah, schlug hinter ihr die Tür zu. Sie stand einen Augenblick wie gebannt, dann wandte sie sich um und rüttelte aufgeregt am Riegel. Erst nach einigen Minuten wurde sie von einer verschreckten Nonne herausgelassen.

Er war fort. Die Schwestern erzählten ihr, er sei urplötzlich wie ein Geist im Hof aufgetaucht und, ohne sich um die verstörten Frauen zu kümmern, zum Tor gegangen. Keine hatte gewagt, ihn anzureden, man war in den Schutz der Gebäude geflüchtet und froh gewesen, dass er das Kloster einfach so verließ. Jetzt waren die Nonnen dabei, das Tor sorgfältig zu verbarrikadieren.

※

Brian hatte wundervolle Dinge gesehen: gleißende Lichter; Männer und Frauen, die in wallenden Gewändern in einer endlosen Prozession vorüberzogen; das Haupt eines grauhaarigen Mannes, das sich mit funkensprühenden Augen vor ihm erhob. Dann streiften zarte Flügel seine Schultern, flaumige Federn strichen sanft über seine Arme, berührten seine Brust und kitzelten seinen Bauch. Er kicherte und versuchte, die Berührung abzuwehren, da erstand vor seinen Augen ein großer, weißer Vogel mit dem Kopf eines Menschen. Es waren ihre Züge, ihre wunderschönen grünen Augen mit den fiedrigen Einsprengseln, ihr Mund, der einem pulsierenden, roten Herzen glich.

»Du warst mutig, Brian«, sagte Mechthild zärtlich. »Ich bin dir zu großem Dank verpflichtet, weil du mich geschützt hast.«

»Es war nichts, Herrin«, stammelte er beglückt.

»Ich will dir danken, Brian, und ich bitte dich inständig, meinen Dank anzunehmen. Schließ die Augen.«

Er versuchte, ihrem Willen nachzukommen, doch seine Augenlider gehorchten nicht. Er sah, wie ihr Gesicht sich dem seinen näherte, atmete wieder jenen warmen, betörenden Geruch, der von jener Frau zu ihm aufgestiegen war, spürte ihre zarten Lippen, die seine Oberlippe umschlossen, und sein Herz schlug mit solcher Macht, als hämmere ein Schmied auf einem glühenden Eisen herum. Ein heißer Strom schoss von seinem Herzen in seinen Unterleib, wühlte schmerzhaft in seinen Lenden und schwoll sein Geschlecht in süßer, sündiger Wollust. Bilder von nie geahnter Lüsternheit erstanden vor ihm: Frauen, von allen Kleidern entblößt; Hände, die seinen Unterleib streichelnd erregten; geflüsterte Worte, die sein Mund nie zu sagen gewagt hätte. Dann zuckte sein Leib in köstlicher Lust, sein Geschlecht schien zu bersten und der Strom trat wie ein Feuerfluss über die Ufer. In diesem Moment begriff er, dass es der Teufel war, der ihm diese Bilder eingab.

»Hinweg, Satan!«, schrie er, verzweifelt um sich schlagend. »Wage es nicht, sie zu beschmutzen. Hebe dich von mir!«

Ein bohrender Schmerz am rechten Ellenbogen weckte ihn aus seinen Träumen. Die Augen aufschlagend, sah er milchiges Licht, das durch ein schmales Fensterchen in den dämmrigen, kahlen Raum drang. Er lag zusammengekauert auf einem Häuflein Stroh, man hatte ihm alle Kleider genommen, seine Glieder waren fast gefühllos vor Kälte. Nur die frische Wunde am Arm, die er sich soeben zugezogen hatte, als er gegen die Steinwand schlug, blutete heftig, und der Schmerz strömte wie ein heißes Rinnsal durch seinen Körper.

Er zog den verletzten Arm an sich und tastete vorsichtig nach der Wunde. Sie war unbedeutend, doch durch den Aufprall seines Ellenbogenknochens gegen den harten Stein sehr schmerzhaft. Er biss die Zähne zusammen und verbot sich zu stöhnen. Körperlicher Schmerz war nichts, er gehörte der Erde an, kam und verging.

Er versuchte sich zu besinnen, wie lange er schon in diesem Gefängnis eingeschlossen war, doch sein Gedächtnis setzte aus. Zu viele Traumgesichte hatten ihn befallen, er konnte einen Tag hier sein oder auch eine Woche. Wollten sie ihn hier verschmachten lassen? Man hatte ihn geschlagen und geschmäht, aber er hatte standgehalten. Kein Wort war über seine Lippen gedrungen, das Geheimnis von Mechthilds Aufenthaltsort war bewahrt geblieben.

Wieso aber hatte nun der Teufel doch solche Macht über ihn bekommen?

Ein Windhauch fuhr durch die Kammer und Brian erbebte. Hörte er da ein leises Knarren? Er sah hinauf zu dem kleinen Fenster, das inzwischen nur noch einen matten Schein in den Raum einließ. Das Tageslicht erstarb, es wurde Nacht, das bedeutete noch strengere Kälte. Vielleicht hatte der Herr beschlossen, ihn bald von dieser Erdenfahrt zu erlösen.

Eine große Unruhe ergriff ihn. Nicht jetzt, noch nicht. Er wollte dieses Verhängnis zuerst ergründen, er musste verstehen, wann er in die Netze Satans geraten war. War es jener Moment gewesen, als Arnulf ihn zwang, dieser Frau bei ihrem unzüchtigen Tanz zuzusehen?

Er bemühte sich, die Szene noch einmal zu durchleben, um die teuflische Macht in all ihrer Abscheulichkeit zu erkennen. Das lange, wehende Haar der Frau. Das flatternde Gewand, in dem sie einem fliegenden Engel zu gleichen schien. Wie verblendet er schon gewesen war, solches zu denken. Die bloßen Schenkel, die weißen Schultern, von denen das Kleid hinabglitt, ihre rosigen Brüste, die beim Tanz auf und ab wogten. Der Geruch süßer Verderbtheit, der von ihr aufgestiegen war und den er so bereitwillig eingeatmet hatte. Und dann – dies war die schlimmste und beschämendste seiner Erinnerungen – die leichte, streichelnde Berührung ihrer Hand an seinem Geschlecht. In diesem Moment hatte irdische Wollust ihn durchzuckt, und der Höllenschlund tat sich vor ihm auf, um ihn zu verschlingen.

Ein Geräusch ließ ihn aufhorchen. Ein Riegel wurde zurückgeschoben, langsam und bedächtig, so wie jemand es tut, der keinen Lärm machen will. Dann bewegte sich die hölzerne Tür mit leisem Knarren und eine dunkel gekleidete Gestalt trat in den Raum.

»Ich bin es nur, ehrwürdiger Vater. Erschreckt nicht, ich komme, um Euch zu helfen.«

Sein Haar sträubte sich, denn er hatte die Stimme wiedererkannt, obgleich sie nur geflüstert hatte. Da war sie, die teuflische Versuchung. Das höllische Blendwerk. Der Raum war so klein, dass sie nur wenige Schritte tun musste, um zu ihm zu gelangen. Sie hatte sich in einen langen Umhang aus dunklem Stoff gewickelt, auch das Haar und ein Teil des Gesichts waren bedeckt. Doch ohne Zweifel würde sie diese Verhüllungen gleich von sich werfen, um ihn mit ihrem biegsamen weißen Körper zu verführen.

»Geh!«, flüsterte er, während sein Herz hämmerte. »Weiche von mir. Ich habe mit dir nichts zu schaffen, Weib.«

Er wurde sich bewusst, dass er keine Kleider am Leib hatte, und ein Gefühl der Hilflosigkeit erfüllte ihn. Was würde geschehen, wenn er ihr nicht zu Willen war? Selbst wenn es ihm gelänge, aus diesem Raum zu entfliehen, so würde man ihn bald wieder eingefangen haben. Nackt würde man ihn über den Burghof zerren, zum Gespött der Knechte und Mägde, zum Gaudium der Kinder. O Himmel, er war bereit, jegliche Schmerzen zu erdulden und zum Märtyrer zu werden. Aber schlimmer als alles andere war die Lächerlichkeit.

Sie war zur Tür zurückgegangen und hatte einen vorsichtigen Blick nach draußen geworfen. Dann zog sie die schwere Holztür hinter sich zu.

»Seid ruhig«, flüsterte sie. »Ich bitte Euch. Kein Wort.«

Sie zog das Tuch von ihrem Haar und wickelte sich aus dem Umhang. Brian starrte sie an, seine Brust hob und senkte sich heftig.

»Es ist Satan, der dir dieses eingibt«, stöhnte er. »Besinne dich!«

Unter ihrem Mantel trug sie ein helles Gewand, das bis zu ihren Füßen reichte.

»Nimm!«, hauchte sie und warf ihm mit einer raschen Bewegung den Umhang zu.

Er saß unbeweglich, der Stoff war über seine Knie gefallen, breitete sich vor ihm im Stroh aus, doch er war zu verblüfft, um zuzugreifen. Erst als sie eine ungeduldige Geste machte, begriff er langsam. Er sollte den Mantel anlegen. Sie war tatsächlich gekommen, um ihm zu helfen.

Konnte er das glauben, oder waren es erneute Schliche des Teufels? Seine vor Kälte steifen Hände versagten ihm fast den Dienst.

»Rasch«, flüsterte sie. »Wir haben nur wenig Zeit, Vater. Erlaubt, dass ich Euch helfe.«

Sie kniete neben ihm nieder, zog den schweren Stoff um seine Schultern und befestigte ihn mit einer Fibel. Dann rieb sie seine kalten Arme und Beine mit beiden Händen, bis das Blut wieder pulsierte, stützte ihn, als er sich schwerfällig erhob, und bekleidete seine Füße mit weichen Schuhen aus Kalbsleder, die sie unter ihrem Gewand verborgen hatte.

Brian ließ alles mit sich geschehen. Die Kammer schien sich um ihn herum zu drehen, Lichter erschienen vor seinen Augen und ein mächtiges Summen übertönte alle anderen Geräusche. Er musste sich an die Wand lehnen, um nicht zu stürzen. Dann spürte er, dass sie seine Hände gefasst hatte und sie küsste.

»Vergebt mir, Vater«, erklang ihre Stimme aus dem lauten Summen heraus. »Ich habe mich der Sünde der Schamlosigkeit und der Wollust schuldig gemacht. Rettet meine Seele vor der Hölle, ich bitte Euch.«

Er konnte ihre Worte nur mit Mühe verstehen und war unfähig zu antworten.

»Ich flehe Euch an, Vater. Ich habe keine Nacht mehr ruhig geschlafen seit jenem Abend ...«

Er sah sie vor sich knien, das Gesicht zu ihm gehoben, Tränen der Verzweiflung in ihren Augen. Plötzlich erinnerte er sich daran, dass er Priester war, und sprach mechanisch die Worte, auf die sie hoffte.

»Ego te absolvo«, sagte er leise und legte die rechte Hand auf ihren Scheitel.

Sie stieß einen tiefen Seufzer der Erleichterung aus und erhob sich. Ihre Miene war jetzt ruhig und sie lächelte ihn an.

»Folgt mir, Vater. Seit der Graf mit den Kriegern fortgezogen ist, sind die Wachen nachlässig geworden. Dennoch müssen wir auf der Hut sein.«

Vertraulich und ohne Scheu fasste sie seine Hand und zog ihn hinter sich her. Sie erstiegen die hölzerne Leiter, die aus dem Kerker in die Eingangshalle des Wohnturms führte. Der Burghof lag in der Abenddämmerung, in einigen Fensternischen des Gesindehauses war Lichtschein zu sehen. Dort saß man am Feuer, um sich zu wärmen, denn die Nacht war kühl. Als sie hastig den Hof überquerten, hoben die Hunde, die um den Brunnen lagen, die Köpfe. Doch keiner schlug an. Das breite Burgtor besaß ein schmales Seitentürchen, das Fastrada für Brian öffnete.

»Nehmt dies«, hauchte sie, und er spürte einen ledernen Beutel in seiner Hand. »Gott sei mit Euch, Vater.«

Während er über die hölzerne Zugbrücke davoneilte, hielt er den Beutel fest umklammert. Brot war darin, Käse und einige reife Birnen. Brian rannte, so schnell seine steifen Beine ihn tragen konnten. Erst später, wenn er in Sicherheit war, wollte er versuchen, dieses Wunder zu begreifen, das ihm soeben widerfahren war.

૨૯

Mutter Ariana hatte lange vor dem zerbrochenen Altar auf den Knien gelegen und gebetet. Ob ihre Gebete jedoch erhört werden würden, das wusste sie nicht, denn schon seit Wochen hatten die Nonnen nicht mehr die Messe feiern und die Sakramente empfangen können. Schließlich war Brian, der Klosterpropst, noch immer nicht zurückgekehrt.

Mühsam stützte sich die alte Frau auf ihre Hände und richtete sich auf. Ihre Knie schmerzten und wollten den Dienst versagen, so dass sie erst eine kleine Weile warten musste, bis der Körper ihr wieder gehorchte. Sie konnte nur beten – vielleicht war das schon viel, möglicherweise aber zu wenig. Der Plan der jungen Grafentochter war waghalsig und verstieß zudem gegen alle Gebote des Anstands.

Mit vorsichtigen Schritten überquerte die Äbtissin den steinernen Boden des Kirchenraums und betrat den Vorhof. Nach den kalten, stürmischen Tagen war das Wetter noch einmal umgeschlagen und eine milde Herbstsonne wärmte die Mauern des Klosters. Der Wind blies nur schwach vom Meer her, setzte den Wellen schmale Schaumkämme auf und brachte den vertrauten Geruch der See mit sich.

Sie kam ins Refektorium, wo zwei Nonnen dicht an der Fensternische mit Näharbeiten saßen. Sie wirkten bedrückt.

»Es ist gut«, sagte Mutter Ariana ruhig. »Zeigt mir die Kappe. Wird sie auch nicht zu eng sein?«

»Wir haben genau gemessen, ehrwürdige Mutter.«

»Wann wird alles fertig sein?«

»Wir sind gleich zu Ende damit. Nur die Schuhe ...«

»Die Schuhe fertigt sie selbst.«

Die beiden Frauen wandten sich wieder ihrer Arbeit zu und tauschten hinter dem Rücken der Äbtissin hilflose Blicke. Was für ein Frevel! Schlimm genug, dass diese junge Frau so schamlos war, Männerkleidung anzulegen. Sie forderte sogar von den Nonnen, ihr diese zu nähen. Eine Männerhose, ein loser Kittel, der bis über die Hüften reichte, ein Gürtel und dazu auch noch Schuhe aus Leder. Die sollte sie nur selbst herstellen – die Nonnen von St. André gingen sommers barfuß und im Winter trugen sie wollene Socken und feste, harte Holzschuhe.

Mechthild saß währenddessen in der Küche auf dem Steinboden und plagte sich mit dem widerspenstigen Leder herum. Ihre Laune war ausgesprochen schlecht, denn sie hatte während der Nacht kaum ein Auge zugetan. Immer wieder war sie von einem lästigen Traum heimgesucht worden, so oft sie auch versucht hatte, ihn zu verscheuchen.

»Verfluchter Kerl«, murmelte sie zwischen den Zähnen und schrie dann leise auf, weil die Nadel abgeglitten war. Ärgerlich steckte sie den blutenden Mittelfinger in den Mund und hielt in der Arbeit inne. Erneut kam diese beschämende Vision über sie.

Sie stand am Strand, hörte die Wellen toben und sah vor sich eine kreisrunde Insel mit einem hohen, kegelförmigen Berg, dessen Fuß in weißem Dunst lag. Etwas unglaublich Süßes, Verlockendes ging von dieser Erhebung aus, und im Traum hätte sie ihr Leben und ihre Seligkeit darum gegeben, seinen Gipfel zu erklimmen. Sie tauchte ins Wasser und schwamm durch die kühlen hellgrünen Wogen bis zum Inselstrand, stieg dort an Land und wollte den ersehnten Aufstieg beginnen. Doch im Nebel war der Berg nicht mehr zu finden, stattdessen hörte sie das raue, kehlige Lachen des Wikingers, das von irgendwoher zu ihr drang. Er musste ganz dicht bei ihr sein, sie fast berühren, und doch konnte sie ihn nicht sehen. Jedes Mal lief sie wie eine Verrückte durch den weißen Dunst, von einer unwiderstehlichen Sehnsucht erfüllt, ihn zu finden, seine harten Arme zu spüren und von ihnen umschlungen zu werden. Zum Glück erwachte sie regelmäßig, ohne ihr Ziel erreicht zu haben, und sie musste sich die Tränen abwischen, denn – Himmel, wie beschämend! – sie hatte geweint vor Enttäuschung.

Warum träumte man solch peinliches Zeug? Bei klarem Verstand wären ihr niemals solche Wünsche gekommen. Wütend stach sie so auf das Leder ein, dass ihr wieder einmal die Nadel abbrach.

Es war schon ziemlich vertrackt mit diesen Klosterfrauen. Gestern noch hatten sie unter ihrer Leitung willig alle Arbeiten geleistet und sich sogar noch dafür bedankt. Aber kaum sollten sie etwas tun, was ihnen verwerflich erschien, da stellten sie sich an, als wolle sie ihnen die ewige Seligkeit rauben. Hatte sie etwa verlangt, dass auch nur eine einzige der Nonnen sie auf ihrem gefahrvollen Weg begleiten solle? Mitnichten. Eine Männerhose sollten sie ihr nähen – was war da schon dabei?

Entmutigt hielt sie den fertigen Schuh ins Licht. Er glich eher einem seltsam geformten Lederbeutel als einer Fußbekleidung. Warum nur hatte sie auch niemals Freude am Sticken oder Nähen gehabt? Die schönen Wandteppiche in der Festung hatte alle ihre Mutter gefertigt, aber Mechthild hatte kaum noch eine Erinnerung an sie, denn sie war nur wenige Jahre nach ihrer Geburt gestorben. Und der Vater hatte nie von ihr verlangt, sich im Handarbeiten zu üben. Stattdessen hatte sie das Reiten und Bogenschießen gelernt – wobei sie immer Männerkleidung angelegt hatte.

Sie griff zum Messer, um das Leder für den zweiten Schuh zu schneiden, doch ein Ruf aus dem Refektorium ließ sie innehalten.

»Brian! Es ist Brian. Öffnet das Tor. Brian ist zurück!«

Mechthild ließ Messer und Leder fallen und eilte in den Hof. Gott sei gedankt – er lebte. Ob er Erfolg gehabt hatte oder nicht, war jetzt völlig gleichgültig. Wichtig war nur, dass Brian, den sie solcher Gefahr ausgesetzt hatte, unversehrt wieder im Kloster angekommen war.

Als sich die schwerfälligen Torflügel öffneten und er in den Hof trat, wäre sie ihm vor Freude fast um den Hals gefallen. Nur sein erschrockenes Gesicht und die abwehrende Geste der rechten Hand hielten sie davon ab. So blieb sie dicht vor ihm stehen und strahlte ihn an.

»Brian. Ich hatte solche Sorge um dich. Bist du gesund? Was hast du da für einen seltsamen Umhang an? Ist das etwa ein Pelz?«

Sie sah, dass er tief errötete, und biss sich auf die Lippen. Da war sie wieder einmal viel zu rasch mit den Worten gewesen. Er war empfindlich, der kleine Brian. Ein unbedachtes Wort, ein dummer Scherz und er zog sich in sich zurück. Warum auch immer er sich jetzt in diesen merkwürdigen Mantel wickelte, es musste ihm sehr peinlich sein.

»Ich kehre unverrichteter Dinge zu Euch zurück, Herrin«, sagte er leise. »Es ist mir nicht gelungen, Rouen zu erreichen.«

Sie schüttelte den Kopf und lachte.

»Das ist nicht wichtig, Brian. Wichtig ist nur, dass dir nichts geschehen ist. Oder etwa doch?«

Sie betrachtete sein Gesicht. Kinn und Wangen, die er gewöhnlich rasierte, waren jetzt von einem durchsichtigen Bartflaum bedeckt. Darunter konnte sie deutlich die kaum verheilten Verletzungen sehen. Auch seine Lippe war geschwollen.

»Ich war ungeschickt genug, den Häschern des Grafen in die Hände zu fallen«, gestand er zerknirscht. »Doch seid ohne Sorge, Herrin. Ich habe Euer Versteck nicht verraten.«

Sie glaubte ihm aufs Wort und war tief gerührt. Er hatte sich schlagen und quälen lassen und dabei geschwiegen wie ein Grab. Schade nur, dass sich Arnulf inzwischen auch ohne Heirat zum Herrn beider Grafschaften gemacht hatte.

»Ihr werdet erschöpft sein, Vater«, sagte Mutter Ariana, die inmitten ihrer Nonnen stand und bisher nicht gewagt hatte, die Unterhaltung zu stören. »Stärkt Euch mit Speis und Trank und begebt Euch zur Ruhe.«

Doch Brian wehrte ab. Er sei nicht müde und werde seine Mahlzeit zur üblichen Zeit gemeinsam mit den Nonnen im Refektorium einnehmen.

»Dann werden wir Euch Tunika und Skapulier bringen, damit Ihr die Reisekleidung ablegen könnt.«

Mechthild sah ihm nach, wie er inmitten der Nonnen zum Eingang des Klosters ging, den schweren, pelzverbrämten Mantel eng um den Körper gezogen. Wenn ihr Blick sie nicht täuschte, dann war dies ein Frauenmantel. Wie um alles in der Welt war er dazu gekommen? Brian, der keusche, schüchterne Priestermönch, in den Armen einer schönen Frau? Was für eine Vorstellung! Und doch: Eine Bauerndirne hatte diesen kostbaren Mantel nicht getragen. Schon eher eine Herzogin.

Mechthild nahm sich vor, ihn nicht nach diesem Rätsel zu fragen, vermutlich würde er es früher oder später selbst lösen. Sie kehrte in die Küche zurück, wo sich jetzt einige Nonnen an der Feuerstelle zu schaffen machten, und betrachtete missmutig das Ergebnis ihrer Schusterarbeit. Der sackförmige Lederschuh war nicht nur unbequem, er sah auch lächerlich aus. Ärgerlich warf sie ihn in eine Ecke, schreckte dabei eine dicke graue Katze aus dem Schlummer und überließ ihr das unförmige Leder als Spielzeug. Wozu brauchte sie überhaupt Schuhwerk bei diesem schönen Sonnenschein? Ein Bauernknabe lief barfuß bis tief in den Herbst hinein!

Die Nonnen hatten ihre Kleidung inzwischen fertiggestellt und im Refektorium liegen gelassen. Erleichtert streifte sie das dunkle Nonnengewand ab und zog die Hosen an. Sie waren ein wenig zu weit, aber mit den angenähten Bändern ließen sie sich gut in der Taille befestigen. Der Kittel war aus grobem Sackleinen und kratzte an den Armen. Kein Vergleich zu den schönen seidenen Gewändern, die der Vater für sie bei den fahrenden Händlern erworben hatte. Leicht wie Schmetterlingsflügel waren sie auf der Haut gewesen, bunt bestickt mit ineinander verschlungenen Pflanzen und zierlichen Vögeln. Alles das war nun von Arnulfs gierigen Kriegern geraubt oder vom Feuer vernichtet worden. Sie band sich den Stoffgürtel um die Taille und drehte dann das Haar zusammen, um es unter der engen braunen Kappe zu verbergen. Sie hatte sich nicht entschließen können, das seidige lange Haar, das ihr Vater so sehr an ihr geliebt hatte, der Schere zu opfern.

Die Stunde der Mahlzeit näherte sich, und die Nonnen erschienen eine nach der anderen im Refektorium, um sich an ihre Plätze zu begeben. Nur wenige Schemel hatten den Überfall des Grafen überstanden, und man überließ sie den älteren Nonnen, während die jüngeren ihre Mahlzeit im Stehen zu sich nahmen. Die Vorleserin setzte sich der Einfachheit halber auf den Sims einer Fensternische und hielt das Buch, aus dem sie lesen würde, auf dem Schoß, denn auch das Lesepult war zertrümmert worden. Als Brian, in ein neues Habit gekleidet, im Refektorium erschienen war, teilte man den Getreidebrei und einiges Obst aus. Schweigen herrschte im Raum, nur von der eintönigen Stimme der Vorleserin unterbrochen, in die sich das Gekratze der Löffel und das Schmatzen der älteren Nonnen mischte.

Mechthild hatte sich ein wenig abseits auf den Boden gesetzt und spürte, während sie aß, die entsetzten Blicke der Schwestern auf sich gerichtet. Auch Brian musterte sie mit erstaunten Augen, konzentrierte sich dann jedoch gleich wieder, wie vorgeschrieben, ganz auf seinen Psalmentext.

Mechthild verbiss sich ein Grinsen – was mochte er jetzt von ihr denken?

Gleich nach dem Schlussgebet erhob sie sich und eilte die Treppe hinunter. Die schrägen Strahlen der Herbstsonne lagen immer noch warm und kraftvoll auf den alten Mauern und ließen hie und da einen glitzernden Einschluss im Gestein aufblitzen. Mechthild blinzelte in die Sonne, zog das kurze Hemd unter dem Gürtel glatt und ging entschlossen zur Nebenpforte. Sie hatte nicht vor, lange und umständlich von Mutter Ariana Abschied zu nehmen, denn sie wusste, dass die Äbtissin ihren Plan zutiefst missbilligte.

Doch als sie an der schmalen Tür zerrte, die wieder einmal klemmte, hörte sie hinter sich Brians aufgeregte Stimme.

»Herrin! Wie könnt Ihr so leichtsinnig sein. Wartet auf mich.«

Verärgert wandte sie sich um. Er hatte ihre Absicht wohl erraten, denn seine Züge drückten Erschrecken und Angst aus.

»Sei unbesorgt, Brian«, sagte sie abweisend. »Ich gehe nur zur Festung hinüber, um zu sehen, ob noch etwas zu retten ist.«

»Dann werde ich Euch begleiten, Herrin«, gab er zu ihrem Entsetzen mit Entschlossenheit zurück.

»Das ist unnötig«, wehrte sie ab. »Die Nonnen warten darauf, dass du ihnen die Messe liest, Brian. Dein Platz ist hier.«

Er schüttelte den Kopf, und sie konnte ihm ansehen, dass er sich auf keinen Fall umstimmen lassen würde. Brian mochte schwach und schüchtern wirken, doch er hatte einen harten Willen.

»Ich werde Euch wie ein Hündlein folgen, Herrin. Nie werde ich zulassen, dass Ihr ohne Schutz geht. Noch dazu in diesen Kleidern.«

Sie sprachen wenig miteinander, als sie den Weg zum Fluss hinuntergingen, um die Furt zu suchen. Brian war barfuß, genau wie sie, mit hochgezogenem Habit watete er durch das seichte Wasser, während sie sich nasse Hosenränder einhandelte. Als sie das andere Ufer erreichten, stieg er als Erster die Böschung empor und reichte ihr die Hand. Sie fasste zu und sprang geschickt zu ihm hinauf.

»Wenn man glauben soll, dass ich ein Knabe bin, musst du mit so etwas aufhören«, sagte sie lachend.

»Verzeiht«, sagte er errötend. »Es war sehr unbedacht von mir.«

Sie stand dicht vor ihm, noch ein wenig außer Atem von dem raschen Sprung, und er musste wider Willen auf die beiden schön geformten Hügel starren, die sich unter dem groben Hemd abzeichneten. O Himmel – wenn der Wind ihr den Kittel an den Körper drückte, würde niemand übersehen können, dass sie ein Weib war.

Mechthild hatte seinen Blick bemerkt. Wie dumm – sie hätte unter dem Gewand eine Binde fest um ihre Brüste wickeln müssen, um sie zu verbergen.

»Gehen wir, Herrin«, sagte er hastig und eilte voran.

Möwen kreisten über der Festung. Einige wagten sich in die noch glimmenden Trümmer hinab und wurden von ihren Kameraden kreischend angegriffen, wenn sie mit der Beute im Schnabel wieder emporflatterten. Mechthild spürte, dass der Brandgeruch ihr Übelkeit verursachte. Sie kniff die Lippen zusammen und sah starr geradeaus zum Meer hinüber, um sich nichts anmerken zu lassen. Brian hatte ihren Gesichtsausdruck jedoch längst bemerkt und richtig gedeutet. Das Herz wurde ihm schwer, wenn er daran dachte, was seine Herrin dort drüben erwartete. Sie war noch so jung, hatte noch nie zuvor solches Elend erlebt. Er war ungeheuer froh, in dieser Not an ihrer Seite sein zu können.

Vorsichtig begann er zu erzählen, um sie auf das Kommende vorzubereiten. Die beschämenden Umstände seiner Gefangenschaft verschwieg er, doch er berichtete, dass er nach seiner Flucht von einem Schiffer mitgenommen worden war, der seine Waren zur Flussmündung hinunterschiffte, um dort nach England überzusetzen.

»Die Nachricht von der gewissenlosen Tat des Grafen geht schon wie ein Lauffeuer durch das Land«, sagte er. »Alle sind empört. Niemand versteht, weshalb er die Feste abbrennen ließ. Hätte es nicht genügt, sie einzunehmen? Warum musste er sie zerstören?«

»Aus Neid«, sagte Mechthild leise. »Er will meinen Vater auch nach seinem Tod noch vernichten. Oh, wie ich ihn hasse!«

»Hass ist eine Sünde, Herrin«, gab Brian sanft zurück. »Ihr solltet Euch davon frei machen und besser Mitleid mit ihm haben, denn seine Seele gehört der Hölle.«

»Ich wünschte, er säße schon drin«, knurrte Mechthild wütend. »In einem glühenden Eisenkessel würde ich ihn gern schmoren sehen. Die schwarzen Teufel sollen ihn mit ihren Spießen und Zangen plagen, und ein dreiköpfiger Drache soll ihn mit seinem Feueratem anhauchen, dass ihm Haar und Bart verbrennen.«

»Versündigt Euch nicht, Herrin«, warnte Brian. Aber er musste über ihre lebhafte Schilderung des höllischen Feuers doch lächeln, denn sie gefiel ihm.

Sie standen vor der leeren Maueröffnung, die früher durch das eisenbeschlagene Tor verschlossen gewesen war. Rauch erhob sich aus dem Inneren der Feste, verkohlte Balken ragten aus der grauen Asche empor, der Brandgeruch war so stark, dass jetzt auch Brian von Übelkeit geplagt wurde. Sie blieben zögernd stehen.

»Wartet hier auf mich, Herrin«, sagte Brian und ergriff ein Holzstück. »Ich werde nachsehen, ob noch etwas zu retten ist.«

Er ging auf bloßen Füßen in die Asche hinein, schob ein paar schwarz verbrannte Hölzer beiseite und zog den Fuß dann rasch zurück, denn er hatte sich an einem noch glimmenden Holz verbrannt.

»Die Flammen haben ganze Arbeit geleistet«, sagte er beklommen. »Es ist alles vernichtet.«

Mechthild näherte sich dem steinernen Sockel des Wohnturms, der mit Schutt und verkohltem Holz angefüllt war. Diese Asche war alles, was von dem schönen Rittersaal, in dem sie ihre Kindheit verbracht hatte, übrig geblieben war. All die kostbaren Wandbehänge, die hölzernen Truhen, ihre seidenen Gewänder, alles, was ihnen lieb und teuer gewesen war – es war für immer verloren. Der Rauch, der immer noch in dünnen Fäden zum Himmel aufstieg, trug es davon.

Ihr Fuß stieß an einen kleinen, harten Gegenstand, und sie hob ihn auf, um ihn von der anhaftenden, schwarzen Asche zu befreien. Es war eines jener kostbaren, grünlichen Trinkgläser vom Tisch ihres Vaters – jetzt zu einem unförmigen Klumpen zusammengeschmolzen.

»Es hat wenig Sinn, Herrin«, sagte Brian bekümmert. »Lasst uns die Feste verlassen. Alles Vergängliche wird zu Staub, um neu daraus zu erstehen, wenn der Herr es will.«

Schweigend folgte sie ihm zum Ausgang der Anlage, ging eine Weile hinter ihm her und wandte sich dann um. Wie unüberwindlich hoch waren diese Mauern. Wie stark und gewaltig die achteckigen Mauertürme, die völlig unversehrt von den Flammen in den Himmel ragten. Kein Angreifer hätte diese Feste von außen einnehmen können – Arnulf konnte nur durch eine List ans Ziel gelangt sein.

»Er soll es büßen«, flüsterte sie leise und ballte die Fäuste. »Eines Tages wird er mir dafür bezahlen, ich schwöre es bei meinem Leben und bei meiner Seligkeit.«

Brian seufzte, denn er wollte sie in diesem Moment der

Verzweiflung nicht tadeln. Doch fand er, dass einem Weib Demut eher zustand als Rache.

Die Sonne lag schon wie eine rote Kugel auf den Hügeln im Westen. Die schwelenden Hölzer schwängerten selbst hier, in einiger Entfernung zur Feste, noch die Luft, nur der Wind, der jetzt auffrischend vom Meer herüberblies, brachte Erleichterung.

»Lass uns zum Meer hinuntergehen«, sagte sie. »Ich brauche jetzt Wellen und Wind, um mich von diesem Anblick zu befreien.«

Er nickte, sah aber ein wenig bedenklich mit zusammengekniffenen Augen nach Westen hin, denn die Sonne würde in Kürze untergehen. Es war nicht ratsam, in die Dunkelheit zu geraten.

Je näher sie der Brandung kamen, desto lebhafter wurde Mechthild. Tief sog sie die feuchte Meeresbrise ein, spürte, wie der vertraute Geruch nach salzigem Wasser, nach sprühender Gischt und unendlicher Weite den scheußlichen Brandgestank aus ihrem Gedächtnis vertrieb. Sie lief in die kleinen Wellen hinein, ließ sie über ihre Füße streicheln, bückte sich und benetzte Beine, Hände und Gesicht mit Meerwasser.

Brian war währenddessen am Strand stehen geblieben, um den Saum seines Mönchsgewandes sorgfältig von den grauen Ascheflecken rein zu waschen. Als er sich wieder zu Mechthild umwandte, um sie zur Eile zu mahnen, traute er seinen Augen nicht.

Dort im Meer stand Eva in paradiesischer Unschuld, aus Lehm geschaffen und im Licht der sinkenden Sonnenkugel rosig schimmernd. Die nasse Kleidung schmiegte sich eng an Mechthilds Körper, zeigte alle seine verführerischen Rundungen, die braune Kappe war ihr vom Kopf geglitten und das lange Haar wehte weich im Meereswind. Brian spürte, wie sein Herz zu springen begann. War das der Teufel, der nach seiner Seele griff? Oder war es nicht doch eher eine himmlische Erscheinung?

Er stand wie festgebannt, unfähig, einen Gedanken aufzunehmen, vollständig gefesselt von dem schönen Bild.

»Brian! So hör doch, verdammt! Dreh dich um!«

Er begriff erst, als sie heftig mit den Armen zu gestikulieren begann und auf etwas hinwies, was sich hinter ihm abspielen musste. Als er sich endlich umwandte, konnte er gerade noch vor dem herangaloppierenden Pferd zur Seite springen. Das Wasser spritzte unter den Hufen auf, er hörte Mechthilds hellen Schrei und nahm nur am Rande wahr, dass zwei weitere Reiter ins Wasser stürmen wollten.

»Was für eine hübsche kleine Wassernixe! Komm, lass dich einfangen, Nixlein. Lauf nicht davon, du entkommst uns ja doch nicht.«

Es waren bewaffnete Krieger mit struppigen Bärten und ledernen Beinkleidern. Ihr Lachen klang wild und voll gierigem Vergnügen, ein widerstrebendes Weib vor sich herzujagen, bis es stürzte und ihnen zu Willen sein musste.

Brians Fuß stieß an einen Stein, der vor ihm auf dem Boden lag, er bückte sich, wog den Steinbrocken in der Hand und warf, so fest er vermochte.

Ein wütender Schrei war die Antwort. Brian spürte, wie ein Rausch ihn überkam. Wie einst David den Goliath besiegte, so würde er diese Männer in die Flucht treiben. Er lief hin und her, griff einen Stein nach dem anderen und schleuderte sie auf Reiter und Pferde. Die Tiere wieherten und bäumten sich auf, einer der Reiter verlor das Gleichgewicht und stürzte ins Wasser, ein anderer war am Kopf getroffen worden und brüllte vor Wut. Brian ließ nicht nach, warf mit all seiner Kraft, bis er seinen Arm kaum noch fühlen konnte und kein Geschoss mehr zu finden war.

Die Männer liefen im Wasser herum, hatten Mühe, die aufgeregten Pferde zu beruhigen, fluchten gotteslästerlich, weil ihre Schwerter nass geworden waren, und kehrten schließlich an den Strand zurück.

»Dreckiger Mönch! Das hast du dafür!«

Ein harter Schlag mit der Faust traf ihn vor die Brust, er taumelte und stürzte in den Sand. Es wurde dunkel um ihn, das Meer rauschte in riesigen, meterhohen Wogen über ihn hinweg und spülte ihn davon. Trug ihn mit sich fort und schwemmte ihn in den großen Strom hinein, der sich am Rand der Weltenscheibe mit dem Gewässer der Ewigkeit vereinigt.

Eine zärtliche Stimme rief seinen Namen. Eine weiche Hand berührte seine Stirn, rieb seine Wangen, seine Schläfen. Ein warmer, feuchter Mund legte sich auf den seinen und hauchte ihm Leben ein.

»Brian«, schluchzte Mechthild. »Brian, du bist ein Held. Du bist mutig wie kein anderer. Brian, lieber Brian. Bitte wach auf!«

❧

Die Nonnen von St. André bekreuzigten sich und zogen die Köpfe ein. Ach, wenn ihre junge Herrin doch nur ein wenig frömmer und demütiger wäre – am Ende wären die schlimmen Prüfungen, die der Herr über das Kloster und das ganze Land verhängt hatte, dann weniger hart ausgefallen. Mechthild war außer sich vor Zorn. Wie ein gefangenes Tier lief sie im Refektorium hin und her, blieb unvermittelt stehen, ballte die Fäuste und fluchte so gotteslästerlich, dass die armen Nonnen angstvoll zur Decke blickten.

»Dieser bocksfüßige Teufel in Menschengestalt. Warum tut sich nicht die Hölle auf, um diesen schleimigen Verräter zu verschlingen? Die ewige Verdammnis ist noch viel zu harmlos für diesen Lumpen!«

Unten im Klosterhof standen mehrere Bauern, der gerade erlebte Schrecken lag noch auf ihren Gesichtern. Sie hatten zwei junge Frauen ins Kloster gebracht, die von Arnulfs Kriegern übel zugerichtet worden waren. Aufgeregt berichteten die Männer von den Geschehnissen der letzten Tage. Im ganzen Land seien berittene Boten unterwegs, raue Kerle, die in die Höfe eindrangen und sich nahmen, was ihnen gefiel. Ihre Botschaft wurde überall mit Entsetzen aufgenommen, doch hatte sich rasch gezeigt, dass es ratsam war, gute Miene zum bösen Spiel zu machen. Graf Arnulf habe in seiner großen Güte und Sorge beschlossen – so hieß es –, sich des verwaisten Landes seines Waffenbruders Konrad anzunehmen und die Untertanen unter seinen Schutz zu stellen. Dafür habe jeder Unfreie dem Grafen unverzüglich den Zehnten zu entrichten. Außerdem forderte Arnulf eine zusätzliche Abgabe als Sold für seine Krieger, die von Freien und Unfreien, Kaufleuten und Geistlichen zu zahlen sei.

»Er hat alle Güter und Vorräte aus der Feste meines Vaters weggeschleppt und will von den Bauern jetzt noch einmal den Zins einziehen«, tobte Mechthild. »Er brennt die Feste meines Vaters nieder und wir dürfen seinen Kriegern den Sold dafür bezahlen. Was für ein dreckiger Lump! Warum findet sich denn weit und breit niemand, der ihn in seine Schranken weist? Verdammt noch einmal – hat dieses Land keine Männer mehr? Ist denn mein Vater der Letzte gewesen mit Mut und Entschlossenheit?«

Mutter Ariana hatte wie immer zur Besonnenheit gemahnt. Man könne den Lauf der Dinge nicht ändern – dafür aber das Unglück der Menschen lindern, Kranke pflegen und Hungernde speisen, solange das Kloster selbst noch Vorräte hatte.

»Wäre ich ein Mann – ich würde zu Arnulfs Burg reiten und ihn zum Kampf fordern«, schimpfte Mechthild und stampfte mit dem Fuß auf.

Oh, warum musste sie in diesem lächerlichen Nonnenkleid herumlaufen? Warum hatte sie sich überhaupt hier im Kloster verborgen, anstatt auf der Feste ihres Vaters zu warten? Sie, Mechthild, hätte Arnulf ganz gewiss nicht in die Burg eingelassen. Lieber wäre sie unter seiner Belagerung verhungert, als ihm freiwillig ihres Vaters Burg zu geben. Ach, sie hatte alles falsch gemacht.

»Es gibt Zeiten, in denen Gott uns Prüfungen auferlegt«, sagte Mutter Ariana leise. »Betet um Geduld, Herrin. Die Zeiten sind dunkel, aber ich weiß, dass Euer Licht eines Tages leuchten wird. Ich weiß es ganz gewiss.«

Mechthild hatte wenig Sinn für solch fragwürdigen Trost. Die Hände in den Schoß legen und auf bessere Zeiten hoffen war ihre Sache nicht. Und doch war ihr Plan, sich in Rouen Hilfe zu holen, gerade jetzt fast unmöglich geworden. Überall im Land ritten die Häscher des Grafen umher, schnüffelten in jedem Gasthof, zählten das Vieh auf den Weiden und – so hörte man – kontrollierten sogar jedes Schiff, das mit Waren beladen den Fluss befuhr. Wer ihnen in die Hände fiel, dem konnte es übel ergehen.

Mechthild hatte guten Grund, dies zu glauben, wäre sie doch selbst vor einigen Tagen fast ein Opfer dieser Leute geworden. Brian, der kleine und doch so mutige Priestermönch, hatte sie gerettet und dabei fast sein Leben gelassen. Mit viel Mühe hatte sie den halb Bewusstlosen zurück ins Kloster geschafft, wo Mutter Ariana sich seiner annahm. Brian atmete unter Schmerzen und hatte die ganze Nacht über stöhnend auf dem Lager gelegen. Der Mönch musste Schlimmes gesehen und erlebt haben, denn Mutter Ariana, die bei ihm wachte, hörte in seinen wirren Traumreden, dass er mit aller Kraft wider den Versucher kämpfte und große Furcht hatte, den Verlockungen des Bösen zu erliegen.

Am Morgen war Brian jedoch aufgestanden, um trotz aller Schmerzen die Messe zu lesen und den Nonnen die

Sakramente auszuteilen. Danach hatte er sich tagelang in eines der Nebengebäude zurückgezogen, weder Speise noch Trank, nur Wasser zu sich genommen und mit niemandem gesprochen. Selbst Mechthild, die sich um ihn sorgte und mit ihm reden wollte, hatte unverrichteter Dinge wieder umkehren müssen. Erst als die verzweifelten Bauern das Kloster aufsuchten, um bei den Nonnen Schutz und Hilfe vor Arnulfs Gewalt zu finden, war Brian im Hof erschienen. Geduldig saß er dort auf einem Stein und hörte den Menschen zu, stellte Fragen, gab Trost und bat die Nonnen, die Hungrigen mit einer Mahlzeit zu versorgen. Mechthild, die aus der Fensternische des Refektoriums immer wieder einen Blick in den Hof hinunter tat, musste schließlich zugeben, dass die Äbtissin und Brian in diesem Augenblick das einzig Richtige taten. Sie leisteten Hilfe in der Not.

Für einen Ordensmann und eine Nonne mag das genug sein, dachte sie bitter. Nicht aber für eine Herrin, die für ihr Land Verantwortung trägt.

Aber war sie überhaupt noch die Herrin ihres Landes? War sie es jemals gewesen? Beklommen sah sie hinunter in den Hof, wo Brian eine der Bäuerinnen segnete und die Nonnen Schüsseln mit Hirsebrei herumreichten. Plötzlich beneidete sie die Klosterfrauen und auch Brian, den Priestermönch. Sie konnten die Aufgaben erfüllen, die sie sich in dieser Welt gestellt hatten. Sie waren trotz allem Unglück mit sich selbst im Reinen. Sie, Mechthild, war dazu nicht in der Lage. Nichts von dem, was ihr Vater sie gelehrt hatte, würde sie in die Tat umsetzen können. Die Feste war zerstört, Konrads Krieger hatten sich in alle Winde zerstreut und sie selbst war machtlos. Und warum? Weil sie keine Burg verteidigen, nicht ihrem Heer in den Kampf vorausreiten, ja nicht einmal eine Waffe führen konnte. Weil sie eben nur eine Frau war.

Sie war dazu verdammt, hier oben ziellos umherzulaufen und nutzlose Pläne zu schmieden. Mutlos wandte sie sich vom Fenster ab und lehnte sich mit dem Rücken gegen die Mauer. Sollte es wirklich keinen Ausweg geben? Das durfte nicht sein. Sie spürte doch die Kraft in sich, dieses Land zu verteidigen. Es war ihr Land, das Erbe ihres Vaters, und sie würde es diesem elenden Verräter eines Tages wieder abnehmen. Sie musste nur nachdenken und auf eine kluge Lösung sinnen.

Die Lage war schlecht, wenn nicht gar aussichtslos. Sie war tief unten im Tal angekommen, dort, wo die Bäche im Morast versickerten und finsteres, undurchdringliches Gehölz den Boden bedeckte. Aber von hier aus konnten alle Wege nur noch hügelan führen.

Sie straffte sich und hob die Schultern. Auf der gegenüberliegenden Seite des Raumes blitzte helles Licht durch die beiden schmalen Fenster und zog sie auf geheimnisvolle Weise an. Dahinter erstreckte sich das Meer, in dem sich die Sonne spiegelte. Immer hatte sie Sturm und Wellen geliebt, sie waren ihre Freunde und Bundesgenossen, machtvoller und gewaltiger als alle feindlichen Krieger. Vielleicht brauchte sie nur auf das Meer hinauszusehen, um neuen Mut zu schöpfen.

Langsam durchquerte sie den Raum und drängte sich in die enge Fensternische. Das Mittagslicht lag gleißend auf der ruhigen Wasseroberfläche, ließ die kleinen Wellen aufblitzen wie silbrige Scherben und malte seltsam geformte Schattengebilde neben die Granitfelsen in den Sand. Viereckige rote und braune Fetzen schienen dicht über der glatten Wasserfläche zu schweben, dunkle, langgezogene Linien zielten auf die Küste. Sie fuhr zusammen.

Spielten ihre Augen ihr einen Streich? Aber dann, als sie den Blick geschärft und die viereckige Form der Segel erfasst hatte, durchfuhr sie kaltes Entsetzen. Drachenboote!

Fünf schmale Schiffe näherten sich der Küste gleich einem Bündel heranfliegender Pfeile. Sie starrte reglos auf die nahende Streitmacht, sah die runden, bunt bemalten Schilder längs der Reling aufgereiht, dahinter die gebückten Körper der Ruderer, die die Boote mit kräftigen Armen vorantrieben. Erst als sie die rauen Befehlsrufe und das Geklirr ihrer Schwerter und Äxte zu hören glaubte, begriff sie, dass die ersten Boote bereits den Strand erreicht hatten. Mit einem gellenden Schrei stieß sie sich von der Brüstung der Fensternische ab, taumelte durch den Raum und stolperte die Treppe hinunter in den Hof.

»Wikinger!«, keuchte sie heiser. »Eine ganze Flotte. Sie sind schon gelandet!«

Die Menschen im Hof fuhren auseinander, hölzerne Schüsseln fielen in den Staub, Entsetzen verbreitete sich. Jeder wusste, was ein Überfall der Wikinger bedeutete, war man ihnen doch erst vor wenigen Monaten ausgeliefert gewesen. Brians Augen waren groß und schreckensweit auf Mechthild gerichtet.

»Das Tor!«, rief er. »Wir müssen das Tor schließen!«

Hilfloses Getümmel entstand. Brian und Mechthild stürzten mit einigen der Nonnen zum Klostertor, um die schweren Torflügel zu bewegen, doch die Bauern wollten hinaus zu ihren Höfen eilen, um ihre Familien zu schützen. Sie stießen die Nonnen beiseite und verhinderten das Schließen des Tores. Kaum hatten sie jedoch das Kloster verlassen, da sahen sie sich den ersten wild heranstürmenden Nordmännern gegenüber und sie strebten verzweifelt wieder zurück in den Schutz der Klostermauern.

Ungehindert brandete die Streitmacht der Wikinger in das kleine Kloster hinein. Wildes Kriegsgeschrei übertönte das Jammern der Frauen, blinkende Äxte wurden von sehnigen Armen geschwungen, schon sanken zwei der Bauern mit klaffenden Schädelwunden in den Staub. Die Angreifer waren hünenhaft gewachsene Burschen, das lange blonde Haar umwehte ihre bärtigen Gesichter, aus ihren hellen Augen sprühte die Eroberungslust. Kopflos stoben die Frauen in alle Richtungen auseinander, versuchten sich in den Nebengebäuden zwischen Geräten und Schweinen zu verbergen, krochen in die Asche der Feuerstelle oder suchten Schutz in der Kirche hinter dem Altar. Es war umsonst, die wilden Kämpfer traten die Türen mit donnernden Tritten ein und zogen die Frauen wie Beutegut aus ihren Verstecken.

Mechthild hatte der heranstürmenden Flut im Hof standgehalten. Schützend stellte sie sich vor Mutter Ariana, die ebenfalls ausharrte, Brian war an ihrer Seite geblieben, entschlossen, seine Herrin bis zum letzten Blutstropfen zu verteidigen. Sein blasses Gesicht hatte sich belebt, es leuchtete in einer Art von Verzückung, die Mechthild ganz und gar unbegreiflich war. Sehnte er sich gar danach, im Kampf zu sterben?

Es blieb ihr keine Zeit, zu staunen. Einige der blonden Krieger hatten sie umringt, eine Hand riss ihr den Schleier herunter und ihr langes Haar löste sich auf. Die Männer schnalzten mit den Zungen und riefen sich Worte zu, die sie nicht verstehen konnte. Brian, der sich schützend vor sie warf, stieß man beiseite wie einen leichten Strohsack. Ein rotbärtiger Krieger packte ihren Arm und zerrte an ihrem Gewand, ein anderer fasste sie um die Taille und wollte sie davonschleppen. Sie schrie und schlug wild um sich, sah Brian, der sich aufbäumte und wieder beiseitegestoßen wurde. Eine Axt blinkte über ihr, der Arm, der um ihre Mitte lag, löste sich und gab sie frei, dafür fasste die Hand des Rotbärtigen den Stoff ihres Nonnenkleides, und sie spürte, wie es an der Schulter auseinanderriss. Sie begriff, dass man um sie stritt, dass jeder dieser Räuber die schöne Beute für sich haben wollte, und sie wusste in diesem Augenblick plötzlich, dass es für Konrads Tochter nur diesen einen Weg gab: Sie würde kämpfen.

Wie eine Furie stürzte sie sich auf den großen Mann, krallte sich in seinen Bart und versuchte, die Finger in seine Augenhöhlen zu drücken. Der Angriff kam für den Wikinger so überraschend, dass er vor Schmerz aufbrüllte und zunächst keine Bewegung machte, um sich zu wehren. Dann jedoch packte er ihre Arme mit wütenden Fäusten, kümmerte sich wenig um ihre Fußtritte und stieß ihren Körper grob gegen die Klostermauer. Mechthild schlug mit dem Hinterkopf gegen den Stein, spürte aber keinen Schmerz, sondern nur eine dumpfe Taubheit, die ihr den Atem nehmen wollte.

Wie in einem bösen Traum sah sie die Gestalten der wilden Krieger im Klosterhof, hörte die Schreie der Nonnen, das Lachen und Stöhnen der Männer, das Krachen der eingedrückten Türen. Erneut drangen mehrere Krieger auf sie ein, stießen sich gegenseitig beiseite, brüllten unverständliche Flüche, packten sie, um ihr das Gewand vom Körper zu reißen.

Doch in diesem Augenblick durchfuhr eine laute Stimme den Hof, übertönte mühelos alle anderen Geräusche, und die Männer hielten inne. Einer der Ihren war am Tor erschienen, ein großer, kräftiger Mann, in ein rotes Wams und enge, lederne Hosen gekleidet, sein Kupferhelm mit dem nach vorn gezogenen Nasenschutz blinkte im Sonnenlicht. Unwillig sahen die Männer zu ihm hinüber, und doch wagten sie nicht, sich seinen Befehlen zu widersetzen. Widerstrebend lösten sich die Hände aus Mechthilds halb zerrissenem Kleid, die wilden Krieger traten zurück und gaben ihrem Anführer den Weg frei.

Sie erkannte ihn erst auf den zweiten Blick, denn der Helm, unter dem sein blondes, leicht gelocktes Haar hervorquoll, bedeckte Stirn und Wangen. Dieser fränkische

Helm war so kostbar gearbeitet, dass sogar ihr Vater stolz gewesen wäre, ihn zu besitzen. Der Wikinger hatte ihn ohne Zweifel auf einem seiner Raubzüge erbeutet.

Plötzlich war ihr Mut wieder zurückgekehrt und mit ihm der Zorn. Sie hatte diesen Kerl, der jetzt so prächtig daherkam, mit Brei gefüttert und seine Wunden verbunden.

»So lohnst du mir, dass ich dein Leben gerettet habe!«, fauchte sie ihn an, während sie gleichzeitig versuchte, ihre Blöße zu bedecken.

Er blieb ernst, verzog keine Miene. Nur seine Augen glänzten hell unter dem Rand des Helms.

»Ragnar zahlt immer seine Schuld«, gab er ruhig zurück. »Mein Leben gegen das deine. Es wird dir von meinen Kriegern nichts geschehen.«

Sie hätte fast gelacht. Nachdem man sie geschlagen, gegen die Wand gestoßen und fast vergewaltigt hatte, würde ihr nun nichts geschehen. Großmut der Wikinger!

»Ich fordere, dass auch den Klosterfrauen nichts mehr angetan und dass der Schaden im Kloster bezahlt wird«, rief sie. »Du bist unter unserem Schutz gewesen und hast kein Recht, uns jetzt auszuplündern!«

Er ließ seinen Blick an ihr hinabgleiten, und sie zitterte, denn die rechte Hälfte des Gewandes war ihr vom Körper gerissen worden. Dennoch hob sie trotzig das Kinn und stellte eine weitere Forderung.

»Und auch die erschlagenen Bauern wirst du bezahlen und ihre Familien entschädigen!«

Jetzt überzog ein heiterer Zug sein Gesicht, ihre Frechheit schien ihn zu amüsieren.

»Die Knechte der Franken sind jetzt meine Knechte«, gab er zurück, und seine Miene wurde hart. »Und du, hochmütige Fränkin, kommst mit uns.«

»Was fällt dir ein?«, schimpfte sie, außer sich vor Wut. »Ich denke gar nicht daran. Hältst du so dein Wort, Wikinger? Gerade eben noch hast du erklärt, dass mir nichts geschehen wird.«

»Ich halte mein Wort«, sagte er. »Du gehörst mir.«

Sie begriff, was er meinte, und erblasste. Neidvolle Blicke der Männer trafen sie – doch keiner wagte es, Hand an sie zu legen. Sie war Eigentum des Anführers.

Ragnar riss einem seiner Krieger den Umhang von der Schulter und warf ihn ihr zu.

»Bedecke dich, Sklavin. Ich mag nicht, wenn fremde Augen dich anstarren. Ab jetzt wirst du mir gehorchen.«

Sie stand wie erstarrt, hielt den roten Umhang in den Händen und hätte ihn dem unverschämten Kerl gern vor die Füße geworfen. Doch Ragnar wusste ihr Aufbegehren rasch zu ersticken.

»Meine Krieger können das Kloster niederbrennen und die Nonnen erschlagen. Wir können auch im Frieden gehen. Wähle, Fränkin, was dir lieber ist.«

Sie sollte sich ihm ohne Widerspruch ergeben, sonst würde er seinen Zorn an den unschuldigen Nonnen auslassen. Oh, er war ein Teufel, dieser Ragnar. Er stand Arnulf an Bosheit in nichts nach.

Sie biss sich wütend auf die Lippen und senkte den Kopf zum Einverständnis. Schon bald darauf saß sie, eingehüllt in den roten Umhang, am Bug eines der fünf schmalen Wikingerschiffe und sah zu, wie sehnige Arme und Schultern die Ruder bewegten. Unter dem Zelt aus Häuten hinter dem Segelmast befanden sich die silbernen Geräte und Reliquien des Klosters, wohlverwahrt in eisenbeschlagenen Kisten. Dieses Mal waren die Eroberer fündig geworden, und sie dachten gar nicht daran, diese Schätze liegen zu lassen. Dafür hatten sie darauf verzichtet, noch einmal Feuer in den Gebäuden zu setzen und die Vorräte vollständig zu plündern. Großmut der Wikinger, dachte Mechthild bitter. Der Sieger bestimmte, was Recht ist und wie die Abmachungen eingehalten werden. Und das nannte dieser Kerl nun »sein Wort halten«. Wenn sie jemals etwas in ihrem Leben bedauert hatte, dann war es ihre zögerliche Hand damals am Meeresufer. Hätte sie ihm doch dieses Speerende in den Rücken gerammt, anstatt es herauszuschneiden und ihm heilende Salbe aufzulegen.

Dicht vor ihr stand Ragnar, breitbeinig, seinen Körper mühelos den Bewegungen des Schiffes anpassend. Er trieb seine Männer mit knappen Befehlen voran, ließ dabei aber die Flussufer nicht aus den Augen. Irgendwo weit hinten, in einem der schmalen Boote, die wie schlanke Fischwesen mit den Köpfen magischer Fabeltiere das Wasser durchschnitten, saß Brian, an Händen und Füßen gefesselt. Ragnar hatte befohlen, ihn mitzunehmen.

Das Ziel der Fahrt war Graf Arnulfs Feste.

Der Himmel war düster geworden, von See her schoben sich graue Regenwolken heran, die ersten Tropfen klatschten den Ruderern auf die breiten Rücken und Schultern. Mechthild wickelte sich fröstelnd so eng wie möglich in den Umhang, das lange Haar hatte sie zusammengedreht, damit der Wind nicht sein Spiel damit trieb. Trotz der Anstrengung des Ruderns drehten die Männer immer wieder die Köpfe, um über die Schultern hinweg begehrliche Blicke auf die schöne, junge Frau am Bug des Schiffes zu werfen.

Wider Willen musste sie die Wikinger bewundern. Wo die fränkischen Händler ihre Boote langsam flussaufwärts treidelten, da ruderten die schmalen Schiffe der Nordmänner scheinbar mühelos in rascher Fahrt gegen den Strom. Freilich half ihnen jetzt der vom Meer landeinwärts blasende Wind, die viereckigen Segel, auf denen seltsame, magische Zeichen aufgestickt waren, blähten sich und verliehen den ohnehin schnellen Booten noch zusätzliche Fahrt.

Kein Wunder, dachte sie, dass diese Kerle überall einfallen, wo es Wasser und Küsten gibt. Auf See sind sie ganz sicher allen anderen Schiffern überlegen.

Ragnar wechselte ständig seinen Standort, unablässig damit beschäftigt, die Umgebung zu erspähen und Anordnungen zu treffen. Immer wieder sprang er auf, rief Steuermann und Ruderern knappe Befehle zu, die auf der Stelle befolgt wurden. Scheinbar herrschte unter den wilden Gesellen eine strenge Rangordnung, ähnlich, wie es unter den Kriegern ihres Vaters der Fall gewesen war. Trotz ihrer Gefangenschaft machte es ihr fast Vergnügen, den Wikinger bei seinem Tun zu beobachten.

Ragnar war hochgewachsen, doch nicht größer als seine Kumpane, unter denen es etliche gab, die ihn an Gewicht und Muskelkraft übertrafen. Dennoch wurde er von allen als Anführer respektiert. Nicht nur die Besatzung dieses Schiffes gehorchte ihm aufs Wort, auch die übrigen Boote richteten sich nach seinem Willen. Gebannt sah Mechthild zu, wie leichtfüßig und geschickt er sich auf dem vollbesetzten Schiff bewegte, wie er ein Tau ergriff und sich über das Zelt in der Mitte des Bootes hinwegschwang, um ans Heck zu gelangen, oder wie er auf der Reling balancierend mit den Armen Zeichen gab, die drüben auf den übrigen Schiffen sofort verstanden und befolgt wurden.

Großartig, dachte sie verbittert. Ich habe einem Wikingerfürsten das Leben gerettet. Ein Unglück kommt selten allein.

Der Regen war stärker geworden, durchweichte Haare und Kleider und ließ die nackten Arme der Männer vor Nässe glänzen. Auch Ragnars Kleidung war durchnässt, die ledernen Beinkleider umschlossen seine sehnigen Oberschenkel, und sie konnte das Spiel seiner Muskeln beobachten, wenn er sich auf dem schmalen Schiffsdeck bewegte. Unwillkürlich erinnerte sie sich daran, wie er bäuchlings vor ihr im Stroh gelegen hatte und sie seinen Körper bewundert hatte. Oh, wie sträflich dumm sie gewesen war! Ein Raubtier hatte sie genährt, sich an seiner wilden, kraftvollen Schönheit berauscht, um anschließend von ihm gefressen zu werden.

Der starke Regenguss kräuselte die Wellen des Flusses, in den Booten wurde mit schaufelartigen Eimern Wasser aus dem Kielraum geschöpft, das dort hineingesickert war. Die Flussufer waren in graue Nebel gehüllt, nur hin und wieder gab ein Windstoß Ausblick auf die dichten Wälder, an denen die Flotte vorüberglitt. Mechthilds Herz begann, unruhig zu schlagen, denn man würde Arnulfs Feste in Kürze erreichen, sie im Nebel jedoch nicht erkennen können. Wusste Ragnar, wo er sich befand? Oder würde er ahnungslos am Ziel seiner Fahrt vorüberziehen? Vielleicht gäbe dies den Franken eine Chance, den Feind rechtzeitig zu bemerken und den Angreifern zuvorzukommen? Sie wusste plötzlich nicht mehr, ob sie Arnulf oder Ragnar den Sieg wünschte. Das eine war so schlimm wie das andere.

Doch wenige Minuten später begriff sie, dass Ragnar die Gegend sehr genau kannte. Die Wikingerflotte steuerte eine kleine Bucht an: Sobald sie auf den Flusssand aufgelaufen waren, sprangen die Männer aus den leichten Booten und zogen die Schiffe ans Ufer. Das ganze Manöver lief rasch und leise ab, jeder Handgriff saß, jeder wusste, wo sein Platz war und was er zu tun hatte. Die wilde Meute, die brüllend und Äxte schwingend ins Kloster eingebrochen war, bewährte sich hier als eine hervorragend eingespielte Mannschaft unter ihrem jungen, umsichtigen Anführer.

Man zog die Schiffe unter den Schutz der Bäume, ohne die Gefangenen dabei weiter zu beachten. Zweige schlugen Mechthild ins Gesicht, und als ein dicker Ast sie an der Schulter traf, schrie sie leise auf. Blitzschnell wandte Ragnar sich zu ihr um.

»Schweig, sonst stopfe ich dir den Mund«, zischte er ihr zu. »Runter mit dir. Leg dich hin und rühr dich nicht.«

Sie folgte dieser Anweisung, kochte innerlich jedoch vor Zorn. Was für eine Frechheit, sie so herumzukommandieren! Aber was erwartete sie auch anderes von diesen ungehobelten Heiden? Voller Unruhe lag sie zusammengekauert auf den Bootsplanken, spürte die harten Hölzer unter sich und fragte sich, ob sie die ganze Nacht in dieser unbequemen Lage würde verbringen müssen. Wie mochte es Brian ergehen?, dachte sie sorgenvoll. Sie hatten ihm Hände und Füße gebunden, so dass seine Lage noch viel schlimmer war als die ihre.

Sie lauschte dem Knistern der Äste, den dumpfen, schweren Tritten auf dem Waldboden, hörte leise, unverständliche Befehle und Geflüster in einer fremden Sprache. Über allem rauschte der Regen auf das Blätterdach des Waldes, das der Herbst bereits gelichtet hatte. Dicke Tropfen perlten aus einer Baumkrone auf ihre Schulter herunter, doch da sie sowieso schon völlig durchweicht war, nahm sie es kaum wahr.

Erst als harte Tritte das Boot erschütterten, fuhr sie erschrocken hoch. Die Männer sprangen ins Schiff und machten sich dort unter den zeltartig aufgespannten Häuten zu schaffen, die die Ladung vor Nässe schützten. Es war dämmrig geworden, doch Mechthild nahm die gierigen Blicke nur allzu deutlich wahr und sie krümmte sich zusammen. Wenn die Wikinger die Absicht hatten, jetzt über sie herzufallen, dann würde sie dem ersten das kurze Schwert von der Seite reißen und sich damit töten. Niemand sollte Konrads Tochter Gewalt antun, lieber wählte sie den Tod, als diese Schmach zu ertragen.

Doch die nassen, nach Leder und Schweiß stinkenden Männer krochen unter die Zeltdächer, holten trockene Kleidung hervor und zogen sich ohne Scham direkt vor ihren Augen um. Was für eine Respektlosigkeit! Man behandelte sie wie eine Sklavin, vor der man sich ohne Bedenken entkleidete, denn sie galt nicht mehr als das Vieh auf der Weide. Genauso gleichgültig und willkürlich würden diese Heiden sie vergewaltigen oder umbringen, wie es ihnen gerade in den Sinn kam.

Immerhin legte keiner Hand an sie, die Männer holten Speck, Fleisch, Weinschläuche und allerlei Früchte hervor, um damit das Boot zu verlassen. Offensichtlich wollte man die Mahlzeit nicht hier im Schiff, sondern im Schutz der hohen Bäume einnehmen.

Der Anblick der Lebensmittel erinnerte sie daran, dass sie trotz des ausgestandenen Schreckens hungrig war. Es waren hauptsächlich Speisen, die man aus dem Kloster mitgenommen hatte – die Nonnen würden den Winter über hungern müssen, während diese Heiden sich die Bäuche vollschlugen.

Vorsichtig hob sie den Kopf, um über die niedrige Bootsreling zu spähen. Richtig – unweit des Bootes hockte eine Gruppe der langhaarigen Kerle unter einer hohen Eiche, der Speck wurde herumgereicht und mit langen Messern geschnitten, sie kauten mit offenen Mündern und flüsterten miteinander. Dann drängte sich ein Mann durchs Gebüsch, trat zu der Gruppe und ergriff einen der Weinschläuche. Mechthild erkannte Ragnar. Er hatte den glänzenden Helm abgelegt, und das nasse, blonde Haar ringelte sich im Nacken und an der Stirn. Er füllte eine Schale mit Wein und hielt sie empor, während die Blicke der Männer ihm aufmerksam, ja fast andächtig folgten. Mechthild konnte seine leisen Worte nicht verstehen, doch sie begriff, dass es sich um ein Ritual handelte, denn nachdem er geendet hatte, goss er den Wein auf die Wurzeln der Eiche, die wie ein knotiges Spinnennetz aus dem Waldboden hervortraten. Dann wandte er sich ab, ohne an der Mahlzeit teilgenommen zu haben, und lenkte seine Schritte zum Schiff hinüber.

Mechthild erschrak und verbarg sich wieder hinter der Reling. Was würde er jetzt tun? Auch seine nasse Kleidung vor ihren Augen ablegen, um sich trockene Sachen anzuziehen? Sie zitterte plötzlich vor Angst, denn dieser scheußliche Traum war ihr wieder in den Sinn gekommen. Bei den Männern vorhin war sie nur empört gewesen. Vor diesem aber hatte sie panische Furcht. Hatte er sie nicht seinen Besitz, seine Sklavin genannt? Dann würde er sich jetzt ohne Zweifel nehmen, was er als das Seine betrachtete. Und anschließend würde er sich seelenruhig zu seinen Kumpanen unter die Eiche hocken, um sich an Speck und Wein zu erfreuen.

Das Boot schwankte kaum, als er über die Reling stieg, denn trotz seiner kräftigen Gestalt war er gewandt und bewegte sich mit großer Leichtigkeit. Mechthild hatte sich zum Sitzen aufgerichtet und die Beine eng an den Körper gezogen. Wie eine lauernde Katze hockte sie am Bug des Bootes, bereit, den Gegner anzuspringen und ihm das Gesicht zu zerkratzen.

Er warf nur einen kurzen Blick auf sie, dann wandte auch er sich den Kisten unter dem Zeltdach zu und zog schließlich ein dickes Bündel heraus, das er unter den Arm klemmte. Langsam ging er damit auf sie zu, die Augen wachsam auf sie gerichtet, so wie man sich einer gefangenen Füchsin nähert, die drohend die Zähne fletscht.

Als er nur noch drei Schritte entfernt war, machte sie eine ruckartige Bewegung, stand blitzschnell auf den Füßen und fasste die Reling, um darüberzuspringen. Noch schneller jedoch war er bei ihr und hatte die Hand gepackt, mit der sie sich auf dem Holz der Reling abstützte.

»Es geschieht dir nichts«, sagte er leise mit dunkler Stimme und diesem seltsamen, harten Klang, den die fränkischen Worte in seinem Mund annahmen. »Nur wenn du Lärm machst, werde ich dich töten, Sklavin.«

Sie zwang sich zur Ruhe, er sollte nicht merken, wie sehr sie vor ihm zitterte.

»Wage es nicht, mich so zu nennen«, zischte sie zurück. »Nie im Leben werde ich deine Sklavin sein, Wikinger. Merke dir das gut!«

Seine Augen funkelten zornig dicht vor ihrem Gesicht, dann hörte sie sein leises Lachen. Dieses unverschämte, geringschätzige Gelächter brachte sie mehr in Wut als die Schamlosigkeiten seiner Gesellen.

»Dir wird das Lachen noch vergehen, Wikinger«, fauchte sie.

Er hörte tatsächlich damit auf und warf ihr stattdessen das Bündel vor die Füße.

»Ein Kleid und eine wollene Decke. Die Nacht ist kalt, Sklavin.«

Sie war verblüfft und starrte ungläubig auf den Stoff. War das eine Hinterlist? Eine arglistige Falle, um sie in Sicherheit zu wiegen?

»Mach schon, Frankentochter. Zieh das nasse Zeug aus. Das Kleid ist aus Wolle und wird dich wärmen. Danach werde ich dich binden. Du wirst nicht davonlaufen und uns verraten.«

Großartige Aussichten! Er hatte vergessen zu sagen, dass er sie ohne Zweifel auch knebeln und vergewaltigen würde.

»Dreh dich um, Wikinger«, sagte sie wütend. »Ich bin es nicht gewohnt, dass fremde Männer mir beim Umkleiden zusehen.«

Es war nur eine schwache Hoffnung gewesen, aber er nickte und wandte ihr den Rücken zu.

»Nein«, sagte sie. »Nicht so. Steig aus dem Boot und stell dich davor. Damit auch keiner von deinen Männern mich beobachtet.«

»Zier dich nicht, Sklavin«, sagte er mürrisch. »Meine Männer sind satt und müde und werden bald schlafen.«

»Du wirst sie am besten kennen«, gab sie spitz zurück. »Wirst du meine Bitte jetzt erfüllen oder nicht?«

Er murmelte etwas, was sie nicht verstehen konnte, was aber nicht sehr freundlich klang. Dann sprang er über die Reling und stellte sich vor das Boot mit dem Rücken zu ihr.

Das war eine Chance. Die einzige, die ihr blieb, wenn sie sich retten wollte. Sie musste nur die Waldmitte erreichen und sich dort unter den vielen umgestürzten und vermodernden Bäumen verbergen. In der Nacht würde sie dort gewiss kein Wikinger finden. Nicht einmal einem Einheimischen würde das gelingen, dazu war das Sumpfgebiet zu unsicher.

Sie bemühte sich, leise aus dem Boot zu steigen, doch als sie ihre bloßen Füße in das feuchte Laub setzte, knackte ein Zweiglein, und sie wusste, dass er ihre List jetzt erkannt hatte. Ein Fluch erklang hinter ihr, wütend und leise zwischen den Zähnen gezischt. Dann hörte sie seine Sprünge auf dem dumpfen Waldboden, und sie hastete voran, so schnell sie konnte.

Es war fast dunkel, und sie nutzte den Vorteil, dass ihre Gestalt im dichten Gebüsch nur schwer zu sehen war. Er musste stehen bleiben, um zu horchen, in welche Richtung sie entfloh, was ihr einen Vorsprung verschaffte. Immer wieder schob sie sich zwischen den dicht stehenden Bäumen hindurch, schlüpfte geschickt durch das Buschwerk, hielt kurz inne, um auf seine Schritte zu hören, und floh dann weiter, indem sie die Richtung änderte. Sie kannte diesen Wald, hatte hier oft genug mit ihrem Vater gejagt oder war mit ihm gemeinsam auf Arnulfs Feste zu Gast gewesen. Damals, als man noch glaubte, in ihm einen freundlich gesinnten Nachbarn und Verbündeten zu haben.

Sie vernahm einen dumpfen Aufprall, Ragnars Schritte verstummten. Sie grinste zufrieden. Der Held war offenbar gegen einen der dicken Baumstämme gelaufen. Nun hatte er wenigstens guten Grund, zu fluchen. Sie beeilte sich, weiter voranzukommen, und spürte bald, dass der Boden unter ihren Füßen nachgab. Sie hatte den Sumpf erreicht und konnte mit den ausgestreckten Händen schon die ersten liegenden Stämme ertasten.

Ein heftiger Sturm hatte hier vor vielen Jahren gewütet und eine große Zahl der Waldriesen entwurzelt. Seitdem lagen die gewaltigen Stämme modernd im Sumpf, ein undurchdringliches Hindernis für jeden Reiter, und auch zu Fuß war kaum ein Durchkommen. Es ging sogar das Gerücht, dass hier die alten heidnischen Götter noch zu Hause seien: In den toten Zweigen der alten Bäume herrsche Badh, die Totengöttin, und die großäugige Eulengöttin Rigani habe in den hohlen Stämmen Zuflucht gesucht.

Mechthild war zwar Christin, doch sie wusste auch, dass mit den alten Göttern nicht zu spaßen war. Sie waren zornig, weil sie dem Christengott hatten weichen müssen, und trieben allerlei Schabernack mit den Menschen, die in ihre Gewalt gerieten.

Ihr Fuß versank bis zum Knöchel im Schlamm, und sie hielt sich rasch an einem knorrigen Ast, um nicht weiter einzusinken. Da – wieder hörte sie ein Knacken, Blattwerk raschelte, dann war es still. Ihr Herz schlug heftig, sie mühte sich, den Fuß so leise wie möglich aus dem Sumpf zu befreien. War das Ragnar gewesen? Oder ein Tier, das sie aufgestört hatte? Ein Luchs am Ende?

Vorsichtig kletterte sie über einen der umgestürzten Bäume, riss sich die Knie an der rauen Rinde auf und rutschte auf der anderen Seite hinab. Hier war ein gutes Versteck – hinter diesem Stamm würde Ragnar sie so leicht nicht finden.

Sie hatte gehofft, mit den Füßen auf einen breiten Ast zu treffen, doch stattdessen spürte sie nur kühle, sumpfige Erde, die ihre Beine bis zu den Knien umschloss. Ihre Hände tasteten über den dicken Stamm, um einen Halt zu finden, krallten sich in die Rinde, während sie weiter in den Sumpf hineinrutschte.

Ruhig, befahl sie sich selbst. Bleib ganz ruhig. Auf keinen Fall darf er mich hören.

Vorsichtig suchte sie nach einem Astknoten, einen Zweig – irgendetwas, woran sie sich aus diesem Loch herausziehen konnte. Doch es gab nichts, nur die rissige Borke, an der ihre Hände immer wieder abrutschten.

Schon spürte sie den kalten Morast an ihren Oberschenkeln, er umfing ihre Hüften, umschloss ihre Taille, zog sie mit unwiderstehlicher Kraft hinab in den eisigen Schlamm. Hatte man nicht in grauer Vorzeit Verbrecher damit gestraft, dass man sie mit gebundenen Gliedern ins Moor warf? Ihr Vater hatte einmal davon erzählt, als sie hier in der Nähe auf der Jagd gewesen waren. Zu manchen Zeiten seien diese Toten wieder aus dem Moor aufgestiegen, braun, die Haare gebleicht, Fleisch und Haut so gut erhalten, als habe man sie gerade eben in ihr nasses Grab versenkt. Sie schauderte und sammelte alle Kraft, um sich an dem Stamm emporzuziehen. Die Rinde, an der sie sich festklammerte, löste sich mit einem Ruck, blieb ihr in den Händen und sie sackte bis zu den Schultern in die gierige, nasse Erde. Verzweifelt ruderte sie mit den Armen, suchte Halt an Gräsern, die sich sofort von der Oberfläche lösten und mit ihr versanken. Je mehr sie kämpfte, desto rascher zog der Schlamm sie in die Tiefe. Sie roch das faulige Wasser dicht an ihrem Mund, spürte den faden Geschmack der moorigen Erde, und Todesangst packte sie.

»Hilfe! Zu Hilfe!«

Sie hustete, weil der Schlamm über ihren Mund geschwappt war. Hatte er sie gehört? Oder war er längst unverrichteter Dinge umgekehrt?

»Hilfe! Ragnar! Ich versinke! So hilf mir doch!«

Der Morast drang ihr in Mund und Nase, mit jedem Ruf sank sie ein Stück tiefer. Ihre Hand fand einen kleinen Zweig, hielt sich daran für wenige Augenblicke, bis er brach. Sie ruderte mit letzter Kraft, wehrte sich gegen das Unvermeidliche und schloss die Augen, als der brackige Schlamm sie weiter hinabzog.

Sie hörte nichts mehr, spürte nur, dass jemand ihr Handgelenk umfasste, und sie stöhnte auf, weil der Ruck, mit dem sie nach oben gezogen wurde, ihr fast den Arm ausrenkte. Der Schlamm gab ein schmatzendes Geräusch von sich, jemand fasste ihren anderen Arm, packte sie um die Hüften, hob sie hoch und ließ sie auf dem harten Stamm niederfallen. Sie hustete, spuckte Schlamm und Wasser aus, wischte sich den Morast aus den brennenden Augen.

»Du verdammte, hinterhältige Lügnerin«, hörte sie Ragnars zornige Stimme. »Lohnst du so mein Vertrauen?«

Sie bekam kein Wort heraus, der Matsch steckte ihr noch in der Kehle, sie spuckte das widerliche Zeug aus und hustete ohne Unterlass. Sie konnte ihre Augen nur einen Spalt weit öffnen, doch sie spürte, dass er dicht neben ihr kniete. Es war ihr in diesem Moment völlig gleich. Es war wundervoll, frei atmen zu können, diesem grauenvollen Sog in die Tiefe entkommen zu sein. Einfach am Leben zu sein.

»Gott sei gedankt«, murmelte sie.

Dann musste sie wieder husten. Plötzlich spürte sie, wie er den Arm um ihre Taille schob, mit der anderen Hand ihre Füße fasste, wie er sie mit raschem Schwung hochhob und sie sich über die Schulter warf.

»Lass mich los. Ich kann selber laufen …«

Ein Hustenanfall unterbrach ihr Schreien. Er hielt immer

noch einen Arm um ihre Taille, während ihr Oberkörper über seine Schulter nach vorn hing.

»Schweig, oder ich stecke dich in den Sumpf zurück, Fränkin«, drohte er wütend.

Sie ergab sich und ließ sich ohne Widerstand von ihm durch den Wald tragen. Woher kannte er die Richtung zum Lagerplatz in dieser Dunkelheit? Er schien einen sechsten Sinn zu haben, denn es dauerte nicht lang, da stieß sie mit dem Kopf gegen die Planken des Wikingerschiffes.

Sie hörte das Geräusch von Äxten, die in das Holz eines Baumes getrieben wurden, doch sie war nicht mehr in der Lage, sich darüber weiter Gedanken zu machen.

Ragnar kippte sie unsanft ins Boot hinein. Sie spürte es kaum, fühlte sich am ganzen Körper steif und wie taub vor Erschöpfung und Kälte. Undeutlich nahm sie wahr, dass er ihr den nassen Umhang vom Körper zog, und begriff, dass das zerrissene Nonnengewand ein Opfer des Schlamms geworden war. Ein kratziges Kleid wurde ihr über den Kopf gestülpt und bis zu den Füßen herabgezogen. Jemand band ihr Hände und Füße mit einem Strick zusammen und umschlang sie dann sorgfältig mit einer stinkenden Wolldecke, so dass sie sich wie ein hilfloses Wickelkind vorkam. Es war ihr alles gleich. Wärme umschloss sie, breitete sich über ihren Körper aus, das Blut begann wieder durch ihre Adern zu fließen. Dann sank sie in den tiefen Schlaf äußerster Erschöpfung.

※

Neidhardt drückte seinen Rücken gegen die Holzwand des Gesindehauses, um Schutz vor dem Regen zu finden, und starrte hinüber zum Burgturm. In den schmalen Fensternischen des Rittersaales flackerte immer noch ein schwacher Lichtschein und ließ die Konturen des viereckigen Turmes gegen den schwarzen Nachthimmel erahnen. Dort oben war der Wohn- und Schlafplatz des Burgherrn und seiner engsten Umgebung, dort würde Arnulf jetzt hinter einer Zwischenwand auf der breiten Lagerstatt liegen. Neben ihm die dunkelhaarige Fastrada, die Tänzerin, die einen solch biegsamen Körper und so sanfte braune Augen hatte. Neidhardt hatte ihren anmutigen und zugleich aufreizenden Bewegungen einige Male mit Staunen und einem gewissen Unbehagen zugesehen.

Vor einigen Jahren hatte der Graf sie als Leibeigene von einem Ausritt mitgebracht. Ein halbes Kind war sie damals noch gewesen, und doch hatte er sie noch am gleichen Abend zu seiner Geliebten gemacht. Seitdem lebte sie hier in der Burg, hatte ihrem Herrn jederzeit dienstbar zu sein und verstand es mit zahlreichen Künsten, die Begehrlichkeit des Grafen immer wieder anzustacheln.

Neidhardt bemitleidete sie und fühlte sich zugleich auf seltsame Weise mit ihrem Schicksal verbunden. Auch er war in den Händen dieses Mannes, abhängig von seiner Gnade, weil er nicht stark genug war, sich seiner zu erwehren. Die Demütigungen, die Arnulf ihm bei der Siegesfeier im Rittersaal zugefügt hatte, steckten Neidhardt noch in allen Knochen. Und dann hatte Graf Arnulf plötzlich sein Verhalten von einem zum anderen Tag geändert.

Heute Nachmittag hatte er ihn in den Rittersaal rufen lassen und hatte ihn mit jovialer Freundlichkeit an den gedeckten Tisch geladen und ihm Wein eingeschenkt. Neidhardt hatte sich nur zögerlich auf einem der Schemel niedergelassen und auf eine weitere Bosheit gewartet, doch Arnulf blieb freundlich. Er plane den Bau einer neuen Festung im Norden, von der aus das Land, das einst Konrad gehört habe, verwaltet werden solle. Dazu habe er ihn, Neidhardt, zu seinem Vasallen bestimmt. Er schilderte den neuen Festungsbau und erklärte Neidhardt, welche Aufgaben ihm als seinem Vasallen zukämen, wie groß seine vermuteten Einnahmen wären und was an ihn, den Landesherrn Arnulf, davon abzuführen sei. Auch eine Schar Krieger solle ihm anvertraut werden, denn er habe selbstverständlich auch die Aufgabe, das Land vor den Überfällen der Wikinger zu schützen.

Da hatte Neidhardt endlich begriffen: Er, Neidhardt, der Konrad wie einen Vater geliebt und verehrt hatte, sollte Vasall seines schlimmsten Feindes werden und das eroberte Land für Arnulf verwalten. Was für ein Ansinnen! Mechthild hätte diesem Mann ins Gesicht gespuckt, denn sie war stolz und mutig wie ihr Vater.

Neidhardt seufzte tief und zog die Beine an, denn der Regen spritzte von den Steinen der Hofpflasterung zu ihm hinüber und durchnässte seine Fußlappen. Dennoch fühlte er sich hier in dem dunklen, nassen Burghof wohler als im rauchigen Gesindehaus, wo Mensch und Tier im selben Raum um die Feuerstelle lagen und man mit den Schweinen um die Wette schnarchte.

Nein, er hatte Arnulf nicht angespuckt, obgleich er große Lust dazu gehabt hatte. Stattdessen hatte er gelächelt und dem Grafen erklärt, er sei sich der großen Ehre bewusst.

Neidhardt sah wieder zum Burgturm hinüber und stellte fest, dass das Licht in den Fensternischen nun erloschen war. Arnulf schlief an der Seite seiner Geliebten den Schlaf des Gerechten – obgleich er schlimmer als ein Teufel war.

Einer der Hunde, die neben Neidhardt unter dem Schutz des vorgezogenen Schindeldaches lagen, hob den Kopf und knurrte leise. Neidhardt sah zum Burgtor hinüber, dessen Umrisse nun langsam aus der Dunkelheit der Nacht sichtbar wurden. Ein Hahn krähte irgendwo draußen in einem Gehöft, einer der Hähne im Gesindehaus antwortete eifersüchtig, ein dritter mischte sich ein. Der Hund wollte sich nicht besänftigen lassen und begann zu kläffen, auch die übrigen Hunde schlugen an, ein allgemeines Gebell und Gejaule entstand am Hoftor.

»Still, verfluchte Tölen!«, grunzte eine Magd, die mit verschlafenen Schritten am Tor des Gesindehauses erschien, eine brennende Fackel in der einen Hand, in der anderen einen hölzernen Wassereimer. Gemächlich machte sie sich daran, die Fackel in eine eiserne Hülse zu stecken, die an der Wand des Hauses angebracht war, denn es war noch nicht hell genug, um sicheren Schrittes zum Brunnen zu gehen.

In diesem Augenblick sah Neidhardt über dem hohen, eisenbeschlagenen Burgtor etwas blinken. Es war der spitz zulaufende Helm eines Kriegers. Er starrte auf die Erscheinung, sah dessen schmalen Nasenschutz und begriff in Sekundenschnelle: Gott im Himmel! Kein fränkischer Kämpfer trug solch einen Kopfschutz.

»Wikinger!«, brüllte er, während die Hunde wütend kläfften und die Burg sich belebte. »Wikinger vor dem Tor!«

Ein ungeheures Getümmel entstand. Knechte und Mägde stürzten aus dem Gesindehaus, einige nur halb angekleidet, andere hatten schon Knüppel und Messer in den Händen. Krieger, die in der Eile nur Schwert und Lanze gegriffen hatten, stolperten die Turmtreppen hinunter. Eine Lanze flog gut gezielt auf den Eindringling, der bereits im Begriff war, das Tor zu übersteigen. Das spitze Eisen bohrte sich in seine Brust und er stürzte in den Burghof hinunter.

»Drei Männer auf jeden Turm«, erschallte Arnulfs Stimme im Hof. »Fackeln her! Holt Wasser aus dem Brunnen!«

Die meterhohe Umfriedung der Burg, aus dicken Eichenstämmen errichtet, besaß vier kleine Türme, die nun in aller Hast bestiegen wurden. Arnulfs Befehle brachten Ordnung in das Chaos, jeder lief an seinen Platz, bereit, die Feste mit dem Einsatz seines Lebens zu verteidigen. Kettenhemden, die in der Eile nicht angelegt worden waren, wurden herbeigeschafft, Helme aufgestülpt, die Waffen aus der Waffenkammer hervorgeholt und verteilt. Mägde standen um den Ziehbrunnen und füllten hastig die Holzeimer, um für einen Angriff mit brennenden Pfeilen gerüstet zu sein. Dazwischen brüllte das Vieh, Hühner rannten gackernd über den Hof, Pferde wieherten und schlugen aufgeregt mit den Hufen gegen die Stallwände.

»Sie kommen von allen Seiten!«

»Die verfluchten Heiden haben Bäume gefällt und über den Burggraben gelegt.«

»Einen eingekerbten Baum hat er als Leiter benutzt.«

Arnulf stand in voller Rüstung. Das Panzerhemd, aus viereckigen, einander überlappenden Metallplatten gearbeitet, ging ihm bis über die Hüften, der Bronzehelm mit den schmalen Wangenklappen war mit vergoldeten Eisenbügeln geschmückt. Sein Gesicht war dunkelrot vor Wut.

»Bäume haben sie gefällt! Und niemand hat es gehört!«, tobte er. »Seid ihr alle taub oder besoffen gewesen? Schafft Leitern herbei! Empfangt die Heiden mit euren Schwertern. Bogenschützen auf den Turm.«

Ein unheimliches Geheul, das aus den Kehlen eines hungrigen Wolfsrudels zu dringen schien, erhob sich jenseits der schützenden Palisade, eine Lure wurde mit langgezogenem, schaurigem Ton geblasen, eine zweite fiel ein und ließ die fränkischen Krieger erzittern. Nachdem die List der Wikinger nicht geglückt war, stürmten sie jetzt die Feste im offenen Kampf von allen Seiten. Pfeile mit eisernen Spitzen bohrten sich in die Dächer. Eine der Mägde mit einem gefüllten Wassereimer sank getroffen zu Boden, eine andere, die sich über sie beugte, entkam einem Geschoss nur knapp. Die Krieger verbargen sich hinter ihren

Schilden und stellten Leitern gegen die Palisade, um ihrerseits Pfeile zu schießen.

Neidhardt war ein ständiges Hindernis in dem Gewimmel, wurde von vorübereilenden Kämpfern weggestoßen, stand den wasserschleppenden Frauen im Weg und wäre um ein Haar von einem Krieger mit einer Leiter zu Boden geschlagen worden.

»Was stehst du?«, brüllte Arnulf ihn an, der schließlich auf ihn aufmerksam geworden war. »Bist du ein Mann oder ein Wickelkind? Bewaffne dich und kämpfe!«

Das erschien Neidhardt nur vernünftig. Er drängte sich durch die Menge der Knechte, die den Kriegern Köcher mit Pfeilen brachten, und eilte die Turmtreppe hinauf zur Waffenkammer. Es war wenig Brauchbares in der Kammer zurückgeblieben, nur einige mannsgroße Wurfspeere, deren Spitzen schadhaft waren, und einige schartige Äxte, die man auf dem Boden liegen gelassen hatte. Unentschlossen nahm er einen der Speere zur Hand, ergriff eine Axt und wollte damit aus der Kammer laufen, da stand ihm plötzlich Fastrada gegenüber.

»Damit wirst du wohl kaum einen Feind besiegen«, sagte sie lächelnd.

Es war das erste Mal, dass sie das Wort an ihn richtete, und er spürte, dass er errötete. Er musste sehr albern aussehen mit diesen lächerlichen Waffen in den Händen.

»Es ist nichts anderes da«, sagte er betreten und fügte unwillkürlich hinzu: »Es ist gleich – ich bin sowieso nicht der Mann, der seine Feinde besiegt.«

»Komm mit!«

Mit ungewohnt entschlossenem Schritt ging sie ihm voraus in den Rittersaal, öffnete eine schwere Truhe und zog ein glänzendes Kettenhemd hervor.

»Leg das an.«

Noch stand er verblüfft und starrte auf die kostbare Wehr,

da hob sie einen silberbesetzten Helm aus der Truhe, dazu Gürtel und Scheide, in der ein zweischneidiges Schwert mit kunstvoll gearbeitetem Griff steckte.

»Worauf wartest du?«, fuhr sie ihn ungeduldig an. »Beeile dich!«

Sie half ihm, das Kettenhemd anzulegen, und er spürte, wie es sich kühl und schwer an seinen Körper schmiegte. Der Helm war mit rotem Leder gefüttert und saß knapp, das Schwert aber wog fast leicht in seiner Hand, und er sah jetzt, dass es eine jener teuren und seltenen Damaszener Klingen war, die unten im Süden des Reiches hergestellt wurden.

Diese Truhe enthielt vermutlich Arnulfs persönliche Kriegsbeute.

»Nun geh!«, sagte sie und trat einen Schritt zurück, um ihn zufrieden zu betrachten. »Geh und zeige, dass du es verdienst, eine solche Waffe zu führen.«

Er sah an sich herab und schluckte. Ausgerechnet er sollte diese kostbare Waffe führen – da wäre ihm ja der schartige Speer noch lieber gewesen.

Er wandte sich wortlos um und stolperte die Treppe hinunter in den Hof. Inzwischen war es heller geworden, die Wikinger versuchten verbissen, die Feste von allen vier Seiten her zu erklettern. Dicht neben Neidhardt stürzte ein fränkischer Krieger blutend von einer Leiter, über der Palisade tauchte das verzerrte Gesicht eines rothaarigen Wikingers auf, Augen und Mund im Rausch des Kampfes weit geöffnet. Neidhardt handelte, ohne zu überlegen, getrieben von etwas, was er kaum selbst verstand. Er erklomm die Leiter mit wenigen Sprüngen und hieb wütend auf den Eindringling ein, schlug ihm den Helm vom Kopf und spürte kaum, dass eine Speerspitze seine Schulter traf. Der Angreifer stürzte rücklings von seinem Halt und sein Körper schlug jenseits der Palisade auf den Boden auf.

Ein lauter Kommandoruf war plötzlich zu hören – Neidhardt konnte sehen, wie die Feinde von der Feste abließen und scharenweise in den Wald eintauchten.

»Aufgepasst!«, hörte er Arnulfs Stimme von einem der Palisadentürme. »Das kann eine Falle sein. Jeder bleibt auf seinem Posten.«

Neidhardt verharrte auf der Leiter, suchte mit den Augen den Waldrand ab. Nichts war zu sehen. So rasch, wie die Kämpfer gekommen waren, so blitzschnell hatten sie sich wieder zurückgezogen. Atemlose Stille entstand, nur von dem Stöhnen der Verwundeten zu beiden Seiten der Palisade unterbrochen. Keuchend standen die Krieger, suchten vergeblich mit den Augen nach dem verborgenen Gegner, zuckten bei jeder leisen Bewegung eines Grashalms, eines Zweiges zusammen, warteten. Die Wikinger blieben verschwunden.

Erst nach einer Weile stieg Neidhardt langsam von der Leiter herunter, um sich an der Versorgung der verletzten Franken zu beteiligen. Man trug sie in das Gesindehaus, damit die Frauen die Wunden waschen und verbinden konnten. Als er gerade neben einem blutenden Mann kniete, fühlte er sich plötzlich heftig am Arm gefasst und emporgerissen.

»Wer hat dir dieses Kettenhemd gegeben? Dieses Schwert?«, raunzte Arnulf ihn zornig an.

»Die Waffenkammer war so gut wie leer – ich habe überall herumgewühlt und die Sachen in einer Truhe gefunden«, sagte er ruhig.

Er begegnete Arnulfs kleinen, dunklen Augen, die voller Misstrauen waren, doch es gelang ihm, gleichmütig zu bleiben.

»Leg die Sachen zurück«, knurrte der Graf und ließ seinen Arm fahren. »Du bekommst von mir ein anderes Schwert, Vasall.«

Neidhardt wandte sich wieder dem verletzten Krieger zu,

der eine klaffende Wunde am Hals hatte. Mitleidig schob er ihm ein Bündel Stroh unter den Kopf und reichte ihm eine Schale mit Wasser. Er hatte nur einen einzigen Grund, auf das, was er heute getan hatte, stolz zu sein: Mit seiner Antwort hatte er Fastrada geschützt.

᛫

Ragnar war unzufrieden. Odin hatte sein Opfer nicht angenommen, seine List war nicht geglückt. Fast hatte der erste, Krieger schon im Schutz der Dunkelheit das Tor erstiegen, um Querbaum und Riegel von innen zu öffnen. Nur wenige Augenblicke hätte Odin ihm noch geben müssen – aber er hatte ihm diesen schnellen Sieg nicht gewährt.

Ragnar kannte seinen Feind nur zu genau, denn er hatte an der Seite seines Vaters gegen Konrad und Arnulf gekämpft. Die Franken waren harte Krieger, ein Sieg über sie musste teuer erkauft werden. Doch nicht alle Franken waren gleich. Arnulf war hinterhältig, voller List und Tücke – seinem Wort war nicht zu trauen. Konrad dagegen, der seinen Vater Harald erschlagen hatte, war ein starker und ehrlicher Kämpfer gewesen. Ihn hätte Ragnar zum Zweikampf gefordert, um den Tod des Vaters zu rächen. Doch als ihre Schiffe sich gestern dem Strand näherten, hatte man die zerstörte Feste sehen können, und Ragnar hatte begriffen, dass Konrad besiegt oder tot sein musste. Hatte Arnulf, der Listenreiche, seinen Waffenbruder besiegt und getötet, um sich seines Landes zu bemächtigen? Ragnar bedauerte, nun nicht mehr Rache an Konrad nehmen zu können, wie es seine Sohnespflicht forderte. Gleichzeitig eröffnete sich allerdings die Möglichkeit, mit dem Sieg über Arnulf gleich zwei Länder an sich zu bringen. Ragnar wollte dieses Land – nicht, um es zu erobern und dann wieder aufzugeben, wie so viele Wikinger es vor ihm getan hatten. Er wollte es, um zu bleiben.

Allzu hart war die Gegenwehr der Franken an diesem Morgen gewesen, zu viele seiner Männer hatten bei dem wütenden Kampf ihr Leben gelassen. Auf diese Weise war die Feste nicht einzunehmen. Er würde die Burg belagern müssen und auf eine neue List sinnen.

Er hatte einige Mühe gehabt, den Unmut seiner Krieger über den raschen Rückzug einzudämmen. Es waren junge Burschen dabei, die zum ersten Mal an einem Kriegszug teilnahmen, Bauernsöhne voller Tatendrang mit starken Armen und hohlen Köpfen. Der Überfall auf das Frauenkloster war ganz nach ihrem Geschmack gewesen, und sie waren daher der Meinung, dass man nur die Streitaxt zu schwingen brauchte, um sich im Frankenland Truhen und Kisten voller Gold zu erobern. Heute waren sie zum ersten Mal auf fränkische Krieger gestoßen, und mancher der jungen Dummköpfe war jetzt schon auf dem Weg nach Walhall, ohne auch nur ein einziges Goldstück gesehen zu haben.

Ragnar war froh, dass sich die Älteren unter seinen Leuten, jene, die bereits unter seinem Vater Harald ins Frankenland gefahren waren, bereitwillig seiner Entscheidung fügten. Es lohnte nicht, so viele Männer zu opfern, solange die Franken sich noch so erbittert wehrten. Viel klüger war es, Geduld zu haben, die Gegner auszuhungern, durch stetige Scheinangriffe zu zermürben und dann im günstigen Augenblick zuzuschlagen. Viel Zeit würde dafür allerdings nicht bleiben. Es war Herbst, die Nächte wurden kalt, und wenn es nicht bald gelang, die Feste zu nehmen, würde man ein Winterlager einrichten und bis zum Frühjahr warten müssen. Kein Krieger hatte Lust, zu kämpfen, wenn die kältestarren Finger kaum die Waffe halten konnten und im Schnee jeder Fußtritt sichtbar war.

Er befahl, unten am Fluss bei den Schiffen Zelte aufzustellen, man würde ein Lager errichten und abwarten, während Kundschafter die Feste unter steter Beobachtung hielten. Die Pfeile seiner Bogenschützen würden jeden in Hels Reich senden, der sich am Burgtor zeigte oder die Palisade überstieg, um auf die Jagd zu gehen.

Als er seine Anordnungen getroffen hatte, fiel ihm die Fränkin wieder ein, die hoffentlich immer noch mit gebundenen Gliedern im Schiff lag. Ein Zauber ging von ihr aus, auf den er sich vielleicht schon viel zu sehr eingelassen hatte. Eine schöne Fränkin im Kampf zu gewinnen und sich an ihr zu erfreuen war keine Schande. Gefahr drohte nur demjenigen, der mehr Gedanken als nötig auf ein Weib verschwendete. Hatte er das getan? Ließ Odin aus diesem Grunde seine Eroberungspläne scheitern?

Wenn er ehrlich zu sich war, dann hatte er, Ragnar, sogar noch größere Fehler gemacht. Nicht nur, dass er seit Wochen darüber nachsann, wer sie wohl sein möge, diese Nonne, die sich so stolz und hochfahrend verhielt – ganz anders als die übrigen Klosterfrauen. Nein, er hatte sich gestern Nacht sogar von ihr überlisten lassen. Allerdings war ihre List beinahe tödlich für sie selbst ausgegangen. Er grinste zufrieden, während er auf das Schiff zuschritt, um nach ihr zu sehen. Sie würde vermutlich einen guten Teil ihres Stolzes eingebüßt haben, die schöne Fränkin. Gar zu jämmerlich hatte sie in dieser Nacht um ihr Leben gefleht.

Sie lag zusammengekrümmt auf den Schiffsplanken, fest in die wollene Decke eingewickelt, das Gesicht noch braun von Erde, das Haar zu Strähnen verklebt. Als sie ihn aber aus rotgeränderten Augen wütend anblitzte, begriff er jedoch sofort, dass sie trotz der nächtlichen Niederlage kein bisschen von ihrem Mut und Starrsinn verloren hatte. Wider Willen gefiel es ihm. Vielleicht war es gerade ihre hochfahrende Art, ihr Trotz, der ihn so herausforderte, der sie von allen anderen Frauen, die er kannte, unterschied.

»Du hast gut und sicher geschlafen?«, begrüßte er sie ironisch.

»So sicher wie im Grab«, knurrte sie und machte einen missglückten Versuch, sich aufzusetzen, fiel jedoch auf die Schiffsplanken zurück, denn sie war fest in die Decke eingewickelt.

»Wolltest du lieber in dem Schlammloch bleiben, aus dem ich dich gezogen habe?«, gab er zurück und kniete neben ihr nieder, um sie aus der Decke zu wickeln.

Sie ließ ihn gewähren, wehrte sich auch nicht, als er das bis über die Knie hochgerutschte Gewand wieder herabzog, so dass es ihre schmutzigen Waden verdeckte.

»Ich schulde dir mein Leben, Ragnar«, sagte sie schlicht. »Wärest du nicht gekommen, dann hätte die Erde mich verschlungen.«

Überrascht sah er sie an. Er hatte nicht erwartet, dass sie trotz dieser peinlichen Niederlage die Größe haben würde, ihm für ihre Rettung zu danken. Ihr Dank klang keineswegs unterwürfig, er kam aus ehrlichem Herzen und zeigte gleichzeitig, dass sie genau wusste, was ihm zukam. Er wollte nicht nachstehen.

»Du bist mir nichts schuldig, Fränkin. Du hast mich aus dem Meer gerettet.«

»So ist es, Wikinger«, sagte sie zufrieden, warf den Kopf zurück und fuhr in verändertem Tonfall fort:

»Und jetzt würde ich mich gern waschen und noch einige Dinge unternehmen, die ein Mensch hin und wieder tun muss. Und dann möchte ich den Mönch sehen, den ihr aus dem Kloster mitgeschleppt habt. Er ist krank und ich muss mich um ihn kümmern.«

Ihre Stimme war jetzt wieder hochmütig, und er ärgerte

sich über ihre anmaßenden Forderungen. Sie würde sich gern waschen, die schöne Frau. Sollte er ihr vielleicht noch das Wasser dazu bringen?

»Drüben ist der Fluss – du kannst dich waschen, so viel du magst«, gab er kühl zurück.

Sie kniff böse die Augen zusammen und zerrte an den Fesseln.

»Mit gebundenen Gliedern? Unter den Augen deiner Krieger?«

Er hatte keine Lust, auf ihr Gezeter einzugehen. Er hatte seine Lektion in dieser Nacht gründlich gelernt.

»Hör zu, Fränkin«, grollte er. »Ich binde dich los, damit du dich waschen und etwas essen kannst. Danach wirst du wieder gefesselt hier im Schiff sitzen.«

Sie öffnete zornig den Mund, um eine Antwort zu geben, doch er fuhr lautstark dazwischen.

»Vergiss nie, Fränkin, dass du meine Sklavin bist. Lerne gehorchen, oder du wirst bereuen, in Ragnars Hände gefallen zu sein!«

Er hatte die Stricke an ihren Händen und Füßen mit dem Messer durchtrennt, und sie erhob sich mühsam mit steifen Gliedern. Vorsichtig kletterte sie über die Reling, stieg auf den Waldboden und ging hocherhobenen Hauptes an den Männern vorüber, die damit beschäftigt waren, am Flussufer Zelte zu errichten. Offensichtlich hatte sie sehr gut begriffen, dass keiner sie anrühren würde, solange sie Ragnars Eigentum war.

Er folgte ihr langsam und machte es sich auf einem Baumstumpf bequem, während sie – von zahlreichen neugierigen Blicken seiner Männer verfolgt – ihre Füße im seichten Uferwasser wusch. Falls sie auf die Idee kommen sollte, in den Fluss zu springen, würde er sie rasch eingeholt haben. Schmunzelnd sah er zu, wie sie die wollene Kleidung anhob, um sich Waden und Knie zu reinigen. Weitere Regionen ihres schönen Körpers gab sie nicht preis, stattdessen wusch sie Gesicht und Hals und tauchte das lange Haar ins Wasser, um den Schlamm herauszuspülen.

Ihre Bewegungen waren selbstverständlich und ruhig, sie schien sich der vielen Männerblicke vollkommen bewusst zu sein, doch zeigte sie keine Furcht. Wer war sie? Sicher keine gewöhnliche Klosterfrau! Er hatte auf mehreren Kriegszügen durch das Land der Franken Bauern, Freie, Mönche und Nonnen erlebt. Diese da ging viel zu aufrecht für eine Klosterfrau, ihre Rede war zu hochmütig, und noch niemals hatte er gesehen, dass sie zu ihrem Christengott betete. Während seiner Krankheit im Kloster hatte er einige Male ihren Namen gehört. Mechthild. Hieß so eine Klosterfrau? Möglich, er kannte die fränkischen Gewohnheiten zu schlecht, doch glaubte er fast, dass der Name eher zu einer Freien passte.

Er gab Anweisung, ihr Trockenfleisch und Obst zu bringen, und sie setzte sich zum Essen ins Ufergras. Langsam führte sie die Bissen zum Mund, obgleich sie seit gestern Nachmittag nichts mehr zu sich genommen hatte. Stolz vermied sie es, vor den Männern wie eine Hungerleiderin zu wirken, und tat eher, als sei es eine Gnade, dass sie die dargebotenen Speisen annahm.

Er musste eine gewisse Hochachtung eingestehen. Sie war eine kostbare Beute, eines Anführers würdig. Er würde nicht einfach über sie herfallen, wie er es bei einer Bauerndirne getan hätte, auch wenn er immer noch ihren weichen, aufreizend geformten Körper in seinen Händen spürte. Viel größer war die Verlockung, diesen Stolz durch Klugheit zu brechen, diesen Hochmut mit List zu besiegen und sie schließlich ganz und gar zu besitzen. Sie würde es ihm nicht leicht machen, aber er brannte darauf, den Kampf aufzunehmen. Gar zu verlockend war der Preis.

Er würde damit beginnen, ihr Geheimnis zu lüften. Wenn

er erst wusste, wer sie war und woher sie kam, würde er sie besser einschätzen können.

Man hatte den Mönch im Schiff liegen gelassen, es waren wichtigere Dinge zu verrichten, als sich um diesen Gefangenen zu kümmern. Ragnar hatte ihn mitgenommen, weil er ihn ausfragen und von ihm lernen wollte. Er hatte gesehen, dass die Franken viele gute und wertvolle Dinge besaßen und kannten. Harte Schwertklingen, aus vielen Schichten zusammengeschmiedet, die nicht schartig wurden. Feine, durchsichtige Gläser für den Wein, kostbar gearbeitete Schmuckstücke, schöne Sättel und feurige Pferde. Die Mönche jedoch waren die Magier der Christen – sie trugen das Geheimwissen des Christengottes in sich und konnten es sogar in merkwürdigen Zeichen mit brauner Tinte auf Pergament aufschreiben. Die Krieger seines Vaters hatten nicht wenige Klöster in Brand gesteckt und besonders viel Vergnügen daran gefunden, wenn die Räume, in denen die Christen ihre Bücher aufbewahrten, in hellen Flammen standen. Sie brannten gut, diese seltsamen Gebinde aus vielen Pergamentblättern, die mit winzigen, aneinandergereihten Zeichen wie Scharen von dunklen Käfern bemalt waren. Ragnar hatte selbst erlebt, dass ein Mönch beim Versuch, einige dieser Bücher zu retten, vom Feuer ergriffen wurde und noch im Tod die dicken Folianten an seinen Körper gepresst hielt. Da wusste er, dass diese Bücher für die Mönche einen großen, ja magischen Wert besaßen und dass es gut wäre, mehr über die Magie der Franken und ihren merkwürdigen Christengott zu erfahren.

Ragnar überließ die schöne Fränkin den ersten Sonnenstrahlen des Tages, die ihr Haar trockneten – weglaufen würde sie kaum, zu viele Augen waren auf sie gerichtet. Er sprang in das Schiff, das dem Flussufer am nächsten lag, stieg über den nach rückwärts geklappten Mast und drängte sich an einigen seiner Männer vorbei, die auf den Ruderbänken hockten, um sich gegenseitig ihre Wunden zu verbinden.

Der Mönch lag zusammengekauert am Bug, sein Gesicht war bleich, die Umgebung der Augen dunkel und eingesunken. Ragnar war sofort klar, dass seine Gefangene die Wahrheit gesprochen hatte. Der Mann war krank und brauchte Fürsorge. Vielleicht wäre es tatsächlich gut, wenn sie sich um ihn kümmern würde, allerdings nicht sofort, damit die beiden sich nicht miteinander absprechen konnten. Zuerst wollte er ihm einige Fragen stellen.

Er zog das Messer und durchtrennte die Fesseln des Mönchs. Der Mann war klein und schmächtig, dennoch hatte er bei dem Angriff im Kloster Mut bewiesen. Statt zu fliehen, hatte er alles versucht, um die schöne Fränkin zu schützen. Warum hatte er das wohl getan? Gefiel sie ihm? Oder gab es einen anderen Grund dafür?

Der Mönch verfolgte Ragnars Bewegungen mit den Augen, sein Gesicht verriet jedoch nicht, ob die Befreiung von den Fesseln ihm Erleichterung verschaffte. Seine Miene war ruhig und seltsam in sich zurückgezogen, jedoch nicht feindselig.

»Kannst du dich aufsetzen?«, fragte Ragnar.

Der Mönch schien einen Moment erstaunt, er hatte nicht gewusst, dass Ragnar die fränkische Sprache kannte. Dann mühte er sich, den Oberkörper zu heben, doch die Arme waren durch die Fesseln gefühllos geworden und versagten ihm den Dienst. Er sank wieder zurück und schloss die Augen.

Ragnar goss eine Schale voll Wasser, hob dem Mönch den Kopf und flößte ihm die Flüssigkeit ein. Er trank in kleinen Schlucken, bis die Schale leer war.

»Besser?«

»Danke.«

Ragnar betrachtete das schmale, rasierte Gesicht des Mönchs, und er erschien ihm sehr jung. Vielleicht noch zu jung, um die Magie der Bücher zu kennen, die sicher nur Eingeweihten offenbart wurde. Doch immerhin konnte er ihm in anderen Dingen Auskunft geben.

»Wie ist dein Name?«

»Brian.«

Er sprach sehr leise, vielleicht aus Erschöpfung, vielleicht aber auch, weil er nicht ausgehorcht werden wollte und sich kränker stellte, als er war.

»Dir wird vorerst nichts geschehen, Brian«, sagte Ragnar, um ihn zu beruhigen. »Es sei denn, du versuchst zu fliehen. Willst du essen?«

Der Mönch schüttelte den Kopf. Hatte er vor, freiwillig zu verhungern? Hin und wieder gab es Gefangene, die diesen Ausweg wählten, wenn sie keine Rettung mehr für sich sahen. Das waren Dummköpfe, dieser hier jedoch hatte das Gesicht eines Mannes, der denken konnte. Er gefiel ihm. Wenn es ihm gelingen würde, diesen Menschen am Leben zu halten, würde dieser ihn vermutlich vieles lehren können. Er würde es nicht bereuen.

»Du wirst versuchen zu essen, Brian«, ordnete er an. »Ich will, dass du wieder zu Kräften kommst.«

Ein kleines Lächeln erschien für einen Augenblick auf dem blassen Gesicht des Mönches. Es verschwand schnell, und Ragnar fragte sich, was er wohl lächerlich gefunden hatte.

»Ich habe eine Frage an dich, Brian.«

»Welche?«

Sein Ton war erstaunlich freundlich, so dass Ragnar davon überzeugt war, dass er ihn täuschen wollte. Dennoch stellte er seine Frage.

»Die Fränkin, die sich Mechthild nennt – du weißt, von wem ich rede?«

Brian belebte sich ein wenig und seine Augen betrachteten forschend Ragnars Züge.

»Die du als Gefangene mitgenommen hast, ich weiß es. Wo ist sie?«

»Sie sitzt drüben am Ufer und isst. Daran siehst du, dass sie klüger ist als du.«

»Sie ist wohlauf?«

Ragnar war jetzt vollkommen davon überzeugt, dass der Mann, der sich Brian nannte, eine besondere Verbindung zu der schönen Fränkin hatte.

»Es geht ihr gut, weil ich sie unter meinen Schutz genommen habe, Brian«, sagte er, nach einem Vorwand suchend, um an sein Ziel zu gelangen. »Sie war mutig und rannte nicht davon wie die anderen Frauen. Fast schien mir, dass sie wenig mit einer Klosterfrau gemein hat.«

Das Gesicht des Mönches war sanft und verriet nichts über das, was er dachte.

»Schwester Mechthild ist nicht wie die anderen«, sagte er. »Sie war noch ein Kind, als ihre Eltern sie ins Kloster gaben, und mag sich bis jetzt nur ungern mit der strengen Klosterzucht abfinden. Doch ich glaube, dass sie eines Tages den Platz einnehmen wird, der ihr zukommt.«

Ragnar war fast sicher, dass er log, zumal er ihm beim Reden nicht in die Augen sah. Doch seine Aufmerksamkeit wurde in diesem Moment von anderen Dingen in Anspruch genommen.

Zwei Krieger waren am Flussufer erschienen, sie gehörten zu den Spähern, die die Festung beobachteten. Offensichtlich gab es eine überraschende Entwicklung, denn die umstehenden Männer machten erstaunte Gesichter und flüsterten miteinander.

»Ein Bote, Herr«, meldete der eine der beiden Späher. »Graf Arnulf schickt einen Boten. Er will mit uns verhandeln.«

Man hatte Mechthild wieder ins Schiff gestoßen und ihr Hände und Füße gebunden. Die beiden Wikinger, die diesen Dienst versahen, waren junge Kerle und nutzten die Gelegenheit weidlich aus. Sie schrie und trat wütend um sich, als der eine ihr grinsend das Kleid bis über die Knie hochschob und das Seil um ihre Fesseln schlang, während der andere ihre Brüste umfasste. Gleich darauf trat jedoch ein dritter Mann hinzu, ein Hüne, die haarige Brust mit einer Vielzahl silberner Amulette behängt. Was er zu den beiden jungen Kerlen sagte, verstand sie nicht, sie ließen jedoch sofort von ihr ab und verschwanden.

Schwer atmend saß sie auf dem Schiffsboden, wütend über die grobe Behandlung und zugleich voller Angst. Was mit ihr geschehen würde, wenn Ragnar sie nicht schützte, war leicht zu erraten. Warum tat er das überhaupt? Wieso war er nicht längst über sie hergefallen? Es wurde ihr plötzlich klar, dass Ragnar, so gewalttätig und kaltblütig er auch war, im Vergleich zu seinen Kumpanen doch gewisse Vorzüge hatte. Er war weder brutal noch grausam und hatte bis jetzt keinen Versuch gemacht, sie mit Gewalt zu nehmen. Wenn man davon absah, dass er sie als seine Gefangene, ja seine Sklavin betrachtete, so behandelte er sie doch einigermaßen anständig. Er hatte ihr sogar das Leben gerettet.

Was geschieht, wenn er im Kampf fällt und ein anderer an seine Stelle tritt?, dachte sie angstvoll. Arnulf ist hinterhältig – er wird ihn möglicherweise betrügen und töten.

Sie hatte nur einen kurzen Blick auf den Boten werfen können, bevor man sie wegschleppte. Er war sehr jung, fast noch ein Knabe, dabei jedoch von kräftigem Körperbau und gedrungenem Wuchs. Ohne Zweifel ein Knecht, den man in Hemd und Lederwams eines Kriegers gesteckt und mit einem breiten, silberbesetzten Gürtel geschmückt hatte. Arnulf wollte die Wikinger glauben machen, einen jungen Adeligen aus seiner engsten Umgebung gesendet zu haben. In Wirklichkeit war der arme Kerl ein Todgeweihter – jeder wusste, dass die Wikinger mit Boten, die unliebsame Nachrichten überbrachten, kurzen Prozess machten.

Sie rollte sich auf die Seite und versuchte, trotz der auf den Rücken gebundenen Hände in eine kniende Stellung zu gelangen. Es gelang mit einiger Mühe. Langsam rutschte sie weiter zur Mitte des Schiffes, wo die Reling niedriger war und sie darüber hinwegsehen konnte. Viel war nicht zu erkennen. Ragnar stand mit dem Rücken an eine Eiche gelehnt, vor ihm der Bote, in einigem Abstand warteten mehrere Krieger, bereit, die Befehle ihres Anführers augenblicklich auszuführen. Die Wikinger hatten die Köpfe zusammengesteckt, murmelten leise, warfen misstrauische Blicke auf den Boten und versuchten, die Lage einzuschätzen.

Mit welchem Trick würde Arnulf wohl versuchen, Ragnar zu überlisten? Sie versuchte aus der Ferne, die Gesichtszüge des Wikingers zu deuten, und fand darin weder Freude noch Zorn noch Hohn. Er stand aufrecht, die Arme vor der Brust verschränkt, und hörte dem Boten zu, warf kurze Fragen ein und vernahm die Antworten mit unbeweglicher Miene.

Wenigstens ist er vorsichtig, dachte sie.

Sie konnte das Gesicht des jungen Boten nicht erkennen, da er mit dem Rücken zu ihr stand. Doch sie ahnte, dass er unerfahren und aufgeregt war. Vermutlich hatte Arnulf ihm allerlei Versprechungen gemacht, wenn er seinen Auftrag gut ausführte. Ob der arme Kerl wusste, welches Los ihm möglicherweise beschieden war?

Plötzlich entstand Bewegung, zornige Ausrufe wurden laut, die Krieger in Ragnars Umgebung hoben die Äxte und drangen auf den Boten ein. Also doch. Sie schloss die Augen, wollte nicht zusehen, wie dem armen Kerl der Schädel zerspalten wurde. Doch als sie die Augen wieder öffnete, erkannte sie, dass der Bote unverletzt vor Ragnar stand, während die aufgeregten Krieger wieder zurückgewichen waren, die Waffen noch kampfbereit in den Fäusten. Dann stieß Ragnar sich mit dem Rücken vom Stamm ab und ging seelenruhig davon, während der Bote steif und mit eingezogenen Schultern zum Waldrand schlich. Immer wieder sah er sich nach den kampflustigen Kriegern um, setzte die Schritte zögernd, als bewege er sich auf dünnem Eis. Erst als er den Waldrand erreicht hatte, begann er zu laufen, stolperte und wäre um ein Haar gestürzt, tauchte ins Dickicht ein und rannte um sein Leben. Grobes Gelächter schallte hinter ihm her, niemand verfolgte ihn.

Er hatte ihn also unbehelligt zur Feste zurückkehren lassen. Warum? Es konnte nur bedeuten, dass Ragnar bereit war, mit Arnulf zu verhandeln. Worüber? Was auch immer Arnulf ihm angeboten hatte – es konnte nur eine List sein, ein Lockmittel, um die Wikinger in Sicherheit zu wiegen. Hatte er Ragnar am Ende gar in die Feste eingeladen, um dort mit ihm Friedensverhandlungen zu führen? Ihm freies Geleit versprochen? Bei Gott dem Herrn und seiner Mannesehre geschworen, ihm kein Haar zu krümmen? Wenn Ragnar darauf einging, würde es seinen Tod bedeuten.

Während sie noch grübelte, wurde das Schiff plötzlich hin und her bewegt, so dass sie das Gleichgewicht verlor und seitlich auf die harten Bootsplanken kippte. Es tat weh und sie stieß einen ärgerlichen Ruf aus.

»Du bist neugierig, Fränkin«, sagte seine tiefe Stimme.

Er stand breitbeinig über ihr und grinste auf sie herab.

»Wenn du willst, dass ich nichts sehe, musst du mir die Augen verbinden«, sagte sie trotzig und verzog das Gesicht, weil ihre Schulter schmerzte.

»Ich werde darüber nachdenken«, gab er gleichmütig zurück und bückte sich, um ihr die Stricke zu lösen.

Sie setzte sich auf, zupfte das hochgerutschte Kleid zurecht und rieb sich die schmerzende Schulter. Dann sah sie mit finsterem Blick zu ihm hinüber. Was mochte er jetzt vorhaben?

Ragnar hatte sich auf die vorderste Ruderbank gesetzt und betrachtete sie ebenfalls aufmerksam. Ihr Gesicht war jetzt vom Schmutz gereinigt, und er verlor sich für einige Augenblicke im Anblick ihrer hohen Stirn, den gewölbten Augenbrauen und jener wunderschönen grünen Augen mit den fiedrigen Einsprengseln, die er seit ihrem verhängnisvollen Zusammentreffen am Strand nicht mehr vergessen hatte. Schon damals war ihr nicht zu trauen gewesen, und dennoch hatte sie ihm letztlich das Leben gerettet. Warum hatte sie das getan?

»Warst du zufrieden mit dem, was du gesehen hast?«, fragte er schließlich.

»Du hast den Boten unverletzt ziehen lassen«, sagte sie, ohne sich dabei anmerken zu lassen, ob sie das nun gut oder schlimm fand.

»Er hat uns ein Angebot gemacht. Es klingt gut«, meinte er, griff ein Segeltau und drehte es in seinen Händen. »Fünftausend Pfund Silber will er zahlen, wenn wir die Festung verschonen und weiterziehen.«

Sie bemühte sich, ihre Gesichtszüge zu beherrschen. Fünftausend Pfund Silber! So viel war vielleicht in Paris oder Rouen aufzutreiben, nicht aber in den kleinen Ländern hier oben im Norden. Auch wenn sie wusste, dass Arnulf sich allerlei Kriegsbeute zusammengeraubt hatte – eine solche Summe würde auch er nicht besitzen.

»Und du willst darauf eingehen?«, fragte sie mit harmlosem Gesicht.

Seine Miene war nach wie vor undurchdringlich, während seine Hände verschiedene Knoten in das Tau knüpften.

»Der Bote sagt, Arnulf ist im Kampf verwundet worden. Deshalb will er für den Frieden zahlen«, meinte er scheinbar nachdenklich. »Er will auch Pferde und Lebensmittel geben.«

»Aha«, sagte sie einsilbig.

Arnulf verletzt im Kampf? Normalerweise ließ er andere kämpfen und hielt sich selbst lieber im Hintergrund. Aber es konnte natürlich ein verirrter Pfeil gewesen sein. Fast zu schön, um wahr zu sein ...

Sie riss sich zusammen und dachte nach. Wieso erzählte der Wikinger ihr das eigentlich alles? War sie seine Vertraute? Seine Beraterin? Sie war seine Sklavin. Eine Fränkin in seiner Gefangenschaft. Er wollte sie sicher nur aushorchen. Aber da sollte er sich gründlich in ihr getäuscht haben, dieser schlaue Fuchs.

»Was für ein Mann ist Arnulf? Ist er mächtig?«, fragte er und sah ihr ins Gesicht. »Was geschah mit der Feste aus Stein oben am Meer? Wer hat sie zerstört? War es Arnulf?«

Sie spürte, wie das Blut ihr in die Wangen schoss, und senkte rasch den Kopf. Es war schwer, ihren Hass gegen Arnulf zu verbergen, doch es war besser so. Auf keinen Fall würde sie diesem Wikinger Anlass geben, sie zu seiner Verbündeten zu machen. Ja, sie hasste Arnulf aus tiefstem Herzen. Sie wünschte ihm tausendfach den Tod. Aber deshalb würde sie sich niemals mit einem Feind verbünden. So etwas wäre ehrlos, ihr Vater hätte sie dafür verachtet.

»Die Feste fiel, weil Konrad starb«, sagte sie mit erzwungener Ruhe. »Arnulf hat Konrads Land unter seinen Schutz genommen.«

Er schien keineswegs überrascht. Hatte er es schon gewusst? Oder sich die Dinge zusammengereimt? Vorsichtig schielte sie hinter dem Vorhang ihres langen Haares zu ihm hinüber. Er saß mit übereinandergeschlagenen Beinen und schien ganz und gar mit dem Tau in seinen Händen beschäftigt. Schweigen trat ein, er knüpfte seine Knoten und hatte ihre Gegenwart offensichtlich völlig vergessen. Mechthild rutschte unruhig auf dem Boden hin und her, sie wusste nicht, ob sie reden sollte oder besser schweigen. Sollte sie ihn vor Arnulfs List warnen? Nein, damit hätte sie einen Franken an einen Wikinger verraten. Aber wer schützte sie vor Arnulf, wenn Ragnar von ihm besiegt wurde? War es besser, Arnulfs Ehefrau zu werden oder Ragnars Sklavin zu sein? Sie spürte, dass ihre Gedanken sich verwirrten, und sah hilflos zu Ragnar hinüber. Wenn er wenigstens sprechen würde, doch er schwieg noch immer und sah sie nicht einmal an. Dafür ließ ein Sonnenstrahl, der durch die Zweige fiel, sein helles Haar aufleuchten, und für einen kleinen Augenblick spürte sie das seltsame Bedürfnis, mit den Händen seine Wangen zu berühren und im Gewirr seiner kurzen Barthaare die Form seiner Lippen nachzutasten.

Ich muss verrückt geworden sein, dachte sie erschrocken.

Er trug kein Hemd unter dem ärmellosen Lederwams und sie konnte im hellen Flaum seiner Brustbehaarung den Thorhammer schimmern sehen.

»Kann ein Wikinger zu Arnulf Vertrauen haben? Seinem Wort glauben?«, fragte er unvermittelt, während er seine hellen Augen auf sie richtete.

Sie straffte sich.

»Er wird ebenso aufrichtig zu dir sein, wie du es zu ihm bist, Wikinger«, sagte sie.

So, jetzt konnte er sich seine Antwort selber zusammenreimen.

»Gut zu wissen«, gab er zurück, warf das Tau zur Seite und erhob sich. »Folge mir, Sklavin. Ich habe ein Zelt für uns aufstellen lassen.«

Sie erschrak. Natürlich hatte sie gewusst, dass es mit seiner Zurückhaltung irgendwann zu Ende sein würde. Aber doch nicht jetzt sofort. Sie hatte gehofft, noch Zeit gewinnen zu können. Sie musste sich etwas einfallen lassen, um ihn hinzuhalten.

»Ich will ein Zelt für mich allein«, forderte sie dreist.

Er brach in Lachen aus, dieses verdammte Gelächter, das tief aus seiner Kehle kam und sie jedes Mal in äußerste Wut versetzte.

»Ein Zelt für dich allein?«, lachte er. »Warum nicht eine ganze Festung? Eine Pfalz, wie euer König sie gebaut hat? Ein ganzes Königreich für die schöne, hochmütige Frankentochter? Nun – eines nach dem anderen. Jetzt hast du ein Zelt – mein Zelt!«

Sie war blitzschnell auf die Füße gesprungen und wich vor ihm zurück. Langsam näherte er sich ihr, drängte sie immer weiter zum Bug des Schiffes, bis sie mit dem Rücken an die Planken stieß und wusste, dass es jetzt kein Entrinnen mehr gab.

»Nein!«, rief sie in gebieterischem Ton. »Wage es nicht. Fass mich nicht an, wenn dir deine Augen lieb sind!«

Er stand dicht vor ihr, grinsend, die Arme leicht seitlich erhoben, und sie spürte erschauernd, wie machtlos sie gegen diesen kräftigen Körper war. Sein Gesicht zuckte, dann hatte er einen Arm unter ihre Knie geschoben, mit dem anderen umfasste er ihre Schultern. Als sei sie leicht wie eine Feder, hob er sie auf, setzte einen Fuß auf die Reling und sprang mit ihr darüber hinweg. Sie schrie auf vor Schreck und legte instinktiv die Arme um seinen Hals, denn sie glaubte, sie würden unweigerlich beide stürzen. Doch er landete sicher auf beiden Füßen und trug sie zwischen den grölenden und feixenden Kriegern hindurch in eines der Zelte.

»Hier ist jetzt dein Platz, Sklavin«, sagte er zufrieden und setzte sie auf einem Lager aus Fellen ab. »Du wirst mir die Mahlzeiten kochen. Meine Kleider flicken. Mein Lager bereiten. Und mir in allem gehorchen.«

»Da kannst du lange warten, Wikinger«, fauchte sie und versuchte aufzustehen.

Doch er hatte den Fuß auf ihr Gewand gesetzt und hielt sie auf diese Weise am Boden fest.

»Bleibe ruhig, Fränkin. Es hilft nichts, wenn du aufbegehrst. Du wirst dieses Zelt sauber halten und dich nur daraus entfernen, wenn ich es erlaube.«

Sie packte wütend sein Fußgelenk und grub ihre Nägel in seine Haut. Er zuckte nicht einmal zusammen, sondern schüttelte sie einfach ab, so dass sie rückwärts auf das Lager fiel.

»Schade, dass du nicht klug wirst, Sklavin. Es tut mir leid, dir die Hände zu binden«, meinte er scheinbar bedauernd und kniete sich neben sie, um ihre Hände zu fassen.

Sie wehrte sich verzweifelt, so dass er sich über sie werfen musste und ihren Körper mit seinem Gewicht am Boden hielt. Zitternd und in Erwartung des Schlimmsten lag sie unter ihm, spürte seinen schweren, harten Brustkorb und seine sehnigen Schenkel, während er ihre Hände packte und sie zusammenband.

»Ich hasse dich, Wikinger«, zischte sie. »Ich wünsche dich in den tiefsten Abgrund der Hölle.«

Er strich langsam und mit großem Bedacht eine Haarsträhne aus ihrer Stirn und erhob sich dann unvermittelt, um ihr auch die Füße zu binden.

»Du musst viel lernen, Sklavin«, sagte er grinsend. »Vor allem eines: Es gibt keine Hölle. Es gibt Hel, die Unterwelt, wo die Toten hausen. Krieger, die im Kampf gestorben sind, tragen die Walküren nach Walhall. Dort leben sie gut, sie jagen, kämpfen und haben schöne Weiber. Dorthin kannst du mich wünschen – allerdings noch nicht sofort.«

Er zog ihr sorgfältig das hochgerutschte Kleid bis an die Füße herunter und verließ das Zelt.

Stundenlang lag sie auf dem Lager, horchte auf die Geräusche um sie herum und grübelte verzweifelt über ihre Lage nach. Spätestens in dieser Nacht würde er sie nehmen, und nichts und niemand konnte ihn davon abhalten. Er brauchte sie nicht einmal zu fesseln, sie hätte gegen diesen mächtigen Kerl nicht die geringste Chance. Ihr Herz schlug wild, wenn sie sich seinen harten Körper und seine Hände auf ihrer bloßen Haut vorstellte. Er hatte große Hände mit harten Fingerkuppen, er konnte so fest zupacken, dass es wehtat. Und doch war die Bewegung, mit der er ihr das Haar aus der Stirn geschoben hatte, unendlich sanft gewesen.

Konrads Tochter wird eher sterben, als sich entehren zu lassen. So hatte sie es sich geschworen. Lieber wäre sie vom Turm der kleinen Klosterkirche gesprungen, als in Arnulfs Hände zu fallen. Ihr Hass und Abscheu vor diesem Mann waren so groß, dass sie diese Entscheidung kühlen Herzens getroffen hätte. Jetzt aber musste sie sich eingestehen, dass ihr Herz alles andere als kühl war. Sie empfand Zorn gegen diesen Wikinger, weil er sie ihrer Freiheit beraubte, sich ihres Landes bemächtigte und noch dazu die Frechheit besaß, sie auszulachen. Aber zugleich spürte sie tief in sich das irrwitzige Verlangen, diesen starken Körper herauszufordern, seine Kraft und seine Wildheit zu spüren. Und seine Hände zu fühlen, die so rau waren und doch so zart sein konnten.

Ich bin verrückt, dachte sie. Dieser Kerl ist mein Feind. Ein Heide, der Thor und Odin anbetet. Er riecht nach Schweiß und Leder und fällt über jede Frau her, die ihm über den Weg läuft.

Diese Vorstellung ernüchterte sie. Würde er so etwas tun? Natürlich – er hatte es im Laufe seiner Raubzüge vermutlich schon tausendfach getan. Es war Zeit, dass sie zur Besinnung kam und sich Gedanken über ihre Flucht machte.

Die Geräusche um sie herum hatten sich verändert. Eben noch war das Knistern eines Feuers zu hören gewesen, sie hatte das Reden und Schmatzen der essenden Männer vernommen und den Geruch von gebratenem Fleisch gerochen. Jetzt hörte sie Ragnars tiefe, befehlsgewohnte Stimme, leises Geklirr, als ob Metall an Metall stieß, die Wikinger liefen auf und ab, und sie meinte, das schleifende Geräusch zu vernehmen, das entsteht, wenn jemand ein Kettenhemd überzieht. Stand etwa ein neuer Angriff bevor? Aber hatte Ragnar nicht auf Arnulfs Friedensangebot eingehen wollen?

Mechthild wurde plötzlich klar, dass dieser Wikinger sie gründlich getäuscht hatte. Er hatte Arnulfs Lügen keinen Augenblick geglaubt. Ragnar war sehr viel schlauer, als sie gedacht hatte.

Nicht schlau genug, dachte sie grimmig. Wenn die Wikinger sich für einen Kampf rüsten, dann ist das meine Chance. Ganz sicher wird das Lager gleich leer sein, und niemand wird mich sehen, wenn ich entwische.

Ragnar hatte ihr die Hände nicht auf den Rücken, sondern vor dem Bauch zusammengebunden. Das war ein Fehler gewesen. Sie setzte sich auf und tastete mit den zusammengebundenen Händen über den Riemen, der um ihre Fußknöchel geschlungen war. Es war nicht einfach, denn ihre Finger waren fast taub, aber schließlich fühlte sie den fest angezogenen Knoten. Leise stöhnend bewegte sie die Finger. Sie hatte geschickte Hände, aber dieser verfluchte Knoten war so fest, dass sie regelrecht ins Schwitzen geriet, während sie sich beharrlich abmühte. Endlich klappte es, die Fesseln lockerten sich, gleich würde sie es geschafft haben. Da bewegte sich plötzlich die Tierhaut am Zelteingang, und sie fuhr wie der Blitz wieder in ihre alte Lage zurück.

Ragnar trug ein dunkles Kettenhemd, das ihm bis über die Hüften reichte, der breite Ledergürtel war mit silbernen Beschlägen geschmückt, zwei Löwen, die ineinander verbissen waren, bildeten die Gürtelschnalle. Das kurze, zweischneidige Schwert hing wie immer an seiner Seite. Er wirkte in dieser Rüstung noch größer und kraftvoller als sonst, eine Aura von Kampf und Todesgefahr umgab ihn, und Mechthild spürte einen leichten Schauder, der ihr über den Rücken lief.

Sein Blick glitt prüfend über sie hinweg, und sie war froh, dass er ihr Herzklopfen nicht hören konnte. Fest hielt sie die Fußknöchel aneinandergepresst, damit er die aufgeknüpften Riemen nicht bemerkte.

»Du wirst kämpfen?«, fragte sie harmlos, um ihn abzulenken. »Ich glaubte, du wolltest mit Graf Arnulf einen Vertrag schließen.«

Er gab keine Antwort, sondern kniete neben ihrem Lager nieder und drückte ihr mit beiden Händen die Schultern auf den Boden. Sie schrie leise auf vor Schreck, wagte jedoch nicht, sich zu wehren, damit er die gelockerten Fußfesseln nicht bemerkte.

»Du gehörst mir, Mechthild«, hörte sie seine dunkle Stimme leise murmeln. »Wo auch immer ich hingehe, ich nehme dich mit mir.«

Die Sätze klangen merkwürdig ernst, so als spräche er eine Beschwörungsformel an seine fremden Götter. Sie starrte erschrocken in seine hellen Augen, die jetzt seltsam schmal wurden, dann spürte sie plötzlich seine Lippen auf den ihren. Heiß und fordernd umschlossen sie ihren Mund, sie spürte seine Zunge, und es war ihr, als ob Feuer ihren Körper durchströmte. Sie glaubte, vor Angst und Schrecken zu vergehen, und doch fühlte sie zugleich die unglaublich süße, brennende Sehnsucht, ihn zu umschlingen. Als er sich von ihr gelöst hatte, lag sie bewegungslos und schwer atmend auf dem Lager, unfähig, auch nur ein einziges Wort zu sprechen.

Sie sah ihn lächeln, Triumph in den Augen, und sie hatte das schreckliche Gefühl, besiegt worden zu sein. Er hatte ohne Zweifel bemerkt, wie sehr dieser unverschämte Kuss sie aufwühlte. Doch nicht er hatte sie überwunden, sie selbst hatte sich ihm unterworfen. Warum, zum Teufel, spürte sie ein solches Verlangen nach diesem groben Kerl? Sie riss sich zusammen und versuchte, wenigstens im Nachhinein den Kopf oben zu behalten.

»Was für ein mutiger Held!«, sagte sie spöttisch. »Eine Frau zu fesseln und ihr dann Gewalt anzutun. Lehrt euch das dieser Thor oder wie er heißt?«

»Schweig, Sklavin«, sagte er kaum hörbar und beugte sich erneut zu ihr herab. »Es ist jetzt keine Zeit für Worte.«

Er näherte sein Gesicht dem ihren, und sie erwartete erschauernd, dass sie erneut seine heißen Lippen spüren würde. Doch er setzte nur rasch einen kleinen, frechen Kuss auf ihre Nasenspitze, grinste befriedigt und erhob sich dann, um das Zelt zu verlassen.

Wie betäubt blieb sie einen Moment lang liegen, enttäuscht und erleichtert zugleich, dann spürte sie, wie der Zorn in ihr hochstieg. Dieser unverschämte Kerl wagte es, sie zu verhöhnen. Oh, warum hatte sie ihn nicht gebissen, ihn angespuckt, mit den Füßen nach ihm getreten! Warum hatte sie dumm und blöde wie ein Schaf auf der Schlachtbank gelegen und es geduldet, dass er sie mit seinen Küssen erniedrigte?

Tränen der Wut und der Scham schossen ihr in die Augen und sie schluchzte hilflos vor sich hin. Erst nach einer Weile bemerkte sie, dass es um sie herum still geworden war. Die Wikinger hatten das Lager verlassen.

Ihr Augenblick war gekommen. Konrads Tochter würde

diesem Wikinger jetzt beweisen, dass sie nicht die Frau war, die ungestraft mit sich spielen ließ. Sie setzte sich auf und zog die Füße an, um die gelösten Riemen abzustreifen. Die Hauptsache war, dass sie laufen konnte, die Handfesseln würde sie unterwegs schon irgendwie loswerden.

Vorsichtig kroch sie zum Eingang des Zeltes und schob die Tierhaut beiseite. Niemand war zu sehen. Man hatte das Feuer gelöscht, einige Mäntel und Tierfelle, die die Männer als Sitzunterlage benutzt hatten, waren auf dem Boden verstreut, lederne Trinkschläuche und Essensreste lagen umher. Die Wikinger hatten keine Wache zurückgelassen, alle waren in den Kampf gezogen.

Die Stille im Lager war unheimlich, es war die Ruhe vor dem unweigerlich ausbrechenden Sturm. Mechthild blickte suchend umher, schaute in einige der Boote, doch sie konnte Brian nirgendwo entdecken. Schließlich gab sie die Suche auf und beschloss, die Flucht allein anzutreten.

Sie musste das Moor meiden, in dem sie fast umgekommen war. Das bedeutete jedoch, dass sie im Schutz des Waldes dicht an Arnulfs Feste vorbeikam, wo die Kämpfe stattfinden würden. Es war also große Vorsicht geboten. Langsam schritt sie in den Wald hinein, blieb immer wieder lauschend stehen, spähte zwischen den Stämmen hindurch, blinzelte in die hellen Sonnenflecken, die durch das herbstliche Laub bis auf den Waldboden hinabdrangen. Sie musste sich nach Westen halten, der Nachmittagssonne entgegen, und dann, wenn sie Arnulfs Feste passiert hatte, nach Norden weitergehen.

Plötzlich entstand Bewegung im Gehölz und Zweige knackten unter leichten, federnden Tritten. Ein Rudel Rehe kam ihr entgegen und lief an ihr vorüber, ohne sie überhaupt wahrzunehmen. Irgendetwas musste die Tiere erschreckt haben. Langsam ging sie ein paar Schritte, dann sah sie Licht, das zwischen Stämmen und Buschwerk hindurchschimmerte und den Waldrand ankündigte. Jetzt war sie ganz in der Nähe der Festung. Im gleichen Augenblick schien eine Unzahl von dumpfen Fußtritten den Wald erbeben zu lassen, wildes Kampfgeschrei erhob sich, Schwerter klangen aufeinander.

Sie stand unbeweglich und spürte ihr Herz wild klopfen. Der Kampf war entbrannt, Wikinger und Franken drangen aufeinander ein, und Gott allein wusste, wer den Sieg davontrug. Vielleicht würde Ragnar sein Ziel erreichen und die Feste stürmen. Vielleicht würde er aber auch sterben.

Sie musste die Gelegenheit nutzen und in nördlicher Richtung davoneilen. Wenn sie schnell genug lief, konnte sie noch vor der Abenddämmerung eines der Gehöfte erreichen, die zum Besitz ihres Vaters gehört hatten. Dort könnte sie sicher für eine Nacht bleiben und auch ein Pferd bekommen. Dann würde sie auf Umwegen nach Rouen reiten und veranlassen, dass man Boten in den Süden des Reichs sandte und den König bat, Truppen zu schicken. Karl der Kahle würde sich ohne Zweifel ihrer Sache annehmen, warum war sie nicht früher auf diese Idee gekommen? Alles hing jetzt davon ab, dass sie glücklich entkam.

Doch sie rührte keinen Fuß. Stattdessen hörte sie auf die Geräusche, die von Arnulfs Festung her zu ihr herüberdrangen, und ihre Gedanken verwirrten sich. War es nicht besser, den Ausgang des Kampfes abzuwarten? Wenn Arnulf besiegt würde, dann war Ragnar der Herr ihres Landes geworden. Wenn Ragnar jedoch in diesem Kampf unterlag ...

Sie ging weiter nach Westen auf die Feste zu, als würde sie von unsichtbaren Fäden gezogen. Das Dämmerlicht des Waldes wurde heller, das Geräusch der Kämpfer lauter, doch sie hielt nicht an, bis sie den Waldrand erreicht hatte. Dort verbarg sie sich hinter dem Stamm einer Eiche und starrte atemlos auf das Geschehen.

Sie war gefährlich nahe an die kämpfenden Männer herangekommen. Zu ihrer Überraschung befanden sich eine Menge Franken außerhalb der Festung, vermutlich hatte Arnulf einen Ausfall versucht in der Hoffnung, die Wikinger fühlten sich durch sein Friedensangebot sicher. Doch Ragnar hatte seine Absicht erraten und die fränkischen Krieger mit seinen Wikingern empfangen.

Sie sah seinen goldfarbenen Helm in der Sonne aufblitzen – er befand sich mitten im Kampfgetümmel, von mehreren fränkischen Kriegern umringt. Aufgeregt reckte sie den Hals, verfolgte jede seiner Bewegungen, beobachtete, wie kraftvoll er das Schwert führte, wie geschickt er den Hieben seiner Gegner auswich und gleich darauf wieder angriff. O Himmel – bemerkte er den Mann nicht, der von der Seite auf ihn einstürmte? Doch da hatte Ragnar sich auch schon blitzschnell umgewandt und den Gegner abgewehrt. Mechthild presste sich dicht an den rauen Stamm der Eiche, ohne den Blick von den Kämpfenden wenden zu können. Ein verirrter Pfeil schwirrte dicht an ihr vorüber und bohrte sich in einen Baumstamm – sie nahm es kaum wahr. Ihr Herz hämmerte so laut, dass sie davon fast betäubt wurde. Wo war Ragnar? Wieso konnte sie auf einmal seinen golden schimmernden Helm nicht mehr sehen? War er zur anderen Seite der Festung hinübergelaufen? Oder bereits verwundet zu Boden gesunken? Eine schreckliche Angst erfasste sie.

»Lieber Gott, lass ihn nicht sterben. Auch wenn er ein Heide ist, bitte lass ihn am Leben«, flüsterte sie vor sich hin, während sie verzweifelt auf die kämpfenden Männer starrte.

Da tauchte plötzlich eine große Gestalt vor ihr auf, jemand packte sie bei den Schultern, riss sie nach vorn und stieß sie dann mit dem Rücken fest gegen den Stamm der Eiche. Helle Augen blitzten sie an, zwei harte Fäuste pressten ihre Schultern gegen den Baum. Sie war viel zu verblüfft, um sich zu wehren, und sah voller Entsetzen in Ragnars wutverzerrte Züge.

»Ich habe dich gewarnt, Sklavin«, zischte er sie an. »Jetzt wirst du die Folgen spüren.«

Sie schrie auf, als das Messer in seiner Hand aufblitzte. Er fasste ihr weites Gewand über der Brust und zog es nach vorn, dann bohrte sich das Eisen durch den Wollstoff hindurch tief in den Stamm der Eiche hinein.

»Wenn du davonlaufen willst, dann nur ohne dieses Kleid, meine Schöne«, sagte er boshaft und ging davon.

Von dem weiteren Verlauf der Kämpfe sah Mechthild nicht viel. Sie war damit beschäftigt, das verdammte Messer aus dem Stamm zu ziehen, was mit gefesselten Händen jedoch so gut wie unmöglich war. Hilflos hing sie an der Eiche fest, sie hätte sich zwar losreißen können, dabei jedoch den größten Teil ihres Kleides eingebüßt.

Sie schäumte vor Wut. Gerade eben noch hatte sie um sein Leben gebangt, hatte sogar gebetet, Gott möge ihn schützen. Wie unsagbar dumm sie doch war! Statt ihre Chance zu nutzen und davonzulaufen, stand sie hier und zitterte um sein Leben. Und wie lohnte er es ihr? Indem er sie auf diese lächerliche Weise an einen Eichenstamm nagelte und sie hier so lange hängen ließ, wie es ihm beliebte. Warum hatte sie Gott nicht gebeten, diesen Wikinger durch einen gut gezielten, fränkischen Schwerthieb aus der Welt zu schaffen? Sollte er nach Walhall wandern oder in die Hölle – ganz egal. Die Hauptsache war, dass sie endlich sicher vor ihm sein konnte.

Nach und nach wurde es ruhig, der Kampf um die Feste war beendet, die Drachenkrieger hatten sich wieder zurückgezogen. Niemand kümmerte sich um sie. Als es dämmerte, begann sie zu fürchten, dass Ragnar sie die ganze Nacht über hier an diesem Stamm hängen lassen wollte. Wütend stellte sie sich vor, wie er diesen Streich seinen Kameraden erzählte und sich alle vor Lachen die Bäuche hielten. Vielleicht warteten alle ja nur darauf, dass sie sich mit Gewalt losriss, um sie dann halbnackt durch den Wald zu hetzen?

Es wurde dunkel, um sich herum vernahm sie nur die Geräusche der Nachttiere, die den Wald auf der Suche nach Beute durchstreiften. Bodennebel stiegen auf und hüllten sie in feuchten, kühlen Dunst, die Kälte kroch unter ihr Gewand und ließ sie frösteln. Sie war todmüde und ihre Beine wollten unter ihr nachgeben, einmal rutschte sie vor Erschöpfung aus, spürte, wie der Stoff einriss, und beeilte sich, wieder gerade zu stehen. Sie steckte in der Falle – irgendwann in dieser Nacht würde sie vor Müdigkeit in sich zusammensinken und zum Gespött der Wikinger werden. Hilflos begann sie zu schluchzen, rüttelte zum wohl hundertsten Mal an dem Messer, das ihr Gewand am Stamm festhielt und das Ragnar so tief und fest in das Holz gerammt hatte, dass sie es nicht lockern konnte.

Erst spät in der Nacht, als schon die Eulen und Käuzchen ausflogen, spürte sie, wie sie jemand befreite und wie die kühle Schneide eines Messers ihre Handfesseln durchtrennte. Eine wärmende Decke legte sich um ihre Schultern, jemand murmelte ihr leise Worte ins Ohr, die sie nicht verstand, die jedoch sanft und zärtlich klangen. Sie wurde hochgehoben und davongetragen. Wohin, das konnte sie nicht erkennen, es war ihr auch vor Müdigkeit vollkommen gleichgültig.

※

Neidhardt lag ausgestreckt auf dem Strohlager und erwartete den Tod. Eine Lanze hatte seine Schulter oberhalb des Schulterblattes durchbohrt, er hatte zuerst wenig auf die

Wunde geachtet und erst nach dem Kampf bemerkt, dass sein Hemd bis hinunter zum Bauch mit Blut getränkt war. Zugleich begann es, in der Wunde zu pochen, und ein heftiger Schmerz zog durch Arm und Schulter bis zum Herzen hinüber. Es wurde so schlimm, dass er bald nicht mehr imstande war, den Arm zu heben.

Er würde an dieser Wunde vermutlich sterben. Wie unsinnig das war: Gerade er, der den Kampf verabscheute, musste daran zugrunde gehen. Ja, er war ein miserabler Krieger und hasste es, sich mit anderen schlagen zu müssen. Was war großartig daran, seine Brust dem Feind hinzuhalten oder gar selbst jemanden zu töten? Konrad, sein Ziehvater, hatte ihn nur zu gut gekannt und ihn während der Wikingerkämpfe auf der Burg zurückgelassen. Arnulf hingegen hatte Neidhardt mit den Kriegern hinausgeschickt, um die Wikinger zu überfallen. Was für eine wahnwitzige Idee, dieser Ausfall aus der sicheren Feste! Warum hatte Arnulf nicht abgewartet, wahrscheinlich wären die Wikinger doch auf sein Friedensangebot eingegangen und man hätte alles kampflos regeln können.

Das Gesindehaus war voll mit Verwundeten, die man auf Stroh- oder Torflager gebettet hatte und notdürftig versorgte. Frauen eilten zwischen den Kranken hin und her, reichten ihnen Wasser, richteten die Verbände, flößten ihnen Brei oder einen Kräutersud ein. Um Neidhardt hatte sich bisher niemand gekümmert, denn für die Bewohner der Feste war er immer noch ein Fremder. Zudem hatte er sich während des Kampfes keineswegs durch besonderen Mut ausgezeichnet.

Er wandte den Kopf zur Seite, wo ein Gefäß mit Wasser stand, und versuchte sich mühsam aufzurichten. Brennender Durst quälte ihn seit Stunden, doch je mehr er trank, desto trockener schien seine Kehle zu werden. Während er die Trinkschale in das Gefäß tauchte, um sie mit Wasser zu füllen, wurde er vom Fieber geschüttelt. Vielleicht würde er nicht einmal diese Nacht überleben. Er ließ sich wieder ins Stroh zurücksinken und schloss erschöpft die Augen. Was für ein jämmerliches Ende!

Er hatte die Schritte der Frau nicht gehört, doch er spürte den leisen Lufthauch, den ihr weites Gewand beim Gehen verursachte. Gleich darauf legte sich eine kühle Hand auf seine Stirn.

»Du glühst ja«, sagte Fastrada. »Zeig deine Verwundung. Hat jemand sie gereinigt und verbunden?«

Er schlug die Augen auf und erblickte das zarte Oval ihres Gesichts, das sich über ihn beugte. Sie hatte das Haar mit einem blauen Tuch umwickelt, der Ausdruck ihrer dunklen Augen war streng und ein wenig vorwurfsvoll.

»Es ist zu spät«, murmelte er. »Ich wünschte, es gäbe einen Priester hier. Ich möchte beichten ...«

»Hör auf zu jammern«, sagte sie unfreundlich. »Zieh das Wams aus. Hier an der Schulter ist die Wunde, nicht wahr?«

Ihre Hand tastete über seine Brust. Als sie die Schulter berührte, zuckte er vor Schmerz zusammen und griff nach ihrer Hand, um sie festzuhalten. Sie ließ es für einen Augenblick geschehen.

»Ein Pfeil?«

»Eine Lanze«, flüsterte er. »Nur gestreift ...«

»Setz dich auf«, befahl sie und entzog ihm ihre Hand mit einem Ruck. »Jetzt mach schon. Es gibt hier Männer, die sehr viel schlimmer verletzt sind.«

Er hörte den Vorwurf deutlich heraus und biss die Zähne zusammen, um keinen Schmerzenslaut von sich zu geben, während er sich zum Sitzen aufrichtete. Sie zog ihm das Lederwams so geschickt vom Körper, dass es kaum wehtat. Dann fasste sie sein Hemd, um es ihm über den Kopf zu streifen.

»Nein«, wehrte er sich schwach, nicht nur, weil er den rechten Arm kaum bewegen konnte, sondern weil sie auch seinen wenig mannhaften Bauchansatz lieber nicht sehen sollte. Angesichts des nahen Todes erschien ihm diese Eitelkeit zwar albern, doch unterdrücken konnte er sie nicht.

»Du stehst gut im Futter«, sagte sie prompt, als sie ihn von dem Hemd befreit hatte. »Du wirst schon durchkommen.«

Er sah nicht hin, während sie an der Wunde herumtastete. Ihre Berührungen schmerzten sehr, und er musste sich heftig zusammennehmen, um nicht zu stöhnen.

»Ich lege jetzt etwas auf, was das Fieber herauszieht. Es ist nicht angenehm, aber es hilft«, verkündete sie.

Vorsichtig schielte er nach rechts, erblickte ein Bündel getrockneter Kräuter, und als der Schmerz durch seinen Arm schoss, biss er die Zähne zusammen, dass es knirschte. Dann wurde alles um ihn herum von einer wohltuenden, kühlen Dunkelheit verschlungen, in der auch er selbst sich verlor.

Als er wieder zu sich kam, blinkte vor ihm Wasser in einer Schale. Sie kniete neben ihm, stützte seinen Kopf mit ihrem Arm und hielt ihm die Schale an die Lippen.

»Du fällst aber rasch in Ohnmacht«, neckte sie ihn.

Er trank das kühle, frische Wasser langsam und in kleinen Schlucken, spürte, wie seine Schulterwunde pochte, und dachte darüber nach, dass es schön sein müsste, in ihren Armen zu sterben. Man fühlte sich dort so geborgen, fast so, als sei sie ein fliegender Engel, der ihn direkt ins Paradies trug.

Doch leider zog sie ihren Arm gerade in diesem Augenblick hastig unter seinem Kopf hervor, und auch die Wasserschale verschwand. Ein Schatten legte sich über Neidhardt, zwei kleine schwarze Augen musterten ihn prüfend und glitten dann hinüber zu Fastrada.

»Was ist mit ihm?«

»Eine Wunde an der Schulter, Herr.«

»Wird sie heilen?«

»Ganz sicher, Herr.«

Arnulf nickte zufrieden und wandte sich ab, um andere Verwundete anzusehen und zu befragen. Ein rascher, misstrauischer Blick zurück bewies Fastrada jedoch, dass sie auf der Hut sein musste. Auch wenn Arnulf nicht wusste, dass Neidhardt die kostbare Rüstung von Fastrada erhalten hatte, so erahnte er es doch mit der Intuition des eifersüchtigen Liebhabers. Böse hatte er über sie und ihren »täppischen Tanzbären« gespottet, sie geschlagen und den armen Neidhardt in den Kampf geschickt. Arnulf hätte es wenig bedauert, wenn der ungeschickte Kämpfer bei dem Ausfall gegen die Wikinger sein Leben gelassen hätte.

»Was treibst du dich hier noch herum?«, schnauzte er Fastrada an. »Es sind genug Mägde für diese Arbeiten da. Scher dich in den Turm, bevor ich auf die Idee komme, dich für immer hier unten beim Gesinde zu lassen.«

Fastrada hielt den Blick gesenkt und schwieg. Doch Neidhardt, der am Boden lag, sah, wie ein zorniges Feuer in ihren dunklen Augen aufblitzte, und er begriff, dass sie Arnulf nicht liebte. Diese Erkenntnis wirkte auf ihn wie ein Heilmittel. Seine Wunde hörte auf zu pochen und das Fieber schien weniger heiß in seinem Körper zu glühen. Hatte Fastrada nicht gesagt, er würde gesund werden? Hatte sie sich nicht rührend um ihn gekümmert, seine Wunde versorgt, ihn ermutigt und ihm frisches Wasser gereicht? Er würde es schaffen, er musste es schaffen. Verflucht, er wollte leben!

Arnulf hatte alle Verwundeten in Augenschein genommen, die Küche und Vorratskammern überprüft und Anweisungen gegeben, die Waffen und Rüstungen wieder instand zu setzen. Seine kleinen, dunklen Augen glitten flink und misstrauisch über die Männer und Frauen hinweg, erfassten den kleinsten Gegenstand, die winzigste Veränderung in ihren Mienen. Er wusste wohl, dass die Gespräche seiner Männer erstarben, sobald er vorüberging. Sie fürchteten ihn und wagten in seiner Nähe kein offenes Wort, denn nicht nur ein Mal hatte er wegen eines unbedachten Satzes oder eines unpassenden Gelächters harte Strafen verhängt. Niemand würde wagen, seine Entscheidungen öffentlich zu kritisieren. Was er jedoch fürchtete, war das Geflüster unter dem Gesinde, das leise Gemurmel, wenn seine Leute abends am Feuer beieinandersaßen und mit zusammengekniffenen Augen zum oberen Stockwerk des Turmes hinaufsahen, wo sich die Wohnräume des Grafen befanden. Arnulf lebte beständig in der Furcht, man könne sich gegen ihn verbünden und versuchen, ihn zu vergiften oder im Schlaf zu ermorden.

Nachdem er seinen Rundgang beendet hatte, stieg er wieder in den Wohnturm hinauf, um nach Fastrada zu sehen. Auch sie musste überwacht werden, denn sie gefiel den Männern. Daran war er selbst nicht unschuldig, denn er liebte es, sie vor seinen Kriegern tanzen zu lassen, und weidete sich an ihren gierigen Blicken. Umso mehr genoss er die Nächte und Liebesspiele mit ihr, besaß er doch mit dieser verführerischen Frau etwas, worum ihn alle glühend beneideten.

Sie hatte das blaue Tuch von ihren Haaren genommen und ein seidenes Gewand übergestreift, das bis zum Boden hinabfloss. Er hatte diese Kleider in Konrads Feste gefunden und für Fastrada mitgenommen. Sie waren aus feinster, glänzender Seide, bemalt mit bunten Blüten und zierlichen, langhalsigen Vögeln, dünn wie ein Hauch nur, jeder Luftzug schmiegte das Tuch eng an Fastradas Körper und ließ all die köstlichen Formen darunter erkennen. Es lag ein doppelter Reiz darin, sie gerade in diesen Gewändern zu sehen, denn er wusste nur zu gut, dass sie der schönen, spröden Mechthild gehört hatten. Eines Tages, das hatte er sich geschworen, würde die hochmütige Grafentochter ihm in ebendiesen verlockenden Kleidern gegenübertreten müssen, und er würde sich an diesem Anblick ergötzen. Er hatte sie genau betrachtet, wenn sie mit ihrem Vater bei ihm zu Gast gewesen war, dieses Mädchen, das die Frechheit besaß, in Männerkleidung auf die Jagd zu gehen. Ihre Brüste waren nicht so üppig wie Fastradas Busen, sie waren hoch angewachsen, fest und köstlich gerundet. Ihr Schoß war sanft geschwungen und ihre Kehrseite schön gewölbt, wie er es an den Weibern liebte. In den engen Hosen hatte er ihre schlanken Beine bewundern können und sich ausgemalt, wie die Oberschenkel in weicher Linie hinaufführten, um sich mit ihren Hüften zu vereinigen. Er wollte diese hochfahrende Person, die sich ihm verweigert hatte, in seinem Bett haben, sie unter sich spüren und ihr beweisen, dass man ihn nicht ungestraft abwies.

Einstweilen war es nur Fastrada, die ihm gegenüberstand und ihn mit ihrem schönen Körper verlockte. Sie hatte das Haar geöffnet, es hing bis zu ihren Hüften herab, ein verführerischer Schleier, der sie auch dann noch aufreizend verhüllte, wenn sie völlig unbekleidet war.

»Bring mir Wein«, knurrte er und sah zu, wie sie durch den Raum ging, sich in den Hüften wiegend, das Haar mit einer raschen Kopfbewegung zurückwerfend. Sie trug eine silberne Kanne herbei und stellte zwei grünlich gefärbte Trinkgläser auf den Tisch. Während sie den Wein in die Gläser goss, ließ er die Hand über ihre Hüften gleiten und sah befriedigt, dass sie für einen Augenblick die Augen schloss.

»Wer hat gesagt, dass du dir auch einschenken sollst?«, fragte er boshaft und stieß das zweite Glas um, so dass der Wein über den Tisch lief. »Scher dich hinüber auf die Schlafstelle und warte dort auf mich.«

Sie nahm die Beleidigung scheinbar gelassen entgegen, hob das umgestürzte Glas auf und stellte es beiseite. Dann fasste sie das lange Haar mit beiden Händen am Hinterkopf zusammen und beugte den Oberkörper ein wenig zurück. Der zarte Stoff zeichnete die Form ihrer Brüste nur zu deutlich ab, und Arnulf bekam Lust, ihr das seidene Gewand vom Leibe zu reißen. Doch das wäre schade gewesen, denn er würde es noch brauchen.

»Scher dich weg!«, fuhr er sie an.

»Wie mein Herr befiehlt!«

»Und wage es nicht, dich jemals einem anderen in diesem Kleid zu zeigen«, drohte er, von plötzlicher Eifersucht erfasst. »Es wäre deine letzte Tat in diesem Leben!«

»Ich gehöre nur dir, mein Gebieter«, gab sie sanft zurück. »Das weißt du doch.«

Mit wiegenden Schritten entfernte sie sich und verschwand hinter der Holzwand, die die Bettstelle vom übrigen Raum abtrennte. Er horchte einen Augenblick, vernahm das leise Knistern der Seide, einen kleinen Seufzer, dann das Rascheln und Gleiten der wollenen Decken und Felle, unter die sie geschlüpft war.

Er trank einen Schluck Wein und bemühte sich, seine Gedanken in eine andere Richtung zu lenken. Er brauchte einen Plan, der so ausgeklügelt war, dass selbst Ragnar ihn nicht durchschauen konnte. Ragnar. Haralds Sohn!

Erst durch den Boten hatte er erfahren, wer sein Gegner war. Er hatte Ragnar für tot gehalten, denn man hatte berichtet, dass eine Lanze ihn durchbohrt habe. Nun war er also doch am Leben geblieben, und es war klar, warum er hier aufgetaucht war: Er wollte seinen Vater rächen, der durch Konrads Hand gefallen war. Und da Konrad tot war, würde er seine Rache an ihm, als Konrads Bundesgenossen, nehmen.

Arnulf war Ragnar nur ein einziges Mal begegnet. Damals

hatte er mit dem Wikingerfürsten Harald verhandelt, um sich mit ihm gegen seinen Waffenbruder Konrad zu verbünden. Harald war zwar darauf eingegangen, doch der Dummkopf büßte später im Kampf gegen Konrad sein Leben ein. Immerhin hatte dieser Schachzug Arnulf weiteren Ärger mit den Wikingern erspart, denn es war Konrads Kriegern gelungen, die Feinde zu besiegen. Und Konrad war er auf diese Weise auch noch losgeworden.

Bei den Verhandlungen war Ragnar, dieser hünenhaft gewachsene blonde Kerl, als Übersetzer dabei gewesen. Er kannte die fränkische Sprache überraschend gut – eine fränkische Sklavin hatte ihn großgezogen und ihm ihre Muttersprache beigebracht. Arnulf hatte die Verachtung in den hellen Augen des Wikingers gesehen, während er die Gespräche übersetzte. Er hatte auch bemerkt, dass Ragnar seinem Vater von diesem Bündnis abriet und Arnulf offensichtlich nicht traute. Und tatsächlich: Hätten die Wikinger den Sieg über Konrad errungen, dann hätte er, Arnulf, seine Bündnispartner anschließend überfallen, um ihnen das errungene Land wieder abzunehmen.

Ragnar war klug, damit musste er rechnen. Doch er war nicht der Mann, der rücksichtslos und kaltblütig taktierte, der Freund und Feind gegeneinander ausspielte. Ragnar glaubte an Ehre und Recht, er konnte großmütig sein, denn er hatte seinen Unterhändler, ohne ihm ein Leid zu tun, wieder zurückgeschickt. Da war seine Schwäche, hier würde er ihn packen und zu Boden zwingen, den starken Wikingerfürsten.

Ragnar Haraldssohn würde bald vor ihm im Staub knien und um sein Leben flehen.

Mechthild drängte sich dicht an den warmen Ofen, denn es war merkwürdig kühl im Rittersaal. Neidhardt hockte neben ihr auf einem kleinen Schemel und drehte einen leeren Krug in den Händen, während Brian mit lauter Stimme einen lateinischen Text vortrug. Seltsamerweise konnte sie zwar die Worte verstehen, nicht jedoch den Sinn. Ihr Vater stand in Waffen und Rüstung vor dem Wandbehang, auf dem die Bäuerinnen ihre Korngarben banden, und nickte ihr zu.

»Du bist meine tapfere kleine Tochter«, sagte er lächelnd. »Wenn ich zurück bin, werden wir wieder gemeinsam auf die Jagd reiten. Alles wird so sein, wie es immer war.«

Diese Worte hatte er gesagt, bevor er in den Kampf gegen die Wikinger zog. Unsägliche Verzweiflung stieg in ihr hoch, sie streckte voller Sehnsucht die Arme nach ihm aus.

»Nein, Vater«, flehte sie schluchzend. »Bitte geh nicht!«

Doch er stieß nur einen seltsam knurrenden Ton aus, wandte sich um und ging mitten in den Wandbehang hinein. Sie konnte sehen, wie er zwischen den Frauen hindurchlief, dabei auf die gebündelten Ähren trat und langsam, ohne sich noch einmal zu ihr umzudrehen, in der Ferne verschwand.

Sie wollte ihm nachlaufen, ihn festhalten, doch ihre Füße waren schwer wie Blei. Sie würde ihn nicht einholen können, niemals wieder. Er war fort, für immer verloren. Er ließ sie allein zurück. Mechthild weinte heiße Tränen und klammerte sich dabei an den wärmenden Ofen, die einzige Zuflucht, die ihr geblieben war.

»Geh doch nicht fort. Bitte lass mich nicht allein!«

Ein Arm umschlang sie, jemand wischte ihr mit einem kratzigen Tuch die Wange ab, eine tiefe Stimme murmelte leise Worte.

»Wach auf, Frankentochter. Nun wach schon auf.«

Sie erschrak zutiefst, öffnete die Augen und blickte in Ragnars Gesicht. Es war so dicht vor ihr, dass sein Bart sie an der tränenfeuchten Wange kitzelte.

Sie schrie auf und wollte von ihrem Lager aufspringen, dann merkte sie erst, dass er neben ihr lag und sie mit beiden Armen umschlungen hielt.

»Lass mich sofort los!«, fuhr sie ihn heftig an und versuchte sich aus seiner Umarmung zu befreien. »Fass mich nicht an, du bärtiger Wikinger!«

Zu ihrer Überraschung gab er nach, und es gelang ihr, sich aufzusetzen.

»Du bist merkwürdig, Fränkin«, meinte er schmunzelnd. »Hast du nicht eben gerufen, ich soll nicht fortgehen? Jetzt schreist du, ich soll dich loslassen. Was willst du nun wirklich?«

Er lag lang ausgestreckt auf dem Rücken, die Arme hinter dem Kopf verschränkt, und sah grinsend zu ihr auf. Ihr fiel die Bosheit ein, die er ihr in der letzten Nacht angetan hatte, und es schien ihr, als koste er jetzt hämisch seinen Triumph aus. Oh, wie gemein er gewesen war! Hasserfüllt sah sie auf ihn herab.

»Was ich will?«, fauchte sie. »Dass du zum Teufel fährst, Wikinger. Ich wünschte bei Gott, dass sich ein fränkischer Krieger fände, der dir den Schädel spaltet. Wenn ich doch nur ein Mann wäre!«

»Was würdest du dann tun, Fränkin?«, fragte er, während das Grinsen aus seinem Gesicht entschwand.

Sie biss sich wütend auf die Lippen. Es war so lächerlich, mit Worten zu kämpfen. Aber sie hatte nichts als Worte, um ihn zu verletzen. Wenigstens das wollte sie ausgiebig tun. »Ich würde dich lehren, was es heißt, eine Fränkin zu demütigen«, sagte sie zornig. »Ich würde dich zum Kampf auf Leben und Tod fordern, Wikinger. Und glaube nicht, dass meine Hand dieses Mal zittern würde, bevor ich dir den Todesstoß gebe.«

Sie hatte erwartet, dass er in Gelächter ausbrechen würde. Doch er nahm ihren Zorn ruhig hin, blieb unbeweglich auf dem Rücken liegen und schwieg. Sie war unsicher geworden, schluckte hinunter, was sie noch hatte sagen wollen, und betrachtete ihn verstört. Was war los mit ihm? Warum lachte er nicht? Geriet nicht in Wut? Fiel über sie her? Sie bemerkte, dass er heute seltsam blass wirkte und dunkle Schatten unter seinen Augen lagen.

»So sehr hasst du mich, Fränkin?«, fragte er nach einer Weile und sah zu ihr auf.

Sie begegnete seinen hellen Augen. Es lagen weder Zorn noch Häme in seinem Blick, nur Ernst und Nachdenklichkeit. Sie riss sich zusammen, erinnerte sich an den Augenblick am Meer, als sie zum ersten Mal dem Blick seiner hellen Augen verfallen war und getan hatte, was sie später schwer bereute.

»Was hast du erwartet, Wikinger? Soll ich dich dafür lieben, dass du mich meiner Freiheit beraubst und dein boshaftes Spiel mit mir treibst?«, stieß sie wütend hervor.

Er blieb auch jetzt gleichmütig.

»Du willst dich also mit mir schlagen, Fränkin? Nun gut – dann schlag zu.«

Ragnar zog die Arme hinter dem Kopf hervor und richtete sich langsam zum Sitzen auf. Auch im Leinenhemd wirkte sein Oberkörper aus dieser Nähe erschreckend breit und mächtig auf sie.

»Was?«, fragte sie verwirrt.

»Schlag zu, Fränkin. Ich habe deine Ehre verletzt. Räche dich an mir. Ich werde mich nicht wehren.«

Sie starrte ihm ins Gesicht, um herauszufinden, welche Ränke er jetzt wieder plante, doch seine Züge waren ernst, er hatte den Kopf ein wenig gesenkt und sah an ihr vorbei zu Boden.

Die Versuchung war zu groß. Ihre rechte Hand fuhr empor und sie klatschte ihm mit aller Kraft eine Ohrfeige auf die linke Wange. Sie war darauf gefasst, jetzt von ihm gepackt und auf das Lager geworfen zu werden. Doch nichts dergleichen geschah.

»Weiter«, sagte er ruhig. »Oder bist du schon zufrieden?«

Er hatte sich nicht einmal bewegt, dieser Koloss. Wütend dachte sie an die Stunden, die sie an dem Baum gehangen hatte, ständig in Angst, zu stürzen und ihr Kleid dabei einzubüßen. Sie schlug noch einmal zu und ein weiteres Mal, dann musste sie die linke Hand benutzen, denn die rechte schmerzte zu sehr von der Wucht ihrer eigenen Schläge.

»Du gemeiner Mistkerl«, keuchte sie. »Ich hasse dich. Oh, wie ich dich hasse!«

Er ließ sie gewähren, ertrug ihre Schläge ohne einen Laut, bis sie keine Kraft mehr hatte und atemlos vor ihm saß, das Gesicht gerötet, das Haar aufgelöst, das Gewand in Unordnung.

»Ist es nun gut?«, fragte er und hob den Kopf.

»Nichts ist gut«, schimpfte sie wütend und hielt sich das schmerzende Handgelenk.

»Du hast dich gerächt und mich geschlagen. Was willst du noch?«

»Glaubst du, die paar Schläge könnten das aufwiegen, was ich in dieser Nacht durchlitten habe?«, stieß sie hervor. »Lächerlich. Außerdem hält dein hässlicher Bart das meiste ab!«

Er verzog das Gesicht zu einem belustigten Grinsen.

»Kommt dir mein Bart hässlich vor? Das ist schade, Frankentochter. Du zeigst mir viel Schönes, wenn du so aufgeregt bist.«

Erschrocken raffte sie ihr Gewand am Hals zusammen. Sie hatte nicht bemerkt, dass der Halsausschnitt während der Nacht weit eingerissen war. Das Kleid war vorn herabgerutscht, so dass ihre bloße rechte Schulter und der Ansatz ihrer Brüste zu sehen waren.

»Du bist ein Teufel, Ragnar«, schimpfte sie und rutschte von ihm fort zur anderen Seite des Zelts. »Ich fordere, dass du mich endlich freigibst.«

Er hatte wenig Lust, sich weiter mit ihr herumzustreiten. Schon seit der Nacht hatte er furchtbare Kopfschmerzen, ein Übel, das ihn nur selten, dann aber für einen ganzen Tag überfiel. Ihre Schläge hatten die Schmerzen noch schlimmer gemacht. Dennoch war er zufrieden, denn sein Gewissen hatte ihn geplagt. Er war zu weit gegangen. Er hatte ihr einen Denkzettel verpassen wollen, deshalb hatte er sie bis in die Nacht dort am Baum hängen lassen. Erst als er ihr verzweifeltes Schluchzen hörte und spürte, dass sie vor Kälte fast erstarrt war, hatte ihn die Reue gepackt, und er hatte sie wie ein Kind auf seinen Armen zum Lager zurückgetragen.

»Was willst du?«, sagte er müde und ließ sich wieder auf das Lager sinken. »Du bist frei. Ich habe deine Hände und Füße nicht gebunden.«

Tatsächlich. Erst jetzt fiel ihr auf, dass sie keine Fesseln trug. Allerdings war es kaum möglich, unbemerkt aus diesem Zelt zu entkommen, denn es stand inmitten des Wikingerlagers.

»Wohin willst du laufen?«, fuhr er fort. »Ganz allein. Mit bloßen Füßen und zerrissenem Kleid. Soll ich dich auslachen für deine Dummheit? Jeder Sklave am Wegrand, jeder Bauer wird dich nehmen. Du bist schön, Fränkin. Du weckst Begierde in jedem Mann. Nie und nimmer kommst du ungeschoren bis zu deinem Kloster.«

Sie musste einsehen, dass er nicht ganz unrecht hatte. Vor allem waren Arnulfs Krieger noch überall im Land ihres Vaters unterwegs. Es wäre kein Spaß gewesen, ihnen in die Hände zu fallen. Nachdenklich sah sie zu ihm hinüber. Seine Wangen – soweit der blonde Bart sie nicht bedeckte – waren jetzt gerötet, doch die dunklen Schatten unter seinen Augen traten umso deutlicher hervor. Einen Moment fragte sie sich, ob er vielleicht im Kampf verwundet worden war. Benahm er sich deshalb heute so erstaunlich friedfertig? Er hatte sich ohne Gegenwehr von ihr ohrfeigen lassen. Hatte ihr bereitwillig gestattet, »Rache« zu üben, wie er es nannte. War das ein Eingeständnis, dass ihm die Vorgänge der Nacht leidtaten?

»Hör zu, Fränkin«, sagte er und schloss für einen Moment die Augen, während er sich wieder zum Sitzen aufrichtete. »Wir schließen einen Vertrag.«

»Was für einen Vertrag?«

»Du gibst mir dein Wort, dass du nicht fliehst. Dafür werde ich dich nicht mehr fesseln und du kannst frei im Lager umhergehen.«

»Du würdest meinem Wort vertrauen?«, fragte sie zweifelnd.

Seine hellen, blauen Augen sahen sie eindringlich an und sie spürte wieder das leise Zittern tief in ihrem Inneren.

»Ich glaube deinem Wort, Mechthild«, sagte seine tiefe Stimme.

War es eine Finte? Wenn sie ihn doch nur einschätzen könnte. Wollte er sie zu einer weiteren Flucht herausfordern, um sie einzufangen und noch boshafter zu demütigen? Konnte er so hinterhältig sein?

Oder meinte er es tatsächlich ernst? Plötzlich spürte sie, dass sie nichts anderes als das erhoffte. Sie wünschte, ihm vertrauen zu können. Auch wenn er ein Feind und ein Heide war – konnte er nicht dennoch ein Mann sein, dem Ehre und Recht etwas bedeuteten?

»Ich gebe dir mein Wort, Ragnar«, sagte sie leise. »Ich werde nicht mehr versuchen zu fliehen. Solange du mich mit Respekt behandelst.«

»Deine Hand darauf, Fränkin«, gab er zurück und streckte ihr die Rechte entgegen.

»Außerdem will ich, dass du Brian gut behandelst«, forderte sie weiter.

Er grinste. Hatte er sich doch gedacht, dass sie die Lage gleich wieder ausnutzen würde.

»Keine Sorge. Deinem kleinen Freund wird nichts geschehen. Er ist ein gelehrter Mann, und ich will, dass er uns begleitet.«

Sie war aufgestanden und zu ihm getreten. Zögernd und mit ernster Miene legte sie ihre Hand in die seine und spürte, wie seine Finger sie eng umschlossen. Er hielt sie eine kleine Weile fest, erst als sie ungeduldig an ihrer Hand zog, gab er sie wieder frei.

»Vertrauen gegen Vertrauen«, sagte er. »Du kannst jetzt hier im Lager tun, was immer du willst. Keiner meiner Krieger wird dich berühren, denn du gehörst mir.«

Inzwischen war es hell geworden, und man hatte das Feuer wieder angefacht, um die Morgenmahlzeit zu braten. Leises Lachen und verschlafene Stimmen wurden hörbar, die Wikinger waren guter Dinge, denn sie hatten am gestrigen Tag etliche Waffen und Rüstungen erbeutet. Ragnar wollte sich erheben, um nach draußen zu gehen, doch er hielt mitten in der Bewegung inne und sank wieder auf das Lager zurück.

»Was ist los mit dir?«, fragte sie erschrocken. »Bist du verwundet?«

Er murmelte Unverständliches vor sich hin und hielt sich den Kopf mit beiden Händen.

»Es ist nichts«, knurrte er ärgerlich. »Nur ein Kopfschmerz.«

»Schau an. Dann hat meine Rache ja doch Spuren hinterlassen«, frohlockte sie mitleidslos.

»Kaum«, murmelte er und erhob sich mit einem entschlossenen Ruck, wobei ihm fast schwarz vor Augen wurde. »Ich habe das seit meiner Kindheit. Es kommt immer wieder. Es geht aber auch vorbei.«

Er schwankte ein wenig, als er zum Zelteingang trat. Sie sah auf seinen Nacken, in dem sich die rötlichen Härchen kräuselten, und auf die breiten Muskeln, die sich unter dem Stoff des Hemdes abzeichneten.

»Warte«, rief sie, ohne zu überlegen. »Ich weiß ein Mittel dagegen.«

»Es gibt kein Mittel«, brummte er, ohne sich umzusehen.

»Setz dich hin und zieh das Hemd aus. Es dauert nicht lang.«

Er blieb unschlüssig stehen, atmete tief ein und aus, dann entschied er sich, ihrer Aufforderung zu folgen.

»Was willst du tun?«

Sie half ihm dabei, das Hemd vom Körper zu streifen, und ließ dann die Hände prüfend über seine Schultern und seinen Nacken gleiten. Es war ein ungeheuer erregendes Gefühl, diese harten Muskeln unter ihren Händen zu spüren, und sie begriff, dass sie sich die ganze Zeit danach gesehnt hatte.

»Mutter Ariana konnte auf diese Weise den Kopfschmerz vertreiben«, erklärte sie. »Ich könnte versuchen, ob ich es auch schaffe.«

Er hielt zwar nicht viel davon, aber es gefiel ihm, dass sie bereit war, ihm zu helfen. Außerdem war es angenehm, ihre geschmeidigen Finger auf der Haut zu spüren. Sie strich ihm mit weichen Händen über Schultern und Genick, massierte seinen Rücken mit kreisförmigen Bewegungen, glitt langsam an der Wirbelsäule hinauf bis zu seinem Hinterkopf.

Es tat gut, er überließ sich ihren Händen, lehnte sich ein wenig zurück und schloss entspannt die Augen. Wie zart ihre Finger durch sein Haar strichen, kleine Kreise darin zeichneten, sanft über die schmerzenden Schläfen rieben und dann wieder den Nacken hinabfuhren, um die Muskelpartien seiner Schultern zu bearbeiten.

»Du machst das gut, Fränkin«, murmelte er. »Hör nicht auf damit.«

Sie grub die Finger in sein Haar und massierte langsam und vorsichtig seine Kopfhaut. Der bohrende Schmerz verwandelte sich in eine dumpfe Müdigkeit, dann in einen leichten Schwindel, der voller angenehmer Vorstellungen und Bilder war. Sein Herz begann, schneller zu schlagen, er gab sich der wohligen Stimmung hin, spürte ihren Bewegungen nach und merkte, wie sein Blut in den Adern pulsierte. Er konnte jeden einzelnen ihrer Finger spüren, auch die Berührung ihres Gewandes, gegen das er sich lehnte, und der süßen Wölbungen, die sich darunter befanden. Es war ohne Zweifel gefährlich, sich den kundigen Händen dieser fränkischen Hexe hinzugeben, denn sie weckte die Lust in ihm, die er so mühsam beherrschte. Wenn er ihr nicht rechtzeitig Einhalt gebot, würde er gleich einen großen Fehler begehen und noch dazu sein Wort brechen.

»Jetzt tun mir schon die Hände weh«, verkündete sie. »Wird es besser?«

Der Schmerz hatte tatsächlich nachgelassen. Ob es Mutter Arianas Heilwissen gewesen war oder der heftige Aufruhr in seinem Inneren – wer wollte das so genau wissen?

»Du bist eine gute Heilerin«, gab er zu und griff zu seinem Hemd, um es so rasch wie möglich überzustreifen. »Halte dich bereit – vielleicht werde ich dich bald wieder brauchen.«

Er zog das Hemd glatt und erhob sich rasch, denn draußen im Lager waren überraschte Rufe laut geworden. Etwas Unvorhergesehenes war geschehen.

»Arnulf lässt um freies Geleit bitten«, rief ihm ein Krieger zu, als er vor das Zelt trat. »Er will selbst mit dir verhandeln.«

※

Ragnar hatte Arnulf bisher verachtet. Ein Fürst, der sich mit seinen Feinden gegen die eigenen Landsleute verbindet, war für ihn nichts anderes als ein Verräter. Doch diese Aktion des fränkischen Fürsten war mutig, fast schon tollkühn, und nötigte Ragnar einen gewissen Respekt ab. Arnulf war bereit, nur von wenigen Kriegern begleitet, ins Lager des Feindes zu gehen, um mit ihm Verhandlungen aufzunehmen. Das bedeutete, dass er sich in Ragnars Hände begab mit der einzigen Sicherheit, dass der Wikinger zu seinem Wort stand.

Es war klar, dass Arnulf versuchen würde, die Wikinger zu betrügen. Man musste vorsichtig sein und sich auf nichts einlassen. Die Verhandlungen ganz und gar abzulehnen war sicher nicht klug – zumal Arnulf verkünden ließ, dass er eine erste Tributzahlung leisten wolle. Ragnars Krieger waren gierig nach Beute.

Arnulf hatte doch immerhin einige Sicherheitsvorkehrungen getroffen. Als er, von seiner Eskorte begleitet, vor dem Tor der Festung erschien, sah man, dass rechts und links auf den Türmen der Palisade gefangene Wikinger als Geiseln standen. Arnulfs Krieger hatten ihnen die Hände gebunden, die Lanzen ihrer Bewacher waren auf ihre nackten Oberkörper gerichtet. Eine kleine Warnung an Ragnar: Sollte Arnulf trotz aller Versprechen doch etwas zustoßen, dann würde man die Gefangenen auf der Stelle töten.

Arnulf schritt ruhig und scheinbar selbstsicher ins Lager, seine Krieger dicht an der Seite. Hinter ihnen schleppten zwei Knechte eine Eichentruhe, in der sich die Tributzahlung befand. Kaum war die kleine Delegation im Lager angekommen, da schlossen die Wikinger einen Ring um die Franken, und Ragnar sah, dass einige Männer aus Arnulfs Begleitung bedenkliche Gesichter bekamen. Die Übermacht der hünenhaft gewachsenen, waffenstarrenden Nordmänner war gewaltig, ein falsches Wort nur, ein unbedachtes Zucken der Hand zum Schwertgriff konnte den Tod bedeuten. Arnulf war der Einzige, der seine Gesichtszüge vollkommen in der Gewalt hatte.

Ragnar erwartete Arnulf auf einem gefällten Baumstamm, er hatte ein Lederwams über das Hemd gezogen, das zweischneidige Kurzschwert hing an seinem Gürtel. Man stellte die Truhe vor ihm ab und öffnete den Deckel. Silber blitzte den Wikingern entgegen und entfachte erfreutes Gemurmel und begierige Blicke. Ragnar kannte die Gebräuche der Franken genug, um zu wissen, dass diese Gefäße aus Kirchen und Klöstern stammten und bei den Kulten der Christen gebraucht wurden.

»Der Kampf ist Aufgabe der Krieger«, sagte Arnulf, während er Ragnar aufmerksam mit kleinen, dunklen Augen musterte. »Ein Reich zu gewinnen ist jedoch Sache der Herrscher. Ich bin gekommen, um dir ein Land zu bieten, Ragnar.«

Ragnar ließ sich von der großspurigen Einleitung nicht täuschen.

»Du willst dich mir unterwerfen?«, fragte er.

Arnulf schien die Ironie zu überhören.

»Du kannst meine Feste noch einige Wochen belagern, doch es wird dir nicht gelingen, sie einzunehmen. Dann wird es Winter sein und ihr müsst ein Lager errichten.«

Ragnar wusste, dass Arnulf recht hatte. Die Zeit für den

Überfall war nicht gut gewählt und die Verteidigung der Festung stabiler, als die Wikinger es sich vorgestellt hatten.

»Wir werden die Festung erobern. Noch lange vor dem Winter«, gab er selbstbewusst zurück.

Arnulf beugte sich vor und ergriff einen großen silbernen Kelch, der mit reicher Schmiedearbeit geschmückt war.

»Diese Schätze sind nur ein Vorgeschmack auf das, was ich dir biete, Ragnar«, sagte er und hielt den Kelch in die Höhe, damit alle Wikinger ihn sehen konnten.

»Deinen Tribut will ich nicht, Arnulf«, gab Ragnar ungerührt zurück, obgleich seine Krieger den Kelch fast mit den Blicken verschlangen. »Harald, mein Vater, starb für dieses Land. Ich bin gekommen, um seinen Tod zu rächen. Und dafür nehme ich mir das Land, das mein Vater einst begehrte.«

Arnulf stellte den Kelch zurück in die Truhe und zog die Augenbrauen in die Höhe.

»Hör zu, was ich dir biete: Ich gebe dir das Land des Mannes, der deinen Vater erschlug. Konrads Land wird dir und deinen Erben gehören.«

Ragnar hätte fast gegrinst. Arnulf wollte das Wildbret verschenken, das bereits in Ragnars Falle saß.

»Du willst mir Konrads Land geben? Soll ich lachen? Ich nehme mir sein Land und deines dazu, Arnulf.«

Gemurmel erhob sich unter den Wikingern. Dieses Angebot war eine Dreistigkeit. Finstere Blicke richteten sich auf den Frankenfürsten, Schwerter wurden aus den Scheiden gezogen. Arnulf wusste, dass dies ein kritischer Augenblick war. Wenn Ragnar seine Männer nicht im Griff hatte, würde es gefährlich werden. Doch der Wikinger gebot mit einer einzigen Handbewegung Ruhe und gespanntes Schweigen trat ein.

»Wenn du nicht mehr zu bieten hast, Arnulf«, sagte Ragnar geringschätzig. »Dann bist du umsonst gekommen. Bis du das Tor deiner Festung durchritten hast, wird dir nichts geschehen. Danach werden meine Krieger den Kampf beginnen. Wir nehmen deine Festung, und du kannst uns nicht daran hindern.«

»Du irrst, Ragnar«, sagte Arnulf ruhig, doch mit gehobener Stimme. »Mein Angebot ist sehr viel besser, als du glaubst. Viele Lande sind schon von Wikingerfürsten erobert worden, doch immer nur für kurze Zeit, dann mussten sie wieder fränkischen Heeren weichen. Wer dauerhaft im Land der Franken regieren will, der muss von ihrem König ein Lehen erhalten. Und ein solches kann ich dir verschaffen.«

Ragnar wusste wohl, dass ein königliches Lehen für ihn eine große Sicherheit bedeuten würde. Selten waren solche Lehen bisher jedoch an Wikingerfürsten gegeben worden.

»Wenn du bereit wärest, dich und deine Männer taufen zu lassen, kannst du Lehensmann des Königs werden«, erklärte Arnulf eifrig. »Konrads Land ist seit seinem Tod unter meinem Schutz, es ist ein reiches, fruchtbares Land. Die Bauern müssen dir den Zehnten bringen, Klöster und Kirchen werden dein, Handelswege ziehen sich hindurch, die dir Zoll einbringen. Du wirst viel gewinnen, ohne kämpfen zu müssen, wenn du auf meinen Vorschlag eingehst.«

Ragnar wusste, dass seine Männer den Vorschlag mit zwiespältigen Gefühlen erwogen. Die Jungen wollten kämpfen und Beute machen – ihnen war dieses Angebot zu gering. Die Älteren jedoch waren nicht abgeneigt, sich Häuser zu bauen und sesshaft zu werden, denn viele von ihnen hatten daheim in Norwegen weder Heim noch Hof.

»Wie kannst du behaupten, dass der König mir ein Lehen gibt?«, fragte Ragnar misstrauisch. »Warum sollte Karl der Kahle das tun? Glaubst du, er wird gerade auf dich hören?«

Arnulf hatte selbst keine Ahnung, wie er das hätte bewerkstelligen sollen. Er hatte es auch nicht vor. Aber um den Wikinger zu überzeugen, erklärte er, der König sei nicht abgeneigt, einige Wikingerfürsten mit fränkischen Küstenländern zu belehnen, um vor weiteren Einfällen der Nordmänner sicher zu sein. So würden die kampferprobten Wikinger ihr Land selbst gegen ihre Landsleute verteidigen müssen, und der König konnte sich den Feinden im Osten und im Süden des Reiches zuwenden.

»Ich gebe dir sieben Tage, Arnulf«, sagte Ragnar. »Bringe mir bis dahin den Beweis, dass deine Worte wahr sind. Wenn du mir ein Lehen beschaffen kannst, werden wir Bundesgenossen. Wenn du gelogen hast, wird deine Feste fallen und du wirst sterben.«

»Sieben Tage ist nicht lang«, wandte Arnulf ein, der hochzufrieden war, so viel herausgehandelt zu haben. »Bedenke, dass wir Boten in den Süden des Reichs aussenden müssen ...«

»Das ist deine Sache, Franke«, gab Ragnar ungerührt zurück und erhob sich von seinem Sitz. »Und denke nicht, dass du mich betrügen kannst. Auch wir Wikinger haben Geiseln genommen. Sie müssen sterben, wenn du dein Wort nicht hältst.«

Er gab zweien seiner Krieger kurze Anweisungen und gleich darauf schleppten sie den kleinen Mönch und die schöne Fränkin herbei. Der Mönch verhielt sich gefasst und ließ alles mit sich geschehen, er schien immer noch krank zu sein. Mechthild hatte sich gewehrt, das sah er an ihrem zerzausten Haar und den fest zusammengepressten Lippen. Er hätte ihr diese Vorführung gern erspart, doch es gab einen Grund dafür, dass er sie Arnulf gegenüberstellte. Nach wie vor hatte er die Vermutung, dass sie keine Nonne war, sondern ihn über ihre tatsächliche Herkunft und ihren Stand belogen hatte. Er wollte wissen, ob sie und Arnulf sich kannten.

Er hatte richtig vermutet. Zum ersten Mal gerieten Arnulfs beherrschte Gesichtszüge in Bewegung, unverhohlene Verblüffung war darin zu lesen. Und nicht nur dies. Die entblößte Schulter der schönen Fränkin weckte in Arnulfs Augen ein gar zu deutliches begieriges Feuer. Er kannte sie nicht nur, er begehrte sie auch.

Mechthilds Gesicht war sehr bleich und starr, nur ein einziges Mal hob sie den Blick zu Arnulf, und Ragnar glaubte für einen Augenblick, ein seltsames Lächeln über ihre Züge huschen zu sehen. War dies ein geheimes Einverständnis?

»Du kennst diese Frau. Du wirst ihren Tod nicht wollen«, sagte er zu Arnulf und beobachtete ihn gespannt.

»Ich habe sie noch nie zuvor gesehen«, gab Arnulf zurück. Er hatte sein Mienenspiel inzwischen wieder vollkommen in der Gewalt. »Doch stimme ich dir zu, dass es schade wäre, sie zu töten. Man könnte sie zu besseren Zwecken gebrauchen.«

Ragnar hätte diesem widerlichen Heuchler gern mit dem Schwert geantwortet. Doch sein Wort band ihn.

»Führt sie zurück ins Zelt«, wies er die Krieger an. »Die Verhandlung ist zu Ende. Du hast sieben Tage, Arnulf. Nutze sie gut.«

Arnulf versicherte ihm, dass er genau dies tun würde, und trat mit seiner Begleitung den Rückzug an. Er war in der Tat fest entschlossen, die Zeit zu nutzen. Allerdings auf andere Weise, als der Wikinger es sich vorstellte.

Ragnar sah ihm missmutig nach und hatte ein ungutes Gefühl. Er würde die Festung gut bewachen lassen, damit Arnulf nicht auf dumme Gedanken kam. Verärgert sah er zu, wie seine Krieger den Inhalt der Truhe unter sich aufteilten und die ersten Streitigkeiten um die Beute aufkamen. Mit harten Befehlen fuhr er dazwischen und sorgte dafür, dass das Silber nach dem Rang der Krieger gerecht verteilt wurde. Er selbst beanspruchte nichts für sich.

Mechthild war wieder im Zelt verschwunden, und es verlockte ihn, mit ihr über Arnulf zu reden. Vielleicht würde ihr Gesicht ihm ja verraten, in welchem Verhältnis die beiden zueinander standen. Er bereute jetzt seine Entscheidung, sie Arnulf zu zeigen. Was hatte er erreicht? Er wusste immer noch nicht, wer sie war. Dafür hatte er sie Arnulfs gierigen Blicken ausgeliefert. Nagende Eifersucht stieg in ihm auf. Warum hatte sie gelächelt? Gefiel ihr etwa dieser hinterhältige Verräter? Nach allem, was er von ihr wusste, konnte er das nicht glauben.

Aber Arnulf war ein Franke und damit ein Landsmann von ihr. Auch wenn er ein widerlicher Betrüger war – er stand Mechthild immer noch näher als er, Ragnar, der Wikinger. Was wusste er schon über fränkische Sitten und Gewohnheiten? Vielleicht war sie ja längst Arnulfs Geliebte? Vielleicht hatte er sie nur ins Kloster verbannt, weil sie ihm den Gehorsam verweigert hatte? Es sähe ihr ähnlich, dieser widerspenstigen Person.

Er schüttelte die lästigen Gedanken ab und stellte gleichzeitig fest, dass die bohrenden Kopfschmerzen sich wieder einstellen wollten. Vermutlich war sie jetzt jedoch nicht mehr bereit, ihre heilenden Finger auf ihn zu legen. Bitten würde er sie jedenfalls nicht darum. Lieber wollte er versuchen, sie auszuhorchen.

Seine Krieger saßen um das Feuer und waren beschäftigt, die erbeuteten Silberschätze blank zu polieren und sich damit zu brüsten. Er drängte sich zwischen ihnen hindurch, um zum Zelt zu gelangen, doch da sah er, dass die Tierhaut, die den Eingang abdeckte, zurückgeschlagen wurde. Mechthild trat aus dem Zelt, eine der Decken über dem Arm tragend.

»Was hast du vor?«, fragte er und griff sie am Arm.

Sie blitzte ihn mit zornigen Augen an und riss sich los.

»Hier im Lager kann ich mich frei bewegen, oder?«

»Wie ich es dir gesagt habe. Und wozu die Decke?«

»Ich will ein Bad im Fluss nehmen. Möchtest du, dass deine Männer mich dabei beobachten?«

Er kniff unmutig die Augen zusammen. War das wieder einer ihrer Tricks? Sie hatte versprochen, nicht zu fliehen, solange er sie mit Respekt behandelte. Dass sie Arnulf als fränkische Geisel vorgeführt worden war, schien ihr wenig gefallen zu haben. Vermutlich fühlte sie sich jetzt nicht mehr an ihr Versprechen gebunden?

»Baden willst du? Das ist Unsinn. Glaubst du, diese Decke wird dich vor Blicken schützen? Meine Männer haben seit Tagen keine Weiber mehr gehabt. Sie werden in Scharen über dich herfallen.«

Sie senkte verärgert die Augenbrauen und verzog den Mund.

»Ich dachte, du seiest der Anführer und sie hätten dir zu gehorchen.«

Er grinste. Sie war schlau, diese Fränkin.

»Es gibt Momente, da weiß ein Mann nicht mehr, was er tut«, sagte er achselzuckend. »Wenn du vor den Augen meiner Krieger nackt im Fluss schwimmst, werden sie dich nehmen.«

Sie wurde ein wenig blass, denn die Vorstellung machte ihr Angst. Doch sie ließ sich nicht abwimmeln.

»Dann werde ich ein Stück flussabwärts gehen und an einer geschützten Stelle baden.«

Er schien einen Moment zu überlegen, dann nickte er.

»Gehen wir.«

Damit hatte sie nicht gerechnet. Verblüfft und ärgerlich blieb sie stehen, vermutlich war sie enttäuscht, dass er ihre List durchschaut hatte.

»Du willst mich doch wohl nicht dabei bewachen?«

»Du bist mein Besitz, Sklavin, und ich wahre mein Eigentum. Also vorwärts.«

Sie stand unschlüssig auf der Stelle, kurz davor, mit ihrer

Decke wieder ins Zelt zurückzukriechen. Doch dann wandte sie sich entschlossen um und steuerte das Flussufer an. Ragnar folgte ihr.

Eine Weile wanderten sie im Ufersand flussaufwärts, um dem direkten Bereich des Lagers zu entkommen, stiegen über umgestürzte Bäume, sprangen von Stein zu Stein und gelangten schließlich zu einer kleinen Bucht, in der das Wasser klar und ruhig mit nur geringer Strömung floss. Hohe Bäume und herbstlich gefärbtes Buschwerk säumten die Bucht, spiegelten sich leise schwankend im Wasser, schmale Sonnenstrahlen fielen durch das Laub und ließen die Wellen hier und dort gleißend aufblitzen.

Mechthild suchte eine junge Weide aus, die ihre schlanken Zweige bis ins Wasser hinunterhängen ließ und knüpfte ihre Decke daran fest.

»Was soll das sein?«, fragte er grinsend. »Es ist niemand hier.«

»Niemand außer dir, Wikinger«, gab sie zurück und hob das Kinn. »Du bleibst auf dieser Seite der Decke, während ich bade.«

Er fand das Spiel sehr erheiternd und begann zu lachen. Erst als sie zornig die Arme in die Seiten stemmte und ihn mit ihren Blicken anfunkelte, hielt er inne.

»Und wenn ich es nicht tue, Fränkin?«

»Dann gehen wir unverrichteter Dinge wieder zurück.«

Er zuckte die Schultern und tat, als sei ihm die Sache völlig gleichgültig.

»Du bist es, die baden will«, sagte er.

»Nicht wenn du mir dabei zusiehst.«

Er knurrte unwillig. Wie stur sie war! Es war ihm im Grund ja recht, wenn sie sich schamhaft gebärdete. Er hasste die Weiber, die sich jedem an den Hals warfen und ungefragt ihre Brüste entblößten. Aber diese hier trieb es wahrlich zu weit.

»Glaubst du, ich hätte noch nie ein Weib im Bad gesehen?«, fragte er verärgert. »In meiner Heimat hocken Männer wie Frauen in Hütten beim heißen Ofen zum Schwitzen. Dann legen sie sich nackt in den Schnee.«

Sie war entsetzt. Es schien ja zu stimmen, was man den Wikingern nachsagte. Sie fraßen kleine Kinder, opferten lebendige Menschen und feierten wüste Gelage mit Weibern und Sklavinnen.

»Was du in deiner Heimat tust, geht mich nichts an, Wikinger«, entgegnete sie energisch. »Ich will dein Wort, dass du hinter dieser Decke bleibst, oder wir gehen sofort wieder zurück.«

»Deine Launen wirst du dir noch abgewöhnen, Fränkin«, raunzte er sie an. »Also gut. Für diesmal hast du mein Wort. Aber beeile dich, ich habe nicht den ganzen Tag Zeit.«

Sie schenkte ihm ein Lächeln und begab sich hoheitsvoll erhobenen Hauptes auf die andere Seite der Decke. Es ärgerte ihn, dass sie ihren Willen durchgesetzt hatte. Andererseits war die Aussicht, sie beim Bad zu betrachten, allzu verführerisch, und diese alberne Decke würde ihn ganz gewiss nicht daran hindern.

Doch als er sich hinter den wollenen Sichtschutz gehockt und ihn an der Unterseite leicht angehoben hatte, um hindurchzuspähen, saß sie bereits ausgekleidet im seichten Wasser, eifrig beschäftigt, das lange Haar zu spülen. Sie kehrte ihm dabei den Rücken zu, von der Taille ab war ihr Körper im spiegelnden Flusswasser nur schemenhaft zu erkennen. Immerhin war ihr Rücken allein schon ein verlockender Anblick, schlank und fest, zur Taille hin in weichem Schwung sich verengend. Ganz sicher waren ihre Hüften ähnlich schön geformt. Jetzt streckte sie einen Fuß aus dem Wasser und wusch ihn hingebungsvoll mit beiden Händen, dann bearbeitete sie den anderen mit gleicher Aufmerksamkeit. Ragnar spürte seine Begierde fast schmerzhaft, und er zwang sich, den Blick für einen Moment von ihr abzuwenden. Noch nie hatte er ein Weib so sehr begehrt, noch nie bei einer Frau so lange gezögert und gewartet. Doch diese schöne Fränkin war anders als alle Frauen, die er bisher gekannt hatte. Sie gegen ihren Willen zu nehmen, wäre ein Leichtes gewesen. Aber das war es nicht, was er wollte. Er wollte spüren, wie sie ihn begehrte, hören, wie sie sehnsuchtsvoll seinen Namen flüsterte, sehen, wie ihr schöner Körper sich ihm entgegenwölbte. Nur dies und nichts anderes würde ihn befriedigen.

Plötzlich wurde die Decke vor ihm weggerissen, sie hatte sich blitzschnell in den Wollstoff eingewickelt und stand vor ihm, von Kopf bis Fuß verhüllt, Triumph in den Augen.

»Ich hoffe, du hast dich nicht allzu sehr gelangweilt«, sagte sie schnippisch. »Wir können jetzt gehen.«

॰৻

Drei Tage waren verflossen, ohne dass die Lage sich geändert hätte. Nur das Wetter war umgeschlagen, düstere Wolken lagen über der Landschaft und ein dünner Nieselregen durchfeuchtete Kleider und Zelte. Welkes Laub fiel regenschwer von den Bäumen, sammelte sich in den Booten und trieb mit dem Fluss davon. Ragnars Männer hatten die erste Begeisterung über die leichte Beute längst wieder vergessen, die silbernen Schätze lagen wohlverpackt in den Booten und die Männer saßen gelangweilt und missmutig herum. Das Feuer wollte nicht brennen, die Jagd war mühsam und wenig ertragreich, einige der jungen Krieger begehrten auf und forderten, die Feste zu stürmen. Sie wollten Beute erwerben und damit nach Norden heimkehren, um mit ihren Schätzen anzugeben und die Frauen zu beeindrucken. Wer wollte schon bei Eis und Schnee im Feindesland bleiben, mühsam ein Winterlager errichten, Bäume fällen, Hütten zimmern und Zäune errichten.

»Wir sind Krieger und keine Bauern«, murrten sie.

Ragnar musste den Wortführer der jungen Kerle energisch zurechtweisen, fast wäre es zum Kampf gekommen, doch der junge Mann wagte schließlich doch nicht, sich dem kampferprobten Anführer entgegenzustellen. Ragnar wollte dieses Land zum Lehen. Und die meisten seiner Krieger waren damit einverstanden.

Mechthild hatte sich um Brian gekümmert, der in einem der Boote unter einem Zeltdach lag und immer noch Schmerzen in der Brust hatte. Sie versorgte ihn mit Nahrung und stützte ihn, wenn er mühsam versuchte, einige Schritte zu gehen. Das Angebot, nach seiner Verletzung zu sehen, hatte er strikt abgelehnt. Sie verstand: Er war ein Geistlicher und würde sich niemals vor einer Frau entblößen.

Mit leiser Stimme berieten sie, was zu tun war. Beide wussten, dass Arnulfs Angebot an Ragnar eine Falle war. Arnulf hatte auf die Vergabe der Lehen keinerlei Einfluss. Warum log er?

»Es kann nur eines bedeuten«, sagte Brian. »Die Boten, die er aussendet, gehen nicht in den Süden des Reiches zu Karl dem Kahlen, sondern nach Rouen. Dort wird er um Hilfe bitten.«

»Aber wird er die finden?«, meinte Mechthild zweifelnd.

»Möglich. Er hat zwar wenig Freunde dort, nachdem er Euer Land gewaltsam an sich gebracht hat. Aber dem Erzbischof von Rouen kann es nicht gefallen, dass es an diesen heidnischen Strauchdieb fällt.«

Mechthild seufzte tief. Sie hätte Ragnar gern gewarnt. Ihm erklärt, dass Arnulfs Angebot nur eine Lüge sein konnte. Aber damit hätte sie die Sache der Franken verraten.

So groß ihr Hass auf Arnulf war – er war ein Franke und ein Christ. Ragnar dagegen war ein Feind. Ein Heide. Und noch dazu hatte er sie zu seiner Sklavin gemacht.

»Wenn der Erzbischof von Rouen tatsächlich mit seinen Kriegern kommt, um uns von Ragnar zu befreien, dann könntet Ihr ihm Euer Anliegen vortragen, Herrin«, meinte Brian eifrig. »Er wird Euch Euer Land zurückgeben.«

»Vielleicht«, murmelte sie nachdenklich.

Brians energisches Eintreten für Arnulf und die Sache der Christen widerstrebte ihr. Auch sein ständiges Bemühen, Ragnar als einen brutalen, gewissenlosen Barbaren hinzustellen, gefiel ihr nicht. Zwar hatte Ragnar Brian gefangen und verschleppt, doch versuchte er immerhin, dem Mönch seine Lage, so gut es ging, zu erleichtern, und hatte ihr, Mechthild, sogar gestattet, für ihn zu sorgen. Ragnar war neugierig auf die Religion der Christen und hatte dem Mönch hin und wieder Fragen gestellt. Doch Brian, der sonst ein eifriger Missionar war, machte keinerlei Anstalten, Ragnars Wissensdurst zu stillen. Er schien den Wikinger abgrundtief zu hassen.

Endlos dehnten sich die Stunden. Nebelschwaden verhüllten den Fluss, unablässig tropfte das Regenwasser von den Bäumen herab auf die Zelte. Der Geruch nach feuchtem Laub und Moder mischte sich mit dem dunklen, stickigen Rauch des Feuers. Mechthild hatte die Unzufriedenheit der Wikinger gespürt, und als es zum Streit zwischen Ragnar und dem jungen Aufrührer kam, war sie voller Angst aus dem Zelt gekrochen. Ragnar hatte die Lage gemeistert – doch wie lange würde ihm dies noch gelingen? Und was würde sein, wenn Arnulf tatsächlich Hilfe erhielt? Dann müsste Ragnar vermutlich im Kampf sterben.

Er hat den Tod tausendfach verdient, dachte sie und zählte sich auf, was er ihr und ihrem Land alles angetan hatte. Und doch sagte ihr Herz etwas anderes.

Ragnars Miene war düster, als er am Abend zu ihr kam. Er brachte eine kleine Öllampe mit ins Zelt, die er auf dem Boden abstellte und brennen ließ. Dann streckte er sich auf dem Lager neben ihr aus, wie es seine Gewohnheit war. Die Abende vorher hatte er weiter versucht, sie über Arnulf auszufragen und herauszufinden, ob sie ihn kannte.

Sie hatte ausweichend geantwortet und sich dabei scheußlich gefühlt. So waren die Gespräche bald erstorben, und sie spürte voller Unbehagen, dass er sie mied. Den ganzen Tag über hatte er sich nicht im Zelt blicken lassen, sondern war mit einigen seiner Krieger auf die Jagd gegangen.

Nun wickelte sie sich fröstelnd in ihre Decke und kehrte ihm den Rücken zu. Eigentlich hätte sie es jetzt schön gefunden, wenn er wieder die Arme um sie gelegt hätte, um sie zu wärmen. Aber er machte keinerlei Anstalten dazu.

Stattdessen hörte sie ein Knistern und drehte sich neugierig um. Ragnar hatte eine Pergamentrolle unter seinem Wams hervorgezogen und betrachtete die Schrift darauf mit zusammengezogenen Augenbrauen. Ein Blick zeigte ihr, dass die Sätze in fränkischer Sprache abgefasst waren. Unten auf dem Pergament prangte ein breites braunes Siegel.

»Lies mir vor«, bat er und reichte ihr das Blatt.

Sie nahm es mit spitzen Fingern. Es konnte nur eine von Arnulfs Bosheiten sein. Das Siegel war tatsächlich ein königliches, es zeigte jedoch Ludwig den Frommen, der längst tot war.

»Was soll das sein?«

Er verzog den Mund zu einem abfälligen Lächeln.

»Eine Lehensurkunde, von eurem König ausgestellt. Siehst du nicht das Siegel?«

Durchschaute er den Schwindel? Der Blick, mit dem er sie ansah, war prüfend und voller Misstrauen. Und doch glaubte sie, eine unausgesprochene Bitte darin zu lesen. Sie musste sich zusammennehmen, um ihr schlechtes Gewissen zu verbergen. Ragnar konnte die fränkische Sprache zwar sprechen, doch lesen konnte der Wikinger nicht.

»Das ging sehr rasch«, sagte sie und schluckte. »Sind die Boten schon zurückgekehrt?«

»Als heute die Sonne sank, kamen sie in der Festung an.«

Hatte Arnulf Hilfe erhalten? Sie hätte viel darum gegeben, dies zu wissen. Oder hatte er nur vage Versprechungen bekommen und versuchte jetzt, mehr Zeit zu gewinnen?

»Lies es mir vor«, bat er zum zweiten Mal. »Ich will wissen, ob Arnulf die Wahrheit gesagt hat.«

Sie hatte nur einige wenige Worte entziffert, da begriff sie, was Arnulf plante. Dieses Schreiben war keine Lehensurkunde – es war eine Botschaft. Oh, er war ein Teufel, dieser Mensch! Es fiel ihr unendlich schwer, ihre Gefühle vor Ragnars aufmerksamem Blick zu verbergen.

»Warte«, murmelte sie, während sie weiterlas. »Ich kann nicht so rasch lesen, wie du glaubst.«

»Am Flussufer unter der großen Eiche liegt ein kreisrunder Stein. Wenn du ihn aufhebst, wirst du ein Messer finden ...«, stand auf dem Pergament geschrieben.

Die Schriftzeichen begannen, vor ihren Augen zu tanzen. Doch sie durfte sich nichts anmerken lassen, denn Ragnar blickte sie unablässig an. Fragend und voller Ungeduld. Sie spürte, wie ihre Hand, die das Pergament hielt, erzitterte.

»Im Jahr des Herrn achthundertfünfzig ...«, sagte sie langsam und tat dabei, als müsse sie die Worte mühsam entziffern.

»Weiter«, forderte Ragnar, ohne sie aus den Augen zu lassen.

»Warte, ich muss erst den Satz zu Ende lesen, er ist sehr lang und schwierig ...«

Er geduldete sich und sie überflog Arnulfs Sätze in größter Hast. Mit jedem Wort stiegen ihr Entsetzen und ihre Empörung.

»*Du wirst einen Weg finden, Ragnar mit diesem Messer zu töten. Bedenke, dass er Haralds Sohn ist. Dein Vater war es, der Harald erschlug. Ich habe Ragnar nicht verraten, wer du bist. Sollte er es jedoch erfahren, so ist der Tod dir sicher ...*«

Ragnar war Haralds Sohn! Das hätte sie sich eigentlich längst denken können. O Gott – dann hatten ihre beiden Väter sich gegenseitig im Kampf getötet.

»Nun?«, fragte Ragnar unwillig. »Ich glaubte, eine Nonne sei des Lesens kundig. Oder bist du vielleicht gar keine Klosterfrau?«

Sie fuhr zusammen. Was, um Gottes willen, sollte sie tun? Arnulfs teuflischen Plan verraten? Dann würde Ragnar erfahren, wer sie war. Konrads Tochter. Sie schluckte und begann, langsam und tonlos zu sprechen.

»Im Jahr des Herrn achthundertfünfzig gebe ich, Karolus, König von Westfranzien, das Land im Norden meines Reiches an Ragnar, Haralds Sohn, zum Lehen«, sagte sie, die Augen fest auf die Schriftzeichen gerichtet, während sie die Worte erfand.

»Dafür hast du so lange gebraucht?«, fragte er mit hochgezogenen Brauen und nahm ihr das Pergament aus der Hand, um das Siegel genau zu betrachten. Mechthild zog die Decke fester um sich, damit er nicht merkte, dass sie am ganzen Körper zitterte.

»Ist dies das Zeichen eures Königs?«

»Ja«, sagte sie leise.

Es war nur halb gelogen, denn es war ja tatsächlich ein königliches Siegel. Arnulf musste es von seiner eigenen Lehensurkunde abgenommen und auf dieses Pergament geklebt haben. Was für ein lächerlicher Mummenschanz! Eine geheime Botschaft an sie, die der Wikinger ihr ahnungslos selbst überbrachte. So etwas Hinterhältiges konnte nur Arnulf einfallen. Oh, dieser Satan! Wenn er doch zur Hölle führe.

»Du bist nicht erfreut, Mechthild«, sagte Ragnar mit seiner tiefen Stimme. »Stört es dich, dass ein Wikinger Konrads Land zum Lehen erhält?«

Sie war froh, dass er ihr unwissentlich eine Brücke baute. Natürlich konnte sie als Fränkin nicht glücklich sein, wenn fränkisches Land an einen Wikinger gegeben wurde. Ihre Aufregung musste ihm also ganz natürlich erscheinen.

»Es ist eine Schande«, rief sie. »Du wirst die Franken zu deinen Sklaven machen und unseren Frauen Gewalt antun. Deine Krieger werden unsere Klöster zerstören und unsere Schriften verbrennen. Stattdessen werdet ihr Opferstätten für den Hammerwerfer Thor errichten und ihm kleine Kinder zum Fraß vorwerfen.«

Jetzt traten ihr die Tränen in die Augen. Oh, wie gemein sie ihn betrog! Als er jetzt zu lachen begann, brachte sie es nicht einmal fertig, zornig zu werden. Er glaubte sich seinem Ziel nahe und triumphierte bereits, ohne zu wissen, dass Arnulf seinen Tod plante. Und sie, Mechthild, Konrads Tochter, hatte nicht den Mut, ihm die Wahrheit zu gestehen.

»Um die Klöster und Schriften brauchst du dich nicht zu sorgen, schöne Klosterfrau. Ich habe große Achtung vor den beschriebenen Pergamenten und werde sie nicht zerstören. Auch muss ich euren Glauben annehmen, wenn ich das Lehen erhalten will. Wird dir das nicht gefallen?«

»Das würdest du tun?«, fragte sie erstaunt.

»Thor und Odin werden mir nicht zürnen«, sagte er grinsend. »Auf Asgard ist auch ein Platz für euren Christengott. Was für ein seltsamer Gott ist das. Er ließ sich freiwillig auf schändliche Weise töten und an ein Kreuz hängen.«

»Er ist nicht tot – niemand kann ihn töten, denn er ist ewig«, gab sie zurück. »Er stand aus dem Grab wieder auf und fuhr in den Himmel.«

»Das ist gut. Vielleicht kann er Baldur dieses Kunststück lehren. Ich denke, wir werden uns mit dem Christengott gut vertragen.«

Er lachte tief und kehlig, und es schien ihr, als klänge es anders als sonst. Hart und hämisch war sein Gelächter, und es tat ihr weh.

»Ich verstehe. Du willst den christlichen Glauben nur zum Schein annehmen, damit du dein Lehen bekommst«, meinte sie und dachte dabei unglücklich: Wir reden über Dinge, die niemals sein werden. Warum tue ich das?

»Du bist klug, Klosterfrau. Aber du irrst dich dennoch«, sagte er und schlug die Decke über seine Beine, um zu schlafen. »Morgen werde ich meine Entscheidung fällen. Wir werden sehen, was dann geschieht.«

Schweigend lag sie auf dem Rücken und sah im unruhigen Licht des Lämpchens nach oben, wo das Regenwasser einen Weg gefunden hatte, zwischen den Häuten des Zeltes durchzusickern. Sie sah den Wassertropfen anschwellen, bis er dick und schwer wurde, dann fiel er herab. Als er auf dem Fell des Lagers landete, rollte er zwischen den Tierhaaren hindurch wie ein glitzernder Edelstein und verschwand. Doch schon während er versickerte, bildete sich der nächste Tropfen, um den gleichen Weg zu nehmen.

Sie schloss die Augen. Wie viele Tropfen mussten fallen, bis das Fell vollkommen von Wasser durchtränkt war? Wie viele Lügen konnte man aussprechen, bis man ganz und gar zur Verräterin geworden war? Ach – vielleicht genügte dazu nur eine einzige.

Ragnar lag ruhig neben ihr auf dem Rücken, die Arme seitlich neben dem Körper. Seine rechte Hand fasste den Griff des kurzen Schwertes, das er auch im Schlaf nicht ablegte. Mechthild wandte den Kopf und betrachtete ihn. Seine breite Brust unter dem Leinenhemd hob und senkte sich regelmäßig, der Thorhammer schimmerte darauf an silberner Kette. Schlief er? Seine Augen unter den buschigen Brauen waren geschlossen, rötlich goldene Wimpern säumten die Lider in gezacktem Halbrund. Sie betrachtete die zarte, helle Haut der Augenlider und die feine, blaue Ader, die an seiner Schläfe schimmerte, und er schien ihr plötzlich trotz all seiner Körperkraft sehr verletzlich.

Leise richtete sie sich auf und streckte die Hand aus. Vorsichtig berührte sie die Stirn des Schlafenden, glitt mit leichtem Finger über seine Nase zu seinem Mund, spürte sanft der Form seiner Lippen nach und strich zu seinem Kinn hinab, das im dichten Barthaar verborgen war. Die Berührung war voller Zärtlichkeit, schon so lange hatte sie das tun wollen. Es war, als nähme sie damit Besitz von diesem großen Mann, der ihr schlafend wie ein Kind ausgeliefert war. Niemals würde ich ihm ein Leid antun, dachte sie. Soll Arnulf doch warten, bis das Messer unter dem Stein verrostet.

Leise legte sie sich wieder hin und kuschelte sich in ihre Decke ein. Bald darauf war sie beim gleichmäßigen Geräusch seiner Atemzüge und des tropfenden Regenwassers eingeschlafen.

Als sie am Morgen erwachte, war Ragnar nicht mehr an ihrer Seite. Benommen richtete sie sich auf und lauschte nach draußen. Unruhe herrschte im Lager, die Krieger liefen aufgeregt umher, riefen sich mit überschnappender Stimme kurze Sätze zu, schnalzten mit den Zungen, und in ihrem Gelächter lag etwas Grobes, Gieriges, das Mechthild das Blut in den Adern gefrieren ließ.

Hatte es vielleicht gar in der Nacht eine Revolte gegeben und sich jener junge Aufrührer durchgesetzt, der sich schon vor ein paar Tagen lautstark und prahlerisch zum Stimmführer der Unzufriedenen gemacht hatte? Sie spürte, wie ihr Herz hämmerte – was sollte sie tun? Wenn Ragnar sie nicht mehr schützen konnte, gab es für sie keine Chance, der Geilheit dieser Kerle zu entkommen.

Sie wickelte die Decke um sich wie einen Mantel und beschloss, dem Feind ins Auge zu sehen. Doch als sie die Tierhaut zurückschob, war das Lager um sie herum fast leer. Nur Brian war aus dem Boot geklettert und näherte sich ihr mit langsamen Schritten. An Kinn und Wangen war ihm inzwischen ein kurzer, dunkler Bart gewachsen, der ihm das Aussehen eines jungen Bauern verlieh. In seinen Augen las sie Entsetzen und tiefen Kummer.

»Was ist los?«, rief sie ihm zu. »Wo sind sie alle?«

Er blieb stehen und musste erst nach Luft ringen, denn seine Brust schmerzte immer noch bei jedem Atemzug. Dann faltete er die Hände.

»Der Herr wird ihnen die schwere Sünde vergeben. Sie tun es, weil sie ihr Land vor dem Feind schützen wollen.«

»Wovon redest du?«, fuhr sie ihn ungeduldig an.

Dann folgte sie seinem Blick, der starr auf den Waldrand gerichtet war. Wikinger waren dort zu sehen, junge Krieger in Leinenhemden und Kniehosen, einige trugen nur das lederne Wams und ließen die kräftigen Armmuskeln sehen. Sie stießen sich gegenseitig zur Seite und rangelten miteinander. Dann erblickte Mechthild dicht am Waldrand einige von ihnen in voller Bewaffnung und mitten unter ihnen – fränkische Frauen! Gut zwanzig junge Mägde und Bäuerinnen in braunen, bodenlangen Kitteln, einige hatten helle Tücher um die Köpfe geschlungen, andere trugen das lange Haar offen. Die bewaffneten Krieger führten sie zum Lager, wo die übrigen Wikinger sie schon ungeduldig erwarteten.

»Er ist wirklich ein Teufel«, entfuhr es Mechthild. »Was für ein Einfall! Er schickt den Wikingern Frauen, damit sie beschäftigt sind.«

»Er gewinnt Zeit damit«, sagte Brian beklommen. »Die

Wikinger werden heute nicht daran denken, die Feste anzugreifen. Arnulf ist ein Bösewicht, aber er ist klug.«

Mechthild presste die Lippen zusammen und ließ kein Auge von den Fränkinnen, die inzwischen schon im Lager angekommen waren. Rasch waren sie von den ausgehungerten Wikingern umringt, Gekreisch erhob sich, Männer begannen, miteinander zu streiten.

Dann war Ragnars laute, tiefe Stimme zu hören und die Aufregung legte sich. Auch jetzt zeigte sich eine feste Rangordnung unter den Kriegern, die selbst in solchen Momenten Bestand hatte. Die jungen Raufbolde mussten zurücktreten und die ranghöheren, älteren Krieger machten von ihren Rechten Gebrauch.

Zu ihrer Überraschung lag auf den Gesichtern der Frauen kaum Schrecken oder gar Verzweiflung. Stattdessen betrachteten nicht wenige ihre kräftig gebauten Freier wohlgefällig und ohne Scheu. Gekicher war zu hören, kleine spitze Schreie, die nicht nach Panik, sondern eher vergnügt klangen.

»Wenn Arnulf diese Frauen gezwungen hat, dann kostete es ihn nicht viel Mühe«, knurrte sie. »Was für eine Schande! Sie geben sich nicht nur freiwillig hin, sie haben noch ihren Spaß dabei.«

Auch Brian hatte dies inzwischen bemerken müssen und er sah bekümmert aus.

»Das Weib ist schwach«, murmelte er. »Eva war es, die den Einflüsterungen der Schlange nachgab und die Sünde in die Welt trug. Darum wird der Teufel es stets leicht haben, ein Weib zur Sünde zu verführen.«

Mechthild wusste darauf nichts zu antworten – der Beweis seiner Worte spielte sich gerade vor ihren Augen ab. Diejenigen Männer, die eine der Frauen ergattert hatten, waren bestrebt, einen Platz zu finden, wo sie ungestört waren. Die übrigen standen neidisch und eifersüchtig umher und ließen ihrer Enttäuschung freien Lauf, indem sie sich gegenseitig beschimpften und verhöhnten. Ragnar, der in der Mitte des Lagers neben dem Feuer stand, war offensichtlich bestrebt, die Lage unter Kontrolle zu halten, indem er seinen Männern Aufträge gab. Erlegtes Wildbret wurde zerteilt und gebraten, Regenwasser aus den Booten geschöpft und Teer erhitzt, um die Boote damit zu bestreichen.

»Es ist besser, wenn Ihr wieder ins Zelt geht, Herrin«, meinte Brian besorgt. »Die Frauen könnten Euch erkennen und Ragnar verraten, wer Ihr seid.«

Mechthild sah das ein. Widerwillig kroch sie in das Zelt zurück und hockte sich auf das Lager. Sie war zornig auf Brian, der Arnulfs Gemeinheiten auch noch Anerkennung zollte. Dieser kleine Mönch mochte sehr gelehrt und mutig sein – sein Urteil über andere Menschen war dennoch einfältig. Niemand konnte bezweifeln, dass Eva auf die Verführung der Schlange gehört hatte. Trotzdem ärgerte es sie, dass Brian ihr diese Tatsache gerade jetzt so vehement unter die Nase rieb. Er hatte niemals gefragt, was im Zelt geschah, das sie mit Ragnar bewohnte, und sie hatte es nicht für nötig befunden, ihm darüber Auskunft zu geben. Vermutlich hätte er ihr nicht einmal geglaubt, dass Ragnar ihr keine Gewalt angetan hatte. Brian hatte seine eigene Vorstellung über ihr Verhältnis zu Ragnar und machte ihr dies unausgesprochen zum Vorwurf.

Leises Gelächter einer Frau war zu hören, irgendwo stöhnte ein Wikinger in wohliger Ekstase, von einer anderen Seite vernahm man Geflüster, Zweige knackten, Boote schaukelten auf dem Sand des Flussufers.

Sie dachte wütend daran, wie sie solche Weiber strafen würde, wenn sie erst wieder Herrin ihres Landes wäre. Genügten ihnen ihre fränkischen Männer nicht mehr? Wie war es möglich, dass sie alle Zucht und allen Anstand vergaßen und sich diesen blonden, zerzausten Nordmännern an den Hals warfen?

Sie hielt es nicht mehr aus und begann, die aufgespannten Tierhäute des Zelts zu untersuchen, ob nicht irgendwo eine Lücke sei, durch die sie hinausspähen konnte. Eine Weile bemühte sie sich vergebens, doch dann gelang es ihr, zwei der Häute auseinanderzuschieben, und sie sah neugierig durch den Spalt.

Viel war leider nicht zu erkennen. Rötlich behaarte Männerbeine liefen vorüber, ein rauchender, stinkender Eimer mit flüssigem Teer wurde am Zelt vorbeigetragen. Weiter hinten saßen drei Krieger, die Gesichter aufgedunsen, ein lederner Trinkschlauch wurde von Hand zu Hand gereicht. Hatte Arnulf die Wikinger auch mit Wein versorgt? Himmel, wie konnte Ragnar nur so dumm sein und solche Geschenke annehmen?

In diesem Moment kam jemand zum Zelteingang und sie rutschte rasch hinüber auf ihr Lager. Ragnar war eingetreten. Hatte er bemerkt, dass sie sich einen Ausblick nach draußen verschafft hatte? Jedenfalls huschte ein Lächeln über sein Gesicht, das jedoch gleich wieder verschwand.

»Du wunderst dich?«, fragte er ein wenig höhnisch. »Deine Landsmänninnen finden Gefallen an meinen Kriegern.«

»Es sind Huren«, gab sie giftig zurück. »Keine ehrbare Fränkin würde sich freiwillig einem Wikinger hingeben!«

Er blickte sie kurz und unfreundlich an, dann setzte er sich auf das Lager und kreuzte die Beine.

»Was gefällt euch Fränkinnen nicht an uns?«, wollte er wissen. »Stört es euch, dass ein Wikinger stark und tapfer im Kampf ist?«

Sie zuckte die Achseln. Was sollte dieses Gerede?

»Auch die Franken sind tapfere Krieger«, gab sie ungeduldig zurück. »Aber sie kämmen ihr Haar und rasieren das Kinn. Sie wissen sich schön zu kleiden und sie waschen sich. Deine Männer haben zottiges Haar und struppige Bärte, ihre Körper stinken nach Schweiß und an den Hosen und Mänteln kleben die fettigen Reste ihrer Mahlzeiten.«

»Für eine Klosterfrau hast du einen scharfen Blick«, bemerkte er scheinbar gleichmütig, während er mit der Hand über sein bärtiges Kinn strich.

»Ich war nicht immer im Kloster«, sagte sie rasch. »Meine Eltern gaben mich dorthin, als ich vierzehn Jahre alt war.«

Hatte sie doch geahnt, dass er sie aufs Glatteis führen wollte. Zum Glück schien er nicht weiter nachbohren zu wollen, stattdessen zog er das Pergament aus seinem Wams und glättete es auf den Knien.

»Dieses Lehen gefällt mir«, meinte er, ohne sie anzusehen. »Konrads Land ist reich und es liegt an der Küste. Das Meer ist mir immer ein guter Freund gewesen. Es ist mein Bruder und mein Verbündeter.«

Sie schwieg überrascht, denn genau wie er fühlte sie sich auch eng und innig mit dem großen Ozean verbunden. Ihr Herz klopfte heftig und zugleich spürte sie Schmerz. Wie konnte es sein, dass sich zwei Feinde doch so nahe waren?

»Wenn ich als Kind nicht schlafen konnte, habe ich auf die Geräusche der Brandung gelauscht«, sagte sie leise. »Und dann glaubte ich, dass das Meer mich in den Schlaf singt.«

Er blickte erstaunt zu ihr auf.

»Ja«, sagte er ernst. »So ging es mir auch.«

Sie lachelte ihn an und stellte sich vor, wie er wohl als Junge ausgesehen hatte. Sicher war er damals schon ein kleiner Raufbold und Tunichtgut gewesen.

»Und wenn es stürmte, bin ich hinausgelaufen, um die großen Brecher zu sehen und das Sausen des Windes in den

Ohren zu spüren«, fuhr sie fort. Er nickte vor sich hin, als höre er eine längst bekannte Geschichte.

»Einmal hatte mich eine riesige Welle gepackt. Ich war zu mutig und bin zu weit ins Meer hineingelaufen«, erzählte er grinsend. »Mein Vater sprang mir nach und riss mich aus Ägirs nassen Händen.«

Für einen Moment hingen ihre Augen aneinander. Er war mächtig, dieser Blick aus seinen hellen Augen, der sie bis ins Innerste durchdringen wollte. Mechthild spürte, wie sie zu versinken drohte, und riss sich gewaltsam wieder los. Wenn sie sich nicht zusammennahm, würde sie gleich mehr eingestehen, als gut für sie war.

»Du willst Arnulfs Angebot also annehmen?«, meinte sie, rasch das Thema wechselnd.

»Rätst du mir dazu?«, wollte er wissen. »Du hast dieses Pergament gelesen. Wird es mir wirklich Konrads Land verschaffen?«

Es schien mehr hinter dieser Frage zu stecken. Wollte er tatsächlich ihren Rat? Oder wollte er sie nur prüfen? Sie wich aus.

»Eine Lehensurkunde bedeutet, dass der König dir dieses Land zur Verwaltung übergibt, solange du lebst«, sagte sie belehrend, während ihr Herz unruhig klopfte. »Wenn du stirbst, geht das Land an den König zurück und er kann es neu vergeben.«

Er nickte düster vor sich hin und rollte das Pergament zusammen, um es wieder einzustecken.

»Konrads Feste gefällt mir«, meinte er und erhob sich. »Ich werde sie wieder aufbauen. Und zwar ganz und gar aus Stein. So wie die Pfalzen eurer Könige.«

»Ein guter Gedanke«, lobte sie. »Dann wirst du die Anstürme deiner raubgierigen Landsleute leichter überstehen.«

Er stand jetzt dicht vor ihr, mehr als einen Kopf größer

als sie, Schultern und Arme von breiten Muskeln durchzogen, der Thorhammer funkelte über seiner Brust.

»Du kannst diese Nacht ruhig schlafen«, sagte er mit tiefer Stimme, die einen boshaften Unterton hatte. »Ich werde nicht im Zelt sein, Sklavin.«

Sie starrte ihn verblüfft an, verkniff sich aber eine Antwort. Er würde nicht im Zelt sein. Also hatte er vor, sich mit einer der Fränkinnen zu vergnügen. Vielleicht sogar mit mehreren. Er war schließlich der Anführer und konnte tun und lassen, was er für richtig hielt.

»Ich danke dir«, meinte sie boshaft. »Das wird mir guttun.«

Wortlos wandte er sich ab, um hinauszugehen. Doch kurz bevor er das Leder am Zelteingang zurückschlug, hielt er inne.

»Du hast recht, Fränkin«, sagte er und grinste sie an. »Ich werde mir den Bart scheren.«

Sie hatte große Lust, ihm die kleine Öllampe an den Kopf zu werfen, die vor ihren Füßen stand. Aber sie beherrschte sich und blickte ihn nur aus schmalen Augen wütend an. Er wollte es also wirklich mit diesen Frauen treiben. Nun – was hatte sie anderes erwartet? Er war ein schmutziger, ungehobelter Heidenbock. Ein geiler Barbar aus dem Norden, der jede Frau überfällt, die ihm über den Weg läuft.

Wieso hatte er sie eigentlich bisher verschont? Gefiel sie ihm etwa nicht? Liebte er mehr die Mägde und Bäuerinnen, die den Wikingern Blicke zuwarfen und mit ihnen scherzten?

Wütend ging sie in dem engen Zelt hin und her, hockte sich auf den Boden, um nach draußen zu sehen, sprang aber gleich wieder auf, verärgert über die eigene Neugier.

Was rege ich mich auf, dachte sie. Soll er sich doch an diesen Weibern austoben, wenn es ihm Spaß macht. Die Hauptsache ist, dass er mich in Ruhe lässt. Schön für ihn, wenn er noch ein paar fröhliche Stunden hat. Bald wird Arnulf die Wikinger angreifen und dann werden andere Zeiten für dich anbrechen, Ragnar Haraldssohn.

Aber es gelang ihr nicht, ihrer Aufregung Herr zu werden. Immer wieder blickte sie durch die kleine Lücke nach draußen, um dann zornig die Fäuste zu ballen.

Stunden verrannen, das bunte Treiben im Lager schien nicht enden zu wollen. Gebratenes Fleisch, Obst und Wein wurden herumgereicht und vertilgt, später hörte sie, dass Männer und Frauen zum Baden in den Fluss stiegen und sich lachend und kreischend mit dem kalten Wasser bespritzten. Sie stellte sich vor, dass Ragnar mitten unter ihnen war, und zog die Wolldecke über den Kopf, um nichts hören zu müssen.

Als es Abend wurde, nahm der Lärm noch zu. Das Feuer loderte hoch auf, die Männer waren im Weinrausch und grölten wilde Gesänge, die Frauen gackerten und kicherten. Immer wieder gingen Paare am Zelt vorüber, schon halb entkleidet und voller Gier, sich endlich zu vereinigen. Mechthild mochte sich die Ohren verstopfen und die Augen zukneifen – sie konnte weder den Geräuschen noch ihrer eigenen Fantasie entkommen.

Sie konnte Ragnar durch ihr Guckloch kein einziges Mal sehen. Hatte er sich mit einer der Frauen in ein Boot zurückgezogen? Oder lag er am Flussufer, vom Wein berauscht, und ließ sich von den Fränkinnen mit süßen Liebesspielen verwöhnen?

Sie durchlitt Höllenqualen und mochte sich doch auf keinen Fall eingestehen, dass sie vor Eifersucht verging. Stattdessen beschimpfte sie Ragnar heftig und wünschte ihm alles erdenklich Schlechte.

Als der Lärm spät in der Nacht endlich endete und sie das Schnarchen der Krieger am Feuer vernahm, dachte sie plötzlich wieder an das Messer. Warum sollte sie es eigentlich im feuchten Sand verrosten lassen? Ein Messer zur Verteidigung konnte man immer brauchen. Ragnar oder Arnulf – es war keiner besser als der andere. Vielleicht würde ihr dieses Messer dazu verhelfen, allen beiden zu entkommen.

Leise schlich sie aus dem Zelt und ging hinunter zum Fluss. Auf den Wellen spiegelte sich der rötliche Schein des verlöschenden Feuers. Ein paar schlafende Wikinger lagen am Ufer, die Arme ausgestreckt, die Bäuche voller Wein. Sie rührten sich nicht, als sie leise über sie hinwegstieg und sich mühte, den schweren, runden Stein anzuheben. Darunter lag, in ein Tuch eingewickelt, ein kurzes Messer mit blitzender, scharfer Klinge. Sie steckte es in den Ärmel und ging zufrieden wieder ins Zelt zurück.

Erst als sie die Tierhaut wieder hinter sich zugezogen hatte, löste sich hinter einem der Eichenstämme ein Schatten aus der Dunkelheit. Ragnar ging nicht zum Lager zurück, er setzte sich am Fluss auf einen umgestürzten Baumstamm und blickte grübelnd in die vorübereilenden Wellen. Unter seinem Wams knisterte die Pergamentrolle, von der er wusste, dass sie wertlos war.

※

Mädchenreden vertraue kein Mann noch der Weiber Worten. Auf geschwungener Scheibe geschaffen ward ihr Herz, Trug in der Brust verborgen.

Woher kannte er diese Verse? Rolf, der Sänger, hatte sie vorgetragen, wenn die Männer am Abend um das Feuer saßen und sich am Met berauschten. Es war ein Lied gewesen, das von Odins Abenteuern erzählte. Wie wahr doch diese Worte waren! Die schöne, verführerische Fränkin war eine Verräterin, die seinen Tod plante.

Er hatte das Messer recht deutlich aufblitzen sehen, als

sie es aus dem Tuch wickelte und im Ärmel verbarg. Wer hatte es unter dem Stein versteckt? Es konnte nur Arnulf gewesen sein. Während die Wikinger sich dem Wein und den Frauen hingaben, hatte Arnulf einen Knecht geschickt, der ungesehen die Waffe am Flussufer eingrub.

Die Urkunde war falsch – er hatte es gleich vermutet. In drei Tagen konnte kein Bote in den Süden des Reiches und wieder zurückgeritten sein. Sie hatte ihm einen falschen Text vorgetragen, während sie in Wirklichkeit Arnulfs Botschaft entzifferte.

Voll Bitterkeit starrte er in den Fluss. Die Wolken hatten sich verzogen und ein sichelförmiger, heller Mond stand am Himmel. In seinem blassen Licht sah er das Gewimmel der kleinen Wellen, die eilig flussabwärts dem Meer zuströmten. Er spürte auf einmal den Wunsch, ihnen zu folgen, seine Schiffe zu Wasser zu lassen, die Männer an die Ruder zu verteilen und dorthin zurückzukehren, wo sie und ihre Boote zu Hause waren. In den Weiten des Meeres.

Doch er würde nicht heimkehren. Er würde bleiben und kämpfen, solange er die Kraft dazu hatte. Er konnte weder von diesem Land lassen noch diese Frau vergessen, die alle seine Sinne beherrschte und dabei auf Verrat sann.

In dieser Nacht würde sich ihr Schicksal entscheiden. Langsam erhob er sich und ging zum Lager zurück. Die Frauen waren zur Festung und in ihre Dörfer zurückgekehrt. Fast alle Männer lagen in tiefem Schlaf, erschöpft von den Genüssen, die der Tag und die lange Nacht ihnen geboten hatten. Er rüttelte die schläfrigen Wächter auf, ermahnte sie und trat dann ins Zelt.

Mechthild hatte auf dem Lager geruht und fuhr empor, als er überraschend hereinkam. Ihr dunkles Haar hing wirr über Schultern und Rücken herab, die Lippen waren leicht geöffnet, ihre grünen Augen mit den fiedrigen Einsprengseln glänzten im Mondschein.

»Schlaf weiter«, sagte er, ohne sie anzusehen. »Ich bin müde und werde mich ausruhen.«

Sie sah verblüfft zu, wie er einige der Felle auf die andere Seite des Zelts trug und dann trotz der Kühle der Nacht Wams und Hemd ablegte. Danach streckte er sich aus, wandte ihr seinen breiten, nackten Rücken zu und schien einzuschlafen. Mechthild starrte auf die Tätowierungen, die sich wie ineinander verbissene Fabeltiere über seinen Rücken und die Schultern zogen. Zwischen den Schulterblättern waren die schmalen, rötlichen Ränder der frischen Narbe zu sehen, die von der Wunde in seinem Rücken zurückgeblieben war.

Warum zeigte er ihr diese Narbe? Warum legte er sich nicht neben sie, wie er es sonst tat? Aller Zorn, den sie den Tag und fast die ganze Nacht über angesammelt hatte, fiel in sich zusammen. Sie drehte sich auf den Rücken und spürte eine unerklärliche Traurigkeit in sich aufsteigen. Morgen würde sie ihn zur Rede stellen. Ihm Antwort geben. Vielleicht sogar ihn warnen. Morgen ...

Ragnar lag bewegungslos auf dem Lager, stellte sich schlafend, während gleichzeitig alle Sinne bis zum Äußersten geschärft waren. Das Rauschen des Windes in den Bäumen, das Schnarchen der Kameraden am Lagerfeuer, das Rascheln einer Maus, die auf der Suche nach Nahrung ins Zelt eingedrungen war. Dann eine Bewegung drüben auf ihrem Lager, ein leiser Seufzer, das Geräusch von aneinanderreibendem Stoff. Hatte sie sich im Schlaf umgewendet? Oder tastete ihre Hand nach dem Messer, das ohne Zweifel unter dem Fell verborgen lag?

Lautlos drehte er sich um, hob die Lider ein winziges Stückchen an und zwang sich zur Ruhe. Durch eine Fellritze am Eingang war das blasse Mondlicht ins Zelt gedrungen und ließ ihn Mechthild auf ihrem Lager deutlich erkennen. Sie lag auf dem Rücken, der rechte Arm war nach oben angewinkelt, die Hand von ihrem dichten offenen Haar verdeckt. Hatte sie dort das Messer verborgen? Sie rührte sich nicht.

Die Zeit schlich auf trägen Sohlen dahin. Das Mondlicht wurde schwächer, verglomm schließlich ganz. Langsam, unendlich zögerlich drang weißlicher Morgenschein ins Zelt. Der erste Hahnenschrei war zu hören, noch verschlafen irgendwo weit in der Ferne. Ein zweiter Hahn antwortete. Ein Hund kläffte drüben in der Festung kurz auf und schwieg.

Wenn sie es jetzt nicht tat, war die Gelegenheit vorbei. Würde sie es morgen Nacht tun? Oder in einer der folgenden Nächte? Er hatte jetzt die Augen weit geöffnet und sah zu ihr hinüber. Sie hatte die Decke im Schlaf zurückgeschoben und ihr atmender Körper zeichnete sich unter ihrer Kleidung ab. Sanft und regelmäßig hoben sich verlockend ihre Brüste, das Gewand kräuselte sich auf ihrem Bauch und lag in schweren Falten über den Oberschenkeln. Wieder spürte er das unbändige Verlangen nach dieser Frau, die seine Sinne erregte, wie es nie eine andere getan hatte. Die ihn mit einem Zauberbann umgab und zugleich auf Verrat sann.

Die Grenze seiner Geduld war überschritten, er musste Klarheit haben. Wenn sie das Messer in der rechten Hand hielt, zum Stoß bereit, dann war sie eine Verräterin und er würde sie töten müssen. Er erhob sich geräuschlos von seinem Lager und kroch langsam auf sie zu. Sie schlief mit ruhigen Atemzügen. Oder tat sie nur so?

Als er sich über sie beugte und schon den warmen Duft ihrer Haut einsog, krümmte sie sich plötzlich zusammen und schrie leise auf.

»Was willst du?«

Ihre Stimme klang heiser, wie aus tiefem Schlaf gerissen. Hatte er sich doch getäuscht? Sie hatte die Decke mit einer raschen Bewegung bis über die Brust hochgezogen, ihre Augen waren zusammengekniffen und blickten feindselig.

»Ich glaubte, du wärest wach, Mechthild.«

Er war so tief über sie gebeugt, dass sie seinen warmen Atem spüren konnte. Sie fühlte sich überrumpelt und ausgeliefert – wie lange kniete er schon neben ihr? Hatte er sie im Schlaf betrachtet? Vielleicht gar berührt? Die Decke zurückgeschoben? Eine heiße Welle überflutete sie, Erschrecken mit Süße gemischt, die sie nicht wahrhaben wollte.

»Ich habe geschlafen!«, sagte sie unfreundlich.

Trotz des schwachen Morgenlichts sah er, dass ihre Wangen glühten, und deutete es auf seine Weise. War sie zornig, dass er ihren Plan durchkreuzt hatte? Wenn er doch in ihr Herz sehen könnte. Odin hatte eines seiner Augen dafür gegeben, um die Wahrheit zu ergründen. Er war jetzt fast so weit, das Gleiche zu tun.

»Du hast geschlafen? Lagst du nicht sehr hart auf diesem Lager?«

Sie fuhr zusammen bei der Frage und begegnete seinen kühlen, forschenden Augen. Innerhalb einer Sekunde begriff sie, dass er von dem Messer wusste. Deshalb hatte er sich trotz der Kälte mit bloßem Oberkörper aufs Lager gelegt. Hatte ihr seinen breiten Rücken geboten, wie eine Einladung zum Töten.

»Was meinst du?«, flüsterte sie.

Blitzschnell fuhr seine Hand unter das Fell. Das Messer blinkte dicht vor ihrem Gesicht auf, er hielt es ihr vor die Augen und setzte es dann wie spielerisch an ihre Kehle.

»Das meine ich. Das Messer, mit dem du mich töten solltest. Das dein Freund und Verbündeter Arnulf dir heimlich unter einen Stein gelegt hat. Warum hast du es noch nicht getan, Mechthild? Hattest du solche Furcht, deinen Feind zu erstechen?«

Sie war einen Augenblick wie erstarrt. Dann aber fuhr

sie zu seiner größten Verblüffung von ihrem Lager hoch und blitzte ihn wütend an.

»Das glaubst du also von mir?«, rief sie zornbebend. »Dass ich dich heimtückisch im Schlaf erdolchen würde? Hinterlistig in den Rücken stechen wie ein feiger Knecht?«

Er war so überrascht, dass er das Messer gerade noch zurückziehen konnte, sonst hätte er sie damit verletzt. Ihr Zorn war echt, darüber gab es keinen Zweifel. Bei Odin, er hatte ihr Unrecht getan. Wie schön sie war, wie sie so heftig atmend vor ihm kniete, das lange Haar wirr über die Schultern fließend, den flammenden Blick auf ihn gerichtet, die Lippen noch halb geöffnet.

»Du hättest wohl Grund, mich zu töten, Mechthild«, sagte er zurückweichend. »Ich wollte dich prüfen.«

Doch damit fachte er ihren Zorn nur weiter an.

»Prüfen wolltest du mich?«, rief sie. »Großartig. Hast dich schön einladend neben mich gelegt und die ganze Nacht darauf gelauert, dass ich mich anschleiche und dir in den Rücken steche! Und was hättest du getan, wenn ich wirklich auf die Idee gekommen wäre, das Messer zu gebrauchen?«

Er spürte namenlose Erleichterung. Sie war keine Verräterin. Wie er sie liebte, wenn sie so in Zorn geriet! Lächelnd hob er die Hand, um ihr das wirre Haar aus der Stirn zu streichen, doch sie verstand seine Bewegung falsch.

»Fass mich nicht an, du!«, fauchte sie und packte sein Handgelenk, um ihn fortzustoßen. Doch stattdessen hielt sie ihn fest und rang mit ihm, fasste mit der freien Hand in sein Haar und riss daran, so dass er das Messer fortwerfen musste, um sich ihrer zu erwehren.

»Verdammter Mistkerl! Du hast darauf gewartet, um über mich herzufallen und mich zu töten. Die ganze Nacht hast du dich darauf gefreut, du hinterhältiger, rothaariger

Schläger. Du Meerestölpel, du lächerlicher Drachensegler, du bärtiges Walross ...«

Er lachte, was sie noch mehr in Wut versetzte. Gegen seine eisenharten Arme hatte sie keine Chance, er hatte ihre Hand gepackt und versuchte, wenigstens sein Gesicht zu schützen, ohne ihr dabei wehzutun.

»Nicht bärtig«, widersprach er. »Ich werde den Bart abnehmen. Damit ich den schönen Fränkinnen gefallen kann.«

»Deine Eitelkeit ist kaum zu überbieten ...«

»Ich tue es, weil ich dir gefallen will, du eitle, verwöhnte Frankentochter!«

»Du willst den Bäuerinnen gefallen, mit denen du dich vergnügt hast, du geiler Sohn des Thor!«

Sie kämpfte mit verbissenem Zorn gegen ihn an, wütend über sein Gelächter, besessen von einem unbändigen Verlangen, diesen großen, kraftvollen Körper herauszufordern. Im Gerangel war ihr das aufgerissene Kleid auseinandergeglitten und über ihre rechte Schulter gerutscht. Sie merkte es nicht einmal. Langsam und bedächtig bog Ragnar ihre Arme zurück, bemüht, sie nicht zu verletzen, ihren Stolz nicht mit Gewalt zu brechen. Keuchend lag sie schließlich an seiner Brust, unfähig, sich weiter zu wehren, und scheinbar erschöpft. Er löste den Griff und umschloss ihren Körper mit beiden Armen.

»Ruhig, Mechthild«, raunte er ihr ins Ohr. »Ich habe nur immer dich im Sinn. Seitdem ich dich das erste Mal sah. Doch auch damals am Strand von St. André hättest du mich fast getötet.«

Sie presste den Kopf gegen seine Brust und er spürte ihre kitzelnden Haare und ihren warmen Atem.

»Nie hätte ich das getan, Ragnar«, sagte sie leise. »Niemals würde ich dir etwas zuleide tun. Bitte glaube mir das.«

Seine heißen Lippen berührten ihre entblößte Schulter, und sie hatte das Gefühl, als fahre ein glühender Strom durch sie hindurch. Sie warf den Kopf in den Nacken vor Lust. Im gleichen Moment umschloss sein Mund ihre Lippen, und sie spürte, vor Wonne erzitternd, wie seine Zunge in ihren Mund eindrang. Seine Hände glitten sanft über ihren Rücken, gruben sich unter ihr dichtes Haar und streichelten ihren Nacken.

»Vom Anfang der Welt warst du für mich bestimmt«, murmelte er zärtlich. »Meine süße Zauberin, die mich in ihre Netze verstrickt und auf Ränke sinnt.«

Sie wollte widersprechen und fand keine Worte mehr. Wie zart diese Hände sein konnten, die doch so hart zuzuschlagen und das Schwert zu führen verstanden. Unendlich langsam und vorsichtig strichen sie über ihr Haar, berührten wie tastend ihre Stirn, ihre Wangen, umkreisten ihren Mund. Sanft hob er ihr Kinn mit einem Finger, näherte seinen Mund ihren feuchten, sehnsüchtigen Lippen so dicht, dass er sie fast berührte, und tat es doch nicht. Sie atmete seinen warmen Geruch ein, spürte sein Verlangen fast schmerzhaft und konnte ihre Sehnsucht kaum noch bezwingen. Zitternd verharrte sie, die Augen geschlossen, und zuckte zusammen, als seine heiße Zunge ihre Lippen liebkosend betupfte, dem herzförmigen Lauf der Oberlippe folgte, zart über die Unterlippe leckte und sich dann spielerisch ein kleines Stückchen in ihren Mund schob. Sie stöhnte leise auf und umschlang seinen Nacken. Wie eine Besessene bedeckte sie sein Gesicht mit ungeduldigen Küssen, griff in sein lockiges Haar, folgte mit ihren kosenden Fingern dem Spiel seiner Schultermuskeln. Sein Atem ging rasch und heftig, ein leises, tiefes Stöhnen entrang sich seiner Brust. Wie oft hatte sie dies in seinen Träumen getan, wie lange und geduldig hatte er diesen Moment herbeigesehnt und zuletzt schon alle Hoffnung aufgegeben.

»Ragnar«, flüsterte sie, völlig außer sich. »Ragnar, was tun wir?«

Er zwang sich gewaltsam zur Beherrschung. Jeden Augenblick dieser Liebesbegegnung auszukosten, diesen berauschenden Göttertrank bis zum letzten Tropfen zu schlürfen. Seine Hände glitten über ihre bloßen Arme, strichen über ihre Schulter, suchten unter ihrem langen Haar die Fibel in ihrem Nacken und öffnete sie. Mechthild spürte seine Bewegungen, doch sie wehrte sich nicht. Zitternd ließ sie geschehen, dass er ihr Kleid langsam herabschob und ihre Brüste entblößte.

»Solche Schönheit hast du so lange vor mir versteckt, stolze Mechthild«, murmelte er.

Sie war hin- und hergerissen zwischen Scham und Verlangen, schrie leise auf, als er ihren Busen mit den Händen umfasste, und strebte ihm doch entgegen. Stöhnend genoss sie sein Streicheln, spürte den heißen Strom, der sie durchzuckte, wenn seine Finger über die Spitzen ihrer Brüste strichen.

»Hör auf«, jammerte sie leise. »Ich verbrenne. Ich sterbe.«

»Wir brennen beide, süße Frankentochter. Gleich wirst du das Feuer noch viel heißer spüren.«

Er stöhnte tief und kehlig, seine Finger gruben sich in den Stoff des Gewandes und zerrten daran. Es fiel ihm jetzt unendlich schwer, seine Ungeduld zu bezwingen. Der Stoff riss ein Stück auf, er erblickte die helle, sanfte Wölbung ihres Bauches, ihren kleinen, dunklen Nabel, der sich unter ihrem Atem stoßweise hob und senkte, und er grub seine Zunge hinein. Voller Entzücken spürte er, wie sie sich ihm entgegenbäumte, wie gewaltig sie seine Liebkosungen begehrte.

Er drückte sie sanft nach rückwärts auf das Lager, kniete sich über sie und beugte sich herab, um sie zu küssen, während seine Hände beschäftigt waren, das Kleid vollends herabzuschieben. Der Rausch wollte ihn fast betäuben, schon spürte er die weiche Haut ihrer Oberschenkel, glitt mit den Fingern über ihre Hüften, suchte das flaumige Dreieck ihrer Scham. Sie ließ ein kleines, helles Stöhnen hören, als er sacht mit zwei Fingern über den kleinen, lockig behaarten Hügel streichelte und zwischen die weichen, feuchten Lippen drang. Nie hatte sie solche Lust empfunden, sie bäumte sich auf, ihre Hände krallten sich in einen Stoff, und ohne zu wissen, was sie tat, begann sie, an der Schnur zu nesteln, die etwas vor ihr verschloss, was sie unendlich begehrte. Er bewegte sich nicht, überrascht von ihren ungeduldigen Händen, die ihm den Stoff von den Lenden zerrten, und er hätte fast aufgeschrien vor Lust, als sie sein Geschlecht mit neugierigen Fingern berührte.

»Was tust du, Freche«, keuchte er. »Du spielst mit einer großen Gefahr.«

»Ich liebe die Gefahr«, flüsterte sie. »Ich will dich berühren, überall. An allen Stellen deines Körpers. Du gehörst mir allein, Wikinger.«

Sie tastete durch das lockige Gewölk des Haares, fand die prallen Rundungen seiner Männlichkeit und umschloss sie besitzergreifend mit beiden Händen. Er stöhnte tief und heiser, wand sich unter ihren Fingern, und sie begriff entzückt, wie sehr sie ihn mit ihren Berührungen erregte. Sie wollte diesen mächtigen Männerkörper herausfordern, hatte es schon immer gewollt, sie musste ihn spüren, und wenn es das Letzte war, was sie tat.

Er konnte sich nicht mehr beherrschen. Wütend warf er sich über sie, ließ sie das ganze Gewicht seines Körpers fühlen, umfasste ihren Oberkörper mit sehnigen Armen und drängte ihre Schenkel auseinander. Dann verspürte sie die mächtige Kraft seiner Männlichkeit und schrie auf in einem Taumel von Schmerz und höchster Lust. Nie hatte sie geahnt, wie weh es tun würde, wie heftig er im Liebesrausch in sie eindringen würde, und doch war es das Größte und Wunderbarste, was sie je erlebt hatte.

Als der Rausch von ihnen wich und sie ermattet beieinanderlagen, umfasste er sie zärtlich und strich ihr das Haar aus der feuchten Stirn.

»Ich habe dir wehgetan«, sagte er beklommen. »Ich wollte es nicht so. Es kam über mich.«

Sie lächelte und küsste seine streichelnde Hand.

»Aber ich wollte es so, Ragnar. So und nicht anders, Liebster.«

Er erhob sich und streifte ihr sorgfältig das Kleid über, hüllte sie dazu in die Decke und legte sich dann wieder zu ihr. Keiner seiner Kameraden sollte sie unbekleidet sehen. Sie gehörte nur ihm, sie war seine Frau.

※

Das Schicksal gönnte ihnen nur noch wenige Minuten miteinander. Mechthild erwachte von einem rauen Schrei, und sie spürte, wie Ragnar seinen Arm unter ihrem Nacken hervorzog und hastig nach seinem Schwert griff.

»Was ist das?«, flüsterte sie.

Es klang, als sei ein großer Nachtvogel von einem Raubtier gerissen worden. Unheimlich und voller Todesangst.

»Bleib im Zelt und rühre dich nicht«, befahl er hastig. »Wenn ich dich nicht mehr schützen kann – nimm das.«

Er warf ihr das Messer zu, das in einer Ecke des Zelts gelegen hatte, und war im gleichen Moment hinausgesprungen. Mechthild begriff endlich: Arnulf hatte das Wikingerlager angegriffen.

Was dann geschah, übertraf ihre schlimmsten Fantasien. Ein Pfeilhagel traf das Zelt, eiserne Spitzen bohrten sich durch die Häute, und während sie aufschreiend unter die Felle des Lagers kroch, um dort Schutz zu finden, spürte sie, wie der Boden unter zahllosen Pferdehufen erbebte. Der Erzbischof von Rouen hatte seine berittenen Krieger geschickt, um Arnulfs Feste zu entsetzen.

Zitternd lag sie unter den Fellen, versuchte zu beten und gab es doch wieder auf, denn wie konnte Gott der Herr ein Gebet erhören, das um das Leben eines Heiden flehte? Rings um das Zelt war das metallische Geräusch von aufeinandertreffenden Schwertern zu hören, Männer keuchten und brüllten, eine Lanze durchschlug das Zelt und blieb in einer der Außenhäute stecken. Sie glaubte, Ragnars tiefe, laute Stimme zu hören, der seine Männer zum Kampf ermunterte, dann wieder erkannte sie Arnulfs wütendes Gebrüll.

»Sie wollen die Boote ins Wasser schieben. Haltet sie auf! Keiner darf entkommen!«

Sie fliehen, dachte sie tief verzweifelt. Die Wikinger fliehen. Ragnar ließ sie hier allein zurück.

Das schleifende Geräusch von Holz, das durch den Sand gezogen wird, bewies, dass es den Wikingern geglückt war, wenigstens eines der Boote bis zum Ufer zu schleppen. War Ragnar unter ihnen?

»Wenn ich dich nicht mehr schützen kann – nimm das.«

Sie zitterte, als sie sich an diese Worte erinnerte. Nein – Ragnar würde nicht davonlaufen – er würde bis zum letzten Atemzug um sie kämpfen. Wenn seine Krieger jetzt die Flucht antraten, dann konnte es nur einen Grund dafür geben: Ragnar war gefallen und damit hatte die Wikinger der Mut verlassen.

Plötzlich riss jemand die Tierhaut zurück, die den Zelteingang verschloss – Krieger drangen ein, packten sie an den Armen und zogen sie unter den Fellen hervor. Es geschah so rasch und gewaltsam, dass sie nicht einmal dazu kam, das Messer aus ihrem Ärmel zu ziehen. Man schleifte sie aus dem Zelt und führte sie zum Flussufer.

Das Lager der Wikinger war vollkommen verwüstet, nur eines der Schiffe hatte den Angreifern entkommen können. Mechthild sah das schlanke Boot weit hinten auf dem Fluss in unerreichbarer Ferne, von starken Armen gerudert. Am Ufer kämpften die zurückgebliebenen Wikinger wütend um ihr Leben – gegen die zahlenmäßig weit überlegenen Franken hatten sie keine Chance. In den Wikingerschiffen, die noch an Ufer lagen, schwelte das Feuer. Arnulf stand in voller Rüstung inmitten seiner Krieger und genoss die Stunde seines Sieges.

»Edle Frau Mechthild«, sagte er voller Hohn, als man sie vor ihn zerrte. »Welche Freude, Euch unversehrt zu sehen.«

Sie sah sich verloren und schwieg.

Arnulf gab den Kriegern einen Wink und sie ließen ihre Arme los. Der Graf trat mit schweren Schritten auf Mechthild zu und blieb dicht vor ihr stehen.

»Wollt Ihr Eurem Befreier nicht danken?«, fragte er und musterte sie voller Befriedigung von oben bis unten.

Mechthild hatte wenig Lust dazu. Sie begegnete seinem Blick mit trotzigen, schmalen Augen.

Arnulf kostete seinen Triumph bis zur Neige aus. Sie gehörte ihm, diese hochmütige Person, die es gewagt hatte, sich seiner Werbung zu widersetzen. Noch gab sie sich widerspenstig, doch das würde bald vorüber sein.

»Seid unbesorgt, schöne Mechthild«, meinte er gönnerhaft. »In Kürze weidet Ihr in meiner Feste in Sicherheit sein. Ein heißes Bad und frische, seidene Gewänder sind für Euch bereit. Und in wenigen Tagen werdet Ihr an meiner Seite sitzen, wenn Ragnar, der Wikinger, seine gerechte Strafe erhält.«

Bei den letzten Worten fuhr sie zusammen. Ragnar lebte!

»Du hast ihn gefangen genommen?«, entfuhr es ihr.

»Wende dich um, Mechthild.«

Dort, wo vorher das Lager der Wikinger gewesen war, befand sich jetzt eine Anzahl fränkischer Krieger, die gefangene Wikinger mit harten Stricken banden. Mechthild erblickte Ragnar mitten unter ihnen, verletzt, aus mehreren Wunden blutend – vier Männer waren nötig, den Waffenlosen zu bändigen, denn der starke Wikinger versuchte immer noch, seine Gegner abzuschütteln. Sie spürte seinen verzweifelten Blick und hatte nur einen einzigen Gedanken: Er lebte. Es gab noch einen Rest Hoffnung.

»Er schien unüberwindlich, der stolze Wikinger. Aber wie du siehst, war das nur ein Gerücht. In wenigen Stunden wird er am Galgen hängen.«

Sie konnte ihren Hass nur mühsam unterdrücken. Hängen wollte er Ragnar. Eine Todesart, die Verbrechern und Dieben vorbehalten war. Oh, er war ein Teufel. Noch bis zuletzt wollte er seinen Feind demütigen.

Sie spürte, wie der Zorn heiß in ihr aufstieg. Niemals würde sie zulassen, dass Ragnar diesen schmählichen Tod erlitt. Mit aller Kraft würde sie für ihn kämpfen. Nicht mit Schwert und Lanze wie ein Krieger – wohl aber mit List und den Waffen einer Frau.

»Ich habe die schlimmsten Stunden meines Lebens hier verbracht«, sagte sie zu Arnulf gewendet. »Wenn du Ragnar bestrafst, wirst du auch mich rächen.«

Arnulf nickte und ein böses Lächeln überzog sein Gesicht.

»Du wirst zufrieden sein, schöne Mechthild.«

Sein Lächeln erschien ihr wie eine lebensgefährliche Drohung – sie lächelte tapfer zurück.

Fastrada hatte das drohende Unheil gespürt. Seit drei Tagen hatte Arnulf sie nicht beachtet, welche Verführungskünste sie auch versuchte – es ließ ihn gleichgültig. Zuletzt hatte er sie sogar grob zurückgestoßen und ihr verboten, die seidenen Gewänder anzulegen, die er ihr doch eigentlich geschenkt hatte. Jetzt, da er mit dieser Frau in den Rittersaal trat, wurde ihr klar, dass sie seine Gunst endgültig verloren hatte.

»Was glotzt du?«, herrschte er sie an. »Schaff warmes Wasser herbei und lege saubere Gewänder zurecht. Ab jetzt wirst du Mechthild bedienen.«

»Ja, Herr ...«

»Und pack dein Zeug zusammen. Du wohnst jetzt im Gesindehaus.«

»Aber Herr ...«

Er hob drohend die Hand, und Fastrada gelang es nur durch eine geschickte Wendung, seinem Schlag auszuweichen. Während sie die engen, hölzernen Turmtreppen hinunterrannte, überstürzten sich ihre Gedanken. Diese Frau war Mechthild, Konrads Tochter, um die Arnulf vergeblich angehalten hatte. Wie war sie jetzt hierher gelangt? Sie sah überhaupt nicht wie eine Grafentochter aus, mit wirrem Haar, in ein zerrissenes Gewand aus brauner Wolle gekleidet, wie es die Bäuerinnen trugen. Auch die Lippen waren trocken und zerbissen und ihr Gesicht leichenblass.

Wie konnte solch ein zerzaustes Geschöpf Arnulf überhaupt gefallen? Vielleicht reizte sie ihn ja nur deshalb, weil sie sich ihm verweigerte? Vielleicht wurde Arnulf sich ja rasch mit ihr langweilen, wenn er sie nur erst besessen hatte? Ganz sicher verstand diese Mechthild sich wenig auf die Künste der Liebe und der Leidenschaften.

Im Gesindehaus empfingen Fastrada hämische Blicke

und Geflüster. Es hatte sich schon herumgesprochen, dass Arnulf Konrads Tochter aus der Gefangenschaft der Wikinger befreit hatte. Die Mägde waren sehr zufrieden – Fastradas Sonderstellung hatte bei ihnen viel Neid erregt. Auch die Krieger und Knechte warfen ihr freche und begehrliche Blicke zu, was sie zuvor nicht im Traum gewagt hätten. Gar zu oft hatte Graf Arnulf die verführerische Fastrada in Gegenwart seiner Krieger tanzen und ihre Reize zeigen lassen. Jetzt schien das Blatt sich zu wenden.

»Einen Kessel Wasser aufs Feuer?«, keifte die alte Dorthe und stemmte beide Arme in die Hüften. »Will der Graf mit seiner neuen Liebe vielleicht ein Bad nehmen? Oder wird jetzt zu dritt gebadet?«

Brüllendes Gelächter erfüllte das Gesindehaus, die Männer klopften sich auf die Schenkel, die Mägde stießen sich mit den Ellenbogen an. Das geschah ihr nur recht, dieser hochnäsigen Person. Wer war sie denn, dass sie in seidenen Gewändern an der Seite des Grafen sitzen durfte? Sie war eine Bäuerin und eine Hure dazu.

»Beeile dich«, sagte Fastrada scheinbar ungerührt von all dem Tumult. »Graf Arnulf wartet nicht gern.«

»Das braucht alles seine Zeit«, sagte die alte Dorthe und goss umständlich Brunnenwasser in den eisernen Kessel, um ihn aufs Feuer zu setzen. Zischend leckten die Flammen die Tropfen ab, die auf der Außenseite des Kessels hängen geblieben waren.

Fastrada blieb nichts anderes übrig, als zu warten. Schweigend stand sie, sah, wie die Männer sich zublinzelten und eindeutige Handbewegungen machten. Sie begann, vor Angst zu zittern. Wenn der Graf sie im Gesindehaus lassen sollte, war ihr Schicksal besiegelt.

Da erhob sich hinten in einer Ecke ein Mann und bewegte sich mit langsamen Schritten zum Feuer. Niemand dachte daran, ihm Platz zu machen, doch er stieg über die ausgestreckten Beine der Männer und stand endlich neben Fastrada.

Neidhardt grüßte sie zwar nur mit einem schüchternen Lächeln, aber er blieb beharrlich bei ihr stehen. Die Knechte grinsten, die Weiber flüsterten und kicherten, doch niemand wagte mehr, Fastrada zu beleidigen.

Neidhardt war zum Vasallen des Grafen aufgestiegen – da musste man immerhin vorsichtig sein.

Arnulf hatte sich auf einem der kleinen Hocker niedergelassen. Genüsslich streckte er die Beine von sich und betrachtete seine Gefangene, die in der Nähe des runden Ofens stehen geblieben war und sich in dem Rittersaal umsah. Wie öde es hier war – nichts als ein viereckiger, kahler Raum, in dessen Mitte sich der Ofen befand, und eine niedrige Holztür führte auf den Söller. Die schmalen Fensteröffnungen hatte man als Schutz gegen Wind und Regen fast überall mit Brettern verschlossen, nur wenige dünne Pergamenthäute ließen ein wenig Tageslicht durchscheinen. Kein Wandbehang, keine Stickerei von Frauenhand zierte den Saal, nur einige Truhen standen entlang der Mauern, und an einer Seite war eine hölzerne Wand errichtet, hinter der sich Arnulfs Bettstatt befand.

»Sieh dir alles genau an«, sagte er grinsend, als er den Abscheu in ihren Augen erkannte. »Du wirst viele Jahre hier verbringen, schöne Mechthild. Ich bin ein Krieger und lege wenig Wert auf Schmuckwerk und Tand. Als meine Frau wirst du dich daran gewöhnen müssen.«

Das Spiel war eröffnet. Mechthild wusste, dass sie nur wenige Trümpfe gegen ihn in der Hand hatte. Die aber wollte sie ausspielen. Er wollte sie also immer noch heiraten – das bedeutete, dass er Konrads Tochter zur Legitimierung seiner Herrschaft brauchte. Hier lag ihre Chance.

Sie musste vorsichtig und langsam vorgehen. Er erwartete Widerstand – alles andere hätte ihn misstrauisch gemacht.

»Du glaubst tatsächlich, ich sei bereit, deine Frau zu werden?«, sagte sie und reckte das Kinn. »Das schlage dir nur aus dem Kopf. Niemals werde ich den Mann heiraten, der sich gegen meinen Vater mit seinen schlimmsten Feinden verbündet hat.«

Er blinzelte sie missmutig an, denn sie hatte seinen wunden Punkt getroffen. Er hatte Ärger mit Konrads widerspenstigen Bauern gehabt, die ihn hinter dem Rücken seiner Krieger als Verräter beschimpft hatten. Auch hatte der Erzbischof von Rouen ihm zwar Hilfe geleistet, jedoch gleichzeitig in einem Schreiben erklärt, dass ihm Gerüchte zu Ohren gekommen seien, er habe Konrad verraten, um sich seines Landes zu bemächtigen. Die Geschichte musste aus der Welt geschafft werden, denn sie konnte dem Erzbischof möglicherweise als Vorwand dienen, seinerseits Ansprüche auf Konrads Land zu erheben.

»Warum glaubst du solch boshaften Verleumdungen?«, knurrte er. »Es waren die Wikinger, die dieses Gerücht aufbrachten, um deinen Vater und mich zu entzweien. Sogar Konrad ist darauf hereingefallen. Es schmerzt, wenn ein Waffenbruder den Feinden mehr glaubt als seinen eigenen Landsleuten.«

Mechthild kochte innerlich vor Zorn. Er wollte seinen Verrat vertuschen, die Wahrheit verdrehen und ihrem Vater noch nachträglich einen Treubruch anhängen, den er selbst, Arnulf, begangen hatte. Sie hätte große Lust gehabt, ihm die Augen auszukratzen.

»Das kann ich nicht glauben«, sagte sie empört. »Wenn du an der Seite meines Vaters gekämpft hättest, wäre ihm der Tod erspart geblieben. Warum warst du nicht bei ihm im Kampf?«

Arnulf sah sie mit seinen kleinen, dunklen Augen von

unten herauf an. Sie war ungekämmt, schmutzig und trug nur ein einfaches Wollhemd. Dennoch stand sie hocherhobenen Hauptes vor ihm und sah ihm wütend in die Augen. Sie hatte Mut, die Kleine, und die Haltung einer Grafentochter. Er würde sie schon dahin bringen, dass sie sich ihm fügte. Wenn nicht freiwillig, dann eben mit Gewalt. Die Aussicht, sie noch heute Abend in eines ihrer dünnen Seidenkleider gehüllt vor sich zu sehen, nahm ihm fast den Atem.

»Was versteht ein Weib von Krieg und Kampf«, meinte er mit wegwerfender Handbewegung. »Wir hatten ausgemacht, dass Konrad zuerst angreift und ich ihm aus dem Hinterhalt folge. Genau das ist geschehen, und wir haben die Wikinger gemeinsam besiegt. Dass Konrad an seinen Wunden starb, war auch für mich ein schwerer Schlag.«

Mechthild gelang es, ihre Gesichtszüge in der Gewalt zu halten, obgleich es ihr bei seinen dreisten Lügen schwerfiel. Doch sie durfte nicht zu rasch nachgeben, um ihn nicht misstrauisch werden zu lassen.

»Ich habe meinen Vater sehr geliebt«, sagte sie und sah zu Boden. »Sein Verlust war unendlich schwer für mich. Wie konntest du es wagen, noch vor Ablauf des Trauerjahres um meine Hand anzuhalten?«

Er wusste, dass dies ein Fehler gewesen war. Aber er hatte es sehr eilig gehabt, das Land an sich zu bringen, bevor dies möglicherweise ein anderer getan hätte. Immerhin hatte sie ihren anmaßenden Ton jetzt etwas zurückgenommen, und er bekam langsam den Eindruck, dass Konrads Tochter nicht mehr ganz so widerspenstig war wie noch vor einigen Wochen. Der Wikinger hatte ihr übel mitgespielt und ihm, Arnulf, damit unwissentlich einen großen Gefallen getan. Ragnar hatte die hochmütige Mechthild gezähmt – zum Dank dafür würde er in Kürze am Galgen hängen.

»Ich sehe ein, dass meine Werbung zu rasch war«, meinte

er, um ihr Grund zu geben, einzulenken. »Dennoch wäre es besser gewesen, du hättest sie angenommen. In meinem Schutz wäre dir manches erspart geblieben.«

Mechthild ließ sich nicht anmerken, was sie darüber dachte. Stattdessen versuchte sie, ihm einen Köder hinzuwerfen, um Zeit zu gewinnen.

»Ich verlange, dass Ragnar, der Wikinger, in aller Öffentlichkeit in einem Gottesgericht um sein Leben kämpfen soll«, rief sie. »Jeder soll sehen, wie die Feinde unseres Landes von uns überwunden und gerecht bestraft werden.«

Arnulf sah sie unwillig an. Ihm war es lieber, Ragnar so rasch und so unwürdig wie möglich zu beseitigen. Aber wenn er es recht bedachte, dann war dieser Schaukampf gar keine so dumme Idee. Wenn Ragnar in einem Gottesgericht vor aller Augen unterlag, würde das nicht nur ein großartiges Schauspiel abgeben, sondern auch seinen, Arnulfs, Ruhm als Verteidiger des Landes weithin verbreiten. Das würde dem Erzbischof in Rouen bald das Maul stopfen. Vor allem, wenn noch ein weiterer Schachzug dazukam.

»Ich bin einverstanden, schöne Frau«, sagte er und erhob sich, denn Fastrada war mit einem Eimer in jeder Hand eingetreten.

»Allerdings unter einer Bedingung.«

»Welche Bedingung?«, fragte Mechthild, obgleich sie ahnte, was er fordern würde.

»Du wirst an diesem Tag als meine angetraute Ehefrau neben mir sitzen.«

Es war ein gewagtes Spiel und sie konnte alles dabei verlieren. Ragnars Leben und dazu ihre Freiheit. Aber es war die einzige Möglichkeit, Zeit zu gewinnen.

»Als deine Braut«, sagte sie mit fester Stimme. »Zuerst will ich Ragnar sterben sehen und meine Rache genießen. Dann erst bin ich bereit, deine Frau zu werden.«

Es war ein Kuhhandel, und er begriff, dass sie eine hartnäckige Händlerin war. Es gefiel ihm wenig, dass sie sich ihm gegenüber so durchsetzte. Auf der anderen Seite: Braut oder Ehefrau – was machte das jetzt noch für einen Unterschied?

»Dann werden wir die Reihefolge eben ändern«, meinte er grinsend. »Zuerst Ragnars Tod und danach unsere Hochzeit. Ich hoffe, du bist damit endlich zufrieden, stolze Mechthild.«

Sie nickte Einverständnis und war froh, wenigstens diesen kurzen Aufschub erreicht zu haben. Alles war besser, als dass man Ragnar noch heute am Galgen aufknüpfte.

Aber auch der Kampf in einem solchen Gottesgericht war für ihn der sichere Tod. Dafür würde Arnulf ohne Zweifel sorgen.

※

»Nehmt ihm dieses Teufelsding ab!«

Die drei Männer keuchten vor Anstrengung und stießen üble Flüche aus. Ein vierter hockte verletzt in einer Ecke des Verlieses und hielt stöhnend die Hände vors Gesicht. Graf Arnulf tat ohne Zweifel gut daran, den Wikinger im Turmverlies anschmieden zu lassen. Allerdings war die Sache nicht ganz so einfach, denn der Heide wehrte sich mit verzweifelter Kraft.

»Nimm es ihm doch selber ab, wenn du dich traust!«

Der kleine, gedrungene Schmied glaubte, dass das Geheimnis von Ragnars Kraft in dem blinkenden Amulett lag, das er um den Hals trug. Ein Thorhammer, das Zeichen ihres wütenden Heidengottes, Herr über Donner und Blitz.

Man musste Verstärkung holen – zu sechst hielten sie den Gefangenen am Boden fest, während der Schmied das bereits zurechtgebogene, noch heiße Eisen um Ragnars

Fußgelenk drückte und es mit hellen, weithin schallenden Hammerschlägen zu einem Ring formte.

»Jetzt kommt er hier nur weg, wenn er uns seinen Fuß zurücklässt«, meinte der Schmied zufrieden, wischte sich den Schweiß ab und packte sein Werkzeug zusammen. Die Männer sprangen auf, versetzten dem am Boden liegenden noch einige gut gezielte Fußtritte und verließen dann eilig das Turmverlies.

Ragnar lag eine Weile wie betäubt, ohne seinen Körper zu spüren, ohne Bewegung. Nach der übermenschlichen Anstrengung war eine ungeheure Mattigkeit über ihn gekommen. Nur in seinem Kopf kreisten unablässig die Gedanken wie eine Schar schwarzgeflügelter Raben, die der Sturm umhertrieb.

Er hatte nicht damit gerechnet, dass man ihn anschmieden würde. Mit dieser Eisenkette am Fuß, deren Ende tief in die Mauer eingelassen war, schien es fast unmöglich, aus dem elenden Kerker zu entkommen. Man hätte das Ende der Kette aus der Mauer reißen müssen – doch dazu war die Kraft mehrerer Männer nötig.

Er hatte sich überlisten lassen wie ein Dummkopf. Warum hatte er so lange gewartet? Er wusste doch, dass Arnulf ihn betrog. Warum hatte er nicht längst Befehl gegeben, die Festung zu stürmen?

Es war diese Frau, Mechthild, die alle seine Sinne umgarnt hatte. Er hatte gehandelt wie ein Narr. Anstatt rechtzeitig Entscheidungen zu treffen, hatte er nur an sie gedacht, hatte wissen wollen, ob sie ihn verriet oder ob sie ihn liebte. Er hatte sein Herz an ein Weib gehängt und dafür straften ihn jetzt die Götter.

Langsam richtete er sich auf und untersuchte seine Wunden. Sie waren unbedeutend, bis auf eine tiefe Fleischwunde im Oberschenkel, die von einem Schwerthieb herrührte. Er riss sich das Hemd herunter, um die Wunde damit zu verbinden, zog den Knoten so fest wie möglich an und lehnte sich erschöpft an die kalte Mauer. Er hatte viel Blut verloren und fühlte sich erschöpft und durstig. Doch jetzt war nicht die Zeit, auszuruhen, jede Minute war kostbar, denn sie konnte seine letzte sein.

Arnulf sollte nicht die Genugtuung haben, ihn am Galgen sterben zu sehen. Er würde um seine Freiheit kämpfen, und wenn Odin ihm beistand, würde es ihm auch jetzt noch gelingen, die Niederlage in einen Sieg umzumünzen. Er rutschte hinüber zur Mauer und untersuchte die Steine, in die die Eisenkette eingelassen war. Sie waren zwar schon etwas abgebröckelt, die Kette saß jedoch tief und fest im Gestein. Man hatte ihm alle Waffen genommen und es gab nichts um ihn herum als den blanken Lehmboden. Keinen Stein, kein Werkzeug, nicht einmal einen hölzernen Stock.

Es blieb nur eine Chance: Er musste darauf hoffen, dass jemand einen Fehler machte. Ein Knecht, der ihm Wasser brachte. Ein neugieriger Krieger, der kam, um ihn zu verhöhnen. Schlimmstenfalls der Moment, wenn sie ihn zum Galgen führten und ihn dafür von der Kette losschmiedeten.

Der schwere Riegel an der Kerkertür wurde verschoben, knarrend öffnete sich die Pforte und ein Mann trat ein, mittelgroß, doch breit gebaut, mit Kniehosen und Lederwams bekleidet, das lange Schwert an der Seite. Er blieb am Eingang stehen und blickte seinen Gefangenen aus kleinen, dunklen Augen lauernd an. Graf Arnulf gönnte sich den Triumph, seinen Feind persönlich im Kerker schmachten zu sehen.

Er war sehr zufrieden, dass der Wikinger fest angeschmiedet am Boden saß und aus mehreren Wunden blutete. Er würde niedergeschlagen sein – nach allem, was geschehen war, musste Ragnar wissen, was ihm bevorstand: ein schmerzhafter, schändlicher Tod. Doch als Arnulfs Augen sich etwas mehr an die Dämmerung des Kerkers gewöhnt hatten, sah er zu seiner Enttäuschung, dass der Wikinger ihn feindselig, doch ohne ein Zeichen von Angst musterte. Arnulf ärgerte sich – man wusste ja, dass diese Nordmänner dem sicheren Tod mit erstaunlichem Gleichmut entgegenblickten. Aber es gab immerhin Möglichkeiten, Ragnars Fassung zu erschüttern. Arnulf reichte es nicht, seinen Gefangenen zu töten – er wollte ihn leiden sehen.

»Willkommen in meiner Feste«, sagte Arnulf ironisch. »Du hast so viel Mühe und Kraft darauf verwendet, in meine Burg einzudringen. Nun ist es dir also gelungen. Leider anders, als du es dir erhofft hast, Wikinger.«

Ragnar ließ ihn spotten. Arnulfs Erscheinen hier im Kerker konnte die Chance sein, auf die er gewartet hatte. Wenn der Feigling nur ein wenig näher herankäme, wäre es ein Leichtes, ihn mit einem raschen Sprung zu fassen und ihm das Schwert an seiner Seite zu entreißen. Mit einem Schwert ließ sich eine Menge anfangen.

Doch Arnulf hütete sich wohl, dem Wikinger zu nahe zu kommen. Stattdessen ließ er sich in sicherer Entfernung auf den Stufen vor der Pforte nieder und schien zum Reden aufgelegt. Man konnte einen Gefangenen auf unterschiedliche Art quälen. Man konnte ihn foltern oder verstümmeln, ihn verhungern oder verdursten lassen, ihn den Ratten zum Fraß geben. Am schlimmsten aber waren die Einsicht der eigenen Fehler und die Ungewissheit über das kommende Schicksal. Ragnar sollte beides durchleben.

»Es ist mir eine große Freude, den Sohn des berühmten Harald in meinem Kerker zu wissen«, fuhr er hämisch fort. »Dein Vater zog es vor, im Kampf zu sterben – dir wird leider nicht solch ein ehrenvoller Tod beschieden sein.«

»Ich fürchte den Tod nicht«, gab Ragnar gelassen zurück. »Es ist nur schade, ihn durch einen Feigling zu empfangen.«

Arnulf grinste. Solch hilflose Beleidigungen ließen ihn kalt.

»Sei unbesorgt, Ragnar«, meinte er. »Wir haben es nicht eilig, dich zur Hölle zu schicken. Ein so wichtiger Gefangener wie du kann uns Vorteile verschaffen. Wer weiß, wann die nächste Rotte deiner Landsleute vor unseren Toren steht? Mit dir haben wir eine treffliche Geisel in der Hand.«

Ragnar schwieg voller Zorn. Falls Arnulf das tatsächlich plante, würde er zwar mit dem Leben davonkommen, seine Ehre und sein Ansehen wären jedoch dahin. Es war besser, zu sterben, als so verhandelt zu werden.

Erfreut sah Arnulf, dass seine Worte einen gewissen Eindruck hinterlassen hatten.

»Eine solch lange Gefangenschaft würde dich natürlich ein wenig verändern, großer Ragnar. Bedenke, wie ungesund es ist, jahrelang von Wasser und Brei zu leben und in diesem dunklen Kerker angeschmiedet zu sein. Du würdest schon nach wenigen Monaten schwach und hinfällig, und auch deine Lust auf schöne Weiber würde dir vergehen.«

Ragnar schluckte die Bosheit hinunter und wartete ungeduldig darauf, dass Arnulf wenigstens eines seiner Beine ausstrecken würde und er ihn irgendwie zu fassen bekam.

»Weißt du eigentlich, wer die schöne Fränkin war, mit der du einige lustvolle Tage dein Zelt geteilt hast?«, fuhr Arnulf hinterhältig fort.

Ragnar spürte, dass ihm das Blut heiß zu Kopfe stieg. Er war davon überzeugt gewesen, dass Mechthild ihn trotz allem nicht verraten hatte. Sie liebte ihn, hatte es ihm gestanden und mit dieser Liebesnacht bewiesen. Es war nicht ihre Schuld, dass er leichtsinnig gehandelt hatte. Es war seine eigene Dummheit gewesen.

Und doch! Während die fränkischen Krieger scharenweise auf ihn eindrangen, hatte er einen kurzen Blick zu ihr hinüberwerfen können. Es war ein Blick der Verzweiflung und des schmerzlichen Abschieds gewesen, denn er würde sie nicht mehr schützen können. Aber brauchte sie überhaupt seinen Schutz?

Er erinnerte sich jetzt daran, dass sie frei und unbehelligt vor Arnulf gestanden hatte. In einer Haltung, die nichts von der Demut einer Klosterfrau hatte.

»Du hast mit Konrads Tochter geschlafen«, sagte Arnulf in seine Gedanken hinein. »Die schöne Mechthild ist die Tochter des Mannes, der deinen Vater erschlug. Wie schade, dass du diese Gelegenheit zur Rache nicht vollenden konntest.«

Es traf ihn wie ein Schlag. Härter als alle Verwundungen und Hiebe, die er während des Kampfes empfangen hatte.

Sie war Konrads Tochter. Natürlich – wo hatte er seine Gedanken gehabt? Er hatte geahnt, dass sie keine gewöhnliche Klosterfrau war. Alles an ihr zeigte, dass sie eine Grafentochter war, gewohnt zu befehlen und zu herrschen. Ihr Hochmut, ihre Anmaßung, ihr Gang, die Art, wie sie die Augenbrauen hochzog und das lange Haar zurückwarf ...

Sie hatte ihm nichts davon gesagt. Nicht einmal, nachdem sie sich ihm hingegeben hatte. Fürchtete sie auch in diesem Augenblick noch seine Rache?

Arnulf ärgerte sich jetzt schon über das lange Schweigen seines Gefangenen. Er war bestürzt, das konnte man deutlich sehen. Doch Arnulf wollte mehr, er wollte sehen, wie der Wikinger verzweifelte. Er würde die Sache mit Mechthild noch ein wenig weiterspinnen.

»Die Grafentochter ist ein kluges Mädchen«, sagte er. »Sie hat mir große Dienste geleistet, während du meine Feste belagert hast.«

Er sah, wie der Blick seines Gefangenen starr wurde, und er begriff, dass er hier ins Schwarze getroffen hatte. Durch die List einer Sklavin besiegt worden zu sein, war eine Schande für einen Krieger.

»Sie hat ... dir Dienste geleistet?«, fragte der Wikinger mit rauer Stimme.

Arnulf lächelte sein boshaftestes Lächeln. Schau an, dachte er, könnte es gar sein, dass der starke Ragnar in Mechthilds Liebesgarn gegangen war?

»Du wunderst dich?«, sagte er in harmlosem Ton. »Nun – sie ist eine Fränkin und zudem meine Verlobte.«

Ragnar wusste nichts darauf zu sagen. Erzählte Arnulf ihm Lügen, um sich an ihm zu rächen? Doch so vieles passte zusammen. Sie hatte die Botschaft von Arnulf gelesen, ohne ein Wort darüber zu verlieren, sie hatte den Schwindel mit der gefälschten Lehensurkunde nicht aufgedeckt. Auch hatte sie das Messer aus dem Versteck genommen – allerdings ohne es zu gebrauchen. Aber was bewies das schon? Er hatte sie ja in dieser Nacht selbst daran gehindert. Hätte er ahnungslos neben ihr geschlafen, dann wäre er jetzt vielleicht längst in Hels Reich.

Zufrieden betrachtete Arnulf Ragnars gerötete Stirn und seine unwillkürlich im Zorn geballten Fäuste.

»Konrads Tochter fordert übrigens deinen Tod am Galgen als Rache für die Schmach, die du ihr angetan hast. Da ich sie in Kürze zu meiner Frau machen werde, muss ich mir wohl etwas einfallen lassen, um ihren Zorn zu besänftigen. Ich möchte auf keinen Fall, dass sie mich im Brautbett mit Unwillen empfängt. Unter uns gesagt: Sie hat ganz bezaubernde Brüste und ihr weicher Schoß verspricht köstliche Liebeswonnen. Aber du weißt ja, wovon ich rede.«

Ragnar saß unbeweglich und schien kaum noch zuzuhören, dennoch war Arnulf fest davon überzeugt, dass seine Worte die erhoffte Wirkung gezeitigt hatten. Befriedigt erhob er sich, wobei er sehr darauf achtete, dicht bei der Pforte zu bleiben. Auf sein Klopfen erschien ein Knecht mit einer Öllampe. Der Mann warf einen scheuen Blick auf den am Boden sitzenden Wikinger, dann schloss er hastig die Tür hinter dem Grafen.

Ohne Regung blieb der Wikinger zurück, erfüllt von einem einzigen niederschmetternden Gedanken: Sie war eine Verräterin. Hatte ihn die ganze Zeit über belogen und betrogen. All ihre Hingabe und Zärtlichkeit in dieser Nacht waren nur Trug und Berechnung gewesen. Er spürte, wie der Zorn in ihm aufwallte und heiß durch alle Glieder strömte. Bei Thor – sie würde es bereuen. Wenn es ihm gelingen sollte, aus diesem verfluchten Kerker zu entkommen, dann würde es seine erste Tat sein, an ihr Rache zu nehmen.

※

Fastrada beugte sich über den dampfenden Bottich und fuhr mit dem nassen Tuch in sanften Kreisen über Mechthilds Rücken. Sie hatte wohlriechende Kräuter in das Bad gestreut, so wie sie selbst es liebte, und für einen Augenblick hing sie ihren Erinnerungen nach. Arnulf hatte sie beim Baden gern betrachtet und war nicht selten zu ihr in den Bottich gestiegen, um sie dort zu nehmen.

»Ist das Wasser so recht, Herrin?«

»Es ist gut so.«

Schweigend fuhr Fastrada fort, die Grafentochter zu waschen und ihr das lange Haar zu spülen. Sie hatte sich getäuscht, die Nebenbuhlerin war schön, viel schöner, als es zuerst den Anschein gehabt hatte. Ihr Körper war fest und schlank, ihre Brüste standen hoch, und das volle, dunkle Haar würde sie vortrefflich schmücken, wenn es erst getrocknet und gekämmt war. Ihre Haut war durch das heiße Bad rosig geworden und schimmerte verlockend. Arnulf würde diese Frau so rasch nicht verstoßen.

Mechthild saß zusammengekauert im warmen Wasser, ließ sich bedienen, wie sie es von Kind an gewohnt war, und war dennoch weit davon entfernt, dieses Bad zu genießen. Arnulf schien zwar sehr damit beschäftigt, das bevorstehende Gottesgericht und die anschließende Hochzeit zu richten. Außerdem lagerten die bischöflichen Krieger vor der Festung und stellten ihre Ansprüche, denn nur aus reiner Freundschaft hatte der Erzbischof seine Truppe nicht entsendet. Arnulf würde ihnen Sold zahlen müssen. Aber dennoch war es durchaus möglich, dass er für kurze Zeit hier im Rittersaal auftauchte, um ihr beim Bad zuzusehen. Darauf legte sie wenig Wert.

»Trockne mich ab«, befahl sie Fastrada und erhob sich aus dem Bottich.

»Aber das Wasser ist noch warm«, wunderte sich die Dienerin.

»Tu, was ich dir sage. Rasch!«

Mechthild war froh, als sie in eines ihrer Seidenkleider schlüpfen konnte. Was für ein Genuss, diesen weichen, kühlen Stoff statt der kratzigen Wolle am Körper zu spüren! Sie wählte ein helles Überkleid aus Leinen, das an den Schultern mit zwei silbernen Schmuckfibeln zusammengesteckt wurde, und schob die Füße in zierliche Schuhe aus weichem Leder. Alle diese Kleidungsstücke stammten aus ihrem Besitz – dieser elende Strauchdieb hatte sie aus der Feste ihres Vaters mitgenommen und tat sich hier damit groß.

Während Fastrada ihr das Haar mit einem Tuch trocknete und dann mit dem Kamm hindurchfuhr, grübelte Mechthild darüber nach, wie es ihr gelingen könnte, Ragnar aus dem Kerker zu befreien. Sorgenvoll dachte sie daran, dass er verwundet war. Würde er überhaupt in der Lage sein zu fliehen? Auf ein Pferd zu steigen und davonzureiten? Oder waren seine Verletzungen so schwer, dass er jetzt in diesem Augenblick schon mit dem Tode rang?

Lieber Gott, lass ihn nicht sterben, flehte sie innerlich. Jedes Wagnis würde sie eingehen, jede Not erleiden – wenn sie ihm nur das Leben retten konnte. Wenn es nicht anders möglich war, würde sie Arnulf sogar heiraten.

Sie brauchte Helfer. Brian war der Richtige, irgendwie musste es ihr gelingen, mit ihm zu sprechen. Neidhardt, der sich vermutlich auch hier aufhielt, würde ihr wenig zur Seite stehen, schließlich war er immer der Meinung gewesen, sie solle Arnulf um des lieben Friedens willen so rasch wie möglich heiraten.

Aber wie sollte sie Brian erreichen? Vielleicht könnte ihr ja diese Frau hier, die sie immer wieder mit einer Mischung aus Hass und Bewunderung betrachtete, dabei nützlich sein. Sie war ungewöhnlich schön, vermutlich war sie Arnulfs Geliebte gewesen und er hatte sie jetzt verstoßen.

»Du heißt Fastrada?«

»Ja, Herrin ...«

Sie war nicht gerade gesprächig.

Wahrscheinlich hasst sie mich, weil sie durch mich ihren Platz an Arnulfs Seite verloren hat, dachte Mechthild. Wenn sie ahnte, wie gern ich ihr dieses Vorrecht überlassen würde!

Stumm bearbeitete Fastrada Mechthilds Haar, löste die ineinander verwirrten Strähnen und strich vorsichtig und sorgfältig mit dem Kamm hindurch. Sie hatte schöne Hände mit wohlgepflegten Fingernägeln, an ihrem Handgelenk blitzte ein silbernes Armband, sicher ein Geschenk Arnulfs.

»Du machst das sehr gut, Fastrada«, lobte Mechthild. »Ich glaube, wir werden uns miteinander vertragen.«

»Ich stehe zu Euren Diensten, Herrin ...«

»Ich möchte, dass du hier oben bei mir wohnst und mich bedienst. Würde dir das gefallen?«

Ein Blick in Fastradas Gesicht zeigte ihr, dass sie das Richtige gesagt hatte.

»Das würde mir sehr gefallen, Herrin«, sagte Fastrada erleichtert. »Nur weiß ich nicht, ob der Graf es erlauben wird.«

»Das lass nur meine Sorge sein, Fastrada.«

Mechthild spürte Mitleid mit dieser jungen Frau. Wie grässlich, diesem Kerl Tag und Nacht ausgeliefert und das Opfer seiner Launen und Bosheiten zu sein.

Fastrada hatte Mechthilds Haar jetzt ausgiebig geglättet, sie hängte die feuchten Tücher zum Trocknen auf und machte Anstalten, das Badewasser wieder aus dem Bottich zu schöpfen.

»Lass das jetzt sein. Ich habe einen Auftrag für dich.«

Gehorsam trat Fastrada vor ihre neue Herrin hin.

»Arnulf hat auch einen Mönch aus der Gefangenschaft der Wikinger befreit. Sein Name ist Brian. Finde ihn und schicke ihn zu mir, ich will mit ihm sprechen.«

Fastrada nickte ein wenig verwundert, denn sie hatte erwartet, dass die neue Herrin ganz andere Wünsche äußern würde: die Kleider ansehen, die Arnulf für sie hatte zurechtlegen lassen, die zierlichen Schuhe und die silbernen Fibeln, die die Gewänder zusammenhielten.

Doch sie war entschlossen, der neuen Herrin zu gehorchen. Wenn diese Frau durchsetzte, dass Arnulf sie im Rittersaal duldete, dann war das allemal besser, als ins Gesindehaus umziehen zu müssen. Auch wenn Neidhardt sie dort beschützte, auf die Dauer war kein Verlass auf ihn. Neidhardt war ein lieber Kerl, tausendmal mehr wert als Arnulf, aber er war schwach.

Im Burghof herrschte jetzt dichtes Gedränge, denn die Krieger des Erzbischofs verlangten ihren Sold und hatten außerdem Lust bekommen, nach den Mägden des Grafen zu schauen. Fränkische Raufbolde in eng anliegenden Kniehosen und kurzen Überwürfen, die wollenen Strümpfe mit farbigen Bändern umwunden, benahmen sich wie die Herren der Festung, schoben Arnulfs Krieger beiseite, füllten sich die Becher mit Wein und stellten den Frauen nach. Hie und da gab es schon kleine Rangeleien, Weiber schimpften, getretene Hühner gackerten, Knechte stießen leise Flüche aus und wünschten die fremden Krieger zum Teufel.

Fastrada war froh, dass sie den Mönch gleich neben dem Eingang des gräflichen Wohnturms fand, und stellte voller Erstaunen fest, dass sie ihn kannte. Es war der junge Priestermönch, den sie vor einigen Wochen aus dem Kerker befreit hatte und der ihr ihre Sünden vergeben hatte. Sie war sehr glücklich darüber gewesen, denn sie wusste, dass ihre Sünden schwer wogen.

»Kommt rasch mit mir«, sagte sie und zupfte ihn am Ärmel. »Meine Herrin will Euch sehen.«

Auch Brian hatte Fastrada wiedererkannt, und er folgte ihr hastig und ohne ein Wort die enge Treppe hinauf ins obere Geschoss des hölzernen Wohnturmes. Seit man ihn in die Festung gebracht hatte, war er nur von einem einzigen Gedanken beherrscht: Jetzt, da der Wikinger mit Gottes Beistand seiner gerechten Strafe zugeführt wurde, musste er, Brian, seine Herrin vor Arnulf bewahren. Brian spürte vor Aufregung keinen Schmerz mehr, obgleich die gebrochene Rippe noch längst nicht ausgeheilt war. Mechthild durfte nicht zu einer Heirat gezwungen werden – insgeheim war Brian davon überzeugt, dass seiner Herrin ein gottgewolltes Leben als Äbtissin von St. André bestimmt war. Und er würde ihr dort als Klosterpropst zur Seite stehen bis ans Ende seiner Tage.

Ein Duft nach Kräutern und Blüten lag in dem schmucklosen Raum, feuchte Wärme stieg von einem hölzernen Badebottich auf, Tücher lagen zum Trocknen über niedrigen Klappschemeln. Brian spürte Verwirrung und Unbehagen, als er Mechthild in dem seidenen Kleid erblickte, die Wangen vom Bad gerötet, das Haar noch feucht. Viel lieber hätte er sie in ihrem Nonnengewand gesehen oder wenigstens in Männerkleidern. Doch er ließ sich nichts anmerken und verneigte sich vor ihr, um sie zu grüßen.

»Herrin«, sagte er. »Ich bin bereit, mein Leben zu geben, um Euch zu dienen. Was auch immer Ihr befehlt – ich werde es mit Gottes Hilfe verrichten.«

Mechthild hatte zwar auf seine Unterstützung gehofft – dass er dabei so übereifrig sein würde, erstaunte sie jedoch. Noch gestern hatte er ihr Vorträge über die Schwäche des weiblichen Geschlechts gehalten und heute war er schon wieder ihr untertänigster Diener.

Verstehe einer so einen Mönch, dachte sie bei sich.

»Ich brauche tatsächlich deine Hilfe, Brian«, sagte sie leise, während Fastrada geräuschvoll das Badewasser aus dem Bottich schöpfte und dann mit einem Eimer in jeder Hand aus dem Rittersaal ging.

»Was soll ich tun, Herrin?«

»Ich habe zwei Aufträge für dich, Brian. Der eine ist recht einfach. Du musst in den Wald gehen und mir Teufelskirschen besorgen.«

Brians Gesichtsfarbe veränderte sich.

»Ihr wollt Arnulf töten? O Herrin, nehmt nicht solche Sünde auf Euer Gewissen. Lasst mich es für Euch tun, dass Ihr vor der ewigen Verdammnis verschont bleibt.«

Sie musste sich das Lachen verbeißen. Der kleine Brian wollte sie nicht nur in diesem Leben vor Schaden bewahren – nein, er war sogar bereit, für sie in der Hölle zu schmoren.

»Unsinn, Brian«, sagte sie lächelnd. »Ich will Arnulf nicht töten. Ich will ihn nur betäuben, damit er mich heute Nacht in Ruhe lässt und ich aus der Feste fliehen kann.«

Brian atmete auf, beruhigt war er keineswegs. »Ich werde in Eurer Nähe sein, um Euch beizustehen«, sagte er entschlossen. »Und dann werde ich Pferde für unsere Flucht bereithalten. Neidhardt ist ganz sicher hier in der Feste – er wird uns helfen.«

Aber Mechthild schüttelte energisch den Kopf.

»Lass Neidhardt aus dem Spiel, der ist viel zu ungeschickt und wird uns noch aus Versehen verraten. Tu einfach, was ich dir gesagt habe, Brian.«

Gehorsam senkte der Mönch den Kopf. Mechthild hatte ungeduldig nach draußen gelauscht. Waren das schon wieder Fastradas Schritte auf der Treppe? Oder war es nur einer der Turmwächter, der hinaufstieg, um seinen Genossen dort oben abzulösen?

»Der zweite Auftrag ist sehr viel schwieriger und gefährlicher«, sagte sie rasch. »Du wirst in dieser Nacht in den Kerker schleichen und den Wikinger befreien.«

Brian fuhr zusammen. Er glaubte, sich verhört zu haben.

»Das ... das verlangt Ihr nicht im Ernst, Herrin«, stammelte er.

»In vollstem Ernst, Brian. Ich will nicht, dass Arnulf ihn tötet, das hat er nicht verdient. Du wirst ihn losschneiden und ihm zur Flucht verhelfen.«

Brian taumelte und spürte plötzlich wieder heftige Schmerzen in der Brust. Er stöhnte leise.

»Das kann ich nicht tun, Herrin. Verlangt von mir, was Ihr wollt, mein Leben, meine Seligkeit – alles will ich für Euch hingeben. Aber ich werde diesen Heiden nicht seiner gerechten Strafe entziehen.«

Wütend herrschte sie ihn an: »Hast du mir nicht eben noch versichert, dass du alles für mich tun willst, was nur immer in deiner Macht steht?«

»Aber Herrin – was Ihr verlangt, ist ganz und gar unmöglich«, jammerte er verzweifelt. »Er ist ein Heide, ein Räuber und Mörder. Er hat unsere Klöster geschändet und ...«

»Ich weiß selbst sehr gut, wer er ist«, fuhr sie ihn wütend an. »Und ich befehle dir, ihn zu befreien, Brian.«

Der Mönch zitterte am ganzen Leib, nie zuvor hatte er gewagt, Mechthild einen Wunsch zu versagen.

»Ich kann es nicht, Herrin«, sagte er entschlossen, wenn auch mit bebender Stimme. »Vergebt mir.«

Ärgerlich und enttäuscht wandte sie sich ab. Dann hörte sie jedoch, wie Fastrada draußen vor der Eingangstür einen hölzernen Eimer abstellte, und zischte ihm noch wütend zu: »Dann erfülle wenigstens meinen ersten Auftrag. Oder willst du das jetzt auch nicht mehr?«

»Ich bringe Euch, was Ihr verlangt habt, Herrin«, gab Brian zurück und verneigte sich tief vor ihr.

Er drückte sich scheu an der eintretenden Fastrada vorbei und eilte die Treppe hinunter. Es würde bei diesem Getümmel draußen nicht schwer sein, ungesehen aus der Feste in den Wald zu gelangen. Es achtete ohnehin niemand auf ihn.

Mechthild stand an einer der schmalen, mit Pergament verklebten Fensternischen und schlug vor Zorn die Faust auf den Stein der Mauerbrüstung. Dieser starrsinnige, kleine Kerl!

Sie würde es selbst tun müssen. Aber vielleicht war es ja besser so.

※

Arnulf war es gelungen, die aufdringlichen Krieger des Erzbischofs vorerst zufrieden zu stellen. Man würde ihnen noch heute gebratenes Fleisch, Gerste und Gemüse zur Siegesfeier vor die Tore der Festung bringen, dazu Wein und Bier in genügender Menge. Für den morgigen Tag kündigte er ein besonderes Fest an – Ragnar, der Wikinger, solle um sein Leben kämpfen, mutige Krieger seien aufgefordert, gegen ihn anzutreten. Doch der Anführer der erzbischöflichen

Truppen bereitete ihm Ärger, denn er verlangte zusätzlich dreihundert Pfund Silber und erbeutete Waffen, Rüstungen, Schmuck und Geräte für seine Krieger.

Man hatte mehrere Feuer auf dem Burghof entzündet, Rauch und Bratenduft erfüllten die Luft. Das Fleisch wurde an langen Spießen gedreht, große Kessel, gefüllt mit Wasser und Getreide, brodelten auf dem Feuer, die Mägde rührten schwitzend mit langen Holzstangen darin herum, umringt von Kindern, die die Feuer mit Holz versorgten. Die Krieger des Grafen sahen ihnen missmutig dabei zu. Es war der Wintervorrat, der an die Fremden verteilt wurde, wer weiß, ob genügend zurückbleiben würde, um später in der Feste alle ausreichend zu versorgen.

Mechthild hatte die niedrige Tür zum Söller geöffnet und stand nun auf dem schmalen, von hölzernen Säulen abgestützten Altan, der den Turm von allen Seiten umgab. Ihre Hoffnung, sich in der Nacht durch einen kühnen Sprung von hier herunter zu retten, erwies sich als aussichtslos. Wer von hier aus sprang, der konnte nur mit zerbrochenen Gliedern im Burghof gefunden werden.

Ungeduldig suchte sie in dem Menschengewimmel zu ihren Füßen nach Brian. Warum brauchte er so lange? Sorgenvoll dachte sie darüber nach, dass die Teufelskirschen im Spätherbst schon von den Vögeln abgefressen sein könnten.

Sie hatte Fastrada befohlen, Wasser, Wein und Honig herbeizuschaffen, und war erleichtert, als sie mit einem großen Korb zurückkehrte, in dem sich neben Gläsern und Bechern auch verschiedene Schalen mit Fleisch, Gemüse und Gerstenbrei fanden. Mechthild machte sich erst einmal hungrig über die Speisen her. Eine der kleinen Schalen ließ sie unauffällig in einer Truhe verschwinden – sie würde sie später zur Herstellung des Giftes benötigen. Wenn doch Brian endlich käme!

Ungeduldig lief sie wieder auf den Söller hinaus. Es dämmerte bereits – immer noch war der kleine Mönch nicht zu entdecken. Die Knechte hatten inzwischen die Speisen und eine neue Ladung Wein zum Tor hinausgetragen, wo die Krieger aus Rouen lagerten. Im Schein eines Feuers konnte sie sehen, wie die Männer die Knochen abnagten und den Wein in sich hineinschütteten, weithin schallten die Stimmen der Zecher, die den Grafen Arnulf und den Bischof von Rouen ein ums andere Mal hochleben ließen.

Unten im Burghof waren die Feuer inzwischen fast verglommen, die Burgbewohner saßen in kleinen Grüppchen beisammen und verzehrten das, was sie von der Mahlzeit übrig behalten hatten. Trotz des Weines war die Stimmung eher gedämpft – man würde heilfroh sein, wenn die hilfreichen Helden endlich wieder nach Rouen abgezogen waren. Mechthild entdeckte Neidhardt, der ein wenig abseits beim Gesindehaus hockte und gemächlich seinen Wein trank. An seiner Seite saß zu ihrer Überraschung – Fastrada. Die beiden schienen in ein langes Gespräch vertieft, und die Art, wie sie miteinander umgingen, zeigte, dass sie recht vertraut miteinander waren.

Fast hätte sie jetzt Brian übersehen, der in diesem Augenblick an den Wächtern vorbei durch das Tor der Feste ging und den Turm ansteuerte. Endlich – es war höchste Zeit!

Brian hatte gut zehn der kleinen, schwarzen Beeren gesammelt und in seinem Ärmel verborgen. Sie waren überreif, der purpurfarbige Saft, den Mechthild aus ihnen in die kleine Schale presste, war dickflüssig und roch angenehm süß. Sie riss eines der Leinenhemden auseinander und drückte den Saft durch den Stoff, um die kleinen Kerne herauszufiltern. Giftmischer waren Feiglinge, ihr Vater hatte solches Tun zutiefst verabscheut. Sie hatte Arnulf oft den Tod gewünscht, doch ihn auf solche Weise hinterhältig zu morden, das würde sie nicht zustande bringen. Er sollte nicht zu viel von diesem Saft schlucken. Gerade so viel, dass er einschlief.

»Er wird es an der Farbe erkennen«, meinte Brian, der ihr angstvoll zusah.

»Ich mische es ihm ja nicht gleich in den Wein – erst nachdem er schon einige Becher getrunken hat.«

»Wenn er sich Euch nähert, oder Euch gar berührt, töte ich ihn.«

Mechthild zog lange Fäden aus dem Leinenstoff und legte sie in die Schale mit dem gefilterten Saft. Langsam sogen die Fäden die dicke, purpurfarbige Flüssigkeit auf. Mechthild half mit dem Finger nach, tunkte die Fäden immer wieder ein und verging fast vor Ungeduld. Wenn Arnulf jetzt auf die Idee kam, in den Rittersaal zu kommen, war alles verloren.

»Rede keinen Unsinn, Brian«, sagte sie nervös. »Geh lieber vor die Tür und sieh nach, ob jemand die Treppe hinaufkommt.«

Vorsichtig schüttete sie die vollgesogenen Fäden auf ein Tuch und band es zu einem kleinen Beutel. Er färbte sich sofort violett, der Saft tropfte jedoch nicht heraus. Sie schob den langen, weiten Ärmel hoch und befestigte den Beutel mit einem Stoffstreifen an ihrem Arm. Dann wischte sie die kleine Schale sorgfältig mit einem Stück Leinen sauber, zerbrach sie und legte sie zwischen die übrigen leeren Schüsseln in den Korb. Niemand sollte mehr daraus essen, denn das Gift war in den Ton eingedrungen.

Die Tür wurde geöffnet, doch es war nur Brian, der meldete, dass Fastrada die Treppe hinaufkäme. Rasch wickelte Mechthild die Reste des zerrissenen Hemdes zusammen und verbarg sie in einer Truhe unter den seidenen Gewändern.

Fastrada sah müde aus, ihre Miene war sorgenvoll, denn Neidhardt hatte ihr Vorwürfe gemacht und von ihr verlangt, dass sie sich unter seinen Schutz stellte.

»Hat die Herrin noch einen Auftrag für mich?«

»Nein. Du kannst dich schlafen legen.«

Fastrada nahm sich eine Decke und legte sich in einer Ecke des Saales auf den Fußboden. Unruhig wendete sie sich einige Male auf den harten Ziegeln hin und her, zog die Decke zurecht und schlief dann endlich ein.

Kurz darauf brachte Brian eine brennende Öllampe. Seine Lippen waren blass.

»Er kommt«, meldete er. »Er ist schon im Hof. O Herrin, ich werde …«

»Du wirst tun, was ich gesagt habe«, flüsterte sie zornig. »Hinaus mit dir.«

Es gelang Brian im letzten Moment, sich die Treppe hinauf in das Obergeschoss des Turmes zu flüchten. Dann vernahm man Arnulfs schwere Schritte im Eingang des Turmes, er fuhr zwei Knechte an, die sich dort zum Schlafen niedergelegt hatten, und stampfte die Treppe hinauf. Seine Laune war denkbar schlecht, denn man hatte das Silber nachgewogen und für zu wenig befunden. Der Anführer der Truppen hatte daraufhin gedroht, sich den Sold mit Gewalt zu nehmen, und Arnulf hatte weitere Zahlungen versprechen müssen.

Mechthild empfing ihn am Tisch sitzend, zwei Becher und eine Kanne Wein vor sich, die Öllampe verbreitete einen sanften rötlichen Schein, der sich in ihrem Gesicht widerspiegelte. Er stellte erfreut fest, dass sie tatsächlich eines der seidenen Gewänder angelegt hatte, nur dieser alberne Überwurf aus Leinen störte ihn, denn er verbarg ihre süßen Formen. Arnulf hatte zu dieser späten Stunde wenig Lust auf lange Geschichten – sie hatte ihren Kopf schon viel zu sehr durchgesetzt.

»Was sitzt du da noch?«, knurrte er. »Scher dich hinüber aufs Lager. Es ist Zeit, zu schlafen.«

Sie lächelte nachsichtig und legte dabei den Kopf ein

wenig schräg, um ihn aus ihren unergründlichen schönen Augen mit den grünfiedrigen Einsprengseln anzusehen.

»Ich bin nicht müde«, meinte sie. »Ich habe auf dich gewartet, um auf den Sieg der Franken über die Wikinger zu trinken.«

Er grunzte unwillig, denn er war momentan auf die siegreichen Franken nicht gut zu sprechen. Doch die selbstverständliche Geste, mit der sie jetzt Wein in die Becher goss und ihm einen Platz am Tisch neben ihr zuwies, verunsicherte ihn. Sie war keine Bauerndirne, sie war ihm ebenbürtig und das hatte seinen Reiz. Er beschloss, sich trotz der späten Stunde Zeit zu lassen und ihre Unterwerfung in vollen Zügen zu genießen.

»Du scheinst zu glauben, dass es hier zugeht wie am Hof deines Vaters«, meinte er und ließ sich auf einem Schemel neben ihr nieder. »Wir lesen hier keine Gedichte und gehen mit den Hühnern zu Bett.«

Sie lachte fröhlich auf.

»Dann trink wenigstens mit mir auf den morgigen Kampf. Es wird ein großer Tag sein.«

Er nahm sich einen der Becher und schnupperte misstrauisch daran, sie hatte den Wein mit Honig gesüßt, eine Gewohnheit, die er nicht besonders liebte.

»Du kannst es wohl nicht erwarten, deinen Wikinger sterben zu sehen«, meinte er grinsend und trank ihr zu.

Sie nahm ebenfalls einen Schluck und setzte den Becher dann ab. Gut so – er trank ohne Arg Wein mit ihr. Noch ein paar Becher und er würde die kleine Beigabe, die sie in seinen Wein mischen würde, nicht herausschmecken.

»Er ist ein Satan«, sagte sie mit gut gespieltem Abscheu. »Was er mir angetan hat, kann nicht einmal der Tod sühnen.«

Arnulf trank den Wein in langen Zügen, sah dabei auf ihr

dunkles Haar und die schimmernde, zarte Haut an ihrem Hals, und in seinem Kopf tauchten erregende Bilder auf.

»Was hat er denn getan, schöne Mechthild?«, wollte er wissen und goss sich neuen Wein ein.

Sie spürte, wie ihre Hände zuckten, denn sie hätte ihm jetzt gern den Inhalt ihres Bechers ins Gesicht geschüttet.

»Das ... das kann ich nicht sagen.«

Er verzog das Gesicht genüsslich. Es war ein nettes Spiel, mit dem er sie quälen konnte.

»Deinem künftigen Ehemann solltest du alles erzählen, Mechthild«, meinte er und schielte auf die silbernen Fibeln, die den Leinenüberwurf hielten. »Zier dich nicht, meine Schöne. Ich will es ganz genau wissen. Hat er dir deine Kleider zerrissen? Dich nackt vor ihm knien lassen? Dich mit seinen groben Händen bearbeitet? Sag mir, ob es dir Spaß gemacht hat!«

»Es hat mir keinen Spaß gemacht«, log Mechthild. »Es war das Schrecklichste, was ich je erlebt habe.«

Er kippte einen weiteren Becher hinunter und wischte sich den Mund mit dem Ärmel ab.

»Dann wirst du jetzt entzückt sein, meine schöne Braut. Ich bin kein Heide, ich liebe es feinsinnig. Zieh diesen Überwurf aus und tanze für mich.«

Er packte sie blitzschnell am Arm und riss ihr die Fibeln herunter, der Überwurf sank herab. Entsetzt spürte sie seinen Griff und fürchtete schon, er würde den kleinen Beutel an ihrem Arm entdecken. Doch er ließ sie wieder los und lehnte den Oberkörper zurück, um die Arme erwartungsvoll vor der Brust zu kreuzen.

»Tanze jetzt vor mir«, befahl er lauernd und goss neuen Wein ein. »Ich will sehen, ob du dein Brautgeld wert bist, schöne Mechthild.«

Sie erhob sich rasch, um aus seiner Reichweite zu gelangen, und überlegte fieberhaft, wie sie ihn für wenige Sekunden vom Tisch weglocken könnte. Sollte sie behaupten, vor der Tür Geräusche gehört zu haben?

Da kam ihr der Zufall zu Hilfe.

Fastrada war erwacht und bewegte sich auf ihrem Lager. Arnulf hatte nicht gewusst, dass noch jemand im Raum war, und hob die Lampe vom Tisch, um nachzusehen, was sich dort in der dunklen Ecke regte.

»Verdammte Hure!«, brüllte er, als er sie erkannte, und trat mit dem Fuß nach ihr. »Raus mit dir! Was hast du hier zu suchen?«

Mechthild hatte rasch den weiten Ärmel über seinen Becher gehalten und mit den Fingern zugleich kräftig den kleinen Beutel gepresst. Dicke Tropfen sanken in den Wein, einer, zwei, viele.

»Lass Fastrada in Ruhe«, schimpfte sie. »Sie schläft hier, weil sie mich bedienen soll.«

»Und ich sage, dass ich sie nicht brauchen kann«, tobte er und stieß die unglückliche Fastrada zur Tür hinaus.

Mechthild musste ihren Zorn unterdrücken. Ruhig setzte sie sich wieder an den Tisch und wartete, bis er zu ihr zurückgekehrt war. Jetzt war der Moment der Entscheidung gekommen.

»Trink«, sagte sie und hielt ihm den Becher hin. »Lass uns trinken, dann werde ich für dich tanzen.«

Er nahm den Becher aus ihrer Hand und trank in langen Zügen. Danach stierte er einen Moment vor sich hin und hob dann den Blick zu ihr. Seine Augen waren seltsam starr und fast schwarz.

»Tanze!«, sagte er heiser.

Sie erhob sich, unsicher, ob die Wirkung sofort oder später eintreten würde. Langsam ging sie durch den Raum, wiegte sich in den Hüften und stellte fest, dass er, anstatt gierig auf sie zu starren, nach dem Weinkrug griff. Er füllte sich den Becher und stürzte den Wein durstig hinunter.

»Wasser«, keuchte er. »Ich verdurste ...«

Sie hielt sich vorsichtig im Hintergrund und wartete ab. Arnulf setzte den Wasserkrug an die Lippen, hustete und spuckte das Wasser wieder aus. Er konnte nicht mehr schlucken.

»Was ... was hast du ... in den Wein getan?«

Entsetzt sah sie zu, wie er taumelnd vom Schemel aufstand, sich um sich selbst drehte und dann einen wilden Schrei ausstieß. Sein Gesicht war stark gerötet, die Augen weit geöffnet.

»Konrad!«, brüllte er. »Ich habe dich nicht verraten! Ich schwöre es!«

Er begann, durch den Raum zu schwanken, stieß die Schemel um und ruderte wild mit beiden Armen, als kämpfe er gegen unsichtbare Gegner. Dann versuchte er in einem wütenden Anfall, den Tisch aufzuheben, und sank plötzlich in sich zusammen, den schweren Holztisch mit sich umreißend.

Mechthild starrte auf den bewegungslos am Boden Liegenden und zitterte vor Angst. Sie hatte nicht gewusst, wie stark die Wirkung der Teufelskirsche sein würde. Hatte sie ihn jetzt vielleicht doch umgebracht?

Es war aber nicht die Zeit, lange darüber nachzusinnen. Sie riss sich den Giftbeutel vom Arm und warf ihn in den Ofen, legte sich über ihr Kleid ein Tuch um und öffnete vorsichtig die Tür. Niemand war auf der Treppe zu sehen – sie musste es wagen.

❦

Mit leisen Schritten schlich sie die Stufen des Turms hinunter, hielt an jeder Biegung inne, lauschte in die Dunkelheit und sah endlich schwachen rötlichen Lichtschein.

Rechts und links des Turmeingangs hatte man zwei Fackeln in eiserne Wandhülsen gesteckt, um den Eingangsbereich zu beleuchten. Von hier führte eine enge, steinerne Treppe hinab ins Turmverlies. Vorsichtig lugte sie um die Ecke der Treppenbiegung – im unteren Turmzimmer war es ruhig. Doch das leise Schnarchen bewies, dass dort einige Krieger lagerten, die jetzt Nachtruhe hielten. Die Treppe zum Verlies war unbewacht – wie merkwürdig! Nur draußen im Burghof ging hin und wieder ein Mann vorbei, der einen prüfenden Blick in den erleuchteten Turmeingang warf und dann seinen Wachgang fortsetzte.

Mechthilds Herz schlug wild und aufgeregt. Sie war darauf vorbereitet gewesen, die Wächter zu überlisten. Aber das Verlies wurde nicht bewacht. Warum nicht? Entweder hatte man Ragnar an einer anderen Stelle verwahrt, oder ... Sie wollte diesen Gedanken nicht zu Ende denken. Ragnar durfte nicht tot sein.

Sie stieg auf leisen Sohlen die Treppe bis in den kleinen Eingangsflur hinab und verbarg sich rasch hinter einem breiten Stützpfeiler. Von hier aus konnte sie auf die eisenbeschlagene Tür zum Verlies sehen. Der Fackelschein ließ auf ihrem dunklen Holz rote und gelbe Flämmchen tanzen, so als brenne hinter dieser Tür ein geisterhaftes Feuer.

Sie huschte über den Flur und stieg hastig die Stufen zur Tür hinab, dann begann sie langsam und sehr vorsichtig, den breiten, eisernen Riegel zurückzuschieben. Das verdammte Ding war schlecht geölt und gab immer wieder knarrende Geräusche von sich. Als sie ihn vollständig gelöst hatte, hielt sie einen Moment inne und lauschte. Nichts war zu hören außer dem Schnarchen der Männer und ihrem eigenen, wild klopfenden Herzen.

Sie zog an der schweren Holztür, voller Sorge, dass sie laut knarren oder knacken würde, doch nichts dergleichen geschah. Der Raum dahinter war fast völlig dunkel, nur ein winziges Fensterchen schimmerte hoch oben in mattrötlichem Licht, das vom immer noch glimmenden Feuer draußen auf dem Burghof stammte. Mechthild schlüpfte durch die halb geöffnete Tür und versuchte, etwas zu erkennen.

»Ragnar?«, flüsterte sie. »Ragnar – bist du hier?«

Keine Antwort. Keine Bewegung. Und doch spürte sie ganz sicher, dass sich jemand in diesem Raum befand. Ihr Fuß ertastete eine Stufe, doch sie zögerte.

»Ragnar?«, wisperte sie noch einmal, unschlüssig, ob sie es wagen sollte, in das Verlies hinabzusteigen, oder ob sie besser an der Tür stehen blieb.

Sie vernahm ein leises metallisches Rasseln, das nur von einer eisernen Kette herrühren konnte. Wer auch immer dort unten gefangen war – man hatte ihn in Ketten gelegt.

»Ich bin hier«, hörte sie da seine tiefe Stimme.

Er hatte leise gesprochen, doch es klang warm und voll, seine Verwundungen hatten ihm weder die Sinne geraubt noch schien er stark geschwächt zu sein. Sie spürte ungeheure Erleichterung und tastete sich die Stufen hinab in die Dunkelheit hinein.

»Wo bist du?«, fragte sie. »Ich kann dich nicht sehen, Ragnar. Bist du gefesselt?«

»Gehe drei Schritte geradeaus, Mechthild.«

Sie hörte die Kette leise rasseln und erkannte nun eine große Gestalt, die sich dicht vor ihr aufrichtete. Dann konnte sie seine hellen Augen schimmern sehen und hätte fast aufgeschluchzt vor Glück.

»Ragnar – ich bin so froh, dass ich dich gefunden habe«, hauchte sie. »Ich komme, um dich ...«

Zwei starke Fäuste umfassten ihre Oberarme, rissen ihren Körper nach vorn und drückten sie mit dem Rücken hart gegen die Mauer. Sie stieß vor Schreck einen leisen Schrei aus und spürte gleich darauf, wie eine Hand ihr den Mund verschloss.

»Verräterin«, zischte er, dicht an ihrem Gesicht. »Elende Frankenhure. Glaube nicht, dass ich noch einmal auf deine Lügen hereinfalle.«

Sie war vollkommen überrascht, begriff kaum, was mit ihr geschah. Mit raschem Griff fasste er ihre beiden Hände, schob sie hinter ihren Rücken und presste sie fest zusammen. Seine linke Hand lag noch immer auf ihrem Mund, so dass sie nicht einmal vor Schmerz aufstöhnen konnte.

»Betrogen hast du mich, Fränkin«, flüsterte er keuchend. »Dafür wirst du deinen Lohn bekommen. Dein Bräutigam wird keine Freude mehr an dir haben, schöne Mechthild.«

Sie versuchte, seine Hand abzuschütteln, um endlich sprechen und ihm seinen Irrtum erklären zu können. Das alles konnte nur Arnulfs Werk sein – dieser hinterhältige Verleumder hatte Ragnar Lügen erzählt. Doch der war nicht gewillt, sie reden zu lassen. Je mehr sie sich wehrte, desto fester und schmerzhafter wurde sein Griff. Schließlich gab sie es auf, blieb reglos und erschöpft stehen, während sie spürte, wie sein harter Körper sich gegen sie presste.

»Bete noch einmal zu deinem Christengott, Fränkin«, hörte sie ihn dicht an ihrem Ohr wispern. »Vielleicht wird er dich vor der Hölle bewahren. Vor der Hölle der Lügner und Verräter.«

Sie spürte seinen heißen Mund an ihrem bloßen Hals und sie regte sich nicht. Nur ihre Brust hob und senkte sich atemlos und ihre Pulse schienen zu fliegen. Ragnars Lippen waren trocken und fiebrig, sie spürte seine Zunge, die wie ein glühendes Eisen über ihre Haut kroch. Mit einem Ruck löste er seine Hand von ihrem Mund und griff ihr Haar im Nacken, bog ihren Kopf zurück und küsste ihren Mund mit wahnsinniger, unbändiger Gier. Sie hörte ihn leise stöhnen und schmeckte seine salzigen Lippen, spürte seine Arme, die sich jetzt um ihren Körper schlangen. Er presste sie an sich, als wolle er sie erdrücken, und schien doch selbst dabei unendliche Qualen zu leiden.

»Warum sollte ich zu dir in den Kerker gekommen sein, wenn ich eine Verräterin wäre«, flüsterte sie verzweifelt. »Ich liebe dich, Ragnar. Ich will dich befreien. Ich will, dass wir zusammen fliehen ...«

»Schweig!«, keuchte er und verschloss ihr den Mund, indem er sie wie ein Besinnungsloser küsste. »Schweig – du lügst mit jedem Wort.«

Seine Hände glitten über ihren Körper und nahmen ihn in Besitz, wie ein lange ersehntes, verlorenes Eigentum. Der dünne Seidenstoff ließ ihn jede der köstlichen Erhebungen spüren, er umschloss ihre Brüste mit beiden Händen, massierte ihren Bauch, legte beide Hände auf ihre Schenkel und sank langsam vor ihr auf die Knie.

»Ragnar – ich flehe dich an ... wir haben nur wenig Zeit ...«

Erschauernd spürte sie, wie er sie umfasste, seinen Kopf in ihren Schoß grub und die kleine Wölbung zwischen ihren Beinen durch den Stoff hindurch mit Küssen bedeckte. Jede seiner heißen, zärtlichen Berührungen schien ihren Körper wie eine Flamme zu durchzucken und sie verlor alle Beherrschung.

»Ragnar ... Liebster ... bitte nicht ... nicht jetzt ...«

Sie griff mit den Händen in sein Haar, streichelte seine Wangen, wollte zu ihm herabsinken und ihn umschlingen. Doch abrupt richtete er sich wieder vor ihr auf, packte ihre Handgelenke mit hartem Griff und stieß sie zurück.

»Geh«, keuchte er heiser. »Geh und rette dich, Mechthild. Rasch, weil ich sonst nicht mehr weiß, was ich tue.«

»Ragnar, bitte ...«, schluchzte sie verzweifelt.

Da spürte sie, wie seine harten Hände sich um ihren Hals legten und ihn so fest umschlossen, dass sie Mühe hatte zu atmen.

»Ich wünschte, ich hätte dich nie gesehen, Verräterin«, flüsterte er. »Geh endlich oder ich töte dich.«

Schritte hallten plötzlich auf dem Ziegelboden des Eingangs und sie wandte erschrocken den Kopf. Auch Ragnar hatte die Geräusche gehört, er nahm die Hände von ihrem Hals und stieß sie von sich. Mechthild stolperte voran, blieb ratlos stehen und wandte sich wieder zu ihm um. Ihre Augen waren jetzt genügend an den dämmrigen Raum gewöhnt, so dass sie seine Gestalt genau erfassen konnte. Er stand vornübergebeugt, beide Arme gegen die Mauer gestützt, als halte er sie dort noch fest, sie konnte im Halbschatten die Anspannung der breiten Schultern erkennen. Dann, als er den Fuß bewegte, erblickte sie daran die eiserne Kette, die zur Wand führte. O Himmel – man hatte ihn angeschmiedet!

Hilflos sah sie ihn an – dann begriff sie, dass die Geräusche oben im Eingang von den Frauen herrührten, die frisches Brunnenwasser in den Wohnturm trugen. Gleich würde man drüben im Gesindehaus das Feuer neu entzünden, Männer liefen über den Hof, um sich irgendwo in einer Ecke zu erleichtern, Mägde sahen nach dem Vieh und schleppten Futtereimer. Schon bald würde das erste Morgenlicht hereinbrechen, und der Schutz, den die Nacht bot, war dahin.

Es war zu spät. Sie würde ihn nicht mehr retten können.

Tiefe Verzweiflung erfasste sie. Sie hatte alle ihre Hoffnungen auf diese Nacht gesetzt und nun war alles zerstört. Hastig stieg sie die Stufen hinauf und sah sich im Turmeingang um. Die Frauen hatten ihre Eimer abgestellt und waren wieder hinausgelaufen, dafür regte es sich jetzt im Turmzimmer des Erdgeschosses, denn die Schläfer waren erwacht. Eilig zog sie die Tür des Kerkers hinter sich zu und verriegelte sie. Dann huschte sie die Treppe hinauf und stand mit wild klopfendem Herzen vor der Pforte des Rittersaales. Sie war nur angelehnt.

Was war hier inzwischen geschehen?

Langsam ging sie einige Schritte in den Raum hinein und hockte sich dann neben der Tür an die Wand. Es war dunkel im Saal, denn die kleinen, mit Pergament verschlossenen Fensterchen ließen das schwache Morgengrauen noch nicht hindurchschimmern. Bewegungslos saß sie, grübelte verzweifelt darüber nach, wie sie Ragnar trotz allem noch retten könnte. Erst nach einer Weile erhellte der Morgenschein den Raum ein wenig, und sie konnte sehen, dass der große Tisch immer noch umgestürzt lag, die Scherben von Kannen und Bechern waren ringsum auf dem Boden verteilt. Von Arnulf keine Spur.

Konnte er davongegangen sein? Aber dann hätte er vermutlich Lärm geschlagen und nach ihr suchen lassen. Oder würde er Stillschweigen bewahren, um die Hochzeit nicht zu gefährden, und sie später mit gewohnter Grausamkeit strafen?

Sie stieg über die Scherben und lugte hinter die hölzerne Trennwand, wo sich Arnulfs Lager befand. Deutlich konnte sie die Umrisse zweier Schläfer unter den Fellen ausmachen. Der eine war Arnulf, das erkannte sie an seinen hellen Schuhen aus weichem Kalbsleder. Er lag auf dem Rücken, das Gesicht war noch gerötet und seine Brust hob und senkte sich regelmäßig. Neben ihm lag eine Frau mit langem schwarzem Haar, ein bloßer Fuß und eine nackte Schulter waren alles, was von ihrem Körper sichtbar war.

»Fastrada?«

Sie erwachte und glitt unter dem Fell hervor. Erschrocken erkannte sie ihre Herrin und versuchte, sich mit einem Zipfel des Felles zu bedecken.

»Herrin, ich konnte nichts tun. Er hat mich gezwungen ...«, flehte sie verzweifelt. »Wie ein wildes Tier ist er über mich gekommen ...«

Jetzt erkannte Mechthild auch eines ihrer Seidenkleider,

das direkt vor ihr auf dem Boden lag. Jemand hatte es in zwei Teile gerissen.

»Es ist gut, Fastrada«, gab Mechthild leise zurück. »Ich bin nicht zornig. Nur eines musst du mir versprechen: Du erzählst niemandem davon!«

Fastrada nickte gehorsam. Sie begriff den Sinn dieses Gebotes – für die Braut musste dies alles sehr peinlich sein.

»Nicht einmal Arnulf!«

Auch jetzt nickte Fastrada willig. Allerdings war ihr der Sinn dieses Befehls verschlossen. Nicht einmal Arnulf? Aber der wusste es doch sowieso.

Mechthild ließ ihn schlafen und befahl Fastrada, ihr das Frühmahl zu bringen. Sie hatte wieder Hoffnung geschöpft.

Vielleicht hatte sie ja Glück und Arnulf hatte im Rausch gar nicht bemerkt, mit wem er die Nacht verbracht hatte?

※

Ragnar starrte auf das winzige Fensterchen seines Kerkers, durch das jetzt ein mattes, bläuliches Morgenlicht einfiel. Stimmen und Geräusche drangen zu ihm hinunter, die Nacht war vorüber, auf der Burg regte sich das Leben. Bald würden seine Henker erscheinen, um ihn auf den Hof zu schleppen, wo Arnulf ohne Zweifel dem schimpflichen Tod seines Feindes voller Genuss beiwohnen würde.

Er hatte sich auf den Boden gesetzt und den Rücken an die Mauer gelehnt. Warum, beim Thor, war sie zu ihm gekommen? Sie war eine Verräterin, sie hatte für Arnulf gearbeitet und würde in Kürze sogar dessen Frau werden. Sie hatte strengste Bestrafung für ihn, Ragnar, gefordert. Was hatte sie dazu getrieben, in dieser Nacht zu ihm zu kommen?

Er fluchte leise vor sich hin. So verführerisch war ihr Körper unter seinen Händen gewesen, so willig war sie ihm erschienen – wer konnte aus dieser Hexe klug werden?

Hammerschläge klangen vom Hof her zu ihm hinunter. Man trieb Nägel in hölzerne Stäbe hinein – das konnte nur bedeuten, dass sein Galgen gezimmert wurde. Langsam richtete er sich auf, zog die Stofffetzen fester um seine Wunde am Oberschenkel und reckte die Glieder. Er würde nicht unvorbereitet sein, wenn man ihn von dieser Kette losschmiedete, um ihn zum Galgen zu führen. Der kurze Weg vom Kerker bis zum Hof würde darüber entscheiden, ob er sein Leben rettete oder beim Versuch, zu fliehen, der Übermacht der Feinde erlag.

Man ließ ihn lange warten. Die Hammerschläge wollten nicht aufhören, der Geruch von Gerste und gebratenem Fleisch schlich sich in den Kerker, draußen auf dem Hof schien sich allerlei Volk zu versammeln. Hatte Arnulf vor, die Hinrichtung seines Feindes mit einem Fest zu feiern? Wenn Arnulf die Krieger aus Rouen in seinen Burghof eingeladen hatte, war die Chance, zu entkommen, winzig klein.

Dann, endlich, hörte er harte Fußtritte vor der Kerkertür, der eiserne Riegel wurde beiseitegeschoben und ein blonder Mann trat ein. Er war hochgewachsen und breit gebaut, trug ein langes Schwert an der Seite, doch wirkte er nicht wie ein Krieger. Hinter ihm folgte eine Schar von Knechten, die Stricke und Knüppel mit sich führten.

»Graf Arnulf will dir eine besondere Gnade erweisen, Wikinger«, sagte Neidhardt feierlich. »Aus Anlass der bevorstehenden Hochzeit und auf besonderen Wunsch der jungen Braut wirst du heute vor allen Kriegern und Frauen um dein Leben kämpfen.«

Ragnar runzelte ungläubig die Stirn. Auf Wunsch der Braut? War das eine neue Bosheit, die sie sich ausgedacht hatte? So wie er Arnulf einschätzte, konnte von einem ehrlichen Kampf sicher keine Rede sein.

»Bist du bereit, dich dem Kampf zu stellen, Wikinger?«

Ragnar überlegte nicht lange. Es war eine Falle – aber es war die einzige Chance, die ihm blieb.

»Ein Wikinger ist immer bereit für den Kampf«, sagte er mit unbeweglicher Miene. »Schmiedet mich los und gebt mir meine Waffen.«

Neidhardt winkte dem kleinen Schmied, der sich zögernd und mit ängstlicher Miene zwischen den Knechten hindurchschob.

»Aber haltet den Kerl fest«, verlangte er, während er Hammer und eiserne Keile aus seinem Lederbeutel packte. »Vier Mann an jeder Seite – sonst rühre ich keinen Finger.«

Mechthild hörte die hellen Hammerschläge bis in den Rittersaal hinauf, und sie wusste, was unten im Kerker geschah. Jeder der Schläge ging ihr durch Mark und Bein. Es würde weder den Schmied noch Arnulf kümmern, wenn Ragnars Fuß durch einen der Hammerschläge zerschmettert würde.

Arnulf hatte sich am Morgen vom Lager erhoben und den Rittersaal verlassen, ohne ein einziges Wort an sie zu richten. Sein Schritt war fest gewesen, wenn auch etwas schwer, aber es war offensichtlich, dass er den berauschenden Trunk gut verkraftet hatte. Was auch immer in seiner Erinnerung an den gestrigen Abend geblieben war – er würde ihr ab jetzt mit tiefstem Misstrauen begegnen, wenn er nicht noch Schlimmeres im Schilde führte. Mechthild verfluchte in Gedanken ihre allzu edle Gesinnung. Ihr Vater hatte alle Giftmischer verachtet – aber er hatte seine Gegner mit dem Schwert herausfordern können. Sie war nur eine Frau – warum hatte sie Arnulf nicht die ganze Dosis verabreicht, anstatt ihm nur einige Tropfen in den Wein zu mischen? Sie hätte Ragnar damit das Leben gerettet und sich selbst eine Menge erspart. Aber nun war es dafür zu spät.

Fastrada hatte ihr geholfen, eines ihrer schönsten Seidenkleider anzulegen, dazu einen Überwurf aus rot gefärbter Wolle und zierliche Schuhe aus dünnem Leder, die mit silbernen Schnallen verziert waren. Man habe ein Podest vor dem Wohnturm errichtet, schwatzte sie, während sie Mechthild den ledernen, goldverzierten Gürtel um die Taille band. Bunte Tücher und grüne Zweige habe man auf die Bretter ausgebreitet und zwei Stühle mit Lehnen daraufgestellt. Von diesem Thron aus würde Mechthild an der Seite ihres Bräutigams dem Kampf beiwohnen.

Auch das noch, dachte Mechthild entsetzt, während Fastrada ihr langes Haar bearbeitete und bunte Bänder hineinflocht. Neben Arnulf zu sitzen war schon schlimm genug. Aber als glückliche Braut allen Blicken ausgeliefert zu sein, während Ragnar vor ihren Augen um sein Leben kämpfte – das würde ein ungeheures Maß an Selbstbeherrschung erfordern.

Arnulf kam nicht selbst, um sie abzuholen, er schickte Brian zu ihr. Der kleine Mönch sah blass und übernächtigt aus, er verbeugte sich fast bis auf den Boden vor seiner Herrin und bat mit leiser Stimme um Vergebung. Welches Vergehen Mechthild ihm verzeihen sollte, sagte er nicht, denn Fastrada war immer noch im Rittersaal.

»Gehen wir«, sagte Mechthild kurz angebunden. Sie winkte Fastrada, ihr zu folgen, und stieg, ohne weiter auf den Mönch zu achten, die Treppen hinab. Brian war einen Augenblick wie versteinert, dann ging er still und verzweifelt hinter den beiden Frauen her. Sie hasste ihn, mehr noch – sie verachtete ihn.

Der weite Hof war voller Menschen, denn auch aus den umliegenden Dörfern kamen neugierige Bauern und Mägde. Die Krieger des Erzbischofs hatten sich an Fleisch und Wein gütlich getan, hie und da gesellte sich eine der Mägde zu ihnen, um mit ihnen zu scherzen, denn man wusste, dass die tapferen Befreier inzwischen von Arnulf ihren Sold erhalten hatten. Arnulfs Leute lagerten in der Nähe des Gesindehauses und betrachteten die fremden Krieger mit finsteren Gesichtern.

Man hatte in der Mitte des Hofs einen freien Raum geschaffen und mit hölzernen Gattern von den Zuschauern abgetrennt. Bisher rangelten dort nur einige halbwüchsige Knaben miteinander und versuchten unter dem Beifall der lachenden Knechte und dem zornigen Gebell der Hunde, einander in den Staub zu werfen. Als der scharfe Ton einer Glocke erklang, trieb man die Buben davon und die allgemeine Aufmerksamkeit richtete sich auf den Wohnturm. Dort war Arnulf erschienen, der nun seine junge Braut feierlich auf das geschmückte Podest führte und sich dann an ihrer Seite niederließ.

Leises Gemurmel erhob sich unter den Kriegern des Erzbischofs, während man die schöne, junge Braut mit neugierigen Blicken musterte. Konrads Tochter war ja ein wahres Juwel! Wie jammerschade, dass ein Kerl wie Arnulf sie heiraten würde, sie hätte ohne Zweifel einen besseren verdient.

Während Arnulf sich nun erhob, um die Bedingungen des Kampfes anzukündigen, betrachtete Mechthild voller Bitterkeit die Reihen der fremden Krieger. Dies also waren die Herren aus Rouen, auf deren Hilfe sie einmal gehofft hatte. Es waren kräftige, im Kampf erprobte Männer in guter Rüstung: Warum zum Teufel war es ihr nicht rechtzeitig gelungen, mit ihnen gemeinsam gegen Arnulf zu reiten?

Es war müßig, darüber nachzudenken. Stattdessen hörte sie zu, wie Arnulf großspurig erklärte, der Wikinger habe drei Gegner zu besiegen. Gelänge ihm dies, so sei ihm das

Leben geschenkt. Fiele er jedoch bei diesem Kampf, so würden auch alle übrigen gefangenen Wikinger hingerichtet.

Wieder erklang die kleine Glocke, deren schriller Ton Mechthild schmerzte. Aus dem Kerker wurde der gefangene Wikinger in den Kreis geführt und aller Augen richteten sich auf den bärtigen Hünen. Mechthild spürte Arnulfs prüfenden Blick auf ihrem Gesicht und ihre Züge versteinerten. Niemand durfte bemerken, wie sehr Ragnars Anblick sie in Aufruhr versetzte. Welches Glück sie empfand, ihn zu sehen! Welche unendliche Furcht sie hatte, ihn heute für immer zu verlieren!

Der Wikinger betrat den Kreis, in dem sich sein Schicksal entscheiden sollte, mit langsamen Schritten und vorgeneigtem Oberkörper. Mechthild stellte voller Schrecken fest, dass er das rechte Bein nachzog. Ein Verband war um den Oberschenkel geschlungen – er war also doch verwundet. Gleich darauf jedoch bemerkte sie, dass seine hellen Augen den Kreis der Zuschauer überflogen und für einen kleinen Moment an ihr hängen blieben. Es war ein Blick voller Hass und Verachtung, der ihr bis ins Innerste drang. Er würde in dem Glauben sterben, sie sei eine Verräterin.

Leises Gemurmel hatte sich unter den Zuschauern erhoben. Die Krieger und Knechte schätzten den Kämpfer mit fachkundigen Bemerkungen ein – er war kräftig, aber immerhin durch seine Verwundung behindert. Doch da er um sein Leben kämpfen sollte, würde es ganz sicher spannend werden.

Der erste Gegner war ein junger Krieger aus den Reihen der Kämpfer aus Rouen, ein mittelgroßer, kräftiger Kerl mit breiten Rückenmuskeln und stämmigen Beinen. Man hatte auf den Sieg über den Wikinger einen Helm mit silbernem Besatz ausgesetzt, und der junge Mann war entschlossen, dieses kostbare Stück zu gewinnen. Selbstbewusst trat er in den Kreis, legte sein Wams und das Leinenhemd ab und stand mit dem langen Schwert in den Händen zum Kampf bereit.

Mechthild war froh, dass sie jetzt wenigstens ihre Aufregung zeigen durfte, denn alles starrte wie gebannt in den Kreis, wo die beiden Gegner langsam und vorsichtig aufeinander zugingen. Man hatte Ragnar sein eigenes Schwert gegeben, das kurze Schwert der Wikinger, das zwar handlicher war und auch als Stichwaffe dienen konnte, jedoch zugleich eine geringere Reichweite hatte.

Der Kampf begann überraschend mit einem heftigen Angriff des Franken, der mit erhobenem Schwert auf seinen Gegner eindrang. Doch Ragnar wich dem Schlag durch einen raschen Sprung aus, und sein kurzes Schwert bohrte sich in den Oberschenkel des Franken, der zu Boden stürzte und sich nicht mehr erheben konnte.

Überraschung machte sich breit. Der Wikinger hatte alle getäuscht, denn seine Verletzung behinderte seine Beweglichkeit keineswegs. Breitbeinig stand Ragnar auf dem Platz und sah zu, wie zwei Knechte den besiegten Franken davontrugen.

»Der erste hat versagt«, rief Ragnar in die Runde. »Schick mir den zweiten Kämpfer, Arnulf. Es wird ihm nicht besser ergehen!«

Mechthild kämpfte tapfer gegen den Impuls, vor Freude aufzuspringen und zu jubeln. Während ihr Herz vor Begeisterung hüpfte, machte sie ein düsteres Gesicht und stieß einen leisen Fluch aus.

»Dieser Teufel hat uns glauben lassen, er sei verwundet«, schimpfte sie. »Jetzt muss der nächste Kämpfer die Scharte des ersten auswetzen.«

Arnulfs Züge waren vor Ärger dunkelrot, er hatte die geballten Fäuste auf die Knie gestützt und schien langsam zu begreifen, dass er ein Narr gewesen war, auf Mechthilds Vorschlag einzugehen.

»Lass den nächsten Kämpfer antreten«, brüllte er und winkte seinen Knechten.

Ein wohl dreißigjähriger Franke trat in den Kreis. Mechthild sah ihm sofort an, dass er kein junger Draufgänger, sondern ein kluger, seinen Gegner nüchtern einschätzender Krieger war, und ihre Sorge um Ragnar wuchs erneut. Dieses Mal konnte er niemanden mehr täuschen, sein Gegner würde mit Ragnars Beweglichkeit rechnen.

Oh, wie sie diese verdammte Glocke hasste! Schrill und gellend verkündete sie einen neuen Waffengang.

Der Franke setzte auf Geduld – langsam umkreiste er seinen Gegner, das lange Schwert in beiden Händen, unablässig wartend, dass Ragnar einen Angriff starten und sich damit eine Blöße geben würde. Mechthild konnte die Spannung kaum ertragen. Ihre Blicke wanderten unstet hin und her, erfassten plötzlich Brian, der auf einem Hackklotz saß und vor sich hin starrte, wanderten weiter zum Gesindehaus, wo sie einen Moment lag auf Neidhardt und Fastrada verweilten. Dann erklang ein vielstimmiger Schrei, die gaffenden Zuschauer sprangen auf und drängten sich um die Kreismitte, die Mägde kreischten laut, die Knechte brüllten.

»Was ist geschehen?«, fragte sie Arnulf, den es ebenso vom Sitz gerissen hatte.

Er wandte den Kopf, und seine kleinen, dunklen Augen blitzten sie so drohend an, dass sie Furcht bekam. Gleichzeitig stellte sie fest, dass seine Pupillen immer noch leicht vergrößert waren.

»Das hast du gewusst, du dreckige Hure!«, fuhr er sie an.

Ragnar hatte seinen Gegner mit einem einzigen blitzschnellen Angriff zu Fall gebracht und kampfunfähig gemacht. Als die aufgeregten Zuschauer von einigen Knechten zurückgedrängt worden waren, sah man Ragnar hoch aufgerichtet in der Kreismitte stehen, seine Feinde mit höhnischen Blicken messend.

»Deine Krieger werden mich nicht besiegen, Arnulf«, rief er laut in die Runde. »Es ist Zeit, dass du selbst ihnen zeigst, wie ein Franke gegen einen Wikinger bestehen kann. Komm von deinem Thron herab und tritt gegen mich an!«

Mechthild gelang es nur mit Mühe, Bestürzung zu mimen, während sie Ragnar für diese Worte am liebsten um den Hals gefallen wäre. Wie mutig und gewandt er kämpfte! Wie schlau er seine Chance nutzte! Wenn er Arnulf jetzt noch im Kampf tötete, wären sie von allen Sorgen befreit.

Doch Arnulf war weit davon entfernt, so viel aufs Spiel zu setzen. Er wusste nur zu gut, dass er bei diesem Kampf nicht siegen konnte, und zog seinen verborgenen Trumpf aus dem Ärmel.

»Ich habe andere Pläne«, gab er ruhig zurück und begegnete dem unzufriedenen Gemurmel der Zuschauer mit Gleichmut.

»Feigling«, erklang es in den Reihen der Krieger. »Hasenfuß. Lässt andere antreten und bleibt selber vor Angst schlotternd hinterm Ofen hocken.«

»Ein viel besserer Gegner wartet auf dich, Ragnar«, rief Arnulf hämisch. »Einer, der dir gut gefallen wird – ich bin sicher, ihr beide werdet euch mögen.«

Er gab seinen Knechten einen Wink und aus einem Nebengebäude wurde ein junger Mann durch die Menge der Zuschauer geführt. Mechthild sah sein rötliches Haar in der Sonne aufblitzen, und noch bevor er im Kreis vor Ragnar stand, wusste sie, welchen Kämpfer der perfide Arnulf ausgewählt hatte. Ein Wikinger sollte den Wikinger töten.

Knut, der junge Aufrührer, war nur wenig kleiner als Ragnar, er trug ein ledernes Wams, das seine breiten, tätowierten Armmuskeln sehen ließ. Arnulf hatte ihm Leben und Freiheit versprochen, wenn er Ragnar besiegen könne. Knut war ohne Zögern auf den Handel eingegangen, denn er hasste Ragnar seit langem.

Mechthild sah die Verblüffung und den Zorn in Ragnars Zügen und wusste recht gut, was in ihm vorging. Es war schimpflich, hier vor den fränkischen Feinden einen Wikinger zu töten, um sich die Freiheit zu erkämpfen. Ein hasserfüllter Blick aus Ragnars hellen Augen traf sie, und sie begriff voller Schrecken, dass er sie für diese hinterhältige Idee verantwortlich machte. Oh, warum konnte sie jetzt nicht von diesem Podest springen und zu ihm laufen? Ihm sagen, dass sie auf seiner Seite war, dass sie die ganze Zeit über um sein Leben gebangt und gekämpft hatte?

Man reichte Knut ein Schwert, und die widerliche Glocke verkündete schrill den Beginn des Kampfes. Mechthild krallte die Finger in ihren roten Überwurf, was würde Ragnar tun? Würde er tatsächlich versuchen, seinen jungen Landsmann zu töten? Ein vielstimmiger Aufschrei erklang – Ragnar hatte sein Schwert von sich geworfen und erwartete den Gegner mit bloßen Händen.

Knut stieß einen Schrei aus, der dem zornigen Gebrüll eines jungen Stieres glich. Was er Ragnar zurief, konnte keiner der Franken verstehen, doch auch Knut warf jetzt die Waffe weg und stürzte sich mit erhobenen Fäusten auf seinen Gegner. Als die beiden aufeinanderprallten, gingen sie gemeinsam zu Boden und ein gewaltiges, zähes Ringen begann. Mal hatte Knut die Oberhand und drückte seinen Gegner in den Staub, dann entwand sich Ragnar mit gewandter, kraftvoller Bewegung und fiel über den Jüngeren her. Mechthild wollte das Herz stehen bleiben, denn Ragnar schien immer wieder zu unterliegen. Wollte er Knut schonen? Ihm einfach nur eine Tracht Prügel verabreichen, wie es der ältere Bruder mit dem jüngeren tut?

Ärgerliche Stimmen und sogar Gelächter wurden laut. Das war kein Kampf, sondern eine Prügelei – wer wollte das sehen? Mechthild hörte voller Vergnügen, dass die fränkischen Krieger leise über Arnulf lästerten: Was für ein Feigling! Wagt es nicht, sich zum Kampf zu stellen, und bietet uns dafür dieses alberne Schauspiel. Lauter Beifall erscholl, als Ragnar seinem Gegner eine handfeste Ohrfeige verpasste, die ihn zu Boden warf. Knut versuchte noch einmal, sich zu erheben, taumelte jedoch zurück und blieb vor Ragnar liegen.

Der Lärm der Zuschauer hatte sich jetzt zu einem wilden Tumult gesteigert. Die einen lachten und johlten, die anderen schimpften lauthals und wollten den Burghof verlassen. Ein paar Knaben sahen den Moment gekommen, auch eine kleine Prügelei anzufangen, die von den Mägden jedoch gleich wieder unterbunden wurde.

Arnulf nutzte die Unruhe, um seine Lage zu retten.

»Bringt ihn wieder in den Kerker«, rief er den Knechten zu. »Nun macht schon – rasch!«

Entsetzt sah Mechthild, wie die Knechte ausschwärmten, um den Befehl des Grafen im allgemeinen Getümmel auszuführen. Wenn sie Ragnar jetzt wieder in den Kerker schleppten, war seine Chance vertan.

»Halt!«, rief sie, so laut sie konnte. »Der Wikinger hat seine Gegner besiegt. Er ist frei!«

Der Lärm war ohrenbetäubend, doch einige der Krieger aus Rouen hatten ihren Ruf gehört.

»Sie hat recht!«, rief ihr Anführer Arnulf zu. »Du hast versprochen, ihn freizugeben, wenn er drei Gegner besiegt. Nun steh zu deinem Wort, Graf.«

Mechthild spürte, dass Arnulf sie am liebsten erwürgt hätte, doch hier in aller Öffentlichkeit musste er den Schein wahren.

»Ich werde ihn morgen freisetzen«, verkündete er. »Steckt ihn jetzt wieder in den Kerker!«

Ragnar hatte die Lage mit raschem Blick erfasst. Der Streit konnte die einzige Chance sein, die ihm blieb. Sie war nicht groß, denn er war nach dem Kampf erschöpft, doch er musste es wagen. Er griff sein Schwert und eilte in Richtung des Burgtors davon.

»Haltet ihn!«

Der Ruf war unnötig, denn die fränkischen Krieger hatten sich bereits auf den Flüchtenden geworfen und ihn zu Boden gedrückt. Mechthild musste mit ansehen, wie man ihn über den Hof schleppte und zurück in den Kerker stieß.

Gleich darauf fasste Arnulf sie mit hartem Griff am Arm und riss sie von dem Podest herunter.

»Morgen wirst du meine Frau«, zischte er ihr zu, geifernd vor Wut. »Dann wirst du mich anders kennen lernen, Giftmischerin.«

Er übergab sie seinen Knechten, die sie die Treppe des Wohnturms hinaufstießen.

»Mit euren Köpfen haftet ihr dafür, dass sie bis morgen den Rittersaal nicht verlässt!«

Seine Stimme schnappte über vor Zorn, was ihr sehr lächerlich vorkam. Dann schlug die Tür hinter ihr zu, und die Lust, zu lachen, verging ihr. Sie war seine Gefangene.

❧

Brian hatte sich im Gesindehaus an die Feuerstelle gesetzt und starrte düster auf die glimmenden Holzscheite. Draußen auf dem Burghof lärmten die fremden Krieger, man füllte die Becher und Krüge mit frischem Bier, das die Mägde zur Feier des morgigen Hochzeitstages gebraut hatten, und redete laut und ungezwungen über die Ereignisse des Vormittags.

»Mit dem Schwert drauf zu und losgeschlagen«, grölte einer. »Bevor er sich auch nur bewegt hätte, wäre er schon dahin gewesen.«

Geringschätziges Gelächter folgte auf diese Behauptung.

»Großmaul! Der hätte dich umgelegt, bevor du nur das Schwert gehoben hättest.«

»Gisbert ist ein guter Mann – jetzt liegt er drüben und lässt seine Wunden pflegen.«

»Der Wikinger hat ihn überrascht«, wehrte sich der junge Angeber. »Ein zweites Mal würde er das nicht schaffen.«

»Es wird kein zweites Mal geben.«

Eine kleine Pause entstand, dann hörte man die ruhige Stimme eines älteren Kriegers.

»Verdammt, es fällt mir nicht leicht, das zu sagen: Ich glaube, dass es keinen unter uns gibt, der diesen Wikinger besiegen könnte. Es war feige und ehrlos von Arnulf, dass er ihm nicht die Freiheit gab, wie er es versprochen hat.«

Ein kurzes Schweigen folgte auf seine Worte, und Brian begriff, dass viele seine Meinung teilten.

»Er wird ihn hängen, sobald wir wieder im Lager sind – darauf kannst du Gift nehmen!«, sagte einer. »Was für ein Lump!«

»Heda, Dorthe, bring den Krug! Wir wollen auf deine Schönheit trinken!«, grölte der junge Kerl und schlug mit seinem Becher gegen die hölzerne Wand des Gesindehauses.

Das Gelächter brandete wieder auf und Brian spürte das Blut in seinen Schläfen. Sie hatte nur zu recht gehabt, seine schöne Herrin. Der Wikinger hatte es nicht verdient, bei Nacht und Nebel aufgehängt zu werden. Er hatte ehrenhaft gekämpft und Arnulf hatte ihn feige betrogen.

Viel schlimmer aber war für Brian, dass Mechthild ihm ganz offensichtlich zürnte. Wie kühl sie am Morgen zu ihm gewesen war, wie verachtungsvoll sie ihn angesehen hatte! Ja, sie zeigte ihm deutlich, was sie von ihm dachte: Er war ein Feigling.

Dabei musste sie doch wissen, dass er jederzeit bereit war, sein Leben für sie hinzugeben. Sogar seine Seligkeit hätte er für sie geopfert. Bei Gott, er hatte ihren Befehl nicht aus feiger Angst verweigert. Nein – Brian seufzte –, es war einzig und allein deshalb geschehen, weil der Wikinger die Nächte mit Brians geliebter Herrin in seinem Zelt verbracht hatte, während er selbst krank vor Sorge und Eifersucht in einem der Boote hocken musste.

War es nicht höchst edelmütig von seiner Herrin, diesem Mann zu vergeben und seine Befreiung zu erwirken? Wenn sie dem Wikinger verzeihen konnte, dann musste auch er, Brian, dazu in der Lage sein. Dies war der einzige Weg, Mechthilds Herz zurückzuerobern.

Erleichtert über diese Erkenntnis, hob er den Kopf und wäre dabei fast gegen den großen Bierkrug in der Hand der alten Grete gestoßen.

»Gebt Obacht, Euer Heiligkeit«, scherzte sie gutmütig. »Wär schade, das gute Bier zu verschütten. Stärkt Euch mit einem guten Trunk, solange die fremden Krieger draußen noch nicht alles weggesoffen haben.«

Sie drückte ihm den gefüllten Bierkrug in die Hand und lief davon, um die durstigen Zecher auf dem Hof zu versorgen. Brian stemmte den schweren Krug und tauchte die Lippen in die braune Flüssigkeit. Er hatte den ganzen Tag über nichts zu sich genommen und trank durstig in langen Zügen. Sie hatte recht, die gute Frau, er musste sich stärken.

Ein leichter Schwindel befiel ihn, als er den Krug abstellte, doch er fühlte sich frisch und wohl, so als sei er eben gerade aus einem langen, schweren Schlaf erwacht. Er würde seiner Herrin beweisen, dass er kein Feigling war. Sein Körper war schwach, doch in seiner Brust schlummerte der Mut eines Löwen.

Seine Füße schienen Flügel zu haben, denn er spürte sie kaum, als er sich zwischen den Männern und Frauen im Gesindehaus hindurchdrängte und in den Hof trat. Es war

Abend geworden, zwei Knechte hatten einige Pferde zum Brunnen geführt, um sie zu tränken. Durch das weit offene Burgtor sah man den roten Sonnenball, der bereits die Wipfel der Eichen berührte und ihre Zweige rot färbte, als stünden sie in Flammen.

Brian trat in den Wohnturm, ohne dass jemand sich um ihn kümmerte. Der kleine Mönch in der halb zerrissenen Kutte war für viele höchstens ein Anlass für raue Spötteleien, Frömmigkeit oder Ehrfurcht vor einem Priester hatte auf Arnulfs Burg keinen Platz.

Unbeachtet ging er an den Knechten vorbei, die im Erdgeschoss vor der Treppe zum Verlies Wache hielten. Sie lagerten auf dem Boden, Becher und Krüge standen umher, dazwischen rollten die Würfel. Man spielte um einige Silbermünzen und behielt einander scharf im Auge, um jeden, der betrügen wollte, sofort zu erwischen.

Brian murmelte einige missbilligende Worte über die Verwerflichkeit des Würfelspiels, mit dem ehedem sogar um den Mantel Jesu Christi gespielt worden war, erntete aber nur höhnisches Grinsen und wegwerfende Handbewegungen.

»Pack dich, Mönchlein. Predige woanders«, knurrte einer.

»Kannst ja dem Wikinger drunten eine fromme Predigt halten«, witzelte einer.

Brian wandte sich ab, er war es gewohnt, verlacht zu werden, es berührte ihn nur noch wenig. Das untere Turmzimmer war menschenleer, nur einige Schwerter, die die Krieger hier abgestellt hatten, um unbeschwerter essen und trinken zu können, lagen auf den Seitenbänken. Brian suchte das schönste davon heraus, zog es aus der bemalten, hölzernen Scheide und verbarg es unter seinem Gewand.

»Öffnet mir die Tür zum Verlies«, forderte er dann von den überraschten Knechten. »Der Graf hat befohlen, dass ich dem Wikinger vor seinem Tod die christliche Botschaft verkünde.«

Man sah sich ungläubig an. War der Kerl etwa betrunken? Sein sonst so blasses Gesicht war recht rosig, auch schwankte er ein wenig und stand seltsam verkrümmt auf seinen dünnen Beinen.

»Du spinnst wohl«, knurrte einer der Knechte. »Der Wikinger verspeist so einen Hänfling wie dich quer zum Abendbrot. Hau ab, Mönchlein.«

Doch Brian ließ sich nicht aus der Ruhe bringen. Das lange Schwert unter seinem Gewand berührte kühl seine Haut und verlieh ihm Zuversicht.

»Macht schon – der Graf mag nicht, wenn seine Befehle missachtet werden.«

Sie zuckten die Schultern, rieben sich die Bärte, und schließlich meinte einer, dies könne eigentlich recht vergnüglich werden. Brian müsse sich nur nicht hinterher beschweren, wenn er als armer Krüppel wieder aus dem Loch kröche.

»Ich bin bereit, mein Leben für die Sache des Herrn zu geben«, versicherte der kleine Mönch.

Damit war es ihm ernst, das konnte jeder sehen. Man erhob sich, einer ging voraus, die Treppe hinab, schob vorsichtig den schweren, eisernen Riegel zurück und winkte Brian zu sich heran. Der hatte Mühe, beim Hinabsteigen nicht mit der Spitze des unter seinem Gewand verborgenen Schwertes an die steinernen Stufen zu stoßen.

»Hinein mit dir, Mönchlein«, flüsterte der Knecht grinsend und zog vorsichtig die Kerkertür auf. »Ich hoffe, deine Predigt ist gut – sonst ist es deine letzte gewesen.«

Brian schlüpfte durch den Türspalt und hörte, dass die Tür hinter ihm gleich wieder verschlossen und verriegelt wurde. Er blieb reglos stehen, um seine Augen an die Dämmerung zu gewöhnen.

Langsam tauchte die hohe Gestalt des Wikingers vor ihm auf. Ragnar stand links von ihm, unbeweglich, den Rücken an die Mauer gelehnt. Seine hellen Augen blickten aufmerksam wie ein Raubtier auf den Mönch.

»Ich bringe dir eine Waffe«, sagte er leise und zog das Schwert unter der Kutte hervor. »Führe sie gut und rette dich.«

Ragnar zeigte seine Überraschung mit keiner Miene. Langsam streckte er dem Mönch die Hand entgegen und legte die Finger um den Griff des Schwertes. Ein fränkisches Langschwert mit gut gearbeiteter Klinge – ohne Zweifel kam es aus Ulfberths Werkstatt. Er hob es an und wog es in der Hand. Es war ungewohnt schwer und scharf geschliffen – eine Waffe, die ihm den Weg in die Freiheit oder in Hels Reich weisen konnte.

»Warum tust du das?«

Brian schüttelte den Kopf. Die Dinge waren viel zu kompliziert, als dass er sie in einen kurzen Satz hätte fassen können. Stattdessen winkte er den Wikinger zur Tür.

»Ich werde jetzt rufen, damit sie die Tür öffnen. Gott sei mit dir, Ragnar.«

Er sah den Wikinger lächeln und staunte über dessen Kaltblütigkeit.

»Gott oder Odin – einer von beiden wird mir zur Seite stehen. Hab Dank, Freund.«

Brian schluckte den Ärger über die Antwort hinunter und tat, was er sich vorgenommen hatte.

»Hilfe!«, rief er mit jämmerlicher Stimme. »Helft mir hier heraus. Dieser Teufel will sich nicht bekehren lassen!«

Gelächter erklang, Tritte auf der steinernen Treppe, dann wurde der Riegel zurückgeschoben. Drei Knechte standen mit gezückten Schwertern bereit, den waffenlosen Gefangenen notfalls abzuwehren.

»Haben wir dir nicht gleich gesagt ...«

Brian sah das Licht der Lampen im Türspalt, sah die gezückten Schwerter der Knechte aufblitzen, dann schoss der Wikinger mit mächtigem Sprung an ihm vorbei und warf ihn dabei zu Boden. Metall stieß auf Metall, überraschte Rufe waren zu hören, ein Körper stürzte auf die Treppe, eine Waffe fiel klirrend auf die Steinstufen.

»Zu Hilfe! Der Wikinger ist davon!«

Brian rappelte sich auf, der Schrecken über den Lärm hatte ihn auf einen Schlag ernüchtert. Panik erfasste ihn. Was hatte er getan? Welcher Teufel hatte ihn geritten, solches Unheil anzurichten?

❧

Mechthild hatte den ganzen Nachmittag über vor sich hin gegrübelt. Sie war entschlossen, Hilfe bei dem Anführer der Truppen des Erzbischofs zu suchen. Irgendwie musste es ihr gelingen, aus diesem verfluchten Rittersaal zu entwischen und hinunter ins Truppenlager zu gelangen. Keine Kleinigkeit – aber sie würde es wagen. Die Krieger aus Rouen schätzten Arnulf nicht, das hatte sie deutlich bemerkt. Vielleicht waren sie ja bereit, für sie zu kämpfen, wenn sie ihnen die Schätze versprach, die Arnulf aus der steinernen Feste ihres Vaters geraubt hatte?

Sie hatte ein wollenes Gewand über das Seidenkleid gezogen, dazu feste Lederschuhe und leinene Strümpfe angelegt, die mit kreuzförmig gebundenen Riemen an den Waden befestigt wurden. Alle ihre ledernen Gürtel hatte sie zusammengebunden, um sie im Schutz der Nacht am Söller des Turms herabzulassen. Sie würde daran hinunterklettern – ganz gleich wie das ausging. Nur so konnte sie Ragnar vielleicht noch vor dem sicheren Tod retten.

Doch alles kam wieder einmal völlig anders als geplant.

Lärm erhob sich im unteren Turmgeschoss – Männer riefen um Hilfe, Schwerter klirrten. Mechthild stürzte auf den Söller hinaus und starrte in die Tiefe.

Nur noch wenige der fremden Krieger waren auf dem Burghof am Feuer geblieben, die meisten schliefen draußen im Lager. Jetzt eilte man aufgeregt herbei, Waffen wurden gezückt, Pferde, die an der Tränke standen, wieherten, die Hofhunde kläfften.

»Der Wikinger ist davon!«

Sie klammerte sich fest an die hölzerne Brüstung des Söllers. Er hatte sich befreien können. Ragnar lebte und er war frei!

»Lieber Gott, hilf ihm«, flüsterte sie und schlang die Finger ineinander.

Da wurde sie jäh von harter Faust gepackt und die Schneide eines scharfen Schwertes legte sich an ihren Hals.

»Rühr dich nicht, Fränkin«, hörte sie seine tiefe Stimme dicht hinter sich. »Wenn du leben willst, dann tu, was ich dir sage.«

Er fasste sie um die Taille und zog sie zum rückwärtigen Teil des Söllers, dort schwang er ihren Körper mit einer einzigen, kraftvollen Bewegung über die Brüstung.

»Halte dich an mir fest, wenn du nicht stürzen willst!«

Sie war vor Schrecken halb betäubt, doch sie klammerte sich an seinen sehnigen Rücken. Ragnar stieg, das Schwert zwischen den Zähnen haltend, gewandt wie eine Katze am Turm hinab, nutzte jeden kleinen Vorsprung im Holz, jedes Fensterchen, jeden Astknoten in den Balken. Mechthild schauderte, während sie an seinem Rücken festgekrallt über der Tiefe schwebte und sich bemühte, so unbeweglich wie möglich zu bleiben, um ihm die Kletterpartie zu erleichtern.

Er landete mit einem Sprung auf der Erde, wandte sich blitzschnell zu ihr und packte sie wieder mit festem Griff um die Taille.

»Du wirst mein Schild sein, Verräterin«, zischte er ihr zu. »Vorwärts. Drüben beim Brunnen stehen Pferde.«

Man hatte den entflohenen Wikinger voller Aufregung und mit aller Vorsicht auf dem Hof gesucht, niemand war auf die Idee gekommen, dass Ragnar am Turm emporklettern würde. Als er jetzt, Mechthild dicht vor sich herschiebend, auf dem Hof auftauchte, war die Verwirrung umso größer, denn niemand wagte ihn anzurühren aus Furcht, die Grafentochter dabei in Gefahr zu bringen.

»Schließt das Tor!«, hörte man Arnulfs wütende Stimme. »Zu den Waffen, ihr Memmen. Kümmert euch nicht um die Frau – stoßt zu!«

Ragnar hatte eines der Pferde am Halfter gepackt, und Mechthild, die wusste, dass jede Sekunde entscheiden konnte, schwang sich ohne seine Aufforderung auf den Rücken des Tieres. Kaum saß sie oben, so spürte sie, wie er mit einem raschen Sprung hinter ihr aufsaß, sie mit dem linken Arm umfasste und das Tier mit den Fersen anspornte.

Sie sprengten zwischen den sich schließenden Torflügeln hindurch, die Hufe des Pferdes donnerten über die hölzerne Zugbrücke, und sie ritten in die Nacht hinaus.

※

Ragnar trieb das Pferd unbarmherzig an und nutzte die Dunkelheit, um einen Vorsprung zu gewinnen. Immer noch hielt er seinen Arm fest um Mechthilds Taille geschlossen, nicht ahnend, dass sie alles tat, um die Flucht zu befördern. Ihr war himmelangst, denn obgleich Ragnars Wahl auf eine kräftige Stute gefallen war, so war doch abzusehen, dass das Tier von der Last zweier Reiter bald ermüdet sein würde. Hinter ihnen hörte man die Rufe der Verfolger, den metallischen Klang ihrer Waffen, das dumpfe Schlagen der Pferdehufe auf dem weichen Wiesenboden.

Pfeile zischten an ihnen vorüber, eine Lanze verfehlte Ragnars Rücken nur knapp. Mechthild beugte sich weit nach vorn, um Ragnar die Möglichkeit zu bieten, sich vor den anfliegenden Geschossen zu ducken. Während er sich über sie lehnte und seinen Körper dabei fest an sie presste, spürte sie, dass ein kleiner, harter Gegenstand sich schmerzhaft in ihren Rücken grub. Der Thorhammer. Trotz des gefahrvollen Rittes musste sie grinsen. Dass er dieses verdammte Heidenzeug immer noch um den Hals trug, schien ihr ein gutes Omen zu sein.

Da riss der dunkle Himmel auf und der Mond schob sich durch die Wolkendecke. Ragnar fluchte, denn nun waren sie für die Verfolger deutlich zu sehen. Er lenkte die Stute zum Wald hinüber, sie war schweißgebadet, Schaumfetzen hingen an ihrem Maul. Als sie in den Wald hineinritten, stolperte das ermüdete Tier, Zweige peitschten links und rechts auf sie ein, und Äste schlugen Mechthild ins Gesicht, so dass sie die Arme schützend vor sich halten musste.

»Runter!«

Der Wikinger riss sie vom Pferd, fasste sie mit festem Griff am Arm und schob sie vor sich her, ins Dickicht hinein. Mechthild spürte, wie ihr Gewand sich im Gezweig verfing, doch sie achtete nicht darauf, sondern kämpfte sich voran. Der Waldboden war feucht und schwankte unter ihnen, es roch nach moderndem Holz und nasser Erde – sie waren nicht weit vom Moor entfernt. Sie spürte jetzt, wie Ragnar sich an ihr vorbeischob, um vorauszugehen und vorsichtig den Boden zu erproben, gleichzeitig vernahmen sie die Rufe und Tritte ihrer Verfolger, die ihnen dicht auf den Fersen waren.

Dicke Stämme umgestürzter Baumriesen verschlossen ihnen plötzlich den Weg. Ragnar drückte Mechthild zu

Boden und zog sie in einen schmalen Spalt zwischen zwei der großen, modernden Hölzer. Kaum hatte sie dort Platz gefunden, schob er sich über sie und verschloss ihr den Mund mit der Hand.

Er ahnte immer noch nicht, dass sie nicht die Absicht hatte, zu schreien. Ihr Kleid sog sich durstig mit dem stinkenden, brackigen Sumpfwasser voll, und die Kühle zog ihr durch alle Glieder.

Die Stimmen ihrer Verfolger näherten sich – deutlich konnte sie Arnufs heisere, zornige Befehle und Flüche hören. Sie zitterte vor Kälte und Aufregung. Wie viele Franken konnte Ragnar besiegen, bevor er von der Übermacht der Feinde überwunden wurde? Zehn? Zwanzig? Wenn es Arnulf gelingen sollte, Ragnar zu besiegen, würde sie diesem elenden Betrüger höchstpersönlich die Augen auskratzen. Kampflos würde sie sich auf keinen Fall in seine Hände begeben. Ragnar sollte selbst erleben, auf wessen Seite sie stand.

Ein lautes Knacken erschreckte sie, Mechthild spürte, wie Ragnars Faust sich um den Griff des Schwertes schloss. Dann waren Geplätscher zu hören und schrille, jämmerliche Hilferufe. Ganz offensichtlich war jemand in eines der Sumpflöcher gestolpert und drohte nun dort zu versinken. Mechthild konnte dem Mann die Angst vor dem kalten Tod im Moor lebhaft nachfühlen, und sie hoffte inständig, dass man ihn finden und retten würde.

Dicht aneinandergedrängt lagen sie zwischen den fauligen Stämmen und warteten. Mechthild konnte nicht verhindern, dass sie immer wieder vor Kälte zitterte, denn inzwischen war ihr Kleid vollständig durchweicht. Ragnars Körper lastete schwer auf ihr und drückte sie zusätzlich in den morastigen Boden, seine linke Hand lag immer noch auf ihrem Mund. Wann würden sie endlich aus diesem elenden Dreckloch erlöst werden? Warum stürzte Arnulf nicht selber in den Sumpf? Er war der einzige Mensch, dem sie dies von Herzen gönnte.

Nur langsam zogen Arnulfs Krieger sich zurück, nachdem sie ihren Kameraden aus dem Morast befreit hatten. Ragnar verfügte über eine – so erschien es Mechthild – geradezu übermenschliche Geduld, er wartete ruhig ab, bis auch der letzte Franke die Suche aufgegeben und das Sumpfgelände verlassen hatte. Dann erst bewegte er sich, nahm die Hand von ihrem Mund und richtete sich langsam und vorsichtig auf.

»Tu, was ich sage, oder du bist des Todes«, zischte er ihr zu. »Geh voraus!«

Sie hatte Mühe, ihre steifen Glieder zu bewegen und sich aus dem Matsch zu ziehen. Langsam fand sie sein Misstrauen übertrieben – glaubte er wirklich, sie würde hier mitten im dunklen Wald, in klatschnassen Kleidern und schlotternd vor Kälte davonlaufen? Missmutig ließ sie sich von ihm vorwärtsschieben, stapfte mit nassen Schuhen über Wurzeln und fauliges Laubwerk, musste immer wieder anhalten, weil er gebieterisch ihren Mund verschloss und stehen blieb, um in den Wald hineinzulauschen.

Endlich vernahm sie das ferne Rauschen des Flusses und begriff, dass sie die ganze Zeit über im Schutz des Waldes flussabwärts gelaufen waren. Er wollte sich wohl irgendwo ein Fischerboot beschaffen und damit das Meer erreichen. Keine dumme Idee, daran hatte sie ebenfalls schon gedacht.

Sie blieben beide zur gleichen Zeit stehen, denn im Mondlicht war ein kleines Gehöft am Flussufer deutlich geworden. Ein ärmliches, halb zerfallenes Häuschen, daneben ein niedriger Stall, von Buschwerk halb überwachsen, das Ganze von einem Palisadenzaun eingefriedet, der Schutz gegen wilde Tiere bieten sollte. Am Ufer lag ein kleines Boot, flach und kiellos gearbeitet und ohne Segel, wie die Fischer es hier in der Gegend bauten.

Mechthild sah, wie Ragnar das Boot mit düsterem Blick einschätzte, und sie wusste, dass es keinen Vergleich zwischen diesem armseligen Kahn und den stolzen Wikingerschiffen gab, die Ragnar aus seiner Heimat kannte. Aber sie hatten keine Wahl.

»Keinen Laut«, flüsterte er und stieß sie so heftig zum Ufer hinüber, dass sie fast über einen dicken Findling gestürzt wäre.

Während Ragnar den Kahn in den Fluss schob, bellte ein Hund, der neben dem Stall geschlafen hatte, und Mechthild beeilte sich, einzusteigen. Ragnar stieß das Gefährt mit einer langen Stange vom Ufer ab, bis die Strömung es erfasst hatte, dann zog er die Stange ein und überließ das Boot den Wellen des Flusses, die dem Meer zuströmten.

Ein kühler Wind fegte über das Wasser, und Mechthild legte sich, vor Kälte bibbernd, auf den Schiffsboden, um wenigstens etwas geschützt zu sein. Dabei stellte sie fest, dass irgendwo ein Leck sein musste, denn es war Wasser eingedrungen. Trotzdem war es immer noch angenehmer, hier in der Feuchtigkeit zu liegen, als sich der kalten Brise auszusetzen.

Ragnar streckte sich neben ihr auf dem Rücken aus, verwahrte sein Schwert griffbereit am Bootsrand und hob nur hin und wieder den Kopf, um rechts und links die Ufer zu überwachen. Viel war nicht zu erkennen, denn der Mond wurde jetzt immer wieder von rasch vorübertreibenden Wolken verdeckt, so dass die Flusslandschaft nur ab und zu als dunkler Schattenriss auftauchte und gleich darauf wieder in der Nacht versank. Nur das Rauschen des dahineilenden Wassers, das Glucksen und Schwappen der Wellen gegen den Bootsrumpf und das Rufen der Nachtvögel begleiteten ihre Fahrt, und diese Geräusche gaben Mechthild trotz der eisigen Kälte ein Gefühl von Ruhe und Zuversicht. Ragnar war bei ihr, er lag heil und unversehrt neben ihr im Boot.

Was auch immer jetzt geschehen mochte, sie würde ihn nicht mehr von ihrer Seite lassen.

Vorsichtig blickte sie zu ihm hinüber, versuchte, seine Gesichtszüge zu erkennen. Er sah scheinbar gleichmütig zum schwarzen Himmel hinauf und würdigte sie keines Blickes.

»Ragnar, ich muss dir erklären ...«

»Schweig!«, fuhr er sie an.

»Aber ich ...«

Er wandte sich blitzschnell zur Seite und packte ihre Handgelenke so fest, dass sie aufschrie. Hätte er nicht fürchten müssen, das kleine Boot zum Kentern zu bringen, er hätte sie jetzt wütend hin- und hergeschüttelt.

»Kein Wort will ich hören, Frankenhure! Schweig oder ich töte dich!«

Sie ließ sich erschrocken zurückfallen und gab ihre Erklärungsversuche auf. Schweigend blieb sie neben ihm liegen, starrte ihrerseits in die Schwärze der über ihnen hängenden Wolken und ärgerte sich über ihn. Wie dumm musste einer sein, der seinem schlimmsten Feind mehr Glauben schenkte als der Frau, die ihn liebte? Wie konnte er nur Arnulfs Verleumdungen für bare Münze nehmen?

Wütend kniff sie die Lippen zusammen und zwang sich, keinen Blick zur Seite zu tun. Ohne Zweifel würde er jetzt ebenfalls in die Luft starren und so tun, als sei sie gar nicht da. Wieso hatte er sie überhaupt aus Arnulfs Feste entführt? Um hier neben ihr zu liegen und ihr den Mund zu verbieten?

Doch bald sank ihr Zorn wieder in sich zusammen, und sie spürte nur noch die Kälte der Nacht und die Trauer darüber, keinen Weg zu ihm zu finden. Vorsichtig wagte sie einen Blick hinüber – er lag immer noch starr und unbeweglich auf dem Rücken, die Augen halb geschlossen, nur seine Lider zitterten ein wenig. Sie konnte die Konturen seiner breiten

Armmuskeln erkennen, die Wölbung des Brustkorbes, die Form seines Oberschenkels, den er ein wenig angewinkelt hatte. Wie sehnte sie sich jetzt nach diesem warmen, pulsierenden Körper, wie schön wäre es, sich ganz dicht an ihn schmiegen zu dürfen und von seinen Armen umfangen zu werden! Doch sosehr sie ihn auch begehrte – sie hätte sich jetzt eher die Zunge abgebissen, als auch nur ein einziges Wort zu sagen oder ihn gar zu bitten. O nein – Konrads Tochter wusste ihre Sehnsüchte im Zaum zu halten.

Stattdessen spürte sie eine tiefe Müdigkeit, und sie überließ sich dem schwankenden Boot, das sie ins Reich der Träume hinübertrug. Kleine, glucksende Wellen schaukelten sie über ein weites, tiefblaues Meer, in dem glitzernde Eisberge wie riesige, durchsichtige Bergkristalle schwammen. Sie streckte die Hand aus, um eines dieser wundervollen Gebilde zu berühren, doch es glitt wie von Zauberhand unter die Wasseroberfläche und schwamm dort wie ein gewaltiger, schimmernder Edelstein. Dann tauchte es mit gewaltigem Getöse wieder aus der Flut auf und hob sie mit in die Höhe. Es wurde ihr schwindelig, sie rutschte an dem kalten Kristall hinab und stürzte ins eisblaue Meer...

Ein Schwall kalten Flusswassers schwappte über sie und brachte sie wieder in die Wirklichkeit zurück. Das Boot drehte sich um sich selbst und schaukelte bedenklich, ein mattgraues Morgenlicht beleuchtete eine scheinbar unendliche, aufgewühlte Wasserfläche, die sie von allen Seiten umgab. Von rechts hörte man das Tosen der Wellen, die gegen die Klippen geschleudert wurden, Sturmmöwen schwärmten dort drüben über der schäumenden Brandung. Undeutlich sah sie im diesigen Licht die dunklen Mauern des Klosters St. André.

»Ragnar! Wir sind an der Mündung. Wir treiben ins Meer!«

Er war ebenfalls eingeschlafen und fuhr jetzt erschrocken

hoch. Mit raschem Blick erfasste er die Lage – sie mussten das Ufer erreichen, das Meer war viel zu stürmisch, um sich ihm in dieser Nussschale anzuvertrauen.

Er erhob sich und maß die Entfernung zum linken Uferstrand. Es würde nicht leicht werden, aber es war zu schaffen.

»Zieh dieses Kleid aus!«, brüllte er ihr zu, gegen Wind und Wellen ankämpfend.

Sie wehrte sich verzweifelt, als er ihr das wollene Überkleid vom Körper zog. Dann riss er auch ihr seidenes Unterkleid von oben bis unten ein, stieß sie ins Wasser, band sich ihr Wollkleid als Gürtel um die Hüften, steckte das Schwert hinein und sprang ihr nach. Sie hatte behauptet, das Meer über alles zu lieben. Er hoffte sehr, dass sie auch schwimmen konnte.

※

»Wo ist dieser dreckige Mönch? Schleppt ihn herbei!«

Die Knechte standen mit schlotternden Gliedern vor ihrem wutschnaubenden Herrn – sie wussten, dass ihr Leben an einem seidenen Faden hing. Arnulf hatte schon aus weit geringerem Anlass grausame Strafen über sein Gesinde verhängt. Man wusste von Prügelstrafen, die die Opfer nicht überlebt hatten, von Folterungen, einige Unglückliche waren sogar mit gefesselten Gliedern im Moor versenkt worden.

»Und keiner von euch kam auf die Idee, unter seine Kutte zu greifen? Ihr elenden Dummköpfe! Wäre ein Weibsbild an seiner Stelle gekommen – da hättet ihr zugefasst, was?«

Einer der Beschuldigten wagte es, zu grinsen, und erhielt dafür einen Schlag ins Gesicht, so dass er rücklings zu Boden stürzte. Arnulf war nicht zum Spaßen aufgelegt. Die Geschichte war zu ernst. Vor allem musste er Konrads Tochter so schnell wie möglich wieder in seine Gewalt bringen und sie heiraten. Die Krieger aus Rouen würden bald wieder abziehen und dem Erzbischof sicher wenig Schmeichelhaftes über Arnulf berichten.

»Schleppt mir diesen Mönch herbei. Tot oder lebendig!«

Arnulf tobte seinen Zorn noch eine Weile an dem unschuldigen Gesinde aus, hetzte die Frauen umher, brüllte die Knechte an, die sich um die abgekämpften, schlammbedeckten Pferde der Krieger kümmern mussten. Dann stieg er die Treppe zum Rittersaal hinauf, wo Fastrada auf ihn wartete, voller Angst, weil sie in der vergangenen Nacht die Stelle ihrer Herrin eingenommen hatte. Dass er wie ein Wilder über sie hergefallen war, spielte dabei keine Rolle, denn er war betrunken gewesen. Ohne Zweifel würde er ihr die Schuld für alles geben.

Doch Arnulf beachtete Fastrada nicht mehr als eine Fliege an der Wand. Er warf den Mantel ab, der während der Verfolgungsjagd Risse und Flecke bekommen hatte, und ging auf den Söller hinaus, um zu sehen, ob man den Mönch endlich aufgetrieben hatte. Die Fackeln, die man in der Nacht entzündet hatte, brannten aus, während sich im Osten das erste schwache Morgenlicht über den Himmel ausbreitete. Im diffusen Zwielicht rannten die Knechte kopflos umher, schauten hinter den Büschen nach, drehten alle Fässer um und krochen unter das Podest, das – wie zum Hohn – immer noch auf dem Burghof aufgebaut war. Angewidert wandte Arnulf sich ab und setzte sich auf einen Hocker, um nachzudenken.

Wahrscheinlich hatte sich der schlaue Bruder beizeiten aus dem Staub gemacht. Schwer war es ihm im allgemeinen Getümmel nicht geworden, es hatte sowieso keiner auf ihn geachtet. Ganz sicher saß er jetzt irgendwo dort draußen im

Wald und lachte sich ins Fäustchen. Oder er hatte Unterschlupf in einem der Gehöfte gefunden, wo man glaubte, sich die ewige Seligkeit damit zu verdienen, einen Mönch vor dem Zorn des Grafen zu schützen. Arnulf schnaubte verärgert. Er hatte diesen Schwächling unterschätzt. Vermutlich hatte Brian die ganze Zeit über mit seiner Herrin zusammengearbeitet.

Der Gedanke an Mechthild ließ seine Wut wieder aufflammen. Er fuhr von seinem Sitz hoch und ging im Raum auf und ab wie ein gefangenes Tier. Er hatte geahnt, dass Konrads Tochter sich dagegen wehren würde, seine Frau zu werden, nicht aber, dass diese Hexe sich mit den Wikingern gegen ihn verbündet hatte. Doch anders konnte es gar nicht sein. Sie war es, die ihn zu diesem unglückseligen Wettkampf überredet hatte. Sie hatte dafür gesorgt, dass die Krieger aus Rouen Ragnars Freilassung von ihm forderten. Und zu allem Überfluss hatte sie ihm Gift in den Wein gemischt. Nur seiner eisernen Gesundheit war es zu verdanken, dass er noch lebte. Der Wikinger hatte Mechthild nicht gegen ihren Willen entführt – wer das glaubte, war ein Narr. Ragnar hatte seine Bündnispartnerin mitgenommen – wer weiß, was die beiden noch vorhatten!

Einen Moment lang ergab er sich der Eifersucht, denn er hatte genügend Fantasie, um sich Ragnar als Mechthilds Liebhaber vorstellen zu können. Diesem Wikinger gab sie also freiwillig ihren süßen, verführerischen Leib hin. Nun – wenn er sie erst wieder in seiner Macht hatte, würde er dafür sorgen, dass niemand mehr an den Reizen von Konrads Tochter Genuss finden würde.

Sie würde ihn heiraten müssen, seine Herrschaft damit legitimieren und ihm einen Erben gebären. Danach würde er dafür sorgen, dass sie für immer verschwand.

Er lehnte sich an die Wand und überflog den Raum mit

zusammengekniffenen Augen. Immer noch war sein Blick von ihrem Hexentrank leicht getrübt. Narrte ihn ein Spuk oder hockte die Teufelin dort in der Ecke des Rittersaales und starrte ihn an? Doch nein – es war nur Fastrada, die ihn voller Angst beobachtete und vermutlich darauf wartete, dass er ihr aufs Maul schlug.

»Komm her!«

Sie stand zögernd auf und näherte sich ihm mit langsamen Schritten. Wie sie die Hüften wiegte, die kleine Verführerin. Es war ihm zu Ohren gekommen, dass sie seit einiger Zeit einen Beschützer gefunden hatte – eine Tatsache, die seine Leidenschaft für seine Sklavin neu entfachte. Neidhardt sollte sich bloß nicht einbilden, ungestraft auf fremden Wiesen grasen zu dürfen.

»Was wünscht mein Herr?«

»Bring Neidhardt zu mir!«, forderte er, einer plötzlichen Eingebung folgend.

»Neidhardt?«

Sie war erschrocken. Dachte sie, er wolle Neidhardt für seine Beschützerrolle strafen? Ihre Sorge amüsierte ihn köstlich.

»Pack dich!«

Neidhardts Hosen waren noch voller Schlamm – er hatte nach der wilden Verfolgungsjagd im Gesindehaus nach Brian gesucht, natürlich in der Hoffnung, ihn nicht zu finden. Er mochte Brian, bewunderte ihn für seine Bildung, seine Fähigkeit, zu schreiben, und vor allem für seinen Mut. Der kleine Mönch war zum Glück entkommen – jetzt würde Arnulf dafür wohl ihn, Neidhardt, büßen lassen.

Doch Arnulf empfing ihn unerwartet freundlich, er geleitete ihn zu einem Hocker und befahl Fastrada, Wein und Speisen zu bringen.

»In diesen Zeiten der Not brauche ich tapfere Männer, die zu mir stehen«, sagte er und blickte Neidhardt aus kleinen, dunklen Augen durchdringend an. »Du bist mein Vasall und ich zähle auf dich, Neidhardt.«

Neidhardt senkte den Blick, denn er war nur ungern Arnulfs Vasall. Dennoch war es auf jeden Fall besser, Zustimmung zu äußern.

»Ich bin dir treu ergeben«, murmelte er. »Das weißt du.«

»Eben darum ließ ich dich kommen«, fuhr Arnulf fort und winkte Fastrada, den Wein einzugießen. »Die Wikinger haben viel Unheil über unser Land gebracht – deshalb ist es wichtig, dass ein starker Fürst das Land vereint und es gegen alle Feinde verteidigt.«

Neidhardt spürte Fastradas besorgten Blick und er tat ihm wohl. Andererseits war es ihm eigentlich nicht recht, dass sie diesem Gespräch beiwohnte, denn er ahnte, dass Arnulf sich wieder eine Demütigung für ihn ausgedacht hatte.

»Die Heirat zwischen mir und Konrads Tochter hätte die beiden Teile des Landes vereint und solch eine starke Herrschaft gegründet«, erzählte Arnulf weiter, während er den Becher ins Licht hielt, um seinen Inhalt zu prüfen. Man konnte nicht vorsichtig genug sein.

»Das ist wahr«, sagte Neidhardt, dieses Mal ohne lügen zu müssen, denn es war seine ehrliche Meinung. »Es ist schade, dass diese Heirat nicht zustande kam.«

Arnulf sah ihm scharf ins Gesicht, dann ging er geradewegs auf sein Ziel los.

»Leider hat der Wikinger Konrads Tochter entführt«, sagte er, und seine Miene zeigte Bekümmernis. »Deshalb benötige ich einen mutigen und klugen Mann, der mir meine Braut zurückbringt.«

Er hielt einen Moment inne und sah in Neidhardts Zügen offenes Staunen. Fastrada hielt die Kanne, aus der sie eben einschenken wollte, unbeweglich in der Luft.

»Ich denke, du wärest der rechte Mann dafür, Neidhardt«,

sagte Arnulf und lehnte sich auf seinem Hocker zurück. »Ich gebe dir den Auftrag, Konrads Tochter zu finden, sie dem Wikinger zu entreißen und hierher zu mir zu bringen.«

»Mir?«, stammelte Neidhardt und ließ den Becher sinken. »Ich weiß nicht, ob ich der richtige ...«

Arnulf schlug ihm jovial auf die Schulter, so dass Neidhardts Becher überschwappte und der Wein auf den Tisch tropfte.

»Du sollst es nicht umsonst getan haben, Vasall und Waffenbruder«, meinte Arnulf grinsend. »Wenn du deinen Auftrag zu meiner Zufriedenheit erfüllst, dann winkt dir reicher Lohn.«

Er fasste die erschrockene Fastrada um die Hüften und zog sie dicht an den Tisch heran. So dicht, dass ihr warmer Körper Neidhardts rechten Arm berührte. Voller Vergnügen stellte Arnulf fest, dass Neidhardt zusammenzuckte und errötete.

»Dies ist der Preis für deine Mühe«, rief er und strich Fastrada mit Besitzermiene über Bauch und Hüften. »Die schöne Sklavin Fastrada soll dir gehören, wenn ich mit dir zufrieden bin.«

Neidhardt war jetzt über und über rot geworden und brachte kein Wort heraus. Fastrada stand wie erstarrt und wusste nicht, ob sie sich Arnulf entziehen oder bei Neidhardt stehen bleiben sollte.

»Aber ... wie soll ich sie finden?«, brachte Neidhardt endlich hilflos heraus. »Woher soll ich wissen, wohin sie geflohen sind?«

»Dir wird schon etwas einfallen, Waffenbruder. Lass dir ein Pferd satteln und dich mit Waffen ausrüsten. Ich werde dir einige meiner besten Krieger mit auf die Fahrt geben. Ihr werdet heute noch aufbrechen.«

Neidhardt begriff, dass Arnulf im vollsten Ernst redete, und er erhob sich langsam und unsicher.

»Nun geht schon!«, sagte Arnulf gönnerhaft. »Nehmt Abschied voneinander. Je schmerzhafter der Abschied, desto froher das Wiedersehen.«

Zufrieden sah er den beiden nach, während sie den Rittersaal verließen. Es war ein guter Schachzug gewesen – wenn jemand Mechthilds Versteck finden würde, dann war es ihr Milchbruder Neidhardt, der sie von Kind an kannte. Man brauchte nur zwei Späher hinter ihm herzuschicken, die rechtzeitig Nachricht gaben, wenn das Vögelchen gefunden war. Denn Neidhardt war nicht der Mann, der den Wikinger besiegen würde.

Er hörte leises Geflüster auf der Treppe, dann das Geräusch eines Kusses. Boshaft lächelte er vor sich hin. Fastrada nahm Abschied von ihrem Geliebten. Wahrscheinlich würde sie ihn sogar warnen, denn sie war klüger als dieser einfältige, große Kerl. Doch er würde nicht auf sie hören. Arnulf stellte sich voller Vergnügen vor, wie Fastrada dem Mann, den sie liebte, ihren verführerischen Körper bot. Was für ein nettes Liebespaar die beiden doch waren. Und wie reizvoll es für ihn, Arnulf, sein würde, die trauernde Schönheit in dieser Nacht ganz ohne Kleider vor sich tanzen zu lassen und sie dann aufs Lager zu werfen. Auf einmal erschien ihm Fastrada wieder außerordentlich verlockend.

༺

Ragnar ließ Mechthild nicht aus den Augen, während er sich durch das aufgewühlte Wasser zur Küste hinüberkämpfte. Sie hielt sich gut, die schlanke Fränkin, sie schwamm wie ein junger Seehund, nutzte die Kraft der Wellenkämme, die dem Land zutrieben, und nur selten sah er sie für einen Moment unter das Wasser tauchen. Fast hatte er den Eindruck, dass sie rascher durch die Wellen glitt, als er selbst es vermochte. Doch als sie in Ufernähe kamen und der Sog sie wieder ins offene Meer hinausziehen wollte, merkte er, dass ihre Kräfte nachließen.

Er teilte das Wasser mit starken Armstößen und fasste sie bei ihrem langen Haar. Es tat ihr weh, sie paddelte herum und beschimpfte ihn zornig, doch reichte ihre Kraft nicht mehr aus, sich von ihm loszureißen.

Als sie den feinen Sand des Meeresbodens unter den Füßen spürten, ließ er sie los und sah zu, wie sie durch die Brandung zum Ufer hinstrebte. Er biss die Zähne zusammen und spürte heißen Zorn in sich aufsteigen. Bei Thor, sie war schön, diese fränkische Hexe, die ihn mit ihrem Liebesspiel betört hatte, während sie in Wirklichkeit Arnulfs Braut und Geliebte war. Wider Willen konnte er den Blick nicht von ihrem nackten Körper wenden, den hoch stehenden, runden Brüsten, den weich geschwungenen Hüften und dem aufreizend gewölbten Po, den das nasse Seidenkleid, das daran klebte, mehr enthüllte als verbarg. Trotz ihrer Erschöpfung bemerkte sie seinen Blick und versuchte, den triefenden dünnen Stoff besser um ihren bloßen Körper zu wickeln. Das machte die Sache keinesfalls besser.

Als sie trockenen Sand erreicht hatten, sank sie neben einem der braunen, unförmigen Felsbrocken zu Boden und kauerte sich zusammen. Er setzte sich in einigem Abstand nieder, beobachtete ihren heftigen Atem, versuchte, unter dem herabhängenden, nassen Haar etwas von ihrem Gesicht zu erkennen, und wartete geduldig, bis sie sich erholt hatte. Währenddessen band er sich das wollene Überkleid von den Hüften und versuchte, es auszuwringen. Es war keine leichte Aufgabe, denn er kannte sich in solchen Dingen nicht aus.

»Gib her!«, sagte sie plötzlich und streckte den Arm aus.

Er erhob sich und reichte es ihr. Doch sie drückte ihm einen Zipfel des Kleides wieder in die Hände.

»Halt fest.«

Sie drehte den Stoff in sich zusammen, so dass er bald einem Seil glich, und er begriff, dass man auf diese Art das Wasser aus dem Stoff pressen konnte. Als das Seil hart und fest war, löste sie es wieder auf und schüttelte das Kleid auseinander. Es war immer noch sehr nass, doch sie zog es über.

»Gehen wir«, sagte sie kurz angebunden.

Sie wussten beide, dass es nur einen einzigen Ort gab, an dem sie sich hier verbergen konnten. Zumindest vorläufig. Konrads zerstörte Feste lag wie ein unförmiger steinerner Koloss im blassen Morgenlicht, schwarz ragten die verkohlten Balken in den Himmel, der Wind wirbelte immer wieder kleine Aschewolken aus dem Inneren der Ruine auf und trug sie über das Meer davon.

Der Weg zur Feste war mühsam, denn der Wind blies ihnen mit Macht entgegen. Mechthilds nasses Kleid flatterte, sie hatte ihre Schuhe im Wasser verloren und musste mit bloßen Füßen durch Stranddisteln und dorniges Gebüsch laufen. Trotz seines Zorns verspürte er Mitleid mit ihr. Hätte sie ihn jetzt darum gebeten, er wäre bereit gewesen, sie auf seine Arme zu nehmen und sie zu tragen. Aber sie kämpfte sich schweigend und verbissen durch das Gestrüpp, würdigte ihn keines Blickes und schien entschlossen, eher mit blutenden Füßen an der Burg anzukommen, als ihn um Hilfe zu bitten.

Je näher sie der steinernen Festung kamen, desto mehr faszinierte ihn das mächtige Bauwerk. Ein tiefer Graben umschloss die Anlage, dahinter erhob sich die Mauer, aus hartem Granit – uneinnehmbar für jeden Feind. Welche Arbeit es gekostet haben mochte, diese Steinbrocken ineinanderzupassen und in dieser Höhe aufzuschichten. Welch ein harter Wille eines klugen Herrschers dahintergestanden hatte – Ragnar verspürte Bewunderung für Graf

Konrad. Diese Feste war ein genialer Wurf und hätte es verdient, nach seinem Plan vollendet zu werden.

Auch Mechthilds Blicke waren auf das hohe Bauwerk gerichtet. Mit schmalen Augen starrte sie auf das, was von dem hohen Bauwerk ihres Vaters geblieben war, und sie erinnerte sich schaudernd an den Tag, als sie in den verbrannten Trümmern stand, um zu erkennen, dass nichts von dem, was ihr ans Herz gewachsen war, die Feuersbrunst überlebt hatte. Dennoch schien dieser Ort der Zerstörung sie wie magisch anzuziehen, und sie schritt voran, wie von einer unbekannten Kraft dorthin getrieben.

Erst als sie die hölzerne Zugbrücke überquert hatten und vor der klaffenden Mauerlücke anlangten, die einstmals von schweren, eisenbeschlagenen Torflügeln verschlossen gewesen war, blieb Mechthild stehen. Nackt starrten ihnen die verkohlten Hölzer der Wohngebäude entgegen, der Regen hatte sie ausgewaschen, der Wind trug die lose Asche davon. Zwischen den schwarzen Trümmern war jetzt der steinerne Brunnen sichtbar, die hölzerne Ziehvorrichtung war verbrannt, doch der lederne Eimer war wie durch ein Wunder dem Feuer entkommen.

Ragnar ließ Mechthild am Eingang stehen, zog das Schwert aus dem Gürtel und machte vorsichtig die Runde in der Anlage. Es konnte sich hier leicht jemand verborgen halten, um aus dem Hinterhalt über sie herzufallen. Sorgsam untersuchte er alle Trümmer und Gebäudereste, schob die Balken beiseite und stach mit dem Schwert in die Asche. Die Feste war weitläufiger als jede andere Burg, die er bisher kennen gelernt hatte. Auch schien es tiefe Kellerräume zu geben, deren Zugänge jetzt allerdings verschuttet waren. Die Anlage gefiel ihm immer mehr.

Als er zurückkehrte, fand er Mechthild im Inneren des Wohnturms, der bis zur Höhe eines erwachsenen Mannes aus Stein gebaut war. Die darüberliegenden hölzernen Aufbauten waren verbrannt, die Reste in das steinerne Erdgeschoss hineingestürzt. Dort stand Konrads Tochter, schob Hölzer beiseite und zog halb verbrannte Gegenstände aus der Asche.

Es war nichts Großartiges, was sie dort fand – aber es waren immerhin Dinge, die man brauchen konnte. Ragnar musste wider Willen anerkennen, dass die schöne Fränkin alles andere als eine stolze, verwöhnte Grafentochter war. Sie war auch jetzt, in dieser elenden Lage, weit davon entfernt, zu jammern oder zu verzweifeln, sondern packte energisch zu wie eine Bäuerin. Er betrachtete die verbeulten Töpfe, die sie aus der Asche gezogen hatte, die verkohlten Teppiche und Stoffe, die Krüge und Becher, Eimer, Teller, ja sogar Messer und Beilklingen. Je tiefer sie sich in die Trümmer hinabarbeitete, desto besser waren die Gegenstände erhalten.

Schweigend machte er sich daran, ihr zu helfen, hob die schweren Hölzer auf und trug sie aus dem Turm, schleppte andere Balken herbei, die ihm von ihrer Länge her brauchbar erschienen, und begann, sie über die steinernen Grundmauern des Turms zu legen, um ein Dach zu errichten. Er versah eine der Beilklingen mit einem Stiel und zimmerte sich die Hölzer zurecht, vernietete sie miteinander, beschwerte das Dach mit Steinen, damit es dem Wind standhalten würde.

Sie sprachen kein einziges Wort miteinander, während sie Hand in Hand arbeiteten, jeder erriet die Absicht des anderen und unterstützte sie so gut wie möglich. Nur selten sahen sie einander an, und wenn es doch geschah, dann wandten beide die Augen rasch wieder ab. Ragnar spürte, wie sein Zorn mehr und mehr verging, und er musste sich immer wieder ins Gedächtnis rufen, dass sie Arnulf liebte und ihn, Ragnar, verraten hatte. Warum aber hatte sie bisher keinen einzigen Versuch gemacht, zu fliehen? Warum war sie stattdessen bemüht, in dem zerstörten Turm eine Wohnstätte einzurichten? Sie hatte aus Fell- und Stoffresten zwei Lager aufgebaut, eine Feuerstelle angelegt, den ledernen Eimer an einer Kette in den Brunnen gelassen und Wasser zutage gefördert.

Er schüttelte die Zweifel von sich ab und redete sich ein, ein Narr zu sein. Was blieb ihr denn anderes übrig, wenn sie nicht erfrieren wollte?

Dennoch lastete das Schweigen schwer auf ihm. Er würde bis zur Nacht warten und dann das Wort an sie richten. Auf schmeichelnde Reden und erlogene Erklärungen würde er nicht eingehen, sondern ihr klar und deutlich sagen, was er vorhatte, denn er war ihr Herr und sie hatte sich zu fügen.

Am späten Nachmittag war das provisorische Dach fertig und er verließ die Feste, die Axt am Gürtel, um sich im nahen Wald Bogen und Pfeile herzustellen. Er hatte einige Schnüre gefunden, härtete sie mit Baumharz und drehte sie zusammen. Der Bogen wurde kein Meisterstück, ebenso wenig die beiden Pfeile – aber um ein paar Kaninchen zu erlegen, würde es schon reichen.

Als die Sonne sank, legte er sich auf die Lauer, doch das Jagdglück war ihm nicht hold. Zweimal schoss er dicht an einem Tier vorbei, beim dritten Mal prallte der Pfeil auf einen Stein und zerbrach. Als es zu dunkel wurde, gab er missmutig auf und kehrte ohne Beute zurück.

Mechthild hatte ein Feuer gemacht, er roch den Rauch schon aus der Ferne und überlegte, wie sie es wohl angestellt hatte, die Hölzer zu entzünden. Es ärgerte ihn, mit leeren Händen zurückzukehren, denn sein Magen knurrte und Mechthild würde es ähnlich gehen. Morgen würde er sein Jagdglück mit einem besseren Bogen versuchen, und wenn er erst ein Schiff gezimmert hätte, würde die Not sowieso bald ein Ende haben.

Zu seiner Überraschung duftete es nach Gerstenbrei, als

er durch die Mauerlücke in die Festung ging. Sie musste in einem der verschütteten Vorratskeller noch einen Rest Lebensmittel gefunden haben. Nun – umso besser, so würden sie heute nicht hungern müssen. Obgleich es ihm nicht passte, dass sie es war, die ihn ernährte.

Mechthild hatte mit einigen Steinen einen Herd errichtet und einen Topf daraufgesetzt, aus dem die leckeren Düfte aufstiegen. Sie selbst hockte neben dem Feuer, das lange Haar im Nacken zusammengebunden, das Gesicht gerötet im Widerschein der Flammen. Er zwang sich, rasch beiseitezusehen, denn der Blick ihrer unergründlichen Augen mit den grünfiedrigen Einsprengseln verwirrte ihn. Es war eine Mischung aus Erleichterung und Zorn, die er nicht deuten konnte. War sie froh, dass er zurückkehrte? Oder hatte sie gehofft, ihm möge ein Unglück zustoßen, damit sie ihn für immer los war?

Hungrig aß er aus der Tonschale, die sie ihm reichte, und dachte dabei befriedigt, dass sie nun doch für ihn kochte. Genau so, wie er es einmal von ihr verlangt hatte. Sie würde sich auch weiterhin fügen müssen, die stolze Fränkin, Arnulfs Braut. Wenn sie ihn auch nicht liebte, so würde sie ihm doch gehören, denn er wusste wohl, dass er nicht von ihr lassen konnte.

Sie hatte sich auf eines der Lager verzogen, wo sie mit angewinkelten Beinen hockte und vor sich hin starrte. Er trank den Becher leer, den sie ihm bereitgestellt hatte, und schmeckte, dass sie dem Wasser etwas Wein beigemischt hatte. Anscheinend hatte sie einen gut gefüllten Vorratskeller geöffnet – morgen würde er sich darum kümmern.

Er trank langsam in kleinen Zügen und spürte die angenehme Wärme des Feuers. Immer wieder musste er hinübersehen, wo sie unbeweglich saß, die Arme um die angezogenen Knie geschlungen. Eine Strähne ihres seidigen Haares hatte sich gelöst und hing wie ein schmaler Schatten über ihre Wange, ihr Mund schimmerte tiefrot, er schien ihm weich und verlockend. Wieder fühlte er, wie sehr sie ihn in ihren Bann zog, und er musste sich gegen sein eigenes Begehren zur Wehr setzen. Dieses Mal würde er sich nicht von ihr verwirren lassen, mochte sie noch so schön und verführerisch vor ihm sitzen und die Erinnerung an ihre Gestalt heute früh am Strand ihn auch noch so erregen. Erst wenn sie sich ihm unterworfen hatte und keine Ränke mehr plante, würde er sie nehmen.

Ein langgezogener Ton riss ihn aus seinen Betrachtungen. Auch Mechthild hatte den Kopf gehoben und für einen Augenblick trafen sich ihre Augen. Der unheimliche Klang, der aus keiner menschlichen Kehle kam, sank in sich zusammen und verhallte, dafür stieg von anderer Stelle ein Heulen auf, ein dritter, hellerer Ton mischte sich ein. Wölfe schlichen um die Feste. Verflucht noch mal. Vermutlich würden sie auch Besuch von Luchsen und Bären erhalten. Morgen würde er einen Versuch machen, die Lücke in der Burgmauer mit Steinen und Hölzern zu verbarrikadieren. Für heute Nacht musste es reichen, wenn er den Eingang des Wohnturmes gut mit Brettern verschloss und das Feuer in Gang hielt.

Er schob ein paar Hölzer in die Flammen und machte sich am Eingang zu schaffen. Die Nacht würde unruhig werden, sie würden nur abwechselnd schlafen können, denn einer von ihnen musste ständig Wache halten. Er verkeilte das Holz sorgfältig und näherte sich dann Mechthild mit zögernden Schritten. Sie hatte sich in einen Stoff eingewickelt, der vermutlich einmal ein Wandbehang gewesen war, denn er konnte ein halb verbranntes gesticktes Bild darauf erkennen. Eine Bäuerin, die eine gebundene Garbe oder etwas Ähnliches in den Händen hielt. Trotz der Wärme, die das Feuer ausgestrahlt hatte, zitterte Mechthild am ganzen Körper.

»Hör zu«, sagte er leise. »Wir werden hier eine Weile bleiben müssen. Wenn du dich vernünftig benimmst, wird dir nichts geschehen. Wenn du jedoch ein falsches Spiel treibst und auf Verrat sinnst, geht es dir schlecht, das schwöre ich.«

Sie gab keine Antwort, sondern drehte sich auf die Seite. Immer noch zitterte sie heftig, und er konnte sich jetzt nicht mehr beherrschen, sondern kniete neben ihr nieder.

»Bekomme ich keine Antwort?«

»Lass mich in Ruhe.«

Er sah ratlos auf sie herab und stellte dabei fest, dass dieses Tuch tatsächlich kunstvoll gestickt war. Es musste ein prächtiger, großer Wandbehang gewesen sein, voller schöner Bilder, aus vielen bunten Fäden gearbeitet. Ein Tuch, das ganz sicher im Rittersaal ihres Vaters seinen Platz gehabt hatte. Dem Ort ihrer Kindheit, von dem nichts als schwarze Trümmer geblieben waren ...

Plötzlich brach die Erkenntnis in ihm auf.

Was war er für ein Tor! Wie konnte sie Arnulf lieben, der diese Feste und alles, was darin gewesen war, zerstört hatte? Sie hasste Arnulf – warum hätte sie sich sonst damals im Kloster vor ihm verborgen gehalten?

Er hob vorsichtig die Hand, um ihr Haar beiseitezustreichen, und fühlte erschrocken, dass ihre Wange vor Hitze glühte. Sie zitterte nicht vor Kälte – es waren Fieberschauer, die sie schüttelten.

Gegen Mitternacht war das Fieber so hoch gestiegen, dass sie fantasierte. Sie redete mit ihrem Vater, erzählte wirre Jagdgeschichten, dazwischen sprach sie Verse in einer Ragnar unbekannten Sprache und sang Lieder, über die sie schrecklich lachen musste. Ihr Atem ging rasch, und die fiebrig glänzenden Augen irrten in der kleinen, rauchigen Unterkunft umher, ohne etwas zu erfassen. Auch Ragnar erkannte sie nicht mehr.

Er flößte ihr Wasser ein, das sie zuerst begierig schluckte, dann aber lachte sie irr und wollte nur noch Wein trinken. Sie erklärte, vor Hitze verbrennen zu müssen, warf den Stoff des Wandbehangs von sich, zog den wollenen Umhang aus und wollte – nur mit dem dünnen Seidenstoff bekleidet – in die Nacht hinauslaufen. Ragnar musste sie mit Gewalt daran hindern, er trug sie auf ihr Lager zurück, hüllte sie in die Stoffe, legte sich neben sie und hielt sie fest, bis sie allen Widerstand aufgab.

Als das graue Morgenlicht durch den Eingang schien, lag sie kraftlos und immer noch fiebernd in seinen Armen. Ihre Augen waren halb geschlossen, die Lippen heiß und trocken.

Draußen heulte ein eisiger Nordwind, der winzige Schneeflöckchen mit sich trug. Er rüttelte am Dach der Unterkunft, fuhr durch die kleinsten Ritzen in den Raum hinein und wirbelte die Asche der Feuerstätte auf.

❦

Die kleine Klosterkirche von St. André war voller Menschen. Männer in braunen Bauernkitteln und halblangen Hosen aus Wolle; Frauen, die sich gegen die Kälte in Tücher gewickelt hatten; Kinder mit frostroten Gesichtern und weiten Augen, in denen sich die Lichter der beiden Altarkerzen spiegelten – alle knieten am Boden, um die Messe zu hören. Brian, der Priestermönch, den die Wikinger fortgeschleppt hatten, war heil und gesund zurückgekehrt.

Die Nachricht hatte sich in aller Eile herumgesprochen, man hatte Nachbarn und Verwandte benachrichtigt und von einem Wunder Gottes geredet, denn es war bekannt, dass die Wikinger jeden Priester erschlugen, dessen sie habhaft werden konnten.

Brian war verwirrt und überwältigt von der Menge der andächtigen Kirchenbesucher und hatte Mühe, die lateinischen Texte zu sprechen, ohne sich dabei zu verhaspeln. Verdiente er solche Achtung? In seinem Inneren kämpften Reue und Zorn über die Geschehnisse auf Arnulfs Feste. Am schlimmsten jedoch war die Verzweiflung darüber, dass er unabsichtlich die Entführung seiner Herrin verschuldet hatte. Sie war wieder in der Gewalt des Wikingers, und Gott allein wusste, was in diesem Augenblick mit ihr geschah. Brian sprach die lateinischen Worte mit salbungsvoller Stimme, ohne sich bewusst zu sein, was er redete, während die Bauern an seinen Lippen hingen und ihnen der weiße Kältehauch aus seinem Mund wie die Offenbarung des Heiligen Geistes erschien.

Die Nonnen knieten abgesondert von den übrigen Kirchenbesuchern in der Apsis hinter dem Altar, Mutter Ariana mitten unter ihnen. Die Äbtissin schien während der vergangenen Wochen noch kleiner geworden zu sein, ihr blasses, faltiges Gesicht verschwand fast völlig unter dem Schleier, den sie doch schon so eng wie möglich gesteckt hatte. Nur ihre Augen hatten noch den gleichen klugen, durchdringenden Ausdruck, und wenn sie sprach, war ihre Stimme kräftiger, als man es ihrem schwachen Körper zugetraut hätte. Während Brian die Messe las, wanderten ihre Blicke über die Schar der Bauern und Knechte im Kirchenschiff, und manchmal glitt ganz kurz ein schwaches Lächeln über ihr Gesicht. Brian hatte ihr noch in der Nacht seiner Ankunft eine lange und verworrene Beichte abgelegt, und Mutter Ariana hatte in seinen verwickelten Berichten die Bestätigung dessen gefunden, was ihre Visionen ihr schon vor längerer Zeit offenbart hatten. Es waren unglaubliche Dinge, die sich ihr da in fantastischen Traumbildern, manchmal sogar mitten am Tag, auftaten – aber Mutter Ariana war fest davon überzeugt, dass diese Geschehnisse tatsächlich eintreten würden. Auch der arme Brian würde sich damit abfinden müssen.

Der Priestermönch hatte die Messe zu Ende gelesen und hob die Arme, um den Gläubigen seinen Segen zu spenden, doch plötzlich wurden seine Augen groß und starr und die Segensworte blieben ihm im Halse stecken. Die dicht zusammengedrängt am Boden knienden Menschen wandten die Köpfe, denn hinter ihnen war die Tür der Kirche geöffnet worden und der eisige Wind trieb die Schneeflocken in den Kirchenraum hinein. Ein Mann war in die Kirche getreten, ein großer Kerl, das blonde, halblange Haar voller Schnee, den nackten Oberkörper mit einem schmutzigen Fell notdürftig bekleidet. Er blieb am Eingang stehen, und seine hellen Augen überflogen den dämmrigen, nur von wenigen Kerzen erleuchteten Innenraum, bis sie die Nonnen fanden.

»Ich komme im Frieden«, sagte er mit tiefer Stimme, die laut und schwer in dem kleinen Kirchenraum dröhnte.

»Der Wikinger!«, kreischte eine Bäuerin und raffte sich auf, um hinter den Altar zu flüchten. Andere Frauen folgten ihr, Kinder begannen, vor Angst zu schreien, ohne begriffen zu haben, was geschehen war. Die Männer drängten sich zusammen und griffen an ihre Gürtel, wo sie die Messer stecken hatten. Andere Waffen hatte man nicht mit zur Kirche nehmen wollen.

»Schlagt ihn tot!«, brüllte eine junge Frau hysterisch.

Die Nonnen waren schreckensbleich zu dem kleinen Türchen gelaufen, das ins Nebengebäude führte, es entstand ein Gedränge, denn jede wollte sich zuerst retten, und in der Eile ließ sich die Tür nicht öffnen.

Einer der Bauern, ein älterer Mann mit fast kahlem Kopf und grauem Bart, hob entschlossen das kurze Messer, um Weib und Kinder zu verteidigen.

»Gott ist mit uns«, brüllte er seinen Gefährten zu. »Kein

Wikinger soll ungestraft diese Kirche schänden. Wehrt euch, Männer! Auf ihn!«

Die Bauern rückten gegen den Eindringling vor, zögernd noch, doch mit gezogenen Messern. Wut und Entschlossenheit lag in ihren Gesichtern, es gab keinen von ihnen, der nicht unter den Überfällen der Wikinger schwer gelitten hatte.

Ragnar war einen Schritt zurückgewichen und hatte eine kurze Axt vom Gürtel gelöst, um sich verteidigen zu können.

»Ich komme nicht, um zu kämpfen«, rief er laut in den Kirchenraum hinein. »Ich komme, weil ich eure Hilfe brauche.«

Die Bauern drangen weiter gegen ihn vor, ermutigt von seinem Rückzug. Einer der jungen Kerle machte einen waghalsigen Vorstoß, wich aber gleich wieder zurück, als Ragnar die Axt zur Abwehr erhob.

»Lügner!«, tönte es ihm entgegen. »Glaubt ihm kein Wort. Gebt ihm seinen Mörderlohn, Männer. Auf ihn!«

Da erklang mitten in den Aufruhr hinein die Stimme der Äbtissin.

»Haltet ein!«

Mutter Ariana war als einzige der Nonnen an ihrem Platz geblieben, denn die Steifheit des Alters hatte ihr erst jetzt erlaubt, sich aus der knienden Haltung zu erheben und die Altarstufen hinab ins Kirchenschiff zu steigen.

»Niemand wird den Kirchenfrieden brechen«, sagte die Äbtissin zornig und drängte sich zwischen den kampfbereiten Männern hindurch. Nur unwillig machte man ihr Platz, doch die Ehrfurcht vor der alten Frau siegte. Mutter Ariana war während der vergangenen Wochen die einzige Hoffnung der hart gebeutelten Menschen gewesen.

Als die Äbtissin vor Ragnar stand, wirkte sie gegen den hünenhaften Wikinger wie ein kleines, leichtes Vögelchen.

»Wenn du im Frieden kommst, so bist du mir willkommen, Ragnar«, sagte sie. »Sag mir, was du von uns willst.«

Sie musste den Kopf steil anheben, um sein Gesicht sehen zu können, doch was sie erblickte, stellte sie zufrieden. Auf Ragnars Zügen lag ein erstauntes und zugleich ehrfurchtsvolles Lächeln.

»Ich brauche Hilfe für Konrads Tochter«, sagte er. »Sie liegt im Fieber.«

Gemurmel erhob sich. Konrads Tochter, die der Wikinger entführt hatte. Die Tochter des verstorbenen Grafen, dem man so bitter nachtrauerte, seit Arnulf seine harte Hand auf das Land gelegt hatte.

Auch Mutter Ariana war erschrocken. »Wo ist sie?«

»Ich führe dich zu ihr«, gab er zurück, die Menge der kampfbereiten Bauern nicht aus den Augen lassend.

Mutter Ariana nickte und wandte sich entschlossen zum Altar, hinter dem die zitternden Nonnen jetzt vorsichtig hervorlugten.

»Rasch – Kräuter und Tränke gegen das Fieber. Warme Tücher und Felle. Packt das Beste zusammen, das noch in unserer Vorratskammer ist. Was hockt ihr da hinter dem Altar und klappert mit den Zähnen? Beeilt euch!«

Die Nonnen liefen dienstfertig davon. Brian hatte den Geschehnissen mit offenem Mund zugesehen, unentschlossen, auf wessen Seite er sich stellen sollte. Jetzt trat er zu Mutter Ariana, bebend vor Aufregung. Seine Herrin, seine schöne Herrin lag im Sterben!

»Wer von euch kann uns ein Pferd geben? Einen Wagen?«, rief er den Bauern zu. »Es geht um unsere Herrin, Konrads Tochter.«

Die Bauern zögerten, der Umschwung war zu rasch gekommen, auch wenn Mutter Ariana dem Wikinger offenbar Glauben schenkte: Wer konnte sagen, ob das alles nicht ein hinterlistiger Betrug war?

Misstrauisch musterten sie den blonden Mann, der sie alle fast um Haupteslänge überragte. Sein Haar war vom Sturm verwildert, der Bart vereist, seine Augen vom Frost entzündet. Das Fell, das er um den Oberkörper gewickelt hatte, war schmutzig und wies Brandspuren auf – wie ein Eroberer sah er nicht gerade aus.

»Nehmt mein Pferd«, sagte der ältere Mann, der eben noch zum Kampf aufgerufen hatte. »Es ist das einzige, das ich besitze, Mutter Ariana. Aber für Konrads Tochter soll es mir nicht zu schade sein.«

»Du wirst es nicht bereuen«, sagte Ragnar zu ihm. »Ich stehe in deiner Schuld und ich begleiche meine Schulden.«

Mechthild hatte den Eindruck, aus einer fremden Welt zurückzukehren. Ein langer, wilder Traum hatte sie gefangen gehalten, voller erschreckender und schöner Bilder, voller schwankender Nebelgestalten und lodernder Flammen. Dazwischen war immer wieder Ragnars bärtiges Gesicht aufgetaucht, das sich über sie beugte, sie hatte seine Hände auf ihrer Stirn gespürt, leise Worte vernommen, deren Sinn sie nicht erfasste und die doch so zärtlich klangen.

»Ragnar!«, flüsterte sie. »Geh nicht fort.«

Als sie jetzt die Augen aufschlug, saß Mutter Ariana neben ihrem Lager, hielt ein Gefäß mit einer dampfenden Flüssigkeit in den Händen und rührte darin mit einem hölzernen Löffel.

»Wo bin ich? Wo ist Ragnar?«

Mechthild richtete sich mit gewohnter Schnelligkeit zum Sitzen auf und spürte sogleich, dass ihr schwindelig wurde. Vorsichtig legte sie sich wieder zurück und versuchte sich zu erinnern, wo sie sich befand und was geschehen war.

»Sieh an«, meinte Mutter Ariana mit einem Lächeln. »Meine Herrin hat endlich ausgeschlafen. Wie geht es Euch?«

Mechthild runzelte die Stirn und besah die halb verkohlten Holzbalken, die über ihr zu einem Dach zusammengefügt waren. Richtig – sie befand sich in der zerstörten Feste ihres Vaters. Wo aber war Ragnar?

»Gut, glaube ich«, meinte sie zögernd. »Ich war wohl krank, oder?«

Mutter Ariana reichte ihr die Schale, deren heißer Inhalt nach Salbei, Eibisch und Kamille roch und den sie mit Honig gesüßt hatte.

»Ihr habt drei Tage gefiebert – aber nun werdet Ihr gesund werden, Herrin.«

Mechthild richtete sich jetzt langsam und vorsichtig auf, nahm die Schale und trank in kleinen Schlucken. Es ging ihr schon viel besser. Erstaunt stellte sie fest, dass sie eines der Ordensgewänder aus dem Bestand des Klosters trug. Was war in diesen drei Tagen geschehen?

»Wieso bist du hier, Mutter Ariana? Und wo ist der Wikinger?«

Die alte Frau zog den verrutschten Schleier zurecht und schmunzelte. Da war sie wieder, die ungeduldige, junge Herrin.

»Er kam und bat um Hilfe für Euch. Er hatte große Sorge, denn Euer Fieber war hoch.«

»Er kam ins Kloster?«, fragte Mechthild ungläubig, während ihr Herz rascher klopfte. Er hatte Sorge um sie gehabt!

Dann fiel ihr ein, wie gefährlich diese Aktion gewesen war, und sie schüttelte ärgerlich den Kopf.

»Hat ihn außer dir jemand gesehen?«

»Viele haben ihn gesehen«, gab die Äbtissin gleichmütig zurück. »Aber seid beruhigt, Herrin. Keiner der Bauern wird Euch verraten, denn niemand ist in diesem Land so verhasst wie Graf Arnulf. Dreimal schon hat er seine Krieger ausgeschickt, neue Abgaben von den Bauern einzutreiben. Sie nehmen alle Lebensmittel mit, sie tragen das Feuerholz davon und führen den Bauern die Tiere aus den Ställen.«

Mechthild flammte auf. Arnulf hatte die Krieger aus Rouen entschädigen müssen, jetzt saugte er ihr Land aus und schonte sein eigenes. Es musste etwas geschehen, um diesem Unrecht ein Ende zu bereiten.

»Und wo ist Ragnar?«, wollte sie beharrlich wissen.

Auch jetzt behielt Mutter Ariana ihre Ruhe und Gelassenheit. Sie nahm Mechthild die geleerte Trinkschale aus den Händen und reichte ihr einen hölzernen Teller mit gekochtem Fleisch und Gerstenbrei.

»Esst, Herrin. Ihr müsst wieder zu Kräften kommen.«

»Wo ist Ragnar?«, wiederholte Mechthild eigensinnig.

»Sorgt Ihr Euch um ihn?«, wollte die Äbtissin mit einem kleinen Lächeln wissen.

Mechthild schlug die Augen nieder.

»Ich möchte wissen, wo er ist. Das ist alles.«

»Der Wikinger ist am Strand und zimmert mit den Bauern Fischerboote.«

»Er zimmert ... was?«, fragte sie verblüfft.

»Fischerboote, die Wellen und Sturm besser standhalten als das, was bei uns bisher gebaut wurde. Er ist ein guter Lehrmeister, der Wikinger.«

Großartig! Arnulfs Krieger ritten überall im Land herum, und Ragnar zimmerte in aller Gemütsruhe Fischerboote. Am Strand. Weithin sichtbar für jeden zufällig dort herumstreifenden Reiter. Ja war er denn von allen guten Geistern verlassen?

»Ihr braucht keine Sorge zu haben, Herrin«, meinte Mutter Ariana, die ihre Gedanken erraten hatte. »Die Bauern geben sofort Nachricht, sobald Arnulfs Krieger sich in der Gegend blicken lassen.«

Mechthild machte sich hungrig über die Speisen her und grübelte vor sich hin. Wenn Ragnar sich weiterhin so leichtsinnig verhielt, würde Arnulf sie bald entdeckt haben. Was dachte er sich eigentlich dabei? Wollte er sich absichtlich in Gefahr begeben?

Nach der Mahlzeit überkam sie eine angenehme Müdigkeit und sie fiel in einen tiefen, erfrischenden Schlaf. Als sie daraus erwachte, war es bereits Abend. Mutter Ariana, die neben dem fast erloschenen Feuer saß, hatte die Augen geschlossen und dämmerte vor sich hin. Von Ragnar immer noch keine Spur. Leise erhob Mechthild sich von ihrem Lager, schob einige Scheite ins Feuer und hockte sich daneben, um sich zu wärmen. Wo blieb er nur? Hatten Arnulfs Krieger ihn entdeckt und gefangen genommen? War er vielleicht schon tot? Sie nahm eine der wollenen Decken von ihrem Lager und legte sie sich um die Schultern. Auf keinen Fall würde sie länger hier auf ihn warten – sie musste Gewissheit haben.

In diesem Augenblick bewegten sich die Bretter, mit denen der Eingang verschlossen war. Ragnar stand vor ihr, Gesicht und Arme waren von der Kälte gerötet, sein Atem dampfte, seine Augen leuchteten, als er sie erblickte.

»Du bist gesund!«, sagte er glücklich. »Ich wusste, dass Mutter Ariana eine Zauberin ist.«

Mechthild wäre ihm fast um den Hals gefallen, so froh war sie. Dann aber wandte sie sich ab und hockte sich neben das Feuer.

»Es geht mir gut«, sagte sie kühl. »Und dir wohl auch – was denkst du dir dabei, uns in solche Gefahr zu bringen?«

Seine Miene verfinsterte sich. Wusste sie nicht, welche Angst er um ihr Leben ausgestanden hatte? War er nicht einzig und allein ins Kloster gelaufen, weil er fürchtete, sie würde am Fieber sterben?

»Ich habe ein Versprechen gegeben«, gab er mürrisch zurück. »Und ich halte mein Wort.«

Beleidigt stocherte sie im Feuer herum. Was meinte er mit diesen Sätzen?

Mutter Ariana war aus ihrem Schlummer gefahren, als Ragnar eintrat, und erhob sich nun mühsam. Ihre Knie waren vom langen Sitzen steif und zitterten, deshalb griff sie nach Ragnars Hand.

»Geleite mich auf mein Pferd, mein Sohn, denn ich will nun zum Kloster zurückkehren«, bat sie.

Mechthild sah zu, wie der Wikinger die kleine alte Frau so sorgsam stützte und führte, als sei sie seine eigene Mutter. Es nahm ihr Herz wieder für ihn ein, doch sie schwieg.

Ragnar führte das Pferd der Äbtissin bis zum Eingang der Burganlage, von hier aus führte der Weg zur Furt auf die andere Seite des Flusses. Mutter Ariana beugte sich ein wenig hinab und fasste den Wikinger bei der Schulter.

»Glaube nicht, was du siehst«, sagte sie leise zu ihm. »Sie war noch nicht ganz erwacht am Morgen, da rief sie schon deinen Namen. Und sie hat nicht aufgehört, nach dir zu fragen.«

Er hob überrascht den Kopf und sah ein heiteres Lächeln auf dem Gesicht der alten Frau. Sie nickte ihm zu, trieb ihr Pferd an und ritt langsam in die kalte, mondbeschienene Nacht hinaus.

Ragnar stand unbeweglich und sah ihr nach, bis die Silhouette von Pferd und Reiterin zu einem kleinen Punkt auf der schneebedeckten Fläche verschmolzen war. Er spürte weder die Kälte noch den eisigen Wind, der an seinen Kleidern riss, denn aus seinem Inneren war eine große Wärme aufgestiegen, die ihn ganz und gar erfüllte. Sie hatte nach ihm gefragt.

Als er die Bretter beiseite schob und die Unterkunft betrat, brannte dort ein helles Feuer und ein Kessel stand auf dem Herd. Sie hockte am Boden und rührte mit ernster Miene im Kessel herum. Er musste sich das Lachen verbeißen.

»Hast du Hunger?«, fragte sie, ohne ihn anzusehen.

»Nein.«

Sie war enttäuscht und stellte den Kessel vom Feuer.

»Haben die Bauern dir zu essen gegeben?«

»Ja«, gab er kurz angebunden zurück und setzte sich auf sein Lager.

Die Bauern waren ihm für seine Hilfe dankbar gewesen, er hatte sie sogar ein wenig in die Kunst der Kriegsführung eingewiesen und den erstaunten und begeisterten jungen Burschen gezeigt, wie man ein Beil warf und sich im Kampf gegen einen Reiter verteidigt. Dafür hatte man ihn auf einem der Gehöfte zur Mahlzeit geladen.

Sie zuckte die Schultern und tat gleichgültig, doch er sah ihr an, dass sie ärgerlich war. Schmunzelnd beobachtete er unter halb geschlossenen Lidern, wie sie die hölzernen Teller reinigte und die Trinkschalen mit Wasser auswusch.

»Du machst das sehr gut, Sklavin«, lobte er boshaft.

Sie fuhr hoch und blitzte ihn wütend an.

»Sklavin?«, fauchte sie. »Ich bin die Herrin dieser Burg. Vergiss das nicht, Wikinger!«

Er hätte gern gelacht, aber er bezwang sich und blieb ernst.

»Richtig, das hätte ich fast vergessen«, gab er in harmlosem Ton zurück. »Du bist Arnulfs Braut und somit natürlich auch Herrin dieser Burg. Wie schade, dass die Hochzeit nicht stattfinden konnte, sonst wäret ihr beiden hier ganz gewiss schon eingezogen.«

Er sah an ihrem heftigen Atem, dass sie kurz davor war, vor Zorn zu platzen, und hatte großes Vergnügen daran.

»Ich bin nicht seine Braut und ich werde es niemals sein«, rief sie aus. »Nur jemand, der so dumm und so leichtgläubig ist wie du, kann so etwas denken. Aber was will ich von einem Wikinger auch anderes erwarten.«

Jetzt konnte er seine Gesichtszüge nicht mehr beherrschen und grinste breit.

»Du hast recht, Frankentochter. Wir Männer aus dem Norden tragen kratzige Bärte und kämmen unser Haar nicht. Wir haben starke Muskeln, doch in unseren hohlen Schädeln ist nichts als Stroh.«

»Das habe ich nicht gesagt!«, meinte sie mürrisch und wandte sich ab.

»Ach ja?«, meinte er und erhob sich langsam wieder von seinem Lager. »Ich erinnere mich gut daran, was du über meinen Bart und meine Haartracht gesagt hast, schöne Grafentochter.«

Sie sah ihn grinsen und begriff augenblicklich sein Spiel. Zornig warf sie ihm den Becher vor die Füße.

»Was kümmert dich die Meinung einer Verräterin, Wikinger?«

Jetzt lachte er tief und kehlig und packte sie bei den Schultern, um sie an sich zu ziehen. Doch sie wehrte sich mit aller Kraft. Er ließ sie eine kleine Weile toben und verteidigte sich erst, als sie mit den Händen an seinem Bart zerrte.

»Mit einer Verräterin mache ich kurzen Prozess, Mechthild«, rief er und fasste ihre beiden Handgelenke mit der Rechten, während sein linker Arm sie fest umschlungen hielt. »Aber du bist keine Verräterin, das weiß ich.«

Sie keuchte vor Anstrengung und gab ihren Widerstand noch längst nicht auf. Ihr Haar hatte sich im Kampf aufgelöst, das Band, das ihr Nonnenkleid im Rücken zusammenhielt, war gerissen und der Stoff glitt über ihre rechte Schulter.

»Lügner«, fauchte sie. »Eben noch hast du mich Arnulfs Braut genannt.«

»Eine süße Braut bist du, meine stolze Fränkin«, murmelte er und versuchte, sie zu küssen. »Verlockender als jede andere, ganz besonders wenn du so zornig bist.«

Er hatte ihre Hände losgelassen und ihr Haar im Nacken gegriffen, um ihren Kopf nach hinten zu biegen, doch sie nutzte die Freiheit, um ihm eine schallende Ohrfeige zu verpassen. Er lachte auf, legte blitzschnell den Arm in ihre Kniekehlen und hob sie hoch. Ohne sich um ihr wütendes Zappeln zu kümmern, legte er sie sanft auf ihr Lager und kniete sich über sie.

»Damit kannst du einen bartlosen Franken erschrecken, meine Schöne«, grinste er. »Für einen Wikinger ist so etwas nur eine Liebkosung.«

»Ich hasse dich, zottiges Seeungeheuer!«, fauchte sie.

Er hielt ihr beide Arme fest, neigte sich zu ihr hinab und fand ihre Lippen. Sacht und vorsichtig berührte er sie mit seiner Zunge und spürte ihren weichen Linien nach. Sie erbebte unter seiner zärtlichen Berührung, die sie so lange herbeigesehnt hatte, doch sie wollte sich noch nicht ergeben.

»Ungekämmter Meeresdrache«, schimpfte sie.

Er verschloss ihr sanft den Mund mit seinen Lippen und sie fühlte seine Zunge. Sie stöhnte leise auf und wand sich unter ihm hin und her, dann spürte sie, wie seine Hand ihr Gewand am Halsausschnitt fasste und es langsam hinunterzog. Die Naht am Rücken riss und ihre Schultern entblößten sich.

»Ragnar«, flehte sie. »Ragnar, wir sind weiterhin in großer Gefahr …«

»Für das, was ich jetzt sehen werde, gebe ich sogar mein Leben, meine süße, widerspenstige Braut«, flüsterte er und bedeckte ihren Hals mit gierigen Küssen. »Komm, zeige dich, meine schöne Sklavin. Ich habe lange, sehr lange darauf warten müssen.«

Langsam, fast feierlich zog er den Stoff von ihrem Körper, bis sie ganz nackt vor ihm lag, dann kniete er neben ihr und verschlang sie mit seinen Blicken. Sie lag auf dem Rücken, das lange Haar über den Boden ausgebreitet, eine Strähne zwischen ihren bloßen Brüsten wies schlangengleich auf das dunkle, lockende Dreieck ihrer Scham. Er merkte, wie sein Blut in den Adern pulsierte, sah, wie sie unter seinem brennenden Blick sehnsuchtsvoll erbebte, wie ihr Atem die verführerischen Rundungen ihrer Brüste immer rascher hob und senkte. Die Eifersucht, die er so lange zurückgehalten hatte, wollte ihn übermannen, denn er stellte sich vor, dass sie ebenso vor Arnulf gelegen haben könnte, dass er diesen warmen, zauberhaft verlockenden Körper besessen hatte. Doch er zwang sich zur Ruhe. Sie gehörte ihm, ganz und gar, sie war sein Schicksal und er ihres, und er würde sie jetzt so nehmen, dass ihr niemals mehr der Sinn nach einem anderen stand.

Bedächtig hob er die Hand und ließ sie über die schwellenden Hügel ihrer Brüste gleiten, spürte die harte Spitze, die sich ihm entgegenhob wie eine kleine, glatte Haselnuss. Er umkreiste sie spielerisch mit den Fingern und genoss den Moment, als Mechthild sich ihm wimmernd vor Lust unwillkürlich entgegenstreckte. Er beugte sich über sie, umschloss das kleine, harte Früchtchen mit heißen Lippen, und sie schrie auf, als seine Zähne vorsichtig daran knabberten.

Sie hörte sein tiefes kehliges Lachen, das sie so sehr liebte, und wusste, dass sie dem Rausch seines großen Körpers nun nichts mehr entgegensetzen konnte. Sie fasste zärtlich in sein Haar, fuhr mit den Fingern durch die verwirrten Locken, strich über seinen harten Nacken und fühlte die breiten Muskeln seiner Schultern und Arme. Dann spürte sie, wie sein Körper sich wieder über sie schob und seine sehnigen Schenkel sich gegen ihre Hüften pressten. Aufstöhnend fuhr sie empor. Kaum wissend, was sie tat, zerrte sie an dem Riemen seines Gürtels, befühlte wie im Rausch die harte Wölbung unter dem Leder und riss die Schnur entzwei, die vor ihr verschloss, was sie so heiß begehrte. Er ließ sie gewähren, und sie spürte seinen raschen Atem und sein tiefes, leises Keuchen, während ihre Finger tastend über die glatte, zarte Haut seiner Männlichkeit strichen und die feste, gewölbte Spitze berührten.

»Ziemt es einer Frau, das Schwert in die Hand zu nehmen?«, flüsterte er, während er unter ihren Händen vor Lust erbebte.

»Eine fränkische Zauberin fragt nicht danach, was sich ziemt.«

Sie spürte dem krausen Flaum nach, der zwischen seinen Beinen wuchs, glitt voller Begierde zu der prallen Rundung, die dazwischen prangte, und streichelte sie sehnsüchtig. Nie würde sie zugeben, wie sehr sie diesen Augenblick herbeigewünscht hatte, wie oft sie in ihren Träumen seinen Körper berührt und liebkost hatte. Er sollte nicht erfahren, wie sehr sie ihm ausgeliefert war.

Er hatte den Kopf zurückgeworfen und sich stöhnend ihren Liebkosungen hingegeben, jetzt spürte er, dass er sich nicht mehr beherrschen konnte, und entzog sich ihren Händen mit einer sanften Bewegung.

»Geduld, meine gierige Liebste«, raunte er ihr ins Ohr. »Wir werden das Schwert gemeinsam führen, damit es sein Ziel erreicht.«

Er strich mit zärtlichen Händen über ihre Hüften, folgte den weichen Schwüngen und Rundungen und näherte sich mit kreisenden Bewegungen dem kleinen Hügel, in dessen lockigem Flaum der dunkle Spalt schimmerte. Sie erwartete bebend seine Berührung und schrie leise auf vor Lust, als er kosend durch das weiche Fließ ihres Liebeshügels strich und dann mit frechem Finger zwischen die feuchten Lippen ihrer Scham glitt. Heiße, wollüstige Glut durchzuckte ihren Körper, sie wand sich, rief seinen Namen, bat ihn wimmernd, damit aufzuhören, und meinte doch das Gegenteil.

»Komm, meine süße Herrin«, flüsterte er und nahm ihre Hände, um sie dorthin zu führen, wohin er sie haben wollte. »Nimm diese Waffe und weise ihr den Weg.«

Sie zögerte, denn sie wollte die Lust, die ihr dieses Spiel bereitete, bis ins Unendliche auskosten. Zärtlich rieb sie die harte Spitze zwischen ihren Händen, fühlte die seidige, feine Haut, beugte sich vor und betupfte die dunkle Wölbung mit kleinen Küssen. Er ließ einen tiefen Laut hören, und sie genoss es, wie er über ihr erbebte und seine Lenden vor Lust zuckten.

»Du boshafte Zauberin«, keuchte er und wand sich. »Willst du, dass ich vor Sehnsucht sterbe und in Hels Reich eingehe?«

»Geduld, mein Liebster«, flüsterte sie, während ihr Atem flog und ihr Schoß vor Hitze glühte. »Ohne mich wirst du nirgendwo hingehen, denn ich gehöre zu dir.«

Sie lenkte seine Liebeswaffe bedächtig durch das dichte weiche Haar, das ihren Schoß beschützte, ließ ihn für einen Moment die feuchte Tiefe darin spüren und wollte ihn sacht wieder von seinem Ziel ablenken. Doch Ragnar war am Ende seiner Beherrschung. Mit einem lauten, heiseren Schrei warf er sich auf sie, zwang sie mit mächtigem Schenkeldruck, ihm endlich zu Willen zu sein, und zeigte ihm die Kraft seiner stolzen Männlichkeit. Der Rausch erfasste sie, sie umklammerte ihn, krallte die Hände in seinen Rücken und kam seinen harten Stößen mit aufgewölbtem Körper entgegen. Ragnar liebte sie mit der ganzen Glut seiner lang zurückgehaltenen wilden Begierde, ließ sie schreien und stöhnen, bedeckte sie mit heißen Küssen, und als ihr

Ritt durch glühende Lavaströme und schäumende Meereswogen sein Ziel erreicht hatte, glaubte sie, von ihrem eigenen Schreien zerrissen zu werden.

Er sank erschöpft über sie, und sie genoss die Last seines schweren Körpers, hielt ihn fest an sich gepresst, als fürchtete sie, er könne sie wieder verlassen. Sie wurde von einer tiefen, glückseligen Ruhe erfüllt. Vorbei all die Ängste, der Zwist, die Eifersucht, nicht einmal die Sorge um die ungewisse Zukunft bewegte sie mehr. Er lag hier in ihren Armen, als sei er ein Teil von ihr. Ragnar, der Wikinger, war ihr Schutz und ihr Helfer, ihr Geliebter und zugleich ihr Kind.

Er streichelte ihr mit der Hand über die erhitzte Wange und strich ihr eine Haarsträhne aus ihrer feuchten Stirn. Dann küsste er sie auf die Nasenspitze und brummte:

»Eine Sklavin wie dich muss man lange suchen, meine leidenschaftliche Frankentochter. Ich glaube fast, dass ich noch nie zuvor so glücklich war.«

Er wollte zur Seite rücken, doch sie hielt ihn fest.

»Ich bin zu schwer für dich, zierliche Fränkin.«

»Bilde dir nur nichts ein, Wikinger«, kicherte sie. »Konrads Tochter ist zäh und kann so manchen Wikinger tragen.«

Jetzt rollte er sich doch herum und nahm ihren Körper mit sich, dass sie auf ihm zu liegen kam.

»Hüte deine Zunge, Mechthild«, warnte er halb scherzhaft, halb ärgerlich. »Du wirst es nur mit einem einzigen Wikinger zu tun haben, solange ich lebe. Das schwöre ich dir bei Thor, dem Hammerwerfer, der mit seinem Bocksgespann durch die Wolken fährt.«

Sie beugte sich über ihn, und ihr langes Haar umhüllte sein Gesicht wie ein dunkler, seidiger Schleier. Wunderschöne grüne Augen mit fiedrigen Einsprengseln blickten auf ihn herab, so ernst und zärtlich, wie sie ihn noch nie zuvor angesehen hatte.

»Ich werde nur dir allein gehören, solange du mich liebst«, sagte sie leise. »Und solange ich die einzige Frau bin, die in deinem Herzen wohnt.«

»So soll es sein«, sagte er mit seiner tiefen Stimme, nahm den Thorhammer vom Hals und hängte ihr den Schmuck um. »Du bist meine Braut. Wir werden in meine Heimat reisen, damit du dort mein Weib werden kannst.«

Sie befühlte den kleinen Hammer, der aus reinem Silber gegossen war, und musste lächeln. Sie, eine Fränkin und Christin, trug einen heidnischen Schmuck, spürte ihn auf ihrer nackten Haut und empfand dabei kein Entsetzen, sondern Stolz und Glück. Gott hatte zugelassen, dass der wilde Hammerwerfer Thor sie beide bis zu diesem Tag beschützte – er würde es auch weiterhin tun.

»Wir werden zuvor Brian bitten, uns nach christlichem Brauch zu segnen«, sagte sie dann. »Meinetwegen heiraten wir dann in deiner Heimat nach dem Willen deiner Götter.«

Er sah ihr an, dass sie auf diese Bedingung nicht verzichten würde, und nickte ein wenig grimmig.

»Dann müssen wir dies bald tun, denn in wenigen Tagen wird unsere Reise beginnen«, erklärte er. »Ich habe den Bauern gezeigt, wie sie gute Fischerboote zimmern – dafür werden sie mir beim Bau eines seetüchtigen Schiffes helfen.«

Sie runzelte die Stirn, denn der Plan gefiel ihr nicht.

»Du willst mich mit in den Norden nehmen? Was soll ich dort? Ich bin eine Fränkin und werde mein Land nicht verlassen. Konrads Tochter wird hier gebraucht, wo Arnulfs Krieger meine Bauern unterdrücken und aussaugen.«

Er kniff ärgerlich die Augen zusammen.

»Ich werde in meiner Heimat Krieger sammeln und dein Land zurückerobern, Mechthild. Ich werde dir Arnulfs und Konrads Land zu Füßen legen, meine schöne Herrin. Bist du damit zufrieden?«

»Nein!«, empörte sie sich. »Ich will nicht, dass deine grausamen Wikinger ein weiteres Mal über mein Land herfallen. Wir haben schon genug unter euren Überfällen gelitten...«

»So versteh doch, du törichte Person«, wehrte er sich. »Ich will das Land nicht zerstören – ich will, dass Frieden herrscht.«

Sie rutschte von ihm herab und setzte sich erbost neben ihn auf das Lager. In ihrem Zorn dachte sie gar nicht daran, eine Decke oder ein Kleidungsstück über ihren bloßen Körper zu ziehen.

»Wenn du das tust, Ragnar, dann werden wir beide zu Feinden werden«, rief sie aufgeregt. »Ich werde meine Heimat mit Zähnen und Klauen verteidigen und alle mutigen Frankenkrieger werden mir dabei helfen. Der Erzbischof von Rouen...«

Er wollte aufbrausen, doch in diesem Augenblick riss jemand die Bretter am Eingang auseinander und ein Mann im schwarzen Mönchsgewand drängte sich in die Unterkunft.

Als Brian seine Herrin völlig unbekleidet vor sich sitzen sah, daneben den nackten, muskelbepackten Körper des Wikingers, stand er einen Augenblick entsetzt mit weit aufgerissenen Augen da und brachte kein Wort heraus.

»Brian«, sagte Mechthild unwillig und hielt sich den Zipfel einer wollenen Decke vor. »Warum stürmst du hier herein, als sei der Teufel hinter dir her?«

Brian schluckte mehrfach, tiefes Rot überflutete seine Züge, dann stammelte er mit leiser, heiserer Stimme:

»Reiter. Wohl zehn an der Zahl. Sie halten direkt auf die Feste zu.«

»Verflucht!«, sagte Ragnar und zog seine ledernen Beinkleider über. »Lauf in die Gehöfte und sag den Bauern Bescheid. Sie sollen kommen mit Knüppeln, Beilen und Messern. Zehn Reiter können uns nicht schrecken. Rasch!«

Brian stand immer noch unbeweglich mit wild klopfendem Herzen und starrte auf Mechthild, die jetzt ihr Nonnenkleid über den Kopf streifte. Es war deutlich zu sehen, dass es am Halsausschnitt aufgerissen war.

»Der Anführer der Krieger ist – Neidhardt«, verkündete Brian düster.

»Neidhardt!«, rief Mechthild überrascht.

Ragnar sah erstaunt, dass ihre Miene sich erhellt hatte. Neidhardt – diesen Namen hatte er noch nie zuvor gehört.

※

Neidhardt hatte seinen kleinen Trupp tagelang durch das Land geführt, sie hatten sich durch Wälder gekämpft, Gehöfte aufgesucht, zuletzt auch einige Händler befragt, die ihre Waren auf schwer beladenen Kähnen zum Meer schifften. Niemand hatte ihnen Auskunft über die Flüchtigen geben können. Je weiter sie in Konrads Land hineinritten, desto deutlicher spürten sie eine eisige Mauer des Schweigens, ihre Fragen blieben ohne Antwort, stattdessen ernteten sie misstrauische Blicke.

Neidhardt gab nicht auf, denn zum ersten Mal in seinem Leben folgte er einem Stern. Es war die Liebe zu Fastrada, die ihn antrieb, schier Unmögliches zu wagen.

Diese jedoch war entsetzt gewesen, als er ihr von Arnulfs Auftrag berichtete.

»Tu es nicht«, hatte sie gefleht. »Er wird dich betrügen, wie er es immer tut.«

»Aber ich will dich gewinnen, Fastrada«, hatte er gestammelt. »Ich bin kein Held und kein Krieger – aber ich will es wagen. Ganz gleich wie es ausgeht.«

Sie hatte den Kopf geschüttelt, doch er sah ihr an, dass sie beeindruckt war.

»Der Wikinger wird dich töten«, sagte sie leise. »Ich habe Angst um dich, Neidhardt.«

Da hatte er endlich gewagt, die Arme um sie zu legen und sie an sich zu ziehen.

»Nicht hier«, hatte sie zärtlich gemurmelt. »Komm mit mir.«

Was sie dann unten in einer kleinen Vorratskammer zwischen Getreidesäcken und Weinfässern mit ihm getan hatte, war so überwältigend gewesen, dass er noch am gleichen Nachmittag mit seinen Kriegern davonritt, nichts anderes mehr vor Augen als den festen Entschluss, für Fastrada zu kämpfen.

Doch seine Zuversicht währte nicht allzu lange. Die Bauern und Fischer in Konrads Land litten bittere Not, Arnulf hörte nicht auf, Abgaben von ihnen zu fordern, und so manche Familie war jetzt schon, da der Winter kaum begonnen hatte, mit ihren Vorräten zu Ende. Nur zu bald wurde Neidhardt klar, dass Arnulfs Herrschaft diesem Land Hunger und Not brachte. Auch seine Begleiter waren bedrückt, denn einige von ihnen hatten unter Graf Konrad gekämpft und mussten nun mit ansehen, wie Arnulf das einst blühende Land endgültig zugrunde richtete.

Unsicher und unschlüssig zog er mit seinen Männern umher, auch seine Furcht vor dem Wikinger war wieder gewachsen.

Endlich, nach langem Zögern, hatte er den Entschluss gefasst, im Kloster St. André vorzusprechen und nach Mechthild zu fragen. Doch Mutter Arianas strenger, missbilligender Blick und Brians verächtliche Miene hatten ihm nur zu deutlich gemacht, dass sein Anliegen hier auf wenig Gegenliebe stieß. Niemand wünschte sich hier eine Ehe zwischen Konrads Tochter und Graf Arnulf, denn sie würde die Herrschaft dieses Tyrannen endgültig befestigen.

Im frühen Morgenlicht konnte man vom Kloster her

die zerstörte Feste auf der anderen Seite des Flusses sehen. Neidhardt vermied es zuerst, den Blick dorthin zu richten, denn er wusste, dass diese stattliche Burg durch seine Schuld eingenommen und in Brand gesetzt worden war. Dann jedoch spürte er, dass ihn dieser Ort wie magisch anzog, und er gab den Befehl, aufzubrechen.

Während sie langsam durch die Furt zur steinernen Feste hinüberritten, erblickte er den kleinen Mönch auf einem Bauerngaul, der schnurstracks auf die Feste zuhielt. Neidhardt wurde unruhig: Brian hatte offensichtlich die Absicht, seine Ankunft dort anzukündigen. Es schien fast, als sei er dieses Mal auf der richtigen Spur.

Unschlüssig ließ er seine Krieger vor der klaffenden Mauerlücke halten, die einstmals die große Toreinfahrt gewesen war. Eine feine Rauchfahne wehte aus dem eingefallenen Turm, jemand hatte die verkohlten Balken dazu benutzt, den steinernen Sockel mit einem Dach zu versehen. Hier also war er am Ziel.

Langsam ritt er durch Schutt und Brandreste auf den Turm zu, gefolgt von seinen Männern, die die Trümmer mit misstrauischen Blicken musterten. Es gefiel ihnen nicht, dass ihr Anführer so unvorsichtig handelte, mit dem Wikinger war schließlich nicht zu spaßen.

»Neidhardt!«

Er fuhr zusammen, seine Krieger zogen ihre Schwerter. Eine Frau, mit einem Nonnengewand bekleidet, jedoch ohne Schleier, lief mit wehendem Haar auf ihn zu.

»Was für eine Überraschung!«, rief Mechthild und fasste den Zaum seines Pferdes. »Ich habe schon gefürchtet, du wärest Arnulfs Vasall geworden.«

Die Spannung fiel von ihm ab. Wie auch immer sie den Wikinger losgeworden war – sie war nicht mehr seine Gefangene. Jetzt würde alles viel einfacher gehen.

»Ich bin froh, dass ich dich endlich gefunden habe,

Mechthild«, sagte er erleichtert. »Wir haben lange gesucht.«

»Du hast nach mir gesucht?«

Er schluckte und wusste nicht recht, was er sagen sollte.

»Steig ab und sei uns willkommen«, sagte sie lächelnd und hielt ihm den Steigbügel, während er vom Pferd absaß.

Sie fiel ihm um den Hals und küsste seine Wangen, was ihm vor seinen Kriegern etwas peinlich war, doch ihre ehrliche Freude rührte ihn, so dass auch er sie an sich drückte. Sie war ihm immer wie eine kleine Schwester gewesen, ja er merkte deutlich, dass er sie während der vergangenen Wochen sehr vermisst hatte. Als er sich jedoch umwandte, um seinen Kriegern den Befehl zum Absteigen zu geben, umfasste ihn plötzlich ein kräftiger Arm von hinten und er spürte die scharfe Schneide eines Schwertes dicht an seiner Kehle.

»Was tust du, Ragnar?«, rief Mechthild erschrocken. »Neidhardt ist kein Feind – er ist mein Milchbruder.«

»Ich kenne diesen Mann gut«, gab Ragnar unbeirrt zurück. »Er kam in meinen Kerker, um mir zu verkünden, dass ich um mein Leben kämpfen darf. – Was hast du hier zu suchen, Neidhardt?«

»Ich komme in Arnulfs Auftrag«, stotterte Neidhardt und hätte sich gleich darauf am liebsten die Zunge abgebissen.

»Dachte ich es doch«, knurrte Ragnar. »Solltest du ihm etwa seine Braut zurückholen?«

Neidhardt spürte, dass die kühle Schwertklinge bereits seine Haut einritzte, und er gab sich augenblicklich verloren.

»Fastrada«, hauchte er. »Er hat sie mir versprochen.«

Mechthild hatte zornig die Lippen zusammengekniffen. Wie hatte sie sich nur so täuschen können. Neidhardt würde sich niemals ändern, sie hätte es besser wissen müssen.

»Du Dummkopf«, schimpfte sie ihn. »Wie kannst du einem Lügner wie Arnulf vertrauen?«

»Befiehl deinen Männern, die Waffen abzulegen«, forderte Ragnar unerbittlich. »Sonst stirbst du auf der Stelle den Tod des Verräters.«

Die Krieger fluchten – hatten sie doch gewusst, dass sie in eine Falle gelaufen waren. Es war jämmerlich, dass sich zehn bewaffnete Krieger hoch zu Ross einem einzelnen Mann ergaben. Doch sie alle hatten den Wikinger im Kampf gesehen und fürchteten ihn. Man hatte während der vergangenen Tage seine Taten überall gerühmt, und es ging bereits die Sage, Ragnar, der Wikinger, sei vom Donnergott Thor selbst gezeugt worden und deshalb könne ihn kein normaler Sterblicher überwinden.

»Tu ihm nichts«, sagte Mechthild bittend zu Ragnar. »Ich bin sicher, dass Neidhardt sich auf unsere Seite stellen wird.«

»Es wird ihm nichts anderes übrig bleiben«, knurrte Ragnar und nahm sein Schwert von Neidhardts Hals.

Jetzt erst begriff Neidhardt: Der Wikinger hatte Mechthild nicht gegen ihren Willen entführt – und Mechthild hatte nie die Absicht gehabt, Arnulfs Frau zu werden.

»Ich bin Mechthilds Milchbruder«, sagte er ergeben. »Verfügt über mich und meine Krieger.«

Mechthild warf dem Wikinger einen triumphierenden Blick zu.

»Wir werden von dieser Feste aus den Widerstand gegen Arnulf aufbauen«, rief sie entschlossen. »Wir werden Bauern zu Kämpfern ausbilden, und Gnade diesem dreckigen Feigling, wenn er es wagen sollte, weiterhin seine Eintreiber durch das Land zu schicken.« Neidhardt wagte keinen Widerspruch.

Ragnar jedoch schüttelte unwillig den Kopf, doch er schwieg. Er würde sein Schiff bauen und tun, was er sich vorgenommen hatte. Wenn nötig, würde er Mechthild mit Gewalt in seine Heimat entführen, denn nur so würde er sie vor Arnulf schützen können.

Dieses Land würde ihm gehören – ihm und der Frau, die er liebte.

Man errichtete notdürftige Unterkünfte für Neidhardts Begleiter, denn es war zu kalt, um im Freien zu übernachten. Zu Ragnars Überraschung erklärten sich alle neun Krieger freiwillig bereit, in der Feste zu bleiben und von nun an für Konrads Tochter zu kämpfen. Mechthild glaubte ihnen und erklärte stolz, dass von diesem Tag an der Kampfgeist ihres Vaters in der Feste neu erwacht sei.

Ragnar schwieg dazu und blieb misstrauisch. Er überließ die Bewachung der Männer einigen jungen Bauern und kümmerte sich stattdessen um den Bau seines Schiffes, den er so schnell wie möglich vorantreiben wollte. Mechthild hörte den Vormittag über die Schläge seiner Axt weithin schallen und erklärte Neidhardt, Ragnar helfe den Bauern dabei, neue und bessere Fischerboote herzustellen. Insgeheim jedoch ahnte sie, dass er nicht von seinem Plan abgewichen war, und ärgerte sich darüber. Dieser starrköpfige Wikinger glaubte tatsächlich, sie würde ihre Heimat verlassen und ihm nach Norden folgen. Nun da würde er auf Granit beißen. Auf harten, fränkischen Granit.

Es war schon spät am Nachmittag, ein eisiger Wind wehte vom Norden her über das Meer und das Tageslicht drang nur noch schwach durch die dichte Wolkendecke. Mechthild hatte vor dem Turm ein Feuer entfacht und aus einigen Vorräten, die Brian in Mutter Arianas Auftrag gebracht hatte, eine Mahlzeit gekocht, die für alle reichen musste. Als sie den Männern hölzerne Schalen in die Hände drückte und begann, den Brei aus Erbsen und Gerste auszuteilen, fasste einer der Krieger sie bei einem Zipfel ihres Gewandes. Es war ein Mann im mittleren Alter, ein vierschrötiger Kerl mit langem, dunklem Schnurrbart und stumpfem Kinn.

»Herrin«, sagte er in gedämpftem Ton. »Ich bin kein Verräter – ich habe schon unter Eurem Vater gekämpft und ich will auch seiner Tochter nun die Treue halten.«

»Ich danke dir dafür. Du sollst es nicht bereuen.«

Sie lächelte ihn an und wollte ihm die Schale reichen, doch er schüttelte den Kopf.

»Arnulf hat zwei Späher hinter uns hergesandt, Herrin. Sie werden inzwischen zu seiner Burg zurückgekehrt sein und Euer Versteck verraten haben.«

Mechthild starrte ihn an und hätte fast die gefüllte Schale in den Schnee fallen lassen. Auch Neidhardts Augen waren riesengroß vor Entsetzen. Jetzt endlich begriff er Arnulfs Hinterlist. Er hatte niemals geglaubt, er, Neidhardt, würde seinen Auftrag ausführen können. Arnulf hatte ihn nur als Lockvogel benutzt. Nie hatte Arnulf ernsthaft beabsichtigt, ihm die schöne Fastrada zu geben.

»Brian«, rief Mechthild, die sich bereits von ihrem Schrecken erholt hatte. »Lauf ins Kloster und sage Mutter Ariana Bescheid. Sie soll Boten ins ganze Land aussenden. Jeder Mann, der kämpfen kann, soll herbeieilen.«

»Herrin – ich weiche nicht von Eurer Seite«, stöhnte der Mönch. »Ich werde Euch schützen, wenn Arnulf hierherkommt.«

»Rede keinen Unsinn, Brian«, regte sie sich auf und warf die Schöpfkelle in den Kessel. »Die Späher sind heute Morgen losgeritten, als Neidhardt in der Feste eintraf. Vor morgen früh kann Arnulf nicht hier sein, es sei denn, er und seine Krieger könnten fliegen.«

Ragnar hob unwillig den Kopf, als er Mechthilds flatterndes, dunkles Gewand von weitem am Strand erblickte, dann fuhr er fort, den Steven seines neuen Schiffes mit dem Beil zurechtzuschlagen. Scheinbar war sie misstrauisch geworden, seine schöne fränkische Braut. Nun würde sie also sehen, woran er arbeitete, und erkennen, dass dies kein Fischerboot war. Er würde mit ihr streiten müssen – das war schade und unnötig, denn es würde nichts an seiner Entscheidung ändern.

Als sie jedoch näher kam und er sah, wie sie mit weit aufgerissenen Augen keuchend gegen den Wind ankämpfte, begriff er, dass etwas geschehen sein musste.

»Ragnar! Ragnar!«

Sie warf sich in seine Arme, mühsam nach Luft ringend, und er hielt sie für einen Augenblick fest an seiner Brust.

»Ruhig, meine süße Frankentochter«, murmelte er. »Ganz ruhig, Mechthild.«

»Arnulf hat Späher ... hinter Neidhardt her ...«, stammelte sie, da das heftige Atmen sie am Sprechen hinderte.

Doch er hatte sie auch so verstanden. Arnulf würde kommen, um sie zu holen, und das sehr bald.

Sanft strich er ihr über das vom Wind zerzauste Haar und küsste zärtlich ihre Stirn, ihre Wangen und ihre weichen, zitternden Lippen.

»Wir werden ihn empfangen, Mechthild«, sagte er mit tiefer Stimme. »Sei ohne Sorge – ich bin bei dir und werde dich zu verteidigen wissen.«

Sie spürte seine Stärke und Zuversicht, und obgleich tausend Ängste in ihr tobten, schmiegte sie sich dankbar an ihn. Wie sollte sie ihm erklären, dass sie nicht für sich, sondern nur für ihn fürchtete?

»Er kann schon morgen hier sein, Ragnar. Es wäre vielleicht klüger, sich zu verstecken ...«

Er schob sie ein Stück von sich, um ihr in die Augen zu sehen, und zog unmutig die Brauen zusammen.

»Höre ich da Konrads mutige Tochter?«, fragte er. »Kann

es sein, dass du mir rätst, feige davonzulaufen? Nein – das ist nicht Ragnars Art. Arnulf fordert uns zum Kampf – jetzt und hier. Also werden wir kämpfen und das Land von ihm befreien.«

Ihre Augen leuchteten. Die gleichen Worte hätte jetzt ihr Vater zu ihr gesprochen. Wenn sie jemals Zweifel gehabt hatte, dass Ragnar der einzig würdige Nachfolger ihres Vaters war – jetzt waren sie endgültig zerstreut.

»Wir werden das Schwert gemeinsam führen, Frankentochter«, sagte er lächelnd und küsste ihren Mund. »Mag Arnulf auch eine ganze Armee in den Kampf schicken – Konrads Feste wird ihm zum Verhängnis werden. Das schwöre ich dir.«

Sie nickte und lehnte sich an ihn. Inmitten des heulenden Seewindes und der rauschenden Wellen hielt sie ihn für einen Augenblick eng umschlungen und schloss die Augen. Was auch immer der morgige Tag bringen würde – ihr Schicksal war miteinander verbunden. Im Leben wie im Tod.

*

Arnulf versammelte noch am Nachmittag alle Krieger und befahl den Aufbruch. Die Waffenkammer war geleert worden, man führte Packpferde mit für die Kettenhemden, Helme und Panzer, die den Männern während des eiligen Rittes nur hinderlich gewesen wären. Man würde sich während der Nacht kaum eine Rast erlauben, um Konrads Feste noch im ersten Morgengrauen zu überfallen.

Arnulf war hocherfreut über die Nachricht seiner Späher gewesen und hatte die beiden jungen Männer mit silbernen Gerätschaften aus dem Klosterschatz belohnt. Auch das Gesinde und die Krieger waren erleichtert über den Stimmungsumschwung des Grafen, denn Arnulf hatte während der vergangenen Tage grausam und ungerecht unter ihnen gewütet. Alle kannten den Grund: An dem Tag, als Neidhardt mit seinen Männern davongeritten war, hatte die schöne Fastrada es gewagt, die Burg still und heimlich zu verlassen. Niemand wusste, wohin sie geflohen war, man hatte einige Gehöfte und Dörfer durchgekämmt und nach ihr gesucht, jedoch ohne Erfolg.

Nun hetzte Arnulf seine Krieger auf ihrem nächtlichen Ritt durch verschneite Wiesen und froststarrende Wälder, nur ein einziges Mal gönnte er ihnen eine kurze Rast am Fluss, um die Pferde zu tränken. Bei dieser Gelegenheit fanden sie Fastrada, verborgen in einer Fischerhütte. Sie wehrte sich verzweifelt, als die Männer auf sie einstürzten, stand jedoch einer solchen Menge von Kriegern gegenüber, dass an eine Flucht nicht mehr zu denken war.

»Schau an«, höhnte Arnulf erfreut, als sie vor ihn gezerrt wurde. »Welch große Sehnsucht musst du nach deinem blonden, dickwanstigen Liebsten haben, meine Schöne. Nun – du sollst ihn zu sehen bekommen. Vielleicht nicht mehr lebend – aber was bedeutet das schon, bei solch einer großen Liebe!«

Arnulf ließ sie binden und auf eines der Packpferde setzen. Dann brach die Schar wieder auf, um noch vor Morgengrauen ihr Ziel zu erreichen. Arnulf war sehr zufrieden: Dass man das Mädchen gefasst hatte, war ein gutes Omen für das Gelingen seiner Pläne. Schon morgen früh würde er die andere widerspenstige Weibsperson in seine Gewalt bringen, und dann stand seiner Herrschaft über Konrads Land nichts mehr im Wege. Auch die aufmuckenden Bauern wurden sich fügen müssen, schließlich waren sie Leibeigene, die zu arbeiten und ihre Abgaben zu leisten hatten.

Im Eilritt durchquerte die Kriegerschar Konrads Land und fand ihren Weg auf mondhellen Pfaden gen Norden. Hie und da ritt man an kleinen und größeren Gehöften vorbei, die, von niedrigen Holzzäunen umfriedet, wie unförmige Schatten in der Monddämmerung schliefen. Hunde schlugen an, als die Männer vorüberritten, einmal schien es ihnen, als erblickten sie Reiter in der Nähe eines Wäldchens, doch als man sich der Stelle näherte, war niemand mehr zu sehen. Nur die frischen Hufspuren im Schnee bewiesen, dass ihre Augen sich nicht getäuscht hatten.

»Elende Wilderer«, grollte Arnulf. »Denen werde ich bald einbläuen, dass das Wild hier der Herrschaft und nicht den gefräßigen Bauern gehört.«

Als die Nacht sich neigte und der volle Mond seine Bahn geendet hatte, wurde das Dunkel nahezu undurchdringlich, und Arnulf befahl, einen kurzen Moment zu rasten, um die Pferde ausruhen zu lassen. Die Reiter waren durchgefroren und müde, die Tiere erschöpft. Ein schwacher Feuerschein wies ihnen den Weg zu einem kleinen Gehöft, ein Glücksfall in dieser Finsternis, und man drang ohne Umschweife in den umfriedeten Hof ein. Erschrockene Gesichter empfingen die Reiterschar, Kinder plärrten, alte Frauen beeilten sich, Heu für die Pferde und Nahrung für die Krieger herbeizuschleppen. Arnulf hielt seine Männer davon ab, die Nebengebäude nach den jungen Weibern zu durchsuchen, die sich ohne Zweifel dort versteckt hielten. Man hatte Besseres zu tun, als sich mit ein paar Bauernmägden zu amüsieren.

»Wo sind eure Männer?«, fragte er eine Alte misstrauisch.

»Sie sind an der Küste, Herr. Zum Fischen«, sagte die alte Frau, die vor Angst am ganzen Körper zitterte. Ein halbwüchsiger Junge kauerte in einer Ecke der Hütte und starrte mit feindseligen Blicken auf die fremden Krieger, die sich mit Speck und Brot vollstopften und dann Rüstungen und Helme anlegten.

Man war kurz vor der steinernen Feste, die jetzt in einem schmalen Lichtstreifen am Horizont als schwarze Silhouette erschien. Arnulf trieb die Krieger an, man ließ die Pferde auf der dünnen, glitzernden Schneedecke traben und war schon nach kurzem Ritt dicht vor dem Ziel.

Der scharfe Wind hatte den Schnee rings um die Festung verweht, doch schien es, als führten Spuren in das Innere der von hohen Granitmauern umgebenen Anlage hinein. Ein Feuer war zu riechen, wer gute Augen hatte, konnte die schmale graue Rauchfahne gegen den tiefhängenden, noch düsteren Morgenhimmel erkennen.

Arnulf war vorsichtig. Er schickte zwei Späher in die Anlage, die übrigen Krieger warteten schweigend, hielten ihre Waffen bereit und suchten die Pferde ruhig zu halten. Schon bald kehrten die beiden zurück. Ein Feuer glimme vor dem Turm, dort lägen Männer, in wollene Decken gehüllt, in tiefem Schlaf. Auch im Turm selbst brenne ein schwaches Feuer, dort müsse jemand untergeschlüpft sein.

»Dann wollen wir die Schläfer wecken«, sagte Arnulf grinsend. »Macht sie ohne viel Federlesens nieder und umringt den Turm. Wer mir Konrads Tochter lebend bringt, erhält reichen Lohn.«

Die Krieger trieben ihre Pferde an, so dass ein Gedränge am Eingang der Feste entstand – jeder wollte der Erste sein, der die kostbare Beute errang. Halb verbrannte Balken und Bretter waren rechts und links der Mauerlücke aufgeschichtet, so dass mancher Krieger fluchend sein Tier wenden musste, damit es sich nicht im Gewirr der Hölzer die Beine brach. Als auch die Letzten in die Feste eingeritten waren, hörte man bereits die zornigen Flüche des Grafen.

»Ihr hirnlosen Dummköpfe! Wo habt ihr eure Augen? Seid ihr schon so blind, dass ihr Männer nicht mehr von Steinbrocken unterscheiden könnt?«

Einige Krieger hatten ihre Speere und Schwerter in die

vermeintlichen Schläfer gestoßen und waren dabei auf harten Granit gestoßen, der unter den wollenen Decken verborgen lag.

»Das ist eine Falle!«, brüllte Arnulf. »Raus hier!«

Verwirrung entstand unter den Reitern. Während die letzten noch zum Turm hinüberstrebten, um die schöne Fränkin zu fangen, hatten die ersten bereits ihre Tiere wieder zum Ausgang gelenkt. Zornige und aufgeregte Rufe erklangen, Reiter prallten zusammen, Pferde schnaubten und stiegen empor. Dann übertönte ein wütender Aufschrei das Getöse.

»Fackeln! Vor dem Eingang sind Krieger. Wir sind in einen Hinterhalt geritten.«

In der breiten, torlosen Mauerlücke standen bewaffnete Kämpfer, die hohen Schilde vor sich haltend, die Schwerter in den Fäusten. Hinter ihnen wurden Fackeln emporgestreckt, die die Männer in ein flackerndes rötliches Licht tauchten.

»Ergib dich, Arnulf«, hörte man die laute, tiefe Stimme des Wikingers, der mitten unter den Männern stand, sie fast um einen ganzen Kopf überragend. »Wir empfangen jeden, der die Feste verlassen will, mit dem Schwert.«

Arnulf stieß einen langen, gotteslästerlichen Fluch aus. Seine kleinen, dunklen Augen überflogen die Feinde mit raschem Blick und er grinste höhnisch.

»Gib Konrads Tochter heraus, Wikinger, dann werden wir dir das Leben schenken«, rief er laut. »Denkst du, dass über sechzig Reiter deine paar Krieger und Bauernlümmel fürchten? Wenn ich befehle, dann brechen wir durch den Eingang und begraben euch unter den Hufen unserer Pferde.«

»Eure Pferde werden euch nicht gehorchen, Arnulf!«

Die Fackeln flogen in das aufgeschichtete Holz. Man hatte trockenes Geäst und harzige Rinde daruntergemischt, so dass die Flammen im Nu reiche Nahrung fanden. Die

Pferde scheuten und strebten angstvoll rückwärts, man hatte Mühe, sie zu bändigen.

»Es gibt weder Wasser noch Nahrung in der Feste«, verkündete Ragnar, den Lärm der Männer und das Knacken der brennenden Äste mühelos übertönend. »Konrads steinerne Burg wird euer Grab werden.«

Die Unruhe unter Arnulfs Kriegern war größer geworden, Zorn und Ratlosigkeit machten sich breit. Die Mauern waren zu hoch, um darüberzusteigen, der Wikinger hatte recht. Konrads Festung war ihnen zur tödlichen Falle geworden.

Auf der anderen Seite der Mauern warteten die Bauern, notdürftig mit Knüppeln und Äxten ausgerüstet, doch voller Zuversicht, denn Ragnar hatte jedem seine Aufgabe zugewiesen. Zahllose Männer jeden Alters waren Mutter Arianas Aufruf gefolgt, noch in der Nacht waren sie eingetroffen und hatten sich an den Arbeiten beteiligt. Ragnar ließ den Brunnen mit Steinen verschütten, die vier Mauertürme wurden mit Granitbrocken verschlossen, so dass es niemandem mehr gelingen konnte, auf die Mauern zu steigen. Dann hatte man sich verborgen und auf die anrückende Kriegerschar gewartet.

Nur einmal wäre Ragnars Plan fast gescheitert: Als Neidhardt Fastrada auf einem der Packpferde entdeckte, wollte er wie ein Besinnungsloser vorwärtsstürmen, um sie zu befreien. Doch Ragnar fasste ihn mit sehnigen Armen und presste ihm die Hand auf den Mund. Neidhardt wehrte sich verzweifelt und entwickelte dabei solche Bärenkräfte, dass sogar Ragnar Mühe hatte, ihn festzuhalten.

Mechthild hatte Männerkleidung angelegt und ein Messer in den Gürtel gesteckt – sie wurde an Ragnars Seite bleiben und notfalls mit ihm kämpfen, das hatte sie sich geschworen. Jetzt redete sie leise und beruhigend auf Neidhardt ein, der verzweifelt an der Mauer lehnte.

Einige von Arnulfs Kriegern versuchten, ihre Pferde gegen das Feuer und die dahinter wartenden Männer zu lenken, doch die Tiere scheuten vor den Flammen und stiegen wild empor. Stille war in den Mauern der Feste – Arnulf beriet sich mit seinen Kriegern.

»Sie werden trotz allem den Durchbruch versuchen«, raunte Ragnar seinen Helfern zu. »Haltet euch dicht zusammen. Es darf keiner entkommen.«

Mechthilds Pulse flogen vor Aufregung. Ragnar hatte sie auf eines der Bauernpferde gesetzt und ihr befohlen, in sicherer Entfernung von der brennenden Maueröffnung zu bleiben. Sie war unzufrieden. Warum durfte sie nicht wie ein Mann neben ihm kämpfen?

Ragnar hatte richtig vermutet. Plötzlich waren laute Rufe aus dem Inneren der Feste zu hören, das helle Wiehern der Pferde, die sich aufbäumten und von ihren Reitern mit aller Macht in die Flammen gezwungen wurden. Dann stürmte der erste Krieger todesmutig durch das Feuer, der zweite folgte, nach ihm ein drittes Pferd, auf dem zwei Reiter saßen. Jetzt erst gelang es Ragnars Helfern, den Ansturm der Feinde zurückzuwerfen, alle weiteren Versuche, die Feste zu verlassen, scheiterten.

»Es ist Arnulf«, brüllten die Bauern. »Lasst das Schwein nicht entkommen!«

»Fastrada!«, schrie Neidhardt mit überschnappender Stimme.

Arnulf hatte Fastrada vor sich auf den Sattel gesetzt, als Schutzschild vor den Flammen und den Speeren seiner Angreifer. Jetzt, da ihm die Flucht gelungen war, stieß er das Mädchen vom Pferd und ritt in wildem Galopp zum Fluss hinüber, um sich durch die Furt auf die andere Seite zu retten.

»Ihr bewacht die Feste!«, brüllte Ragnar den Bauern zu, die bereits Anstalten machten, hinter Arnulf herzulaufen. »Er gehört mir!«

Er schwang sich auf eines der Bauernpferde und setzte dem Fliehenden nach. Keiner wagte sich zu widersetzen, nur Mechthild wendete ihr Pferd und folgte Ragnar, während Neidhardt wie ein Besessener auf die am Boden liegende Fastrada zurannte und sie auf seine Arme hob.

Arnulf hatte bereits die Furt erreicht, das Wasser spritzte hoch auf, und er trieb das erschreckte Tier so wütend an, dass es fast ausgeglitten wäre, als es die Böschung hinaufkletterte. Er wandte den Kopf und erblickte seine Verfolger, dann hielt er auf das Kloster zu.

Will er gar bei Mutter Ariana um Hilfe bitten?, dachte Mechthild erbost.

Doch Arnulf fand die Tore des Klosters fest verschlossen, es blieb keine Zeit, dort anzuklopfen und auf Antwort zu warten, denn der Wikinger war ihm hart auf den Fersen.

Es gab nur eine einzige Rettung: Er musste Ragnar in die Klippen locken und dort durch eine List besiegen. Der kalte Wind hatte das feuchte Gestein hie und da mit dünnem Eis bedeckt, ein falscher Tritt konnte den Tod bedeuten. Arnulf warf Panzer und Helm ab, zügelte sein Pferd dicht vor den ersten, unförmigen Steinbrocken und begann vorsichtig den Aufstieg.

Mechthilds Pferd war weit zurückgeblieben, denn die brave Stute war wohl gewohnt, einen Wagen zu ziehen, für einen raschen Ritt taugte sie jedoch wenig. Verzweifelt trieb Mechthild das Tier an, das aber nur wenig Lust zeigte, seiner Reiterin zu gehorchen.

In diesem Augenblick übergoss der rote Sonnenball die anstürmenden Wellen mit feurigem Licht. Schwarz und unförmig, wie von der Hand eines Riesen ans Ufer geworfen, ragten die Klippen vor Mechthild auf, nur an ihrem oberen Rand schienen sie im Schein der roten Sonne zu glühen. Dort erblickte Mechthild jetzt die Silhouetten zweier Männer, die dicht am Abgrund auf Leben und Tod miteinander rangen. Sie starrte mit wild klopfendem Herzen auf die kämpfenden Gestalten, und das gleißende, rote Sonnenlicht schien ihre Augen verbrennen zu wollen.

»Hilf ihm, Herr«, flehte sie leise vor sich hin.

Ihre Hand suchte die Kette, die um ihren Hals hing, und sie umfasste den silbernen Thorhammer.

»Schütze ihn. Lass ihn nicht sterben …«

Sie schrie auf, denn einer der beiden Kämpfer hatte das Gleichgewicht verloren, sie hörte seinen heiseren, überschnappenden Schrei, sah, wie er wild mit den Armen ruderte und dann rücklings von der Klippe stürzte.

Einen Moment lang saß sie wie erstarrt, ihr Herzschlag stockte. Welcher der beiden war in die schäumenden Brecher gestürzt?

»Lauf, blödes Vieh!«, schrie sie und stieß der überraschten Stute die Fersen in die Seite. Schwerfällig machte sich das Tier auf den Weg, ließ sich schließlich sogar zu einem kleinen Trab hinreißen und war sehr zufrieden, als Mechthild nahe der braunen Steinbrocken von seinem Rücken hinunterglitt.

Sie hatte kaum die ersten Felsen erklommen, da tauchte er vor ihr auf, kam ihr mit raschen Sprüngen entgegen, das blonde Haar vom Wind zerzaust.

»Ragnar!«

Sie wäre gestürzt, hätte er sie nicht in seinen Armen aufgefangen.

»Was treibst du hier, Frankentochter?«, schalt er sie. »Hatte ich nicht befohlen, dass niemand mir folgen soll?«

Sie schwieg und presste sich an ihn, versuchte vergeblich, zu verbergen, dass sie vor Glück und Erleichterung schluchzte. Sanft legte er seine Hand unter ihr Kinn und hob ihr Gesicht zu sich empor.

»Weint Konrads Tochter gar?«, fragte er leise und berührte ihre Wange mit dem Finger.

»Weinen?«, schluchzte sie. »Aber nein. Ich weiß doch, dass Thor dich beschützt.«

Er lachte sein tiefes, kehliges Lachen. Dann spürte sie seine Lippen, die ihre Wangen küssten, die salzigen Tränen schmeckten und schließlich ihren Mund umschlossen.

»Du bist meine Herrin und ich bin dein Beschützer, Mechthild«, sagte er langsam und feierlich, und es klang seltsam, weil er die Worte mit seinem fremdartigen, harten Klang sprach. »Ich lege dir Arnulfs und Konrads Land zu deinen Füßen, tu damit, was dir beliebt.«

Sie löste sich sanft aus seinen Armen und trat einen Schritt zurück, um wie eine Herrin vor ihm zu stehen. Der Wind riss an ihrem Haar, noch waren Spuren von Tränen an ihren Wangen, doch ihre Augen blitzten siegesgewiss.

»Ich danke dir, mein Beschützer«, gab sie ebenso feierlich zurück. »Doch um über mein Land zu herrschen, benötige ich einen weiteren Dienst von dir.«

»Welchen?«, fragte er.

»Ich brauche dich an meiner Seite, Ragnar. Bleibe bei mir und sei Herr dieses Landes. Und der meinige.«

Er sah sie ernst an, dann fasste er ihre Hände und zog sie langsam zu sich heran.

»Ich liebe dich für diese Worte, Mechthild. Doch ein Wikinger wird niemals ein Lehen im Lande der Franken erhalten. Das weißt du.«

Sie warf trotzig den Kopf zurück und lachte.

»Du wirst dich wundern, Wikinger! Lass mich nur machen.«

Er schüttelte lächelnd den Kopf und hob sie auf ihr Pferd, um mit ihr zurück zur Feste zu reiten. Die gefangenen Krieger würden ohne ihren Anführer wenig Widerstand leisten und sich bald ergeben. Ragnar würde ihnen einen ehrenvollen Frieden gewähren.

Während sie langsam dahinritten, hielten sie sich für eine

Weile an den Händen. Beide sahen zu den Felsen hinüber, die in der gleißenden Morgensonne jetzt für eine kurze Zeit silbrig schimmerten. Dort in der Bucht hinter den Klippen, wo jetzt die Flut wilde Brecher gegen den Stein schleuderte, hatten sie sich das erste Mal in die Augen gesehen. Der Blick war tief gewesen und hatte sie beide nicht mehr losgelassen. Ragnar, der Wikinger, war ihr zum Schicksal geworden. Der Feind und der Heide, der gekommen war, um ihr Land zu erobern, und der es heute errungen hatte.

Brian tauchte den Gänsekiel in die dunkelbraune Tinte und strich ihn sorgfältig am Rand des kleinen Näpfchens ab. Durch die schmale Fensternische des Refektoriums fiel helles Sommerlicht auf das neu gezimmerte Schreibpult, vor dem er stand. Liebevoll malte er die Buchstaben auf das Pergament, hielt wieder inne, um das Geschriebene mit schrägem Blick zu mustern, und tauchte die Feder aufs Neue ein.

»Im Jahr des Herrn 851 schwor der Wikinger Ragnar Haraldssohn allen heidnischen Göttern ab und bekehrte sich zum allein selig machenden christlichen Glauben. Darauf empfing er Arnulfs und Konrads Land zum Lehen aus der Hand des Königs und nahm Konrads Tochter Mechthild zur Frau ...«

Brian musste die Feder beiseitelegen und die rechte Hand ausschütteln, die ein Krampf befallen hatte. Die feierliche Zeremonie der Hochzeit in der kleinen Klosterkirche kurz vor dem Christtag war ihm noch in schmerzlicher Erinnerung. Es war ihm selbst erspart geblieben, diesen Bund zu segnen, da Hugo, der Erzbischof von Rouen, zu diesem Zweck angereist kam. Brian hatte den Ministrantendienst versehen und mit brennenden Augen auf das Paar geblickt, das vor dem Bischof stand. Nie war ihm seine Herrin strahlender erschienen, nie war sie schöner gewesen als dort an der Seite dieses blonden Riesen, der sich zur Feier seines Hochzeitstages den Bart hatte scheren lassen.

Er dachte kurz darüber nach, ob er Mutter Arianas Verdienste um diese Lehensvergabe erwähnen sollte, unterließ es dann aber, denn es würde ihr ohne Zweifel wenig gefallen. Doch sie hatte den Erzbischof, der ein entfernter Neffe von ihr war, in einem langen Gespräch davon überzeugt, sich bei König Karl für Ragnar einzusetzen. Die Erinnerung an die feierliche Lehensübergabe in Rouen erheiterte Brian außerordentlich, denn der stolze Wikinger war entsetzt darüber gewesen, dass er das Lehen – nach altem Brauch – kniend und mit ausgestreckten, ineinandergelegten Händen vom fränkischen König empfangen sollte. Nur der Überredungskraft seiner klugen Herrin war es zu danken gewesen, dass Ragnar sich schließlich zähneknirschend in die Zeremonie ergab.

Brian lockerte seine Schultern und griff wieder zur Feder.

»Im gleichen Jahr bestimmte Graf Ragnar den Neidhardt zu seinem Vasallen und zum Herrn von Arnulfs Burg im Süden des Landes. Neidhardt nahm die Sklavin Fastrada zur Frau …«

Brian verkniff es sich, zu erwähnen, dass selbige Fastrada zuvor die Geliebte des Grafen Arnulf gewesen war. Immerhin war sie eine gute Christin und hatte ihn, Brian, einmal aus einer misslichen Lage befreit. Dennoch hing an ihr – nach seinem Empfinden – immer noch der Geruch der sündigen Lust, und er verspürte große Verlegenheit, wenn er ihr begegnete. Neidhardt jedoch schien mit seiner Frau vollkommen zufrieden zu sein.

Der kleine Mönch blickte nachdenklich durch die Mauernische auf das Meer und genoss den seidigen Glanz des Sonnenlichtes auf den Wellen. Scharen von hungrigen Seevögeln kreisten über einigen Fischerbooten, die mit ihrem Fang zurück an den Strand ruderten. Der Mönch runzelte ärgerlich die Stirn, als er unter den Fischern einige der blonden und rothaarigen Einwanderer erblickte. Ragnar hatte Landsleute in sein Land geholt, nicht gerade viele, doch war es zu einigen Streitigkeiten mit den fränkischen Bauern und Fischern gekommen, die um ihre alten Rechte fürchteten. Der Wikinger hatte zwar den Unmut durch kluge Verhandlungen und strenge Gesetze besänftigen können, Brian aber war dennoch zornig auf die blonden Zuwanderer. Mit eigenen Augen hatte er im Wald die Opferstätte der Heiden gesehen und sich bei seiner Herrin mit bitteren Worten darüber beklagt, dass die Fremden – obgleich er selbst sie getauft hatte – doch immer noch die alten Götter anbeteten. Mechthild hatte jedoch über seine Entdeckung nur herzlich gelacht und behauptet, dass Gott, der Herr, auch Thor und Odin geschaffen habe.

Brian wischte sich den Schweiß von der Stirn, denn selbst im Refektorium des Klosters war es heiß und stickig. Der Sommer lag schwer über dem Land, auf den Feldern reiften die Kornähren und die Bauern schnitten das Heu schon zum zweiten Mal. Drüben in Konrads Feste war den Winter über ein steinerner Wohnturm entstanden, den Ragnar und Mechthild bezogen hatten. Nach der Erntezeit würden die Arbeiten an der Feste fortgesetzt werden, denn Ragnar hatte geschworen, sie so zu vollenden, wie sein Schwiegervater Konrad sie einst geplant hatte.

Brian kaute gedankenverloren eine Weile an seinem Federkiel, dann entschloss er sich, der Wahrheit ihr Recht zu geben.

»Am Christtag des vergangenen Jahres gab Graf Ragnar dem Mönch Brian den Auftrag, eine Chronik des Landes anzufertigen, wozu er ihm Tinte, Feder und Pergament zur Verfügung stellte, auch ein neues Schreibpult zimmern ließ und dem Kloster eine reiche Spende gab. Der Mönch Brian machte sich mit großem Eifer an sein Werk, welches er bis zum Ende des laufenden Jahres zu vollenden gedenkt, um es seiner Herrin zu Füßen zu legen ...«

Er gab es nur ungern zu, aber der Wikinger war auf dem besten Weg, sich in sein Herz einzuschleichen. Nicht nur, dass er dem Kloster Gelder aus Arnulfs Truhen geschenkt hatte, auch die Kirche ließ er ausschmücken, und im Refektorium standen neu gezimmerte Schemel und Tische. Geradezu rührend fand Brian jedoch die beharrliche Mühe, die der Wikinger auf sich nahm, um das Lesen und Schreiben zu erlernen. Fast täglich ritt er zum Kloster hinüber, um die neue Kunst zu proben und zu verbessern, auch hatte er Brian den Auftrag gegeben, einige Bücher für eine neue Klosterbibliothek zu erwerben.

Brian seufzte und schob sein Pergament ein wenig höher, um besser schreiben zu können. Er war zwar immer noch der Meinung, dass seine schöne Herrin besser Äbtissin des Klosters geworden wäre – aber er musste zugeben, dass Konrads Tochter einen guten Ehehern gewählt hatte.

Ragnar hatte schon vor Monaten einen besonderen Auftrag an die Nonnen von St. André gegeben. In mühevoller Arbeit entstand der verbrannte Wandteppich neu, der einst Graf Konrads Rittersaal geschmückt hatte. Neidhardt hatte die Zeichnungen dafür gemacht und Fastrada hatte in Rouen die bunten Wollfäden gekauft. Die Nonnen stickten mit fliegenden Fingern, denn Ragnar wollte den Teppich zum Geschenk für seine Frau. Am Tag der Geburt ihres ersten Kindes wolle er ihn ihr überreichen.

Ja, seine schöne Herrin trug ein Kind unterm Herzen, und Brian verbot es sich, nachzurechnen, dass seit der Hochzeit erst sechs Monate vergangen waren, denn die Hebamme hatte erklärt, dass der Tag der Geburt unmittelbar bevorstünde. Auch Mutter Ariana hatte sich wenig Gedanken um diesen Punkt gemacht, sie war während der vergangenen Monate immer stiller geworden, und oft traf er sie schlafend an, ein glückliches Lächeln auf ihrem runzligen, kleinen Gesicht.

Brian wusste, dass der Wikinger sich einen Sohn wünschte, und seine schöne Herrin hatte behauptet, nur ein kleiner Wikinger könne solche Tritte und Püffe gegen ihren Leib vollführen. Doch Brian träumte von einer Grafentochter, die ihrer Mutter glich. Einem Mädchen mit hochgeschwungenen Brauen und dunklem Haar, das wie Seide glänzte, wenn das Licht darauf fiel. Er, Brian, würde ihr Lehrer sein, ihr Lesen und Schreiben und die Kenntnis der christlichen Schriften vermitteln und dabei täglich in ihre wunderschönen Augen mit den grünfiedrigen Einsprengseln blicken dürfen …

Karen Marie Moning

Im Zauber des Highlanders

Roman
Deutsche Erstausgabe

ISBN 978-3-548-26600-8
www.ullstein-buchverlage.de

Alles im Leben der ehrgeizigen Doktorandin Jessica dreht sich um ihre Karriere – kein Wunder, dass sie kein Privatleben hat. Doch eines Abends ändert ein Blick in den Spiegel alles. Ein lediglich mit einem Kilt bekleideter Adonis, der sie aus einem antiken, reichverzierten Spiegel ansieht, warnt sie vor einem Eindringling im Universitätsgebäude. Magisch angezogen von der erotischen Ausstrahlung des Fremden, überlegt Jessi nicht lange: Seinen Anweisungen folgend, befreit sie ihn durch einen alten Zauberspruch und stürzt sich damit in ein Abenteuer mit völlig ungeahnten Folgen ...

Der siebte Teil der erfolgreichen Highlander-Serie.

Joy Fraser
Schimmer der Vergangenheit

Roman

ISBN 978-3-548-26609-1
www.ullstein-buchverlage.de

Auf einer Reise gerät die nichtsahnende Isabel in einen Zeitsprung und landet gemeinsam mit drei Freundinnen und dem attraktiven Piloten Jack im Frankfurt des 18. Jahrhunderts. Als Isabel in Jack auch noch die große Liebe findet, ist sie hin und her gerissen zwischen der Beziehung zu ihrem Freund in der Zukunft und ihrer Faszination für den starken Beschützer an ihrer Seite.